MASSER BROCK

D1724626

Van Bert Wagendorp verschenen eerder

De Proloog
De dubbele schaar
Sportleven
Jeugdhelden (red. samen met Arthur van den Boogaard)
HNS *Sportboek* (samen met John Schoorl en Paul Onken-
hout)
Het kan altijd erger (samen met Jos Collignon)
Ard Schenk, de biografie (samen met
Wybren de Boer en Frans Oosterwijk)
De wereld volgens Wagendorp (onder voorbehoud)
Encyclopedie der Nederlanden (samen met
Wilma de Rek en Ien van Laanen)
Ventoux
Het jongensparadijs
Vader-en-Dochterboek (samen met Hannah Wagendorp)
Een zaterdagmiddag

Bert Wagendorp

roman

MASSER BROCK

Uitgeverij Atlas Contact
Amsterdam/Antwerpen

Eerste druk februari 2017
Tweede druk februari 2017
Derde druk februari 2018

© 2017 Bert Wagendorp
Omslagontwerp Herman Houbrechts
Omslagbeeld © Sveta Zi
Foto van de auteur Jelmer de Haas
Typografie binnenwerk Perfect Service, Schoonhoven
Drukkerij Wilco, Amersfoort

ISBN 978 90 254 5244 5
D/2018/0108/555
NUR 301

www.atlascontact.nl

Voor Wilma

I

Gesmolten asfalt

Haarlem werd geroosterd, een brandende zon smolt het asfalt, blakerde de daken en schroeide het gras in de parken. Op de terrassen van de Grote Markt scholen toeristen onder de parasols. Uit de Sint-Bavo kwam orgelmuziek en het was alsof de tonen, terwijl ze uitwaaierden onder de helblauwe hemel, door de warmte werden aangeraakt – er klonk een zinderend vibrato in door. Boven Het Spaarne leek het zweven van de meeuwen vertraagd, alsof de lucht te dik was voor snelle bewegingen.

Masser Brock, columnist van *De Nieuwe Tijd*, liep op de stoep voor het Teylers Museum, in de richting van de witte ophaalbrug over Het Spaarne. Hij droeg een zwart T-shirt en een zwarte spijkerbroek die scherp afstak tegen zijn witte Nikes. Hoewel hij zich hield aan wat hij zijn Provençaalse tempo noemde, langzaam en weloverwogen, voelde hij druppels zweet over zijn rug lopen.

Masser was een man van vaste gewoonten. Hij liep elke dag zijn rondje, ook bij veertig graden of een halve meter sneeuw en zelfs met een kater van jewelste of een griep die anderen rillend onder de wol had gehouden. Op dinsdag, donderdag en zaterdag onderbrak hij zijn wandeling voor twee haringen, altijd met uitjes. Het geheim van een lang en gelukkig leven lag volgens hem in geduldige herhaling.

Het is alsof ik alle hitte van de stad in me opzuig. Het lijkt erop dat de zon zich vandaag heeft voorgenomen mij te gaan stoven.

Niet zo klagen, Masser.

Het asfalt smelt en Het Spaarne valt droog. Het zal niet lang meer duren voor in onze grote rivieren de eerste krokodillen worden gesignaleerd.

Hyperbool, ouwe truc.

En al die doorzonwoningen, wat moeten we daarmee? Dat worden ovens!

Kalm, jongen, het wordt binnenkort weer koeler.

Masser Brock was bijna zesenveertig, maar hij zag er jonger uit. Dat kwam niet doordat hij krampachtig zijn best deed zijn jeugdigheid te bewaren. Hij verfde zijn haar niet, hij slikte geen vitaminepreparaten, hij liep niet hard, bezat geen racefiets en bezocht nooit een sportschool. Hij had gevoetbald, maar wel op het allerlaagste niveau. Zijn kledingkeuze was aan de ouwelijke kant en gaf blijk van een zekere onverschilligheid. Wanneer hij een afspraak had, haalde hij een overhemd en een colbert uit de kast, zonder zich sappel te maken over de combinatie van stof en kleuren.

Hij had geen vrouw die hem van kledingadviezen voorzag. Tijdens het tweede jaar van zijn studie Nederlands had hij tien maanden een relatie gehad met een meisje dat contrabas studeerde aan het conservatorium – hij wist niet precies meer waarom daar een einde aan was gekomen. Misschien had het ermee te maken gehad dat hij plotseling was gestopt met de studie en journalist was geworden, waardoor hij Eva minder vaak zag en zich in kringen begaf waarin zij zich niet thuis voelde. Daarna had hij korte tijd samengewoond met een meisje dat hij kende van de krant. De ruzie waarmee die verhouding eindigde was zo heftig en had hem zo aangegrepen, dat Masser had besloten dat hij ongeschikt was om met een vrouw samen te leven. Anderen zouden zo'n vaststelling misschien voorbarig hebben gevonden of na een maand alweer zijn vergeten, maar Masser leefde er al drieëntwintig jaar naar, ook al had hij weleens gedacht dat hij het nog eens kon proberen, wanneer hij verliefd was geworden. Maar het was alsof de duivel met hem speelde: de vrouwen op wie hij viel hadden geen zin hun leven met hem te delen. Hij had zich erbij neergelegd dat hij zijn leven lang vrijgezel zou blijven.

Masser Brock woonde al bijna vijfentwintig jaar in Haarlem, vanaf het moment dat hij journalist was geworden bij de lokale krant. Hij had nooit overwogen naar Amsterdam te verhuizen, ook niet na zijn overstap naar *De Nieuwe Tijd*. Hij had een hekel aan de branie die hij in de hoofdstad overal om zich heen zag en hij vond dat hij de hectiek van de wereld het best kon observeren vanuit een kalme provinciestad.

Masser vroeg zich af of de lichtflitsen die hem troffen afkomstig waren van het water, of dat zijn hersenen ze zelf produceerden. Spiegelend water bezorgde hem al heel lang hoofdpijn, hij wist precies hóé lang.

Zijn column verschafte hem vastigheid, hij leefde op het vaste ritme van zes columns per week. Vroeger heette zijn type journalist 'stukjesschrijver' en waren de stukjes die de stukjesschrijver produceerde 'cursiefjes', maar stukjesschrijvers had je niet meer, er bestonden alleen nog columnisten. Er was veel veranderd sinds hij was begonnen met zijn dagelijkse stukje op pagina twee. Er waren veel meer columnisten gekomen, op bijna elke pagina stond er wel een. Het leek erop dat nieuws louter aanleiding voor columns was geworden, dat de mening over het feit belangrijker was geworden dan het feit zelf. Soms waren meningen opeens nieuws, en dan was de cirkel rond.

Masser voelde zich niet al te prettig bij die ontwikkeling.

Soms schaamde hij zich voor zijn vak, opiniemaker. Wat máák ik, vroeg hij zich dan af. Een timmerman maakt iets waar je op kunt zitten, maar wat maakt een opiniemaker?

Meningen.

Niks, je kunt er niet eens je reet mee afvegen.

Meningen maken nieuwe meningen.

Het is een pest.

Masser liep de brug op, hield in, legde zijn handen op de leuning en keek peinzend over het water. Vandaag iets luchtigs, dacht hij, met deze temperaturen hebben de mensen behoefte aan verstrooiing. Hij pakte zijn mobiel uit zijn broekzak en keek op de site van de krant of er misschien nieuws op stond waarmee hij uit de voeten zou kunnen. Maar de wereld leek tot stilstand te zijn gekomen. Er had zich nog nergens een ramp voorgedaan, er was geen vliegtuig neergestort en er was ook geen rapport verschenen over de toestand van het milieu. Aan de oorlogsfronten heerste kennelijk rust, misschien was het te warm om te vechten. Of om gevechten te verslaan. Er was geen zwart gat ontdekt in het heelal, er waren geen nieuwe deeltjes gedetecteerd en er was geen wolf de grens overgestoken.

Ik doe me voor als een onafhankelijke geest, dacht Masser, maar ik ben een afhankelijke. Ze gooien me elke dag iets toe om op te kauwen en als dat niet gebeurt, sta ik machteloos. Maar hij stelde een groot vertrouwen in zijn collega's. Die accepteerden geen nieuwsloze dagen, want er moest wel een krant worden gemaakt. Als er geen nieuws was, maakten ze nieuws. Ze verschoven de feiten een beetje, haalden een detail naar voren dat op nieuwsrijke dagen niemand zou zijn opgevallen en legden het onder een vergrootglas. Of ze belichtten een uitspraak zo vindingrijk dat hij een andere lading kreeg en nieuwswaardig werd, alsof er een journalistieke Jezus aan het werk was geweest die water in wijn had veranderd.

Er lag een Nederlander op kop in de Tour de France. Als die jongen nou maar won, dan had hij iets. Zo vaak wonnen Nederlandse wielrenners geen Touretappes meer, daar kon hij wel wat zomerse bespiegelingen op loslaten. Maar het was nog 175 kilometer tot de finish, dus waarschijnlijk was de renner kansloos. Een Kamerlid had iets getwitterd over bootvluchtelingen en andere twitteraars vonden dat schandalig. Masser spuugde in het water. Zelfs de president van Amerika twitterde nieuws de wereld in. Het zal niet lang meer duren voor ik mijn column vanwege het teruglopende concentratievermogen van de lezers tot veertig woorden zal moeten beperken, dacht hij.

Van de overkant kwam een kennis de brug op. Hij woonde tegenover het Teylers Museum, in een van de hoge huizen aan de kade. Masser stak zijn hand op, ze kenden elkaar al heel lang. De man was een bekende televisiepresentator die jarenlang de Tour de France had verslagen.

'Masser,' zei hij. 'Hoe is het met je? Ik zie je hier regelmatig op de brug staan.'

'Prima,' zei Masser. 'Beetje warm. Met jou?'

'Slecht. Column af?'

'Nog niet. Het is te vroeg. Ik hoop dat ik al wandelend op een goed idee kom. Dat er iets komt aanwaaien over Het Spaarne. Of dat ik iemand tegenkom met een heel goed idee.'

'Het is komkommertijd.'

'Misschien krijgen we eindelijk weer eens een Nederlandse etappezege.'

'Forget it.'

'Mis je de Tour?'

'No way. Het is goed zoals het is. Ik ben een oude man.'

'Vreemd, het lijkt mij geweldig om te doen, de Tour.' Masser zei maar wat, het leek hem afschuwelijk.

'Allemaal onzin. Maar ik moet gaan. Ik ben erop uitgestuurd met een boodschappenlijstje. Dat is nu mijn levenstaak.'

'Overzichtelijk.'

'We moeten eens een keer afspreken bij een goed glas. Aju.'

De man gaf Masser een tikje op zijn schouder en liep door. Masser wachtte even tot hij het eind van de brug had bereikt, de weg was overgestoken en was afgeslagen in de richting van de binnenstad. Daarna liep hijzelf door naar de overkant, sloeg rechts af en bleef in de schaduw van de huizen, tot hij was aangekomen bij de brug waarover hij kon terugkeren naar het stadscentrum.

Hij keek op zijn mobiel. Er was een schrijver overleden van wie hij weleens een boek had gelezen. Hij voelde opluchting, hij was goed in columns over dode schrijvers; ze vloeiden gemakkelijk uit zijn vingers.

II

The Piper at the Gates of Dawn

Masser Brock werd geboren op maandag 7 augustus 1967, om tien over twaalf in de middag. Het was een gewone zomerdag met temperaturen tot 25 graden, maar het was ook een dag die zich onderscheidde van alle dagen ervoor en erna. In *De Nieuwe Tijd* die een paar uur na Massers geboorte in de brievenbus viel, stond dat de Chinezen de Indonesische ambassade in Peking hadden afgesloten. In Detroit namen de rassenonlusten af en drie Duitsers waren dagenlang zoek met hun zeilboot op het IJsselmeer. Ze werden aangetroffen op het voormalige eiland Urk. Een zeesleper had een ronddrijvend vrachtschip gevonden en de PTT beloofde brieven te blijven bezorgen bij afgelegen boerderijen.

Karel Brock bladerde de krant snel door nadat hij had gezien dat zijn vrouw in slaap was gevallen en zijn zoon ook. De dokter had gezegd dat hij nog maar zelden zo'n gemakkelijke eerste bevalling had meegemaakt. De jonge Brock zette het na een tik op zijn billen op een huilen maar bedaarde ook weer snel, onder de strelende vingers van Carla Genovesi, zijn moeder.

Karel besloot de krant te bewaren, dan zou zijn zoon later kunnen lezen hoe de wereld zijn geboortedag had gekleurd. Hij borg hem op in de onderste lade van het bureau dat hij van zijn vader had geërfd – en vergat hem. Veel later vond hij hem toevallig terug, verdroogd en vergeeld.

'Kijk,' zei hij tegen Masser toen hij hem de krant een paar dagen na diens veertigste verjaardag overhandigde. 'Een krant zonder columnisten. Heerlijke tijd. Je had hem ook in vijf minuten uit, want er gebeurde niks. Tenminste, er stond amper iets in de krant. Flarden van de werkelijkheid, meer niet. En meer dan genoeg.'

'All You Need is Love' stond die week op één in de top 40, maar Karel hield niet van de Beatles. Precies vierentwintig uur na de geboorte van zijn zoon kwam hij thuis met een lp van Pink Floyd, *The Piper at the Gates of Dawn*. Een paar maanden daarvoor was hij met Carla naar een optreden van de band in Paradiso geweest. Dat het gehuil van haar zoon werd begeleid door de gitaar van Syd Barrett, de bas van Roger Waters en het orgeltje van Richard Wright in 'Interstellar Overdrive', kwam Carla voor als een vingerwijzing – het kleine kereltje werd onmiddellijk psychedelisch gedoopt.

Zijn merkwaardige naam dankte Masser aan een vriendin van zijn moeder, Stella, die de tarot legde, astrologie beoefende en met overledenen sprak. Masser was geboren in het Jaar van de Geit, wat hem er volgens Stella toe voorbestemde een smaakvol, volhardend, inventief en fijngevoelig persoon te worden. Ze had de naam doorgekregen en zei dat Masser 'zoeker' betekende. Masser had later weleens proberen te achterhalen over welke taal ze het had gehad, maar hij had die nergens kunnen vinden. Hij kon het Stella ook niet meer vragen, want die had zelfmoord gepleegd nadat ze op een dag in de tarot had gelezen dat haar leven zou eindigen door suïcide.

'Karel,' zei Carla Genovesi vanuit het kraambed tegen haar man, 'de diepste levensgeheimen onttrekken zich aan onze objectieve waarneming. En als ons dan zo nu en dan een korte blik op die verborgen wereld wordt gegund, als er inzichten onze kant op komen, mogen we het hoofd niet afkeren, want dat heeft consequenties. Die kennen we niet, maar juist daarom is het belangrijk ze niet te negeren. We noemen de jongen Masser, ook al hebben we geen idee waarom.'

Karel had tussen zijn zestiende en twintigste op een vrachtschip de wereldzeeën bevaren en hij had aan die periode twee dingen overgehouden. Het eerste was een licht manke gang, het gevolg van een val in het ruim van het schip waarbij hij zo'n beetje alles wat breekbaar was had gebroken – het ongeluk had het einde van zijn zeemansbestaan betekend. De revalidatie duurde een jaar. Daarnaast hadden de jaren op zee en in de grote havens hem een nuchtere, open blik geschonken en hem bevrijd van de bekrompen wereld die hij als zestienjarige was ontvlucht nadat eerst zijn vader en snel daarna ook zijn moeder was overleden.

Karel ging zonder morren akkoord met Carla's naamkeuze. Hij vond Masser wel stoer klinken. Als het Masser de zoeker moest worden, dan werd het Masser de zoeker. Nadat hij hem vier keer bij zijn naam had genoemd was hij eraan gewend. 'Pink Floyd,' zei hij tegen zijn zoon terwijl hij de naald in de groef liet zakken. 'Luister maar, Massertje. Pink Floyd.'

Masser had later weleens geprobeerd of hij via de eerste muziekklanken die zijn hersenen hadden geregistreerd en opgeslagen kon terugkeren naar zijn allereerste uren op aarde, maar dat was niet gelukt. Hij vroeg zich af wat de blootstelling aan de pretentieuze takkeherrie teweeg had gebracht. Zou hij een andere persoon zijn geworden als zijn ouders hem hadden gedoopt met *Their Satanic Majesties Request* van de Stones – een plaat uit zijn geboortejaar die hij heel wat beter te pruimen vond?

III

Patek Philippe

Carla was de dochter van de joviale importeur van peperdure horloges André Genovesi, wiens grootvader afkomstig was uit het schoorsteenvegersdal Valle Vigezzo in Piemonte. Het eerste wat André Genovesi deed toen hij in de jaren na de Tweede Wereldoorlog fortuin begon te maken, was de kolenkachels in zijn huis vervangen door centrale verwarming, destijds nog een tamelijk nieuw en luxueus fenomeen.

'Mijn voorvaderen zijn de moord gestikt in het kolenstof,' verklaarde André, 'dus we hoeven daar niet romantisch over te doen. De cv is een geschenk van God.' Niet dat hij in een god geloofde, maar als hij even niet kon verklaren waaruit een zijns inziens positieve ontwikkeling was voortgekomen, verwees hij toch graag naar het Opperwezen. Als hij bij zijn afnemers een nieuwe Rolex of Jaeger-LeCoultre aanbeval en het betrof inderdaad een type dat uitstak boven het gemiddelde, prees hij de Grote Horlogemaker zelf, die ongetwijfeld de ontwerpers had geïnspireerd en hun het vertrouwen had geschonken dat hun eindeloze gepriegel tot iets magisch zou leiden. Wanneer het een doorsneemodelletje was dat hij moest verkopen, haalde hij er trouwens net zo gemakkelijk de duivel bij, die op zijn schandelijke maar verleidelijke wijze schoonheid en functionaliteit had weten te verenigen tot iets onweerstaanbaars.

Zelf was hij verslingerd aan horloges van Patek Philippe, vanwege de kwaliteit, de exclusiviteit en vooral omdat ze de bezitter – hijzelf in dit geval – naar een hoger niveau tilden, louter door stevig om de pols van de gezegende te zitten. Hij mocht dan uit een schoorsteenvegersfamilie komen, iets waarvoor hij zich overigens niet schaamde, zijn Patek Philippe, de allereerste Calatrava, een Ref. 96 uit 1932, liet zien dat hij inmiddels flink wat stappen in opwaartse richting had gezet.

Voor haar tiende verjaardag kreeg Carla een gouden Cartier Pasha-horloge met kleine diamantjes op elk kwartier. Het ding was zo kostbaar dat ze er niet mee naar school durfde: de prijs van het horloge lag hoger dan het jaarinkomen van de meeste vaders van haar vriendinnen. Carla deed er juist alles aan om een gewoon meisje te zijn, of er in elk geval een te lijken. Als ze met haar ouders in de zomer vier weken haar intrek nam in het Grand Hotel des Bains in het Lido van Venetië, zei ze op school dat ze gingen kamperen in Zuid-Limburg. Haar vriendinnen kwamen graag bij Carla thuis, omdat ze daar dingen zagen waarvan ze het bestaan voordien niet hadden vermoed: een Finse sauna, een Italiaanse espressomachine, een koelkast ter grootte van vier doodskisten, airconditioning en elektrisch bedienbare zonnewering.

Toen haar vader in de zomer van 1960 in de ruime garage van de villa van de Genovesi's in Bloemendaal naast de Ferrari 250GT die er al stond een Bentley s3 parkeerde, zei ze tegen hem dat hij een patser was. Ze was vijftien en André wist meteen dat er grote veranderingen in de lucht hingen – hij was niet voor niets een man van de tijd. 'Je hebt gelijk,' zei hij. 'Kom, we gaan een ritje maken.'

Dat deed ze maar wat graag, want Carla werd heen en weer geslingerd tussen de tijdgeest en de liefde voor haar vader. Om hem haar moderne opvattingen onder de neus te wrijven las ze in haar vaste stoel in de woonkamer demonstratief Kerouacs *On the Road*, gedichten van Ginsberg of *Tropic of Cancer* van

17

Henry Miller. Ze las boeken waarmee ze haar vader dacht te provoceren, ze zette strepen bij passages waarvan ze vermoedde dat hij ze te grof zou vinden en liet de boeken open op tafel liggen. Maar toen Carla *Kort Amerikaans* van Jan Wolkers had gekocht en André er op een avond in was begonnen, zei hij dat hij het prachtig vond en ook wel een beetje opwindend, vooral de scènes die ze had onderstreept. Zijn dochter keek hem teleurgesteld aan.

Ze bracht een stoet vriendjes mee naar huis. Die waren speciaal geselecteerd op het shockeffect dat ze op haar vader zouden hebben. Er zat een straatmuzikant bij, een existentiële dichter, een nozem op een buikschuiver, een vage student filosofie met een baardje, een voormalig legionair uit het Vreemdelingenlegioen, een profwielrenner, een van zijn geloof gevallen seminarist, een schilder die louter witte doeken produceerde, een jonge Rozenkruiser, een aan heroïne verslaafde jazzmuzikant en de zoon van een man die dacht dat hij God was.

Toen ze haar vader in het voorjaar van 1964, even voor haar negentiende verjaardag, voorstelde aan een Finse circusartiest met een zeehondennummer, een jongen met lang rood haar die ze had opgepikt na een voorstelling van een Duits circus in Carré, had ze eindelijk zijn tolerantiegrens bereikt. André zei met zichtbaar verdriet dat het genoeg was geweest. Of ze maakte een einde aan de gekkenparade, of hij zag zich gedwongen haar de toegang tot zijn huis te ontzeggen. De smeekbedes van haar moeder Martha om haar vader een heel klein beetje tegemoet te komen en de lieve vrede te bewaren, hadden geen effect. André Genovesi huilde een avond lang – hij dacht dat hij zijn dochter had verloren.

Carla had haar gymnasiumdiploma behaald, schreef zich in bij de Kunstnijverheidsschool en vond een huuretage aan de Prinsengracht. André liet haar niet vallen. Elke maand kwam er een cheque binnen ter waarde van een hoogleraarssalaris. Die stuurde ze niet terug, maar ze deelde haar welvaart wel gul met vrienden en vriendinnen.

Vanaf het moment dat ze haar verdieping had betrokken was het afgelopen met de gemankeerde artiesten en ander vreemd volk in haar bed: die hadden hun nut bewezen. Op de eerste lesdag ontmoette ze Karel Brock, die als klusjesman werkzaam was op de school. Ze had nog geen woord met hem gewisseld toen ze al wist dat hij het was. 'Ik ben Carla,' zei ze met het zelfvertrouwen van een vrouw die nog nooit is afgewezen. 'Ik studeer hier. Ik zou het leuk vinden als je vanavond komt eten.' Karel was drie jaar ouder dan zij en had voor zeker acht jaar meer levenservaring.

'Karel,' zei hij. 'Helaas kan ik vanavond niet, ik moet naar de avond-HBS.' Daarna draaide hij zich om en liep weg. Hij zag heus wel hoe mooi ze was, maar hij hield niet van verwende prinsesjes, hij had gezien welk horloge ze droeg. Als ze iets wilde, moest ze iets beters bedenken.

Even stond Carla perplex. Toen vroeg ze aan de conciërge waar de school van de klusjesman was. Die avond wachtte ze in haar taxi tot hij zijn fiets op slot had gezet, liep achter hem aan de school binnen en naar het klaslokaal, en nam naast hem plaats op de achterste bank. Uit haar tas haalde ze een fles Dom Pérignon-champagne die ze op het tafeltje zette.

'Zo,' zei ze. 'Ik zit ook op de avondschool. Gezellig hoor, hier.'

'Fijn,' zei Karel.

Ze tikte tegen de fles. 'Die gaan we straks samen opdrinken. Op mijn kamer.'

'Lekker,' zei hij en sloeg een arm om haar heen. Hij besefte dat zich iets onvermijdelijks voltrok.

IV

De Hindeloopen

Carla's ouders kwamen regelmatig langs in het bovenhuis dat Karel en Carla hadden betrokken in de Amsterdamse Rivieren-buurt. Carla bezwoer haar vader dat ze niet zou accepteren dat hij zijn kleinzoon al in de wieg zou verpesten met peperdure cadeaus, en dat op overtreding ontzegging uit de grootouder-lijke macht zou volgen en een bezoekverbod van minstens een maand. Daarom beperkte André zich op Massers eerste ver-jaardag tot het overhandigen van een spaarbankboekje waar-over Masser op zijn eenentwintigste vrij kon beschikken. Toen Carla zag hoeveel geld erop stond moest Karel haar tot kalmte manen. Hij zei dat haar vader op zijn eigen manier zijn liefde voor het kind liet blijken en dat ze dat moest respecteren.

Twee jaar na Masser kwam er nog een jongetje, dat Jimi werd genoemd – ditmaal had Karel geëist dat hij de naam mocht uitkiezen en behalve Pink Floyd had ook Jimi Hendrix hem flink te pakken. Weer twee jaar later werd er een meisje geboren, dat de naam kreeg van Carla's favoriete filmster, Mia Farrow.

Met drie kinderen vond Carla het mooi geweest. Karel wil-de er nog wel meer, maar Carla verklaarde dat ze tijd wilde overhouden om aan zichzelf te werken en dat een nóg groter gezin haar ontwikkeling in de weg zou staan en van haar een uitgebluste moederkloek zou maken. Ze had een atelier nodig.

Mia was één toen Karel en Carla hun etage verruilden voor

een oud schip dat ze kochten van een jazzpianist die het had gebruikt als oefenruimte. Ze hadden met het geld dat Carla's vader graag beschikbaar zou hebben gesteld ook een kant-en-klare luxe woonboot kunnen kopen. Maar de aanschaf van het wrak – veel meer kon je het niet noemen – vormde voor Carla de bevestiging dat ze een zelfstandige vrouw was die haar eigen keuzes maakte.

Karel verheugde zich op jarenlang klussen. Hij zag behalve roest, verveloosheid en verrotting ook de contouren van een ideaal, een cocon waarin hij en zijn gezin konden leven zoals ze wilden, zonder de last van bouwvoorschriften en buren. 'Een schip is los,' zei hij. 'Geen heipalen, geen fundamenten, maar los drijven. Er zwemmen vissen onderdoor en als je weg wilt, drijf je ergens anders heen. Een paar trossen die je los kunt gooien, meer heeft een mens niet nodig.' Carla keek hem even bezorgd aan, maar zo bedoelde hij het niet.

De Hindeloopen had op de voormalige Zuiderzee jarenlang een dienst onderhouden tussen Amsterdam en Lemmer. Nadat op een werf in Zaandam de slechtste plekken door hoofdschuddende lassers van nieuwe staalplaat waren voorzien en het schip opnieuw in de teer was gezet, werd het naar een steiger aan de Vecht gesleept, even voorbij Abcoude. Daar begon Karel aan wat ongetwijfeld een levenswerk zou worden. Hij kocht gereedschap en materialen om het schip leefbaar te maken. Maandenlang bivakkeerden ze erop als kleumende waterzigeuners. Wind en regen joegen door wat ooit de salon van het schip was geweest. Ze vonden beschutting in het ruim, waar Karel wat provisorische slaapplaatsen had getimmerd.

Bijna elke nacht werd Masser wakker van het kraken van het schip. Soms klonk het als het kreunen van een mens en streelde hij vanuit zijn kooi de vloer, alsof hij de Hindeloopen wilde troosten en wilde laten merken dat hij van haar hield. Tijdens de eerste winter op het schip kwam het voor dat er 's ochtends sneeuw lag op zijn deken, maar Masser verlangde nooit terug naar het warme bovenhuis in de stad. Zelfs niet toen hij op een ochtend zag hoe een kleine rat via de boekenkast op het bed van Jimi sprong en rakelings langs diens slapende hoofd trippelde. Toen hij het even later aan Jimi vertelde, was het alsof hij het had verzonnen.

Masser keek toe terwijl zijn vader het hopeloze schip langzaam maar zeker in iets hoopvols veranderde. Hij zag hoe Karel elke dag kleine stapjes zette in de richting van het beeld dat zich ergens in zijn hoofd moest bevinden – aan bouwtekeningen deed Karel niet. Elke plank die hij bevestigde, elke schroef, elke lik verf was vooruitgang.

Op een dag, nadat hij ongeveer een halfjaar aan het schip had gewerkt, opende hij in het bijzijn van zijn vrouw en drie kinderen plechtig een deur waarachter zich de slaaphut van Masser en Jimi bevond, met een kooi links en eentje rechts. Masser koos voor de walkant, Jimi kon vanuit zijn kooi door een patrijspoort over het water kijken. Misschien zat er iets symbolisch in, dacht hij veel later; hij koos vastigheid en Jimi het ongewisse.

Masser vond de slaaphut de mooiste plek waar hij ooit was geweest; hij voelde zich er veilig, hij kon er naar de wereld kijken zonder dat de wereld hém zag. Hij verzon verhalen die hij met niemand deelde. Hij liet de deur open zodat hij de gesprekken van zijn vader en moeder kon horen.

Toen de slaaphut van Mia klaar was en die voor hem en Carla ook, bouwde Karel een atelierruimte voor zijn vrouw. Ze verkeerde wekenlang in een euforische stemming nadat Jimi de symbolische opening ervan had verricht door met zijn zakmes een rood lint door te snijden. André Genovesi legde de feestelijke gebeurtenis vast met zijn filmcamera. Hij prees zich gelukkig met een schoonzoon die over de verbazingwekkende gave beschikte dingen uit het niets tevoorschijn te toveren: kleinkinderen en een paradijsje voor zijn dochter. Hij kocht voor hem een groene tweedehands zaagmachine die Karel met zware bouten vastzette in het voorruim.

Ook toen Karel was begonnen met zijn antiquariaat en wekelijks tientallen dozen met boeken het schip binnendroeg, bleef er op de Hindeloopen voor Masser en Jimi genoeg ruimte over om hun fantasieën uit te leven – het was vooral Jimi die het schip moeiteloos veranderde in een kasteel, een ruimtevaartschip of een fort op de prairie. Masser liet zich gewillig elke rol toebedelen die Jimi voor hem had bedacht.

Jimi zag wat ik was.

Wat was je dan?

Een acteur.

Er was op het schip ook nog ruimte genoeg voor dieren: een hok met vijf kippen op het achterdek, een kater met drie poten die was komen aanhinken en een melkgeit – al stond die laatste aan een stuk touw op de wal en mocht ze alleen aan boord komen als het te bar weer werd.

Masser en zijn broer en zus werden opgevoed in grote vrijheid. Hoewel hijzelf het leven op de boot met zijn twee hippieouders volstrekt normaal vond, merkte hij dat de andere kinderen op de kleuterschool hem soms vreemd aankeken als hij wat zei, dat ze moesten lachen om zijn door Carla genaaide kleurige kleding of om het staartje in zijn lange haar. Hij dacht dat alle kinderen ongeveer hetzelfde leven leidden en dat vaders en moeders niet zoveel van elkaar verschilden.

Toen de juffrouw op een ochtend een versje van Annie M.G. Schmidt had voorgelezen, stak Masser zijn vinger op. Hij kende ook een versje, zei hij. 'Laat maar horen, Masser,' zei de juf.

'Ik ben de blauwbilgorgel,' begon Masser eerst nog wat verlegen, 'mijn vader was een porgel, mijn moeder was een poru-lan, daar komen vreemde kind'ren van, raban, raban, raban!' De juffrouw keek hem verbijsterd aan, maar Masser ging met-een door, het was een gedicht dat zijn vader hem al tientallen keren had voorgedragen. 'Ik ben de blauwbilgorgel,' zei hij nu met lichte stemverheffing. 'Ik lust alleen maar korgel, behalve als de nachtuil krijst, dan eet ik riep en rimmelrijst, rabijst, rabijst, rabijst!' Hij moest er zelf erg om lachen.

'Een mooi gedichtje,' zei de juf.

'Maar het was nog niet af,' zei Masser teleurgesteld.

Karel en Carla vroegen nooit wat hij later wilde worden, dat zou de vrijheid waarin ze hun kinderen wilden opvoeden be-perken. Het was niet de bedoeling dat Masser en de andere twee zich zouden voegen naar de eisen van een maatschappij die Karel en Carla in veel opzichten corrupt en lelijk vonden.

Masser was een rustig jongetje, dat in een kalm tempo en tevreden met de dingen zoals ze waren de wereld ontdekte. Ji-mi was anders. Hij kon nog maar net staan toen hij pogingen in het werk stelde uit de box op het dek te klimmen, en waarin hij met zijn broertje de tijd doorbracht als hun vader met zijn antiquarische boeken op de markt stond en Carla beneden in het atelier schilderde, beeldhouwde, kleding ontwierp, kettin-gen reeg of met iets anders creatiefs in de weer was. Hij gaf blijk van een mateloze nieuwsgierigheid. Hij wees Masser op watervogels die plotseling onder water doken en met een zil-veren visje weer bovenkwamen. Hij kon minutenlang op zijn rug liggen en Masser vertellen welke figuren hij herkende in de wolken. Hij vroeg zich af wie die figuren maakte. 'De boot drijft op het water,' zei hij. 'Water het op drijft boot de.' Hij kraaide van plezier.

Carla dacht dat in Jimi een kunstenaar school, meer dan in

Masser. 'Hij kijkt anders naar de wereld,' zei ze tegen Karel. 'Hij ziet de dingen en kantelt ze moeiteloos. Dat is een groot talent. Hij wordt de kunstenaar en Masser de criticus. Of de galeriehouder.' Er bestonden in haar wereld geen gewone beroepen. 'Of de verzamelaar,' zei Karel. Hem maakte het niet zoveel uit hoe de toekomst van zijn jongens eruitzag. Hij dacht vaak aan wat Carla ooit had gezegd: wij geven ze water, maar ze moeten zelf bloeien. Hij zag hoe de knoppen zich vormden.

'Masser, waar kom jij vandaan?' vroeg Jimi.

Masser wist niet waar zijn broertje het over had. 'Nergens vandaan.'

'Waar was je vroeger dan?'

'Vroeger was ik er niet.' Hij pakte een Dinky Toy, reed ermee over het zeil in de salon en maakte zachte motorgeluiden.

'Waarom heet jij Masser?'

'Dat heeft Stella bedacht.' Hij was blij dat hij een antwoord wist.

'Waarom moet je een naam hebben?'

Masser had geen idee. Hij accepteerde het leven zoals het zich voordeed, maar Jimi nam daarmee geen genoegen, hij vroeg altijd naar het waarom. En daar liet hij het niet bij: hij wilde antwoorden, van zijn moeder, zijn vader of van Masser. Hij vroeg Mia waarom ze een meisje was geworden. Zijn ogen straalden voortdurend onrust, verbazing of nieuwsgierigheid uit. Masser speelde met autootjes of soms met de poppen die Carla voor de jongens had gemaakt omdat ze tegen traditionele rolmodellen was. Jimi bouwde van lego een eigen universum. Terwijl Masser, toen hij oud genoeg was, helemaal geen zin had om naar de kleuterschool te gaan en liever bij Jimi op het schip was gebleven, kon Jimi niet wachten tot hij de boot zou mogen verlaten om te ontdekken wat er nog meer te koop was in de wereld.

Jimi kreeg meer aandacht van volwassenen dan Masser, hij

was opener en leek meer plezier te scheppen in het contact met anderen. Masser verschool zich achter een boek, voelde jaloezie, maar wist niet wat hij eraan moest doen.

In Masser zag je Carla's mediterrane trekken terug, vermengd met de kenmerken van Karels noordelijker uiterlijk: hij had donker haar en een getinte huid, maar wel blauwe ogen. Jimi was louter een mini-uitvoering van zijn vader: een kleine Viking. De gelijkenis was zo groot dat het leek of Carla's genen het op alle fronten hadden afgelegd tegen die van Karel, alsof de jongen was gekloond. Hij leek niet alleen uiterlijk sprekend op Karel, hij deelde ook diens belangstelling. Als zijn vader beneden in het ruim verder werkte aan de vervolmaking van zijn droom – 'Dat ding is nooit af, en gelukkig maar' – probeerde Jimi ook spijkers in een plank te slaan, hout te schaven of te verven. Hij probeerde zichzelf te leren spelen op Karels gitaar. Masser keek liever toe, in stille bewondering voor wat zijn vader allemaal kon.

Op een dag zei Masser, terwijl hij naar vliegtuigstrepen in de lucht keek, dat hij misschien wel piloot wilde worden. Zijn vader zat een beetje te tokkelen – hij overwoog gedichten op muziek te zetten en daarmee te gaan optreden in jeugdsozen, natuurlijk zonder zich uit te leveren aan commerciële platenbazen. Hij vorderde niet snel, omdat hij niet erg muzikaal was en omdat de boot en de boekenmarkten de meeste tijd opslokten.

'Wat zei je?' vroeg Karel. Hij legde de gitaar neer.

'Piloot,' zei Masser. 'Ik denk dat ik piloot word. Dat lijkt me leuk. Vliegen. En piloten verdienen heel veel. Net zoveel als opa en ze hebben ook een sportauto.' Masser zat in de klas bij het zoontje van een KLM-gezagvoerder die net als André Genovesi een Ferrari bezat.

'Mia ook piloot worden,' zei Mia, die even verderop zat te spelen. Ze wees in de lucht.

'Carla,' riep Karel in de richting van de kombuis, waar zijn vrouw eten stond te koken. 'Er is er hier eentje die piloot wil worden. En inmiddels zijn er trouwens al twee. Het schijnt dat piloten heel veel verdienen. Tenminste, dat zegt-ie.' Hij riep naar Jimi, die op de wal de geit stond te aaien. 'Wil jij ook piloot worden?'

'Journalist,' zei Jimi, 'ik word journalist.' De vader van zijn vriendje Ruben was verslaggever bij een actualiteitenrubriek op tv en vertelde spannende verhalen over zijn reizen. Masser hoorde zijn broertje een woord gebruiken waarvan hij de betekenis wel kende, maar dat hijzelf nog nooit in de mond had genomen. 'Journalist,' prevelde hij voor zich uit, alsof hij wilde checken of zijn tong in staat was het woord te reproduceren.

'Piloot is saai,' zei Karel tegen Masser. 'Hetzelfde eigenlijk als buschauffeur. Je zit maar in zo'n vliegtuig en dat vliegt dan op en neer. Het stijgt op en het landt en daarna stijgt het weer op.'

'Dat is waar,' zei Masser. 'En je moet ver weg vliegen. Dat wil ik niet. Ik wil bij jullie blijven.'

'Hij wordt toch geen piloot,' riep Karel naar Carla. 'Gelukkig maar.' Hij keek naar zijn zoon, die even leek weg te dromen, pakte zijn gitaar weer op en probeerde een e-mineur-7-akkoord.

'We gaan zo eten,' zei Carla. Ze had vegetarische spaghetti bolognese gemaakt.

Jimi hing om de hals van de geit, cowboy worden leek hem ook leuk. 'Hands up,' zei hij. Hij had de geit zijn zwemvest omgebonden.

In januari 1979 lag de Hindeloopen stevig ingevroren. Het landschap rond het schip was wit en op het dek lag tien centimeter sneeuw. Het was vroeg en de anderen sliepen nog, toen Jimi naar buiten klom en in het licht van de maan sneeuwballen op het ijs begon te gooien. Ze rolden een stukje en kwamen tot stilstand. Eenden die even verderop een wak openhielden waggelden naar het schip, in de hoop dat iemand hun iets eetbaars toewierp – zoals Carla elke ochtend deed. Jimi verdween haastig weer in het ruim en kwam even later naar buiten met een pijl-en-boog. Hij gooide zijn wapen op het ijs, klom over de reling en liet zich naar beneden zakken. Daarna liep hij voorzichtig, met de boog in de aanslag, in de richting van de eenden. Hij liet in de sneeuw een spoortje van voetstappen achter.

Een halfuur later kwam Carla naar buiten. Ze keek of haar jongste zoon ergens op het dek was, want ze had zijn bed leeg aangetroffen. Toen ze met haar ogen het sneeuwspoor volgde dat eindigde bij het wak, gilde ze. Ze zag de vegen in de sneeuw, waar Jimi's handen tevergeefs grip hadden gezocht. Ze zag de pijl-en-boog. Masser hoorde zijn moeder, haastte zich zijn bed uit en liep in zijn pyjama en op blote voeten naar buiten. Toen hij besefte wat er was gebeurd, schoot er een pijn door zijn hoofd die hij daarvoor nooit had gekend, een fysieke pijn, alsof iemand een stalen draad rond zijn hersenen had gespannen en die aandraaide. Hij wilde gillen, maar er kwam geen geluid. Hij wankelde terug naar binnen, ging naar het toilet en gaf over.

De dood van Jimi veranderde alles. Vernietigde alles, kon je beter zeggen. Karel en Carla verweten elkaar dat ze hun zoon niet goed in de gaten hadden gehouden. Carla zei dat Karel met het idee van de boot was gekomen. Ze verweten de Hindeloopen dat ze een boot was die in het water lag en soms dus in het ijs. Ze vervloekten samen de dag waarop ze de veilige stad hadden verlaten. Ze vroegen Masser waarom hij Jimi niet had tegengehouden toen die hun gezamenlijke slaaphut had verlaten, iets wat ze later heel erg betreurden, omdat het een verschrikkelijke vraag was. Masser zei dat hij niks had gehoord, wat ook zo was.

Mia stond alleen maar aan de reling. 'Jimi!' riep ze, 'Jimi!', tot haar ouders haar smeekten daarmee op te houden. 'Jimi is ergens anders,' zei Karel tegen het meisje. Hij kreeg de woorden maar met moeite uit zijn mond. Op haar vraag waar dan, gaf hij geen antwoord.

Masser zweeg, hij sprak met niemand anders dan met zichzelf, omdat hij dan niet bang hoefde te zijn voor de antwoorden op zijn vragen. Hij wist dat er iets kapot was wat nooit meer gerepareerd kon worden. Soms werd hij 's nachts wakker en wist hij zeker dat hij Jimi's rustige ademhaling hoorde. Hij probeerde zich uit alle macht te concentreren. Voor het eerst hoorde hij de stem in zijn hoofd. Soms klonk die als zijn eigen stem, soms als die van Jimi.

Jimi kom terug. Kom nou terug.

Ik ben dood, dat weet je toch wel?

Je bent niet dood. Kom nou terug.

Ik kan niet meer naar jou, kom bij mij.

Door die laatste woorden raakte hij in paniek. Hij keek of er beweging was in de kooi aan de andere kant van de slaaphut en hij spande zich zo in dat hij weer vlammende hoofdpijn kreeg. Hij vroeg zich af of er misschien ergens een god bestond die, als hij een heel goede bui had, Jimi zou kunnen terugbrengen met de mededeling dat hij zich had vergist en dat Jimi nog veel te klein was om dood te zijn. Hij vroeg zich af of Stella niet met Jimi kon praten en hem kon vragen terug te komen. Hij zocht naar een manier om de werkelijkheid te verenigen met de waarheid van zijn nieuwe leven, maar het lukte hem niet. Hij zat urenlang op het dek te kijken naar de golfjes die de plaats van het ijs hadden ingenomen. Hij volgde met zijn ogen de korte route die Jimi had genomen. Hij probeerde de tijd terug te draaien, Jimi alsnog tegen te houden of tegen hem te zeggen dat ze beter een potje konden gaan dammen in plaats van op het ijs te gaan lopen en eenden te schieten. Hij dacht dat hij Jimi had vermoord en dat hij ook maar beter dood kon gaan.

Toen de lente begon, klaarde het ook in Massers hoofd op. Hij besloot dat Jimi niet dood was, maar bij Ruben. En als hij niet bij Ruben was, dan was hij ergens anders, op school of op de voetbalclub waar Jimi een paar maanden voor zijn dood lid van was geworden. Jimi was er nog, alleen was hij nooit samen met hem, Masser. Dat was jammer, maar de gedachte maakte de afwezigheid van zijn broertje draaglijk. Het bedekte de pijn, een klein beetje. Zo leerde Masser dat je de werkelijkheid kunt buigen, zo goed en zo kwaad als het gaat, tot ermee valt te leven. Hij realiseerde zich dat je met woorden verdriet kunt verzachten, door de dingen niet bij hun wrede naam te noemen ('Jimi is dood') maar ze te omschrijven ('Jimi is ergens anders'). Hij zocht naar een reden voor Jimi's dood, maar leerde dat het noodlot geen reden nodig heeft. Hij besefte dat het verschil tussen geluk en droefheid één seconde is, een inzicht dat hem nooit meer zou verlaten.

Nadat ze de Hindeloopen voor een veel te lage prijs hadden verkocht, vertrok Carla naar de woongemeenschap van Stella – ze verdroeg de aanwezigheid van Karel niet langer. Misschien was dat omdat Jimi zo op zijn vader had geleken, misschien ook omdat Carla in Karels ogen voortdurend haar eigen verdriet duizendvoudig zag weerspiegeld. Masser vond dat zijn ouders bij elkaar moesten blijven, maar dat kon niet, zei zijn vader.

'Waarom niet?'

'Je moeder is te verdrietig. En ik kan haar niet troosten.'

Masser had het gevoel dat Jimi's dood pas door de scheiding definitief werd, dat ze hem in leven hadden kunnen houden als ze maar bij elkaar waren gebleven. Toen hij met zijn vader voor de laatste keer door de boot liep en alles in zich opnam, zodat hij het nooit zou vergeten, vroeg Masser nog één keer aan zijn vader waarom ze niet op het schip bleven. 'Het is net alsof we Jimi achterlaten,' zei hij. 'Straks weet hij niet meer waar we zijn.' Hij was bang dat zijn bezweringsformule ergens anders niet meer zou werken, dat met een nieuwe omgeving de illusie die hij had gevormd verbroken zou worden.

'We nemen Jimi mee,' zei Karel. 'In ons hart. Zolang we aan hem blijven denken, is hij er nog.'

Masser hoorde dat er meer hoop dan overtuiging doorklonk in de stem van zijn vader. Gelukkig, dacht hij, papa denkt hetzelfde als ik. 'Maar als ik aan hem denk, word ik verdrietig,' zei hij.

'Verdriet is de prijs die je betaalt om Jimi niet te vergeten,' zei Karel. Hij trok zijn zoon tegen zich aan en begon zacht te huilen. Masser streelde zijn vader over zijn rug. Toen liep hij naar de geheime bergplaats die hij en Jimi hadden gemaakt achter een losse plank in het beschot van hun hut. Hij haalde er twee Breitlinghorloges uit.

'Pilotenhorloges, van opa gekregen. Was geheim.'

Tot hij ging studeren woonde Masser met zijn moeder en Mia in de woongemeenschap. Hij voelde zich er nooit thuis en vluchtte regelmatig naar zijn vader, die in zijn eentje een etage bewoonde in de Amsterdamse Czaar Peterstraat. Wanneer Karel de deur opende, liep Masser samen met Jimi naar binnen. 'Daar zijn we weer,' zei hij.

Masser vroeg zich later regelmatig af wat het drama met hem had gedaan – of het hem tot een ander mens had gemaakt, of hij iemand anders zou zijn geworden wanneer Jimi was blijven leven. Hij ging de antwoorden liever uit de weg.

Jimi is er nog altijd.

Ik ben er nog altijd.

V

De Nieuwe Tijd

Het bestaan van *De Nieuwe Tijd* was te danken aan de schatrijke havenbaron, scheepsmagnaat en kolenhandelaar Charles Schuurman Hess, die door iedereen CSH werd genoemd. Zijn schepen vervoerden cokes en kolen vanuit de hele wereld naar Rotterdam, waar de lading werd overgeladen op de vloot van rijnaken van de SVHM, de Steenkolen Vervoers en Handels Maatschappij, en naar de hoogovens van het Ruhrgebied werd getransporteerd. Er was in de jaren dertig grote vraag naar staal in Duitsland. Hitler bereidde het land en het leger voor op de tweede grote oorlog en een deel van het met cokes van CSH geproduceerde staal keerde een paar jaar later in de vorm van bommen terug naar Rotterdam – maar dat het zover zou komen, kon Charles Schuurman Hess ook niet weten. Al zou hij er geen kilo cokes minder om naar het oosten hebben vervoerd.

Charles Schuurman Hess had twee zonen. De eerste, Anton, was voorbestemd zijn vader op te volgen als directeur van de SVHM. Anton had al geruime tijd doorgebracht op de kantoren van de firma in Johannesburg, Buenos Aires en Sydney. Zijn vader had hem opdracht gegeven niet alleen de logistiek van de kolentransporten te onderzoeken en zo mogelijk te verbeteren, maar ook te kijken of de SVHM haar handelsactiviteiten zou kunnen verbreden.

'Met de kolen houdt het ooit een keer op,' zei CSH tegen zijn zoon. 'We zijn te afhankelijk van die smerige troep. We moeten activiteiten ontplooien op andere gebieden als we tenminste jouw zoon ook nog directeur willen zien worden. Ga eens praten met iemand van Shell, kijk wat we zouden kunnen doen. Misschien moeten we in de olieterminals stappen, of in de raffinaderijen. We moeten groot denken, Anton!'

Anton Schuurman Hess had gedurende zijn verblijf in Buenos Aires kennis gekregen aan een beeldschone Argentijnse die Ana heette. Het idee met haar een zoon te verwekken en liefst meerdere, wond hem buitengewoon op. Meisjes mochten trouwens ook. Hij deed wat zijn vader vroeg en gooide zich vol enthousiasme op het onderzoeken van alternatieve handelsactiviteiten. Hij zag al voor zich hoe hij zijn zoon (Jorge? Jaime?) meenam naar kantoor en hem voorbereidde op zijn toekomstige taak – een studie in Oxford of Cambridge zou ook mooi zijn, daar moest hij het met Ana maar eens over hebben. Uiteraard nadat hij haar ten huwelijk had gevraagd en zwanger had gemaakt.

Anton had de stille hoop dat zijn vader het binnen niet al te lange tijd rustiger aan zou gaan doen en hij nog voor zijn vijfendertigste de touwtjes in handen zou nemen – hij was van 1905. Maar Charles Schuurman Hess had nog helemaal geen plannen om zich terug te trekken. Sinds hij een relatie had met een jonge actrice voelde hij zich ondanks zijn gevorderde leeftijd, zestig, weer een jonge god. Wie weet kon hijzelf nog een zoon verwekken die de svhm nóg groter en machtiger zou maken.

Van zijn tweede zoon koesterde hij geen hoge verwachtingen. Charles Schuurman Hess vroeg zich regelmatig af of Joris wel zijn zoon was, en niet die van de een of andere druiloor met wie zijn voormalige echtgenote een affaire had gehad.

Joris Schuurman Hess was vier jaar jonger dan zijn broer.

Hij beleefde een uitermate plezierige studententijd in Leiden – waar hij zich soms niet eens meer herinnerde wat hij nu eigenlijk studeerde en waar hij zodoende hopeloos sjeesde en afscheid nam met een feest op de sociëteit dat zodanig uit de hand liep dat het heel snel uitgroeide tot een mythische gebeurtenis in de annalen van Minerva. Joris liet de allerhoogste rekening (bar en schade) uit de geschiedenis van het corps achter en zakte zeker een jaar weg in een staat van diepe passiviteit en lethargie. Hij had geen flauw benul wat hij moest gaan doen. Een baan binnen het bedrijf van zijn vader was uitgesloten, daar was Charles volstrekt duidelijk over geweest – 'Ik laat jou mijn levenswerk niet de vernieling in helpen!' – en bovendien had Joris zelf geen zin in kolen. Hij vond het ordinair spul waar je zwarte handen en stoflongen van kreeg.

Charles, die het niet kon aanzien dat zijn zoon langzaam maar zeker veranderde in een vetzuchtige pasja, besloot één poging te doen Joris te redden. Hij kende de hoofdredacteur van dagblad *De Rotterdammer* en verzocht hem zijn zoon als leerling-verslaggever in dienst te nemen.

Het wonder voltrok zich bijna meteen. De eerste dag die Joris doorbracht op de redactie van *De Rotterdammer* was gelijk de beste die hij sinds lange tijd had meegemaakt en misschien wel de beste ooit. Het geluid van de typemachines, de voortdurende sfeer van lichte chaos, de nervositeit, de secretaresses die hem aankeken met een blik waarin hij verlangen meende te herkennen, de ruwe humor en het bier aan het eind van de dienst: Joris vond het allemaal even prachtig. Binnen een maand gedroeg hij zich als de archetypische verslaggever: licht cynisch, wereldwijs en een beetje vermoeid – dat laatste hoefde hij niet te acteren, want hij bracht de meeste avonden door in het journalistencafé De Jager, om de hoek bij het gebouw van *De Rotterdammer*, en vertrok nooit als eerste.

Hoewel hij een aardige pen had, wist hij heel snel dat hij hogerop wilde, dat hij leiding wilde geven aan de krant – hij zag een hoop punten die voor verbetering in aanmerking kwamen, zeker nadat zijn broer Anton voor hem uit de v s een stapel *New York Times*'en had meegenomen.

Joris was zesentwintig toen hij zijn vader belde en hem zijn dilemma voorlegde. Hij was drie jaar verslaggever, hij vond het fantastisch en hij had zich voorgenomen hoofdredacteur te worden. Maar het zou nog minstens twintig jaar duren voor die kans zich zou voordoen, en dat was dan nog een optimistisch scenario. Charles was aangenaam verrast door de ambities van zijn zoon; eindelijk herkende hij iets van zichzelf.

Of zijn vader het niet aardig zou vinden een eigen krant te bezitten, vroeg Joris – hij wist het antwoord al.

c s h was een man die snel verveeld raakte. Wanneer nieuwe uitdagingen te lang uitbleven vroeg hij zich af of zijn leven bijna voorbij was en begon hij meer te drinken dan goed voor hem was. Hij had geen omkijken naar zijn schepen, die volgens strakke schema's lijnen trokken over de oceanen. Elke lading steenkool die ze naar Rotterdam brachten maakte hem nog rijker dan hij al was.

Het telefoontje van zijn zoon kwam op het juiste moment. c s h had net zijn aandelen Koninklijke Shell van de hand gedaan en die verkoop had zijn toch al immense kapitaal bijna verdubbeld. Hij was op zoek naar investeringsmogelijkheden. Zijn idee om een door zijn bedrijf te exploiteren spoorlijn van Rotterdam naar de Duitse hoogovens aan te leggen was gestrand op ambtenaren zonder een greintje verbeeldingsvermogen. De bouw van het Feijenoordstadion was in volle gang – daar hoefde hij zich ook niet meer mee te bemoeien. Hij had plannen met zijn minnares naar Hollywood te reizen en een internationale ster van haar te maken, maar die plannen waren nog te vaag om zijn groeiende onvrede te beteugelen.

Charles Schuurman Hess bestudeerde de jaarcijfers van krantenuitgeverijen in binnen- en buitenland, belde links en rechts wat rond om te informeren naar vooruitzichten en rendementen en wist genoeg. Hij nam contact op met de eigenaar van de krant waar zijn zoon werkte en vroeg of die te koop was. Dat was niet zo. 'Ouwehoer niet en noem je prijs,' zei Charles. 'Alles is godverdomme te koop.'

'Mijn krant niet,' was het antwoord. 'Begin zelf maar een krant. *De Rotterdammer* is een instituut en geen vrachtschip vol kolen.'

'Krijg dan de pestpokken maar, met je flutblaadje,' zei CSH.

Nadat hij nog tweemaal bot had gevangen bij landelijke kranten, belde hij de eigenaar van een regionale krant in Utrecht, *De Tijd*. Hij pakte het nu drastisch aan, want hij had genoeg van de afwijzingen. 'Ik koop jouw krant,' zei hij toen hij was doorverbonden. 'Dat is nu nog een waardeloos vod met een stuk of wat demente bejaarden in Kockengen en Zeist als abonnees. En wat Utrechtse penoze vanwege de politieberichten. Ik heb hier en daar geïnformeerd, jouw krant staat op omvallen. Enfin, ik vertel je niks nieuws.'

Aan de andere kant van de lijn bleef het stil. Charles noemde een bedrag. 'Plus tien procent van mijn winst over de eerste vijf jaar,' voegde hij eraan toe. 'Ja of nee. Nu.'

'Ja,' klonk het. Charles hoorde opluchting, vermoeidheid en hebzucht. Hij belde zijn jongste zoon.

'Ik heb *De Tijd* gekocht. Een waardeloze krant, een pure schande voor de journalistiek. Maar het is een krant, en daar gaat het om. We hebben een titel nodig en een drukkerij. Morgen ontsla ik de hoofdredacteur. Dat is een drankzuchtige nietsnut.' Hij wist niet eens hoe de hoofdredacteur van *De Tijd* heette, maar het leek hem verstandig de agressie in zijn zoon wat aan te wakkeren – nu hij de leiding zou krijgen over een krant, zou hij die goed kunnen gebruiken. Redacties waren slangenkuilen, had een van zijn bronnen tegen hem gezegd, en ze dienden met straffe hand te worden geleid.

'Jij wordt de nieuwe hoofdredacteur,' zei csh tegen zijn zoon. 'Ik wil voor morgen een lijst van de beste journalisten van dat arrogante krantje waar je nu nog werkt. Plus de namen van talenten bij andere kranten. Die jongens kopen we weg. Ik geef je één week om de diamantjes uit het puin van die zogenaamde redactie van *De Tijd* te vissen – ik schat dat het er niet meer dan vijf zijn. De rest krijgt een schop onder zijn luie reet en kan gaan stempelen. We sluiten de krant één maand en dan komen we met *De Nieuwe Tijd*. Als een donderslag bij heldere hemel. Een echte landelijke kwaliteitskrant waar niemand in Den Haag of op de Amsterdamse beurs omheen kan en met een buitenlands correspondentennetwerk waar je u tegen zegt. Ik wil edities voor alle regio's, en Vlaanderen pakken we ook. Zoek vast even uit hoe het zit met de kranten in Indië. Volgens mij is dat ook niet veel soeps. Maar dat is iets voor later. We gooien er een reclamecampagne tegenaan zoals ze die in dit ellendige moeras nog nooit hebben meegemaakt. Godverdomme, ik heb er zin in. En ik wil een prominente plek voor de scheepsberichten.'

Zijn zoon moest een paar keer diep ademhalen. Hij wist dat zijn vader niet was gediend van mitsen en maren. 'Ik pak mijn motor en kom meteen je kant op,' zei hij. 'Ik heb een Harley-Davidson wla Liberator aangeschaft, kun je die meteen zien, 750 cc zijklepmotor.'

'Prima,' zei Charles, die nog nooit van een zijklepmotor had gehoord. 'Niet vergeten ontslag te nemen voor je vertrekt, bij die hoerenloper van een directeur van je.' De man die zijn zoon aan zijn eerste baan had geholpen, was op slag een vijand geworden. 'Met zijn pedante hoofdredactioneeltjes. Wat een bagger, man weet van niks. Ik schrijf elke zaterdag een commentaar over de toestand in de wereld, op de voorpagina. Het wordt tijd dat we de journalistiek redden uit de klauwen van gesjeesde studenten en ander derderangs volk' – hij vergat even dat zijn zoon ook niet was afgestudeerd. 'We hebben mensen met gezag nodig die weten hoe de hazen lopen in de wereld. Jongen, binnen twee jaar hoort iedereen die níét *De Nieuwe Tijd* leest bij de sukkels. Zo moet je dat zien. Ja?'

Joris mompelde iets over de politieke koers.

'*De Nieuwe Tijd* volgt geen politieke koers, de politiek volgt de koers van *De Nieuwe Tijd*,' zei zijn vader. 'Kom op jongen, ooit van Hearst gehoord? Die versloeg geen oorlogen, die verkláárde oorlogen! Ze hebben geen idee hier, echt geen idee. Liggen wat te knorren en denken dat ze met journalistiek bezig zijn. Laat me niet lachen. *De Nieuwe Tijd* gaat ze wakker schudden, of mijn naam is geen Charles Schuurman Hess. Goed, kom als de donder deze kant op met die hoestbui op twee wielen. Niet uit de bocht vliegen, we hebben geen tijd te verliezen.'

Op 1 oktober 1936 verscheen het eerste nummer van *De Nieuwe Tijd*, onder hoofdredacteurschap van de jonge Joris Schuurman Hess en uitgegeven door Charles Schuurman Hess, tevens commentator. Zeppelins voeren kriskras door het Nederlandse luchtruim om de naam van de nieuwe kwaliteitskrant wereldkundig te maken. Het land was volgehangen met duizenden grote reclameaffiches en in alle tijdschriften stonden grote advertenties.

De redactie zetelde in een groot pand aan de Nieuwezijds Voorburgwal in Amsterdam. Hoewel hij een echte Rotterdammer was, vond Charles dat een krant met grote ambities gevestigd moest zijn in de hoofdstad van het land. 'The Times zit ook niet in Liverpool,' zei hij, 'en Le Figaro niet in Marseille. Het is natuurlijk een nare stad en ze hebben er een veel te grote muil, maar Amsterdam is wel het centrum van het land.' Hij kocht een appartement in de splinternieuwe Wolkenkrabber aan het Victorieplein, zodat hij de zaken goed in de gaten kon houden.

csh had zelf de reclamekreet bedacht die de krant onweerstaanbaar moest maken: 'Leest De Nieuwe Tijd, anders krijgt u spijt.' De slogan was hem door de directeur van het reclamebureau waarmee hij samenwerkte afgeraden ('Het is een krant, geen haringtent') maar het advies maakte geen indruk. 'De krant voor verstandig Nederland,' stond er onder de titel op de voorpagina. Ook dat was een ideetje van csh.

De eerste week was De Nieuwe Tijd door het hele land gratis verkrijgbaar. Omdat Joris er, mede dankzij de riante salarisschalen die dnt hanteerde, in was geslaagd grote namen met indrukwekkende netwerken aan de krant te binden, wist De Nieuwe Tijd meteen twee mooie primeurs te scoren – een unicum in het Nederlandse krantenwezen, waar niemand wakker lag van scoops. Die vorm van sensatiezucht hoorde meer thuis in de Engelse yellow press, was de gangbare opvatting. De eerste primeur ging over de Duitse verloofde van de kroonprinses ('Bernhard bevriend met nazi-kopstukken'). Die primeur kwam De Nieuwe Tijd op een waarschuwing van de Commissaris voor de Media van het ministerie van Binnenlandse Zaken te staan. Het was niet de bedoeling in één kop zowel het koningshuis als een bevriende natie te beledigen. Na een telefoontje van zijn vader gaf Joris Schuurman Hess de reporter die met het nieuws naar buiten was gekomen opslag en tevens opdracht verder te spitten. Een week later had dnt een advocaat in vaste dienst.

De tweede primeur had te maken met opstandige elementen in Nederlands-Indië, die streefden naar onafhankelijkheid. Ze zouden in dat streven worden gesteund met geld dat 'linea recta afkomstig was uit de goedgevulde communistische kassen van het Kremlin te Moskou'. Ook de correspondent in Batavia kreeg een forse bonus, hoewel het ministerie van Koloniën het bericht naar fabeltjesland verwees. Er was niks aan de hand en het Indische volk wilde niets liever dan tot het eind der tijden onder Nederlands gezag blijven.

'Mooi zo,' zei Charles Schuurman Hess, 'als ze beginnen te liegen weet je dat je ze hebt geraakt.'

Binnen twee maanden behoorde *De Nieuwe Tijd* tot de drie grootste kranten van Nederland en was het oorlog in de dagbladwereld. Charles Schuurman Hess verdubbelde het reclamebudget en liet in alle voetbalstadions immense borden plaatsen met daarop de naam van zijn krant. 'Wie de massa wil, moet naar de massa toe,' zei hij. Hij belde zijn zoon en zei dat de sportredactie moest worden uitgebreid. '*De Nieuwe Tijd* is een kwaliteitskrant, maar niet zo'n nuffige. Wij schrijven over rare Franse kunstenaars maar ook over de midvoor van het Nederlands elftal en onze jongens in de Ronde van Frankrijk.'

Hij kocht een vloot bestelauto's, die in de kleuren van *De Nieuwe Tijd* werden geschilderd (blauw en geel) en die de naam van de krant uitdroegen tot in de verste uithoeken – en er steeds grotere stapels kranten afleverden.

Toen in mei 1940 de Tweede Wereldoorlog uitbrak – de Berlijnse correspondent van *De Nieuwe Tijd* had gewaarschuwd voor een naderende Duitse inval maar zijn berichten waren niet serieus genomen – verbleef Charles toevallig in Los Angeles, voor zaken en vanwege de liefdesrelatie met het filmsterretje. CSH onderhandelde met Cecil B. DeMille om haar in een van diens films te krijgen, in ruil voor een bijdrage in de financiering. Zo hoopte hij minstens drie vliegen in één klap te slaan: de eeuwige erkentelijkheid van het jonge sterretje plus wat daarbij hoorde, een schitterende primeur voor zijn krant én een aandeel in de winst die de film zou gaan maken. Hij was weer even opgewonden als toen zijn eerste kolenschip afmeerde in de Rotterdamse haven.

Charles was in een duur hotel het filmsterretje juist zijn plan de campagne aan het uitleggen ('Jij bent de nieuwe Greta Garbo,' verzekerde hij haar) toen er op de deur werd geklopt en een hotelbediende hem een telegram van zijn zoon overhandigde. Rotterdam was gebombardeerd, inclusief – een geluk bij een ongeluk – de redactieburelen van *De Rotterdammer*. Toen hij door de telefoniste van het hotel werd doorverbonden met Amsterdam gebaarde hij zijn protegee dat ze misschien beter haar kleren weer kon aantrekken, want dit kon even duren.

'Godverdommese moffen,' zei CSH.

'Wat doen we met de krant?' vroeg zijn zoon.

'Zodra er één Duitser een voet over de drempel zet en zich ermee begint te bemoeien sluit je de tent,' zei CSH. Hij wist wat er stond te gebeuren. Het was geen voornemen waarover hij lang had nagedacht – eigenlijk had hij er helemaal niet over nagedacht. Hij was niet eens fel anti-Duits en als hij met zijn Rolls-Royce over de Autobahn naar zijn chalet in Davos toerde, prees hij de voortvarende wijze waarop de Führer zijn land moderniseerde. De verhalen die hij hoorde van zijn Joods-Duitse handelspartners – van wie de meeste het land inmiddels waren ontvlucht – stemden hem minder vrolijk. Dat gold ook voor de volgens hem laffe manier waarop de Nederlandse regering de toestroom van vluchtelingen uit het oosten trachtte te beperken. In zijn zaterdagse commentaar was hij tekeergegaan tegen 'de Haagse fluimen die het in hun broek doen voor Hitler' – csh was geen groot schrijver, maar hij was wel duidelijk.

Charles besloot het verloop van de oorlog af te wachten in de Verenigde Staten, vanwege zijn jonge geliefde en omdat hij besefte dat hij in Nederland niet lang op vrije voeten zou blijven. Maar hij bleef vooral om in vrijheid – zij het van grote afstand – zijn scheepvaartimperium en zijn krant door de turbulente tijden te loodsen.

Op 1 januari 1941 sloot *De Nieuwe Tijd.* 'Wij willen geen deel uitmaken van de nieuwe tijd die momenteel is aangebroken,' schreef hoofdredacteur Joris Schuurman Hess. 'Ons staan andere nieuwe tijden voor ogen.' Het bevel van de bezetter om alle Joodse redacteuren te ontslaan was de druppel geweest. Joris had een kort en simpel maar dwingend telegram uit de vs ontvangen: 'Close.'

Charles Schuurman Hess maakte de bevrijding niet meer mee. Hij stierf in 1944 op achtenzestigjarige leeftijd in de armen van zijn filmsterretje, dat nog altijd niet was doorgebroken. Zijn laatste woorden, door zijn jonge geliefde na de oorlog in vertrouwen en enigszins beschroomd verteld aan Charles' zoon, luidden: 'Godallemachtig, zo lekker ben ik nog nooit klaargekomen.' Het was net geen *mort douce,* maar het scheelde bijzonder weinig.

Toen Joris op zijn onderduikadres in de buurt van Sneek het nieuws van het overlijden vernam, zwoer hij dat hij *De Nieuwe Tijd* als een feniks uit de as zou laten herrijzen, ter ere van de nagedachtenis aan de grote Charles Schuurman Hess, zijn vader.

Anton Schuurman Hess had de oorlog met Ana en zijn drie zonen doorgebracht in Argentinië. Hij speelde polo, was verzot op de tango en hij voelde zich volkomen thuis in het immense stadsappartement in Buenos Aires of in zijn luxe skihut in Bariloche. Hij en Ana konden het ook prima vinden met president Juan Perón en zijn echtgenote, de goddelijke Evita, voor wie Anton een nog grotere passie ontwikkelde dan voor zijn Ana. Hij voelde geen enkele aandrang terug te keren naar het platgebombardeerde Rotterdam. Hij hoefde niet lang na te denken toen hij in 1947 van een oude concurrent een bod kreeg op de SVHM. Het deel van de verkoopsom waarop hij recht had betekende dat Joris Schuurman Hess in één klap de rijkste vrijgezel van Nederland was en tevens dat het onafhankelijke voortbestaan van *De Nieuwe Tijd* was verzekerd. Lang duurde Joris' vrijgezelle status overigens niet, want hij kreeg spoedig een relatie met de voormalige minnares van zijn vader.

Nog in mei 1945 verscheen het eerste naoorlogse nummer van *De Nieuwe Tijd*. Joris ging hard aan de slag. Hij miste de nietsontziende krachtdadigheid van zijn vader, maar niettemin slaagde hij erin *De Nieuwe Tijd* in no time zijn positie als de belangrijkste krant van Nederland weer te laten innemen. Het bijzondere imago had de bezettingsjaren moeiteloos overleefd en de geest van Charles Schuurman Hess waarde er nog altijd rond.

VI

Charles Schuurman Hess 11

Toen Masser Brock in het najaar van 1991 voor het eerst het gebouw van de krant binnenliep was hij geïmponeerd. Het pand aan de Nieuwezijds Voorburgwal was inmiddels veel te klein geworden en *De Nieuwe Tijd* was alweer een jaar of twintig gevestigd in een modern gebouw aan een van de Amsterdamse uitvalswegen. Hij had een paar jaar gewerkt voor een regionale krant in Haarlem, en dat hij door *De Nieuwe Tijd* was uitgenodigd er te komen werken – de enige manier om er binnen te komen – maakte hem trots. Het voelde alsof hij de toekomst binnenwandelde, een glorieuze toekomst, die hij overigens zelf tot dan niet had voorzien.

Altijd was er een stem in zijn hoofd die zei dat wat anderen in hem zagen een vergissing was. Wanneer hij werd gecomplimenteerd voor een stuk nam hij de lof bescheiden in ontvangst en relativeerde die in stilte onmiddellijk. Hij had van zijn ouders zo vaak te horen gekregen dat hij iets heel goed had gedaan, dat complimenten hun waarde hadden verloren. In plaats van zijn zelfvertrouwen op te krikken, vergrootten ze zijn zelftwijfel.

Maar de brief van *De Nieuwe Tijd* was anders; het leek alsof nu zwart op wit was vastgelegd dat hij tot de grote journalistieke talenten van Nederland behoorde, een constatering die niet viel te relativeren.

De Nieuwe Tijd had een bijzonder personeelsbeleid. Twee redacteuren hielden zich fulltime bezig met de scouting van journalistiek talent, bij andere kranten, op universiteiten of hogescholen. Ze lazen zelfs voetbalblaadjes. Was er op de krant een vacature ontstaan – meestal doordat een redacteur was overleden, met pensioen ging of op staande voet ontslagen, er vertrokken bij DNT hoogst zelden redacteuren vrijwillig – dan ging er meestal nog dezelfde dag een brief de deur uit naar zijn of haar opvolger. Daarin stond steevast dezelfde korte boodschap: 'Wij zouden uw toetreding tot de redactie van *De Nieuwe Tijd* op prijs stellen. U wordt verzocht het onderstaande nummer te bellen. Graag maken wij een afspraak om uw functie en salariëring te bespreken. Met vriendelijke groet, de hoofdredacteur.' Het kwam bijna nooit voor dat iemand weigerde, al was het maar omdat *De Nieuwe Tijd* salarissen betaalde waarvoor je bij andere kranten eerst moest toetreden tot de hoofdredactie.

Het selectiesysteem zorgde ervoor dat de redactieleden van *De Nieuwe Tijd* het gevoel hadden dat ze tot een journalistieke elite behoorden. Op de redactie liepen redacteuren rond die op een discrete plaats het logo van de krant hadden laten tatoeëren, als ultiem bewijs van toewijding en loyaliteit, en ook van de eigen voortreffelijkheid. Iedereen wist dat Mieke Houtappel, de blonde chef van de economieredactie, DNT op haar rechterborst had staan – heel wat van haar mannelijke collega's hadden dat met eigen ogen mogen aanschouwen.

De Nieuwe Tijd werd ook door anderen gezien als het belangrijkste en meest vooraanstaande journalistieke bastion van Nederland. Wie zijn eigen boodschap serieus nam zorgde ervoor dat hij die in DNT naar buiten bracht. Dat stond garant voor onmiddellijke aandacht van alle andere media. Wie iets te lekken had deed dat bij voorkeur in *De Nieuwe Tijd* – de krant stelde wel hoge eisen aan de nieuwswaarde van de gelekte feiten. Interviewverzoeken van DNT werden nooit geweigerd. Wie in DNT stond hoorde automatisch bij de mensen die ertoe deden – of het moest een verhaal zijn waarin iemand vakkundig werd afgefakkeld, want na zo'n strafexpeditie deed je er opeens helemaal niet meer toe.

Het oude adagium van Charles Schuurman Hess I, 'De Nieuwe Tijd volgt niet maar leidt', gold nog altijd. De Nieuwe Tijd stond buiten de verzuiling die in Nederland het openbare leven domineerde, de krant behoorde niet tot een bepaald deel van het politieke of religieuze spectrum. De ene keer werd een politicus van sociaaldemocratische huize finaal ondersteboven geschreven, de volgende keer was een christendemocraat of liberaal aan de beurt. De krant was links en rechts gevreesd en pakte bestuursvoorzitters van multinationals met evenveel venijn aan als leden van het koningshuis, profvoetballers, kerkelijk leiders of kleine krabbelaars.

Wanneer een andere krant een primeur had maakte DNT meteen twee journalisten vrij om die te onderzoeken en liefst als volkomen idioot naar de prullenbak te verwijzen – of zo diep te graven in de achtergronden van het nieuwtje dat het échte nieuws daarna toch in De Nieuwe Tijd stond.

Masser meldde zich op de redactievloer bij zijn nieuwe chef, een man van een jaar of veertig die Steven van Maren heette en die naam had gemaakt met een reeks primeurs en opzienbarende verhalen. 'Kom mee,' zei de chef. 'Ik moet je allereerst voorstellen aan een belangrijk persoon hier op de krant.'

Hij keek even om zich heen en wees toen naar een oude man die met een spiedende blik en een wandelstok tussen de bureaus door schuifelde. Het was Joris Schuurman Hess, inmiddels tweeëntachtig jaar oud. Hij was geen hoofdredacteur meer, maar nog wel het geweten van de krant, de zoon van de mythische held CSH I, degene die nauwlettend de koers in de gaten hield en uit zijn slof schoot als die naar zijn mening niet deugde.

Masser liep in het spoor van de chef Verslaggeverij naar hem toe – 'JSH wil alle nieuwe mensen persoonlijk ontmoeten,' zei de chef. 'Hij wil weten wat voor vlees hij in de kuip heeft.' De zoon werd net als zijn vader bij zijn initialen genoemd.

'Masser Brock,' zei Masser.

'Masser,' zei JSH, terwijl hij licht bevend diens hand vasthield. 'Vreemde naam. Op welke redactie ga je werken?'

'Verslaggeverij, meneer Schuurman Hess.'

JSH keek hem scherp aan. 'Waar kom je vandaan?'

'Van de *Haarlemse Courant*, meneer.'

'En wat deed je daar?'

'Verslaggever. Eerst stadsverslaggever en daarna de gemeentepolitiek.'

'Ooit ruzie gehad met Haarlemse politici, Brock? Dat ze niet meer met je wilden praten en je het liefst wilden verzuipen in Het Spaarne?'

'Zo erg niet, meneer.'

Masser zag dat dat niet was wat de oude man wilde horen.

'Ooit bedreigd door sjoemelaars die je te pakken had genomen?'

'Nee, dat niet.' Masser dacht koortsachtig na of er niets was waarmee hij Joris Schuurman Hess tevreden kon stellen, een wapenfeit dat hem ervan zou overtuigen dat zijn krant een echte versterking had binnengehaald.

'Wat schreef je dan, in godsnaam?'

Masser was even van zijn stuk gebracht. 'Ik heb er wel een keer voor gezorgd dat een wethouder moest aftreden omdat hij zijn broer aan een bouwopdracht had geholpen. En ik moest natuurlijk weleens een tijdje wegblijven uit de Haarlemse cafés.' Dat laatste kon hij zich niet echt herinneren, maar het klonk overtuigend.

'Oké, dat is tenminste iets. Verder?'

'Er gebeurt niet zo heel veel, in Haarlem.'

JSH begon meteen met zijn wandelstok op de grond te stampen. 'Er gebeurt godverdomme overál wat! Er wordt overal gerotzooid en gekonkelefoesd. Overal vullen mensen hun zakken en overal worden mensen genaaid. Er zit altijd ergens iemand smerige plannetjes te bedenken. Wie zegt dat er niks gebeurt, kijkt niet goed genoeg uit zijn doppen. Begrepen?'

'Ja, meneer Schuurman Hess.'

'Mooi. Je werkt nu wel bij *De Nieuwe Tijd*. Hier houden we er niet van als er zogenaamd niks gebeurt. Desnoods zorgen we er zelf voor dat er iets gebeurt. De lezers willen gebeurtenissen, is dat duidelijk?'

'Ja, dat is duidelijk.'

'Daar lezen ze de krant voor. Ze betalen niet voor een krant die elke ochtend meldt dat er weer niks is gebeurd. Ze lezen de krant om het gebrek aan gebeurtenissen in hun eigen miserabele leventjes even te kunnen vergeten, en het gevoel te hebben dat er om hen heen juist van alles aan de hand is. Dat geeft hun leven zin en zo hebben ze weer wat om over te praten en zich over op te winden. Ja?'

'Ja.'

'Geef ze ervan langs, Brock,' zei JSH. 'Nagel ze aan de schandpaal. Laat ze bibberen van angst, dat tuig. Wantrouwen! Wantrouwen is hier het belangrijkste woord. Schorriemorrie!' JSH draaide zich om en liep zonder te groeten weg. Masser keek hem verbaasd na. Het viel hem nu pas op dat Joris Schuurman Hess zware motorlaarzen droeg.

'Zo doet hij dat altijd met nieuwelingen,' zei de chef Verslag-geverij. 'Het is een soort inwijdingsritueel. Kom, we gaan naar de hoofdredacteur.'

Even later klopte de chef op een blauwgeverfde deur waarop in gele letters HOOFDREDACTEUR stond. De deur zwaaide open en een man van zeker twee meter keek Masser uitdrukkingsloos aan. Het was Charles Schuurman Hess II, de zoon van Joris en diens echtgenote, de voormalige actri-ce Mieke de Jong, in Hollywood enige tijd beter bekend als Mickey Young, toen ze nog de geliefde was van de vader van de latere bruidegom en bijna een rol in een film van Cecil B. DeMille had gekregen. Masser schatte hem op een jaar of vijfenveertig.

'Ik zie je straks bij Verslaggeverij,' zei de chef en draaide zich om, nadat hij de hoofdredacteur ervan op de hoogte had ge-steld dat de jongeman tegenover hem luisterde naar de naam Masser Brock.

'*Come in,*' zei Charles Schuurman Hess II.

De hoofdredactionele kamer van CSH II zag eruit als de lounge van een hoerentent. De al gesloten zware, donkerro-de velours gordijnen gaven de ruimte iets broeierigs. Aan de wanden hingen schilderijen, meest naakten. Het meubilair deed Masser denken aan dat van zijn grootvader, de horloge-magnaat: zwaar eiken, schemerlampen en een Engelse boe-kenkast. Op de grond lag een Perzisch tapijt, in een van de hoeken stond een buste – dat zal zijn grootvader zijn, dacht Masser. Een witte concertvleugel domineerde de ruimte. Naast de vleugel lag een sint-bernardshond. De hond tilde even zijn kop op en keek hem aan. Er klonk een zacht en beschaafd blaf-je, alsof Masser was gekeurd en in orde bevonden.

'Lig!' zei Charles Schuurman Hess, hoewel de hond geen aanstalten maakte op te staan. 'Adolf Graf von Ramstein zu

Hohenhausen,' zei hij terwijl hij zich weer tot Masser richtte, 'zeg maar Dolf. Sint-bernard, telg uit een roemrucht geslacht van sint-bernards waarvan de stamvader ooit door mijn grootmoeder is meegenomen van de wintersport. Bij mij in de familie zijn we dol op de opeenvolging der generaties. En mocht je je afvragen waar dat tonnetje cognac om zijn nek is: dat is dus een mythe. Zo'n Disney-verzinsel. Overigens is Dolf een buitengewoon intelligent dier.'

Zonder verder uit te leggen waaruit dat zoal bleek, ging CSH in een van de twee rookstoelen zitten. Hij gebood Masser plaats te nemen in de andere.

'Iets drinken?'

'Koffie graag,' zei Masser. 'Met melk en suiker.'

'Maris,' schreeuwde CSH, 'twee koffie!'

Naast de Engelse boekenkast ging een tweede deur open en er kwam een vrouw naar binnen aan wie je kon zien dat ze ooit een jonge schoonheid was geweest. Op hoge hakken trippelde ze meer dan dat ze liep. Ze was het soort vrouw dat de tijd als water van zich afschudt en een leeftijdsschatting onmogelijk maakt. Misschien was ze even in de veertig, misschien vijfenvijftig. Ze kwam naar Masser toe en stak een hand uit.

'Mariska Klappe-Wildschut,' zei ze. 'Secretaresse hoofdredactie.'

'Zonder Maris ben ik verloren,' zei CSH. 'Ze weet hier alles en regelt alles. Eigenlijk is zij de hoofdredacteur en ben ik haar onderknuppel. Of niet, Maris?'

'Je overdrijft,' antwoordde ze, wat erop wees dat het niet helemáál overdreven was.

'Ik overdrijf nooit. Nou ja, soms. Neem je zo ook even de papieren van meneer Masser hier mee?' Hij streelde haar met zijn ogen.

'Getrouwd, heer Masser?'

'Brock,' zei Masser. 'Masser is mijn voornaam. Nee, niet getrouwd.'

'Aha,' zei CSH, 'dat was me even ontgaan. Samenwonend?'

'Ook niet. Niet meer in elk geval.'

'Oké, verstandig. Roken, Brock?' Hij haalde een pakje sigaretten tevoorschijn.

Masser pakte een sigaret.

'Neuken?'

Masser kreeg een kleur en Charles begon keihard te lachen. 'Neuken moet je zelf maar regelen,' zei hij. 'Dat hoort niet bij de arbeidsvoorwaarden. Al loopt er hier op de werkvloer genoeg rond. Enfin, genoeg gelachen. Ter zake. Heb je mijn vader al ontmoet?'

'Daar heb ik zojuist even mee gesproken,' zei Masser.

'Je bedoelt vermoedelijk dat hij het woord heeft gevoerd en dat jij zo nu en dan ja of nee mocht zeggen. Klopt?'

'Klopt.'

'Man komt al vijftig jaar op zijn Harley-Davidson naar de krant, ook als het glad is. Vind je daarvan?'

'Gevaarlijk.'

'Nee, dat is liefde. Dat is trouw, loyaliteit en vertrouwen. Dat is kiezen en erin blijven geloven. Ding is uit 1936, rijdt al vijfenvijftig jaar als een zonnetje. Wat je geeft, krijg je terug. Eens, Brock?'

'Ja, dat zou best kunnen.'

'Mijn vader is de rijkste opruier van Nederland. Vindt-ie leuk. Zoals al die corpsballen, ikzelf niet uitgezonderd. Daar in de hoek, dat is mijn grootvader. De oude Charles Schuurman Hess, oprichter van deze krant, God hebbe zijn ziel. Maar dat zal wel niet. Welkom bij *De Nieuwe Tijd*, Masser.'

'Dank u.'

Mariska kwam binnen met twee kopjes koffie op een zilveren dienblad, waarop ook een bruine enveloppe lag. Ze zette het dienblad op de salontafel tussen CSH en Masser in en overhandigde de enveloppe aan haar baas. CSH opende hem, haalde er papieren uit en begon die te bestuderen. Toen richtte hij zijn blik weer op Masser. 'Ik heb hier je scoutingrapport,' zei hij. 'Daar staat in waarom we je hebben gevraagd bij onze krant te komen. Zoals je hebt gemerkt doen we niet aan sollicitatiegesprekken. We weten van elk van de redacteuren hier nu al door wie hij of zij zal worden opgevolgd, mocht de dood intreden of iets anders vervanging noodzakelijk maken. Jij volgt Cornelis Altena op. Ken je Cornelis Altena? Ik bedoel, kende je hem?'

'Natuurlijk. Iedereen kende Cornelis Altena.'

'Heeft zich doodgewerkt, arme kerel, negenenvijftig jaar en plop, omgevallen. Zonde, maar een geluk voor jou natuurlijk. We hielden je al ruim een jaar in de gaten.'

'O,' zei Masser.

'Cornelis Altena was een van onze beste mensen, een uithangbord van *De Nieuwe Tijd*, aan zulke reuzen dankt deze krant zijn onaantastbare reputatie. Als Cornelis Altena een week geen primeur had, werd hij depressief. Serieus waar. En dan wist je zeker dat hij de week erna weer met een knaller zou komen. Ik bedoel maar: je volgt niet zomaar een koekenbakker op.'

'Daar ben ik me van bewust,' zei Masser.

CSH bladerde door de papieren. 'Hier staat dat je een messcherpe pen hebt. Klopt dat?'

'Ik vind het moeilijk dat van mezelf te zeggen.'

'Fout antwoord. Je hebt een messcherpe pen en als dat zo is, dan is dat zo. Zelf kan ik geen drie regels achter mekaar schrijven zonder taalfout, en ik ben ook niet bang om dat toe te geven. Dus?'

'Ik heb inderdaad best wel een scherpe pen.'

'Messcherp. Er staat ook dat je bent opgevoed op een boot en dat je ouders hippies waren en misschien nog altijd zijn. Klopt?' Masser was verbaasd dat CSH op de hoogte was van zijn achtergrond.

'Mijn moeder is kunstenares en mijn vader, eh... mijn vader is boekhandelaar en singer-songwriter. Niet zo'n bekende trouwens. Ze zijn nu misschien wat te oud om nog hippie te worden genoemd. Maar vroeger waren ze het zeker. Ze zijn gescheiden.'

'Drugs?'

'Allang niet meer.'

'Links?'

'Denk het wel. Al zou je mijn moeder eerder anarchistisch kunnen noemen en is mijn vader in de loop der tijd een stuk milder geworden. Het zou me niet verbazen als hij D66 stemt.'

'En jij? Links?' Masser vond het een tricky vraag. Hij had zijn contract nog niet ondertekend.

'Niet echt. Maar ook niet rechts. Meer anarcholiberaal.' Hij hoopte dat CSH II hem niet zou vragen wat dat precies inhield, want hij had geen idee, maar hij had ooit ergens gelezen dat *De Nieuwe Tijd* het best als anarcholiberaal kon worden omschreven.

'Hm. Zodra ik in je stukken iets van je politieke voorkeur tegenkom, krijg je een waarschuwing. Daarna nog een. En bij de derde keer vlieg je eruit. Duidelijk?'

'Ja.'

'Luister. Mijn grootvader was een kapitalist van het zuiverste water. En gelukkig maar, anders had hij nooit deze krant kunnen kopen en groot maken. Een echte liberaal, maar met een hart van goud. Dat is tenminste wat ik van iedereen hoor. Zat altijd achter de wijven aan, maar dat terzijde. Mijn vader

was na de oorlog een van de oprichters van de PvdA en toen de
vvd zich daarvan afsplitste, ging hij mee. Na een jaar wilde hij
er niks meer mee te maken hebben en zegde hij zijn lidmaat-
schap op. Hij haat de politiek, maar dat had je waarschijnlijk al
gemerkt.'

'Ja.'

'Die ouwe kotst in principe op alles in krijtstreep, al draagt
de macht natuurlijk ook weleens een spijkerpak, om de boel
om de tuin te leiden. Mijn vader is altijd tegen de macht tekeergegaan via de macht van zijn krant, dus je zou kunnen
zeggen dat er iets dubbels zit in zijn opvatting, maar zonder
macht ben je nou eenmaal machteloos, en iemand moet de
macht aan de kaak stellen. Ik denk dat het met zijn oorlogsver-
leden te maken heeft dat-ie zo is geworden. Roken?'

Masser nam nog een sigaret uit het pakje.

'En dan vraag jij je natuurlijk nu af: en die Charles Schuurman Hess, hoe zit het daarmee? Vroeg je je dat af, Masser?
Wees eerlijk.'

'Ja,' zei Masser, 'dat vroeg ik me inderdaad wel af ja.'

Masser vroeg zich helemaal niks af, maar nu csh hem de
vraag had voorgelegd leek het antwoord hem inderdaad best
interessant.

'Goed zo. Logische vraag. Oké, luister. Ik heb niks tegen
kapitalisten. Ook niet tegen socialisten trouwens. Je moeder
is anarchist? Prima. Zolang ze mijn Porsche maar niet op-
blaast. Ik heb niks tegen links en ook niet tegen rechts. Ik
heb ook niks tegen de politiek. Ik vind zelfs macht niet erg
– er is altijd macht, en als je de ene machthebber een kopje
kleiner maakt, komt de volgende. Het machtsvacuüm bestaat
niet, tenminste nooit erg lang. Ik heb niks tegen multinationals en ook niet tegen milieuactivisten, om maar eens iets te
noemen. Ik vind de Chinezen prima lui en de Russen ook,

evenals de Finnen. Het zal me allemaal aan mijn reet roesten.'

Masser vroeg zich af waar Charles Schuurman Hess heen wilde.

'Je denkt nu: waarom vertelt hij me dit? En waarvoor zit hij dan wél op die stoel? Ja?'

'Ja, eerlijk gezegd wel.'

'Prima. In de eerste plaats ben ik hoofdredacteur van *De Nieuwe Tijd* omdat ik geen keuze had. Mijn grootvader was het, mijn vader was het. *De Nieuwe Tijd* is een soort konings-huis. Je wordt erin geboren en je bent gesjochten, je leven staat vast. Ik had geen broer om het op af te schuiven – eigenlijk wil-de ik concertpianist worden. Natuurlijk had ik kunnen zeggen: trek maar iemand van buiten aan, maar dat kon niet. Waarom niet? Hierom niet: omdat mijn grootvader in zijn testament heeft laten vastleggen dat er, zolang er nog een wettelijke erfge-naam is, een Schuurman Hess aan het roer moet staan bij *De Nieuwe Tijd*. Zo niet, dan vervallen de aandelen aan een stich-ting en zijn we ze kwijt. Die stichting heeft hij voor de oorlog al opgericht en die leidt sindsdien een slapend bestaan. Zij het niet minder bedreigend, want als ze ontwaakt verslindt ze ons. Tenminste, de krant. De stichting heet niet voor niets Stich-ting IDG, wat staat voor In De Goot. Gechargeerd, maar toch. Zodra de aandelen zijn overgegaan naar de Stichting mag die ze verkopen. En met de miljoenen die ze daarmee verdienen moeten culturele projecten in Rotterdam worden gesteund en bevorderd. Krijgt de oude Charles alsnog een standbeeld. Ja?'

CSH keek of de implicaties van zijn woorden tot Masser doordrongen. Masser knikte.

'Mijn grootvader wilde een onverbrekelijke band tussen de familie en de krant, en ik verdenk hem ervan dat hij *De Nieuwe Tijd* ook zag als een mooi drukmiddel om voor nageslacht te zorgen en zo zijn genen en de Schuurman Hess-dynastie tot in lengte van dagen te laten voortbestaan. Bovendien had hij een macaber gevoel voor humor. Ten tweede, om terug te komen op mijn vraag: deze baan schuift goed, nog afgezien van de dividendbetalingen. Dat is mede te danken aan het feit dat ik mijn eigen salaris bepaal, en dat is geen kattenpis.'

'Nee, dat geloof ik graag,' zei Masser, die langzaam ontspande.

'Maar er is nog een reden dat ik hoofdredacteur ben,' ging CSH verder, 'al kende ik die nog niet toen ik vijf jaar geleden mijn vader opvolgde. Wil je die reden weten?'

Masser knikte.

'De waarheid,' zei Charles. 'Ik wil de waarheid weten, ik ben gek op de waarheid. Zeg maar gerust dat ik er verslaafd aan ben. De waarheid is heerlijk, maar zoals met alles wat heerlijk is, is ze heel zeldzaam en moeilijk te vinden. De waarheid is net zo'n truffel. Weleens gegeten, truffels? Kosten een vermogen. De waarheid is ook peperduur, vertel mij wat. Maar hier gaat het om: ik zou geen betere plek kunnen bedenken om achter de waarheid aan te jagen dan deze. Ik wil dat tweehonderdtwintig mensen, de redacteuren van *De Nieuwe Tijd*, niks anders doen dan mij zo nu en dan een heerlijk stukje waarheid serveren. En de lezers natuurlijk. Echte, zuivere waarheid.'

Masser dacht nog na over de vraag of hij weleens truffels had gegeten, hij dacht van niet.

'We leven in een leugenachtige tijd,' zei CSH, 'ben je dat met me eens?'

'Ja, dat geloof ik ook wel.'

'Iedereen liegt zich een slag in de rondte. Er is geen nieuws zonder leugens, ga daar maar van uit. Hoe goed jij je best ook doet om de waarheid te achterhalen, op het moment dat je een stuk schrijft over het een of ander staan er leugens in, dingen die niet waar zijn, verzinsels. Daar kun jij ook niks aan doen, dat is omdat alles wordt verhuld, omdat ze je maar een stukje van de waarheid vertellen. Of omdat niemand, maar dan ook echt niemand, de waarheid kent. Waarheid is het alleringewikkeldste woord dat er bestaat. Wat betekent het eigenlijk? Jouw waarheid is niet die van mij. En toch moet er ergens een objectieve waarheid bestaan, over alles. Een waarheid die zo helder is, en zo voorzien van argumenten en onderbouwingen en weet ik veel, dat wij allebei zouden moeten toegeven: ja, dat is de absolute waarheid, daar kan niemand meer omheen. Ik wil de waarheid onder de waarheid ónder de waarheid. Snap je?'

'Ja.'

'Naar die waarheid, Masser, die diepe waarheid, ben ik voortdurend op zoek. Noem het een obsessie, noem het zoals je wilt. Als jij me voortaan elke maand een stukje van die waarheid kunt offreren, ben je mijn man. Ik wil begrijpen hoe de wereld in elkaar steekt, hoe de dingen zich voltrekken. Veel gevraagd, ik weet het, maar je moet je doelen hoog stellen.'

'Heel hoog.'

'Wat gebeurt er op dit moment in Joegoslavië, Masser? Weet je dat?'

'Er is oorlog.'

'Waarom is er oorlog?'

'Omdat Slovenië en Kroatië zich onafhankelijk hebben verklaard.'

'Waarom hebben ze dat gedaan?'

'Omdat ze los willen komen van de Serven.'

'Waarom? Ging het slecht?'

'Nee, dat niet, geloof ik.'

'Wat denk je dat er gaat gebeuren in Bosnië-Hercegovina, Masser?'

'Dat weet ik niet.'

'Waarom worden mensen tegen elkaar opgezet, zodat ze elkaar gaan haten en uitmoorden, terwijl ze ook in rust en vrede zouden kunnen samenleven?'

'Dat weet ik ook niet.'

'Wij zien alleen het vuur, Masser. Maar ik wil weten waarom het brandt.'

csh legde drie aan elkaar geniete velletjes papier op tafel. Op het bovenste stond: *Contract.* 'Goed. Wat wil je verdienen?' Hij pakte een pen. 'We doen hier niet aan journalisten-cao's. Noem eens een brutobedragje.'

'Tja,' zei Masser. Hij probeerde zich te herinneren wat zijn brutosalaris bij *De Haarlemse Courant* was, maar hij had geen idee.

'Bij *De Haarlemse Courant* zat je op zesendertig mille,' zei csh. 'Ik stel voor dat je bij ons begint op tachtig. Plus een auto van de zaak. Is dat akkoord? Dan hier graag tekenen.' Hij schoof het contract en een vulpen naar Masser toe.

Masser tekende, verbluft – over wat hij had gehoord en ook over zijn nieuwe salaris.

VII

Pantsjagan

Mia Kalman liep met korte, gehaaste passen de Korte Hout-
straat uit en boog, toen ze op het Plein was aangekomen, af in
de richting van het gebouw van de Tweede Kamer. De terrassen zaten vol en nazomers gemurmel met zo nu en dan een
uitschieter van gelach of stemverheffing vulde de lucht. Maar
Mia had geen tijd voor terrassen en smalltalk, er was werk aan
de winkel. Ze stapte zonder om zich heen te kijken langs de
tafeltjes, om zo de kans dat ze werd aangeroepen door een bekende zo klein mogelijk te maken. Mia Kalman was tweeën-
veertig en de belangrijkste speechschrijver van de premier van
Nederland.

Ze moest naar het Torentje, een klein achthoekig gebouwtje
met een puntdak dat tussen het regeringscomplex en het Mau-
ritshuis stond, met uitzicht op de Hofvijver. Vanwege de veiligheid was de toegang tot het Torentje vanaf het Plein afgesloten
– Mia moest via de poort van het Binnenhof binnendoor en
onder begeleiding naar het vertrek van de minister-president.
Ze liet haar pas zien, knikte naar de bewaker, ging een toilet in
om haar make-up en kleding te controleren, glimlachte even
naar zichzelf, verliet het toilet en liep verder.

Het sms'je van haar baas was gekomen nog voor ze een
nieuwsalert kreeg: er waren vier Nederlandse soldaten omgekomen bij een vredesmissie in een land waarvan ze niet eens
wist dat er een Nederlandse vredesmissie actief was. Ze belde

hem meteen: een Bushmaster was op een landmijn gereden en de explosie was zo hevig geweest dat de wagen was opgetild en ondersteboven weer was geland, met de vijf inzittenden er dankzij hun veiligheidsgordels nog in. Mogelijk hadden ze het overleefd als er niet meteen na de ontploffing uit het niets gewapende mannen waren opgedoken die het vuur hadden geopend op de verwrongen hoop staal en de inzittenden, en die daarna weer waren verdwenen in de woestijn. Een van de soldaten had de aanslag overleefd, vermoedelijk hadden de terroristen hem over het hoofd gezien. Hij lag met een shock in de ziekenboeg van de Nederlandse militaire compound, in afwachting van het moment waarop hij vervoerd zou kunnen worden naar Nederland.

'Maak vast iets voor Twitter,' las ze. 'Ik moet straks een verklaring afleggen op de drie publieke zenders en bij RTL en SBS.'

Mia klopte op de eiken deur en hoorde iets dat op '*entrez!*' leek. Toen ze binnenkwam zag ze haar baas door de kleine ruimte ijsberen, een mobiel aan elk oor. Ze hoorde achtereenvolgens 'Verdomme!', 'Kolerezooi!', 'Gore woestijnratten!' en 'Haha!'

Ze trok haar jasje uit en wachtte tot de premier was uitgesproken. Ze vond het altijd weer verbazingwekkend dat het land werd bestuurd vanuit deze Hollandse huiskamer – en ook wel weer toepasselijk. Buiten landden een paar eenden in de Hofvijver – misschien waren het als eend vermomde drones met een explosieve lading, dacht Mia. Het zou niet lang meer duren voor het luchtruim rond het Torentje zou worden gesloten, ook voor alle soorten van gevogelte, want het waren rare tijden.

'Mia!' riep de premier. 'Ik ben blij dat je er bent. Godsamme, wat een toestand. Iets drinken?'

'Watertje,' zei Mia. Ze pakte de afstandsbediening van de tv en zette hem vast aan – over vijf minuten begon het zesuurjournaal.

De premier schonk een glas in. 'Als je een tekstje hebt voor Twitter, gooi het er dan meteen op. Een snelle reactie van de premier is belangrijk.'

'Staat er al op,' zei Mia. 'Getroffen en geschokt door gebeurtenissen in Pantsjagan. Mijn diepe medeleven aan alle familieleden.'

'Heel sterk en to the point. Moet er nog een scherpe veroordeling van de aanslag in? Of past dat niet in 140 tekens? Oké, dat is misschien meer iets voor mijn toespraak op tv. Heb je een Engelse vertaling? Knal ik die er meteen achteraan zodat mijn reactie ook wordt opgepikt door de internationale media.'

'Ik heb het wel zo'n beetje in mijn hoofd,' zei Mia. 'In de eerste plaats staan we stil bij de slachtoffers. Hebben we hun namen? Oké, dat is belangrijk, dat trekt die jongens uit de anonimiteit. Waarom waren ze daar? Ik bedoel, waarom zijn wij daar eigenlijk, in die ellendige woestijn?'

Mia wist dat ze vrijuit kon praten en dat ze tegenover de premier geen façade hoefde op te houden. Andersom gold dat ook.

'Voor de vrijheid,' zei de premier. 'En voor de westerse waarden. We strijden daar tegen de laffe terroristen. En voor de vrouwenrechten, geloof ik. En er zit veel olie in de grond, maar dat doet niet ter zake. Wél natuurlijk, maar niet voor de speech.'

'Eén ding tegelijk,' zei Mia, 'we moeten het niet te ingewikkeld maken. De bestrijding van het laffe terrorisme lijkt me in dit geval het best, want daardoor zijn die jongens per slot van rekening omgekomen. En dan fiets ik het woord vrijheid er nog wel even tussendoor, dat is ook altijd goed. Die vrouwenrechten komen later wel weer een keer.'

'Goed,' zei de premier. 'Prima. Namen en waarom ze daar waren. Check. En dan?'

Mia keek even naar de nieuwslezeres, die de gebeurtenissen in Pantsjagan beschreef. Er was een foto te zien van het wrak waarin de soldaten waren omgekomen. 'Dan moet er iets komen over vastberadenheid en zo,' zei ze. 'Dat we ons hierdoor niet van slag laten brengen. Dat die doden niet voor niets zijn geweest en dat we het aan die jongens en aan de mensen in eh... hoe heet het ook maar weer, verplicht zijn de missie voort te zetten tot er weer een toekomst gloort.'

'Pantsjagan. Schitterend. Een toekomst gloort, dat is heel mooi. Daarvoor doen we het allemaal. Verder nog iets dat erin moet?'

'Iets met ons land,' zei Mia. 'Een afronding met ons land is perfect. Dat doet de president van Amerika ook altijd, en ik denk dat wij er langzamerhand ook aan toe zijn. Die jongens worden straks met militaire eer van vliegveld Welschap naar de officiële teraardebestelling in Den Haag vervoerd en langs de snelweg zal het zwart zien van de mensen. Dat is allemaal ons-landgevoel, en daar moet je als premier nu al op inspelen.'

'Krijgen we een officiële teraardebestelling in Den Haag? Dat wist ik nog niet!'

'Ik denk dat je best een staatsbegrafenis kunt aankondigen,' zei Mia. 'Die jongens zijn voor ons gesneuveld in den vreemde. Daar moet iets tegenover staan. We hebben die traditie niet zo, maar er is niets op tegen als jij die begint. Een korte toespraak van de premier, een paar van die trompetters, en dan de kisten die langzaam zakken. Heb je eigenlijk een uniform?'

'Nee. De dienstplicht was in mijn tijd gelukkig al afgeschaft. Ik zou ook niet weten hoe je moet salueren. Maar voor de rest klinkt het uitstekend. Ik zal het met de koning opnemen, want die moet er ook bij, met de koningin.'

'Het moet ook worden geregeld met de nabestaanden,' zei Mia. 'Misschien hechten die aan een begrafenis in kleine kring.'

'Boven een begrafenis in het bijzijn van de premier, de koning en de koningin en een riedel generaals? Kom nou! Misschien kunnen we nog een paar jongens uit het amusement optrommelen die daar zijn geweest om op te treden, misschien is er beeld waarop je een van die dode gasten ziet met de een of andere smartlappenzanger. Stel je even voor hoe dat erin hakt. En dan de hele boel live op tv – ik denk niet dat er één nabestaande is die dat niet schitterend zal vinden. En anders sturen we er een paar ambtenaren op af om die lui te overtuigen.'

Mia zat al achter haar laptop. Het kostte haar twintig minuten om de toespraak van de premier op papier te zetten. Ze had de thema's per alinea gerangschikt en er telkens tussen haakjes de bijbehorende emotie achter gezet. Ze las de speech voor aan de premier. Hij was op zijn bureau gaan zitten.

'Dames en heren,' begon Mia, 'vanmiddag werd ons land getroffen door het afschuwelijke nieuws over de dood van vier van onze soldaten in Pantsjagan. (*Pauze, vechten tegen emotie*) Korporaal Kees de Jager en de soldaten der eerste klasse Cor Brandsma, Jellejan van Houten en Govert Prakke werden, nadat hun pantserwagen op een zware landmijn was gereden, geliquideerd door even gewetenloze als laffe terroristen. Sergeant Jeroen Weenink wist als door een wonder te overleven. (*Pauze, ontroering*)

Zij waren in Pantsjagan voor onze vrijheid. En voor de vrijheid van de Pantsjagenen. (*Checken, Pantsjariërs??*) Zij gaven hun leven in de strijd tegen het terrorisme. Zij vielen door de laffe hand van terroristen zonder genade. (*Pauze. Overgang naar vastberadenheid*)

Maar zij zijn niet voor niets gestorven. Wij zullen en mogen ons niet laten intimideren door het kwaad. De missie in Pantsjagan zal met volle kracht én overtuiging worden voortgezet. Samen met onze coalitiepartners zullen wij ons blijven inzetten, tot een nieuwe toekomst gloort, voor de vrijheid en de Pantsjariërs. (*?? Check. Pauze. Terug naar ingetogen*)

Ons land heeft vandaag een harde klap te verwerken gekregen. Maar ik weet dat Nederland sterk genoeg is en zo overtuigd van de waarden waarvoor wij in Pantsjagan staan, dat wij dit drama, schouder aan schouder met de zo zwaar getroffen nabestaanden, zullen verwerken. (*Pauze. Krachtdadig*) Daarom heb ik vandaag besloten, in samenspraak met onze koning, dat de vier slachtoffers een staatsbegrafenis zullen krijgen – zodat wij hun de eer kunnen bewijzen die zij verdienen. (*Pauze*)

Hun dood zal niet ongestraft blijven, wij zullen de daders opsporen en voor het gerecht brengen. (*Overtuigend!! Dreiging. Pauze*)

Moge God ons bijstaan en ons genadig zijn. (*Pauze, zo mogelijk combi krachtig en gevoelig*)

Leve de koning! Leve Nederland! (*Strakke blik in de camera. Slot. Wilhelmus??*)'

De premier van Nederland keek verliefd naar zijn tekstschrijfster. 'Je hebt jezelf overtroffen,' zei hij. 'De tranen staan me in de ogen. Hoe lang heb ik nog?'

'Kwartiertje,' zei Mia.

'Dat van God, is het land daar klaar voor? In mijn eigen achterban stikt het van de godloochenaars en bij onze coalitiepartner is het helemaal een heidense bende.'

'Dat moet je niet zo letterlijk zien. Je gebruikt God hier in metafysische zin. Er zou ook lot kunnen staan.'

'Lot?'

'Ja, moge het lot ons bijstaan en genadig zijn. De mensen vullen tegenwoordig bij het woord "God" gewoon in wat ze het beste uitkomt.'

'Goed, prima. En dat straffen van de daders, is dat niet wat al te optimistisch? Het doet me denken aan Bush na 9/11. Dat heeft ook nogal een tijd geduurd. En voor het gerecht brengen? Ze moeten dood!' De premier sloeg nu op de tafel, alsof hij de daders eigenhandig wilde gaan ombrengen. '*Abknallen!*'

'Je kunt deze alinea niet missen,' zei Mia. 'Er moet wraak in, dat willen de mensen. Iedereen is woedend. Natuurlijk krijgen we die gasten van z'n lang zal ze leven niet te pakken. Maar de intentie moet er zijn, evenals de intentie van een rechtszaak. Zij zijn de barbaren, niet wij, dat is wat je hier zegt.'

'Je hebt gelijk. Zet ik zelf het Wilhelmus in, of wacht ik op de muziek?'

'Wachten,' zei Mia, 'en in geen geval meezingen. Dat is over de top.'

'Goed, duidelijk. Ga ik nu als de wiedeweerga de koning bellen, want die mag niet verrast worden door de mededeling over een staatsbegrafenis. Die denkt natuurlijk dat alleen leden van zijn familie zoiets krijgen aangeboden. Enfin, kan hij zijn gala-uniform weer eens uit de kast halen, daar is-ie gek op. Hij zit er nog maar een paar maanden, dus dit is voor hem ook een buitenkansje.'

'Check ik nog even die Pantsjadinges,' zei Mia. 'Succes! Laat dat papiertje met de tekst niet slingeren, want dan ben je de sjaak.'

Even later sms'te ze 'Pantsjagenen' naar de premier.

Mia stak het Plein weer over, op weg naar het station. Ze was vermoeid, zoals altijd wanneer ze in korte tijd een speech over iets behoorlijk ingewikkelds helder en voor iedereen begrijpelijk op papier had moeten zetten en daarbij het imago van de premier voor ogen moest houden. Het was evenwichtskunst, en ze moest rekening houden met de manier waarop hij speechte. De premier was geen groot redenaar en hij slaagde er regelmatig in van Mia's zorgvuldig gecomponeerde toespraken een ratjetoe te maken waarvan de crux iedereen ontging. Ze moest zichzelf er voortdurend aan herinneren de zinnen niet te lang te maken en het gebruik van bepaalde woorden te vermijden. Zo lukte het hem niet 'scepsis' uit te spreken als 'skepsis', maar had hij het altijd over 'sepsis' – tot Mia het woord op haar zwarte lijst had geplaatst.

In de trein volgde ze de toespraak op haar mobiel. De premier deed het prima, vond ze, al klonk hij eenmaal strijdlustig waar hij eigenlijk empathisch had moeten overkomen. Na afloop checkte ze op Twitter de eerste reacties. Ze las een paar bozige stukjes over de nationalistische toon en 'het pathetische Wilhelmus aan het slot', maar de meeste mensen waren enthousiast. Mia had de stemming goed ingeschat, zoals meestal.

'Toespraak ingeslagen als bom ;-),' sms'te de premier. 'You're the best! Wanneer gaan we weer eens dineren?' Succes werkte op zijn libido, wist Mia, en ze wist ook dat de geruchten dat hij homoseksueel was volkomen uit de lucht waren gegrepen. Hij was niet getrouwd, dat was heel iets anders.

Ze belde haar zoon. 'Jimi,' zei ze, 'ik ben er met een uurtje. Kun je vast twee pizza's uit de vriezer halen? Eten we die straks samen gezellig op.' Ze keek naar buiten, waar het avondlijke, zachte septemberlicht de landerijen iets vredigs gaf. Het ritme van de trein maakte haar rustig. Ze pakte een krant uit haar tas, sloeg hem open en las de column van haar broer. Ze glimlachte. Ze wist waar hij op ditzelfde moment over zat te schrijven. Zijn commentaar zou vernietigend zijn. Masser wist wie de premier van teksten voorzag, maar dat deed er niet toe. Hij fileerde de premier, niet haar. Die teksten waren haar werk, net zoals zijn columns dat voor hem waren. Dat hij met volle overgave tegen haar werk tekeerging was ook een bewijs van de kwaliteit van haar producten. Bovendien verwachtten zijn lezers niet anders.

Ze kenden allebei hun rol, en dat ze vaak diametraal tegenover elkaar stonden – op papier – beïnvloedde hun verhouding niet. We zouden, dacht Mia, gemakkelijk van positie kunnen wisselen. Ik zijn column, hij de speechschrijver van Tup. Het gaat niet om overtuiging, het gaat om vakmanschap.

'Tup' heette de premier als Masser en Mia het over hem hadden. Die naam had te maken met een kinderboekenserie die *Tup en Joep* heette en waaruit Carla weleens had voorgelezen – tot Stella tegen haar gezegd had dat er 'schandelijke racistische stereotypen' in stonden. Maar toen de premier in zijn eerste kabinet een vicepremier aanstelde die Joep heette, werd hij door de twee Brocks omgedoopt tot Tup. Die bijnaam was inmiddels zo gewoon dat Mia moest oppassen haar baas niet per ongeluk met Tup aan te spreken.

Ze had overigens nooit tegen de premier gezegd dat ze de zus van Masser Brock was. Telkens wanneer ze had besloten dat het er maar eens van moest komen, stond er weer een column in *De Nieuwe Tijd* waarin de premier voor onnozelaar werd uitgemaakt, of voor windbuil, en liep haar baas met een moordenaarsblik door het Torentje – zodat het haar beter leek de mededeling nog even uit te stellen. Ze had de achternaam aangehouden van haar ex – ze vond het fijn dat ze die deelde met haar zoon. Carlo Kalman was een jaar na de scheiding, toen Jimi twee was en Mia eenentwintig, om het leven gekomen tijdens de beklimming van de Mount Everest. Mia dacht zelden meer aan hem en voor Jimi was zijn vader een totaal onbekende – hij had geen enkele behoefte méér te weten over de man die hem het leven had geschonken.

Jimi Kalman was drieëntwintig. Hij was tamelijk klein en zijn uiterlijk en zijn hele doen en laten wezen op een strak geordende geest. Hij deed alles overwogen en had een hekel aan verrassingen. Hij ging zelfs volgens een strak schema naar de kapper: om de vijf weken, zaterdagochtend 11.00 uur. Hij miste de onstuimigheid en de neiging risico's te nemen van zijn leeftijdsgenoten. Ook leek hij amper geïnteresseerd in meisjes.

Soms vroeg Mia hem ernaar, maar dan haalde hij zijn schouders op. 'Komt nog wel,' zei hij, 'en anders maar niet. Ik ben bezig met andere dingen.' Daar liet hij het bij, want hij hield niet van lange gesprekken.

Zijn wereld was klein en hij leek zich daar prima bij te voelen. Hij sliep elke nacht zeven uur, geen kwartier langer of korter. Zijn dagen waren bijna van minuut tot minuut ingedeeld. Voor het begin van elk studiejaar bestudeerde hij zijn lesrooster en maakte vervolgens per dag een strak tijdschema, waarvoor hij maaltijden, reistijd, huiswerk, gamen en andere activiteiten in een Excelsheet had gezet. En daar hield hij zich vervolgens aan. Er was zodoende in zijn leven weinig ruimte voor improvisatie of onverwachte zaken. Jimi Kalman was zich vanaf heel jonge leeftijd bewust van het verstrijken van de tijd en wanneer dat gebeurde zonder dat hij die vulde met een concrete bezigheid, voelde hij een lichte vorm van paniek, alsof zich iets onherstelbaars had voltrokken.

Jimi had de pizza's uit de vriezer gehaald en een fles rode wijn geopend. Zijn moeder zou over drie kwartier thuiskomen. Hij overwoog hoe hij die tijd ging vullen. Hij had zijn lessen voorbereid, hij had een van de dagelijkse twee uur gamen erop zitten. Hij had gekeken naar de toespraak van de minister-president over de dode soldaten in Pantsjagan ('Televisie en muziek: 45 minuten').

Hij zette zijn Xbox aan en op het televisiescherm verschenen de contouren van achttiende-eeuws Parijs. Hij begon niet te spelen, maar verzonk in gedachten, zijn ogen gericht op het stilstaande beeld ('Ontspanning, div. activiteiten: 30 minuten').

Jimi was verbaasd over de verwijzing naar God in de toespraak van de premier: zijn moeder had niks met God. Haar weerzin tegen het Opperwezen grensde aan haat. Hij had weleens tegen haar gezegd dat haat impliciet haar geloof in God bevestigde. Iemand haten die niet bestond was nu eenmaal onmogelijk. Maar daarop antwoordde zijn moeder dat ze niet zozeer God haatte en ook niet de gelovigen, als wel het geloof in een god. En ook daar was nuancering gepast, legde ze uit, want hoewel bij haarzelf elke neiging in die richting ontbrak, respecteerde ze de religieuze zoeker. 'Wat mij tegenstaat is de overgave aan één geloof, de aanname dat jij en je geloofsvrienden over de absolute waarheid beschikken. Die immense domheid, die bekrompen kortzichtigheid, die maken me woedend. Het is ook verschrikkelijk voor de wereld. Begrijp je dat?'

Hij begreep het.

Jimi wist dat Mia een streng onderscheid maakte tussen haar privéopvattingen en de dingen die ze schreef voor haar baas, maar hij had niet verwacht dat ze daarin zover zou gaan. Hij zou het daar straks met haar over hebben. Een pizza was snel bereid en ook snel genuttigd, dat bood ruimte voor een gesprek voordat hij om 22.30 uur naar bed zou gaan, daar nog een uur zou lezen – hij had van zijn overgrootvader Gene Stones' *The Watch* gekregen – om om 23.30 uur het licht uit te doen en te gaan slapen.

De kern van Jimi's wezen lag in de geheimen van het horloge. In het ragfijne samenspel van radertjes, tandwieltjes en veren lag alles besloten wat hem bezighield. Als iets zijn onbestemde verlangen bevredigde, was dat de wereld die zich opende als hij de achterkant van een horloge had verwijderd. Hij was gefascineerd door de ijzeren regelmaat van de minuscule bewegingen. Hij verbaasde zich er al heel jong over hoe elk onderdeel verband hield met alle andere, en hoe elke afzonderlijke beweging bijdroeg aan het uiteindelijke doel: het voortbewegen van de wijzers. Een horloge was, anders dan het echte universum, verklaarbaar, mits je over de juiste kennis beschikte. En die kennis was niet verborgen, maar open en bloot beschikbaar. Maar je moest je wel inspannen om haar te veroveren en eigen te maken. Daar was Jimi Kalman druk mee bezig. Hij zat in het laatste jaar van de opleiding tot horlogemaker in Schoonhoven. Daarna wilde hij naar de Ecole d'Horlogerie de Genève. Ook wat hij daarna zou gaan doen, lag al vast in een planning die niet de wekelijkse gang van zaken omvatte, maar zijn leven.

De bron van zijn liefde voor horloges was duidelijk: zijn overgrootvader André, bij wie hij als kind vaak had gelogeerd. Toen hij vier was had André de kast van zijn Patek Philippe Calatrava voor hem geopend, hem het mechaniek laten zien en uitgelegd hoe in de in elkaar grijpende radertjes het geheim van de tijd zat verscholen.

'Hoe de tijd in het gareel wordt gedwongen,' zei André, een zinnetje dat Jimi altijd had onthouden, hoewel hij destijds geen idee had wat de oude man ermee bedoelde. Hij was onmiddellijk gefascineerd door de minimachine – door de wereld van regelmaat, ordening en samenspel die schuilging onder de wijzers van het uurwerk. André zag dat hij na twee generaties tevergeefs wachten eindelijk een nazaat had gekregen die zijn passie deelde.

De andere wereld waarin Jimi graag vertoefde was die van de game. Natuurlijk was er daarnaast nog een derde wereld, die van zijn moeder, hun appartement in Amsterdam, zijn school en nog een paar alledaagse dingen. Maar hij merkte dat de werelden in zijn hoofd, die onder zijn handen en vergrootglas en die op zijn scherm, hem sterker boeiden dan de werkelijke wereld, dat hij die steeds minder belangrijk ging vinden. Hij keek maar hoogst zelden tv en hoewel hij op zijn verjaardag van Mia de nieuwste iPhone had gekregen, maakte hij maar beperkt gebruik van internet – en dan meestal nog in verband met de passies die zijn leven beheersten.

Nadat in 2007 de eerste versie van de game was verschenen, werd *Assassin's Creed* zijn favoriete spel. Het leerde hem feilloos de weg in het Parijs van de Franse Revolutie en in het victoriaanse Londen. Toen hij met zijn moeder voor de eerste keer in Rome was, liep hij als een geboren en getogen Romein door de stad en raakte hij pas de weg kwijt in de nieuwere wijken.

'Ik weet het niet, met die games,' zei Mia op een dag tegen Masser. 'Hij verdwijnt er bijna in.'

'Jimi,' vroeg Masser, 'kun je mij dat spel leren?'

'Game,' zei Jimi.

'Oké, game.'

'Ga maar zitten. Het is niet zo moeilijk.'

Masser was meteen verkocht.

Er gebeurde iets waar ik niet op had gerekend.

Wat dan?

Ik werd er heel erg rustig van. Ik begreep meteen waarom Jimi het leuk vond.

Controle.

Met elke nieuwe editie werd *Assassin's Creed* beter. *Chronicles, Bloodlines, Assassin's Creed II, Brotherhood, Revelations, AC III, Rogue, Unity.* Masser raakte net zo in de ban als zijn neef, al miste hij diens bedrevenheid in het afwerken van de opdracht.

'Jimi,' zei Masser, toen ze met z'n tweeën door het bedrieglijk echte Parijs liepen, 'eigenlijk is dit een beetje God spelen.'

'Klopt,' zei Jimi. 'Dat heb ik ook weleens gedacht.'

André Genovesi was in maart 2013 honderd jaar oud geworden. Hij had voor die gelegenheid zijn hele familie meegenomen op een oude schoener die van Bergen langs de Noorse fjorden naar de Noordkaap was gevaren. Hij had erop gestaan dat behalve zijn dochter Carla ook zijn voormalige schoonzoon Karel zou meekomen – voor wie hij altijd een zwak had gehouden. Misschien lag het aan het noorderlicht, misschien aan de sterkedrank die de kapitein elke avond met gulle hand schonk, maar toen ze in Tromsø van boord waren gestapt om terug te vliegen naar Amsterdam, liepen Carla en Karel hand in hand de ouderwetse vliegtuigtrap op.

'Ik geloof mijn ogen niet,' zei Mia.

'Misschien bestaat er zoiets als de seven-year itch, maar dan omgekeerd,' zei Masser. 'Dat mensen die zijn gescheiden na drieëndertig jaar weer bij elkaar komen.'

Behalve dat hij tot zijn spijt wegens zijn gevorderde leeftijd het autorijden eraan had moeten geven – de Ferrari had hij verkocht, maar de Bentley stond nog altijd in de garage van de villa – was er in het leven van André Genovesi niet zoveel veranderd. Zijn vrouw leefde nog, hij importeerde nog altijd exclusieve horloges en speculeerde met wisselend succes op de beurs. Hij was al twintig jaar de oudste nog actieve ondernemer van Nederland, maar inmiddels opgehouden met de plichtplegingen die daarbij hoorden, zoals opdraven bij congressen, aanschuiven in talkshows en interviews geven aan *Het Financieele Dagblad* en andere kranten. Hij was van plan door te gaan tot zijn eigen klokje ermee zou ophouden en vond het allemaal niet zo bijzonder.

Bovendien was hij nu in het gelukkige bezit van een achterkleinzoon die dezelfde fascinatie als hij bleek te hebben. Die zelfs nog een stapje verder wilde gaan: Jimi Kalman had zijn grootvader in vertrouwen meegedeeld dat hij één grote wens had: hij wilde zijn eigen exclusieve horlogemerk. De oprichtingsdatum stond al in zijn levensschema. Jimi vond dat zijn overgrootvader de eerste moest zijn die van dat geheime voornemen op de hoogte werd gesteld. Hij wist niet zeker of zijn moeder hem serieus zou nemen. Ook Masser zou het idee vermoedelijk eerder zien als een droom dan als de eerste aankondiging van wat een levenswerk moest worden. Maar hij verwachtte dat zijn overgrootvader zijn ambitie zou begrijpen.

Niet alleen begreep André Genovesi zijn achterkleinzoon, hij prees de Voorzienigheid voor het grote geschenk dat deze hem op zijn gevorderde leeftijd had overhandigd. Hij nam zich voor de ogen niet voorgoed te sluiten voor hij het eerste Jimi Kalman-horloge in handen had genomen en het als een aartsvader der uurwerken met enkele strelingen en wat druppels van de allerduurste cognac had gedoopt en gezegend.

In overleg met zijn achterkleinzoon en diens moeder, die ook was ingeseind en die hoopte dat de horloges haar zoon zouden afleiden van het gamen, had André J. Kalman Watches bv opgericht. Hij had daarin een beginkapitaal gestort waaruit de naamgever te zijner tijd de voor zijn horlogefirma benodigde investeringen kon plegen. Er zat daarnaast voldoende geld in om minstens vijf jaar zware aanloopverliezen te lijden – André Genovesi wist maar al te goed dat het een moeilijke markt was.

Mia opende de deur. Ze wist dat ze Jimi's strakke ritme doorbrak door nu pas thuis te komen en hem te vragen samen met haar een pizza te eten. Maar het leek haar niet slecht Jimi's hang naar vaste stramienen zo nu en dan te doorbreken. Hij moest leren dat menselijk contact zich niet altijd in vaste schema's liet dwingen en dat hij best zijn moeder aan tafel gezelschap kon houden na een inspannende werkdag.

De jongen keek op. Hij zag dat Mia moe was. Hij liep naar het aanrecht, opende de oven en schoof een pizza naar binnen. Ze aten altijd dezelfde, een pizza margherita – volgens Mia was dat de oerpizza en waren al die quattro stagioni's en alla marinara's onzin.

'Wil je wat drinken?'

Ze hield van de manier waarop hij naar haar keek en tegen haar sprak, meer als een jonge vriend dan als haar zoon. Ze wist dat hij vragen zou gaan stellen over de toespraak van de premier en over het feit dat ze God erbij had gesleept. Ze trok haar schoenen uit en ging zitten aan de lange tafel. Hij zette een glas rode wijn voor haar neer. Zelf dronk hij niet, het beïnvloedde zijn fijne motoriek.

'Hoe was het op school?'

'Goed. Interessant.' Altijd goed en interessant. Hij was ermee opgehouden zijn moeder de details van de dag te vertellen, die begreep ze toch niet. Ze wist dat hij, als hij over een klein jaar klaar was, in principe zijn eigen horloge kon bouwen, en dat was voldoende. Ze zou nooit begrijpen hoe iemand dat kon en vooral hoe diegene het geduld ervoor kon opbrengen. Ze zag Jimi vaak zitten, met het oculair voor zijn rechteroog, en snapte niet dat je bewegingen van je hand zo kon verkleinen dat je alle mini-elementen op de juiste plaats kreeg.

Toen de pizza klaar was haalde Jimi hem uit de oven en legde hij de volgende erin. Hij verdeelde de pizza in punten, die hij over twee borden verdeelde. Hij zette de borden op tafel.

'Eet smakelijk Jimi,' zei zijn moeder. 'Heb je gehoord wat er is gebeurd?'

Hij knikte. 'Erg voor die jongens. En erg voor hun ouders.'

'Heel erg. Drie ervan waren jonger dan jij. Ik...' Dat was wat haar nog het meest had geraakt, dat er Jimi's in die wagen zaten. Ze moest er niet aan denken. Ze keek naar haar zoon en er schoten tranen in haar ogen. 'Dode jongens, zinloos.'

'Zinloos?'

'Ja, natuurlijk. Volkomen zinloos. We blijven daar nog een paar maanden of een paar jaar en daarna wordt het weer net zo'n puinhoop als toen we er kwamen. Dat weet iedereen.'

'Tup ook?'

'Die nog het beste van iedereen. Die weet dat we daar zitten op verzoek van de Amerikanen – en dat is dan nog vriendelijk uitgedrukt. We hadden amper keus.'

'Hij zei vanmiddag heel wat anders.' Jimi zei het zonder vilein te willen zijn, meer als een droge constatering.

'Hij reageert op dit soort gebeurtenissen volgens bepaalde codes. De belangrijkste is dat je de dood zin moet geven. Die jongens mogen niet voor niets gestorven zijn.'

'Maar je zegt net dat ze wél voor niets zijn gestorven.'

'Ja. De waarheid is niet altijd bruikbaar. Als Tup de waarheid zou vertellen, breekt de hel los.'

'Dat is toch liegen?'

'Dat is liegen. Maar het kan niet anders. Ik hoef hierna niet nog meer pizza.'

Jimi stond op om de tweede pizza uit de oven te halen. 'Wil je nog wel een glas wijn?' Ze zou het liefst een hele fles achteroverslaan. Haar zoon die haar kritisch ondervroeg en haar broer die in *De Nieuwe Tijd* weinig heel zou laten van de woorden van de premier – van haar woorden. Ze had behoefte aan verdoving.

'Graag.'

'Had je het woord God weleens eerder gebruikt?'

'Niet in deze zin, nee.'

'Waarom nu wel?'

'Ik vond het wel passen. Ik vond het bijna een *act of God*, die aanslag. Zomaar uit het niets ontplooft de wereld onder je, komen er een paar wraakengelen aangevlogen en ben je dood. Het is een wrede God.'

'Dat zei hij niet.'

'Codes. God blaast je de lucht in en daarna smeek je hem om hulp of prijs je hem uitbundig. Misschien dat jij dat begrijpt, maar ik niet. Maar ik kan van mijn speeches geen theologische verhandelingen maken.'

'Het waren gewoon mensen die die bermbom hadden neergelegd en het waren ook mensen die die jongens afmaakten. Daar kwam geen God aan te pas.'

'God is liefde, zeggen ze. Volgens mij heeft hij meer met haat.' Ze zuchtte diep. Ze was moe, ze had geen zin in theologische discussies. 'Ik denk dat ik even in bad ga. Daarna moet ik nog wat dingen doen. Het wordt druk de komende dagen. Dit is iets groots en Tup moet op verschillende plekken aanwezig zijn en speechen. Hij heeft zijn hele agenda leeggeveegd.'

Ze zag op haar mobiel dat de premier haar een sms'je had gestuurd. Ze wees erop, verontschuldigend. 'Ik moet even kijken wat er is.'

'Mam,' zei hij.

'Ja?'

'Die jongen die het heeft overleefd, die Jeroen Weenink...'

'Ja?'

'Die zat in het eerste jaar bij mij in de klas, in Schoonhoven.'

'Stront aan de knikker,' sms'te de premier. 'Kom morgen zo vroeg mogelijk.'

'In jouw klas? Maar waarom hield hij ermee op?'

'Van school gegaan. Weet niet waarom. Opeens was-ie er niet meer.'

'Heb belangrijk voorstel,' las Mia op haar mobiel.

De premier ijsbeerde door het Torentje.

'Godsamme wat een klotezooi,' zei hij in de rechter mobiel, 'blijf even hangen' in de andere. Hij had die nacht vier uur geslapen, maar was alweer helemaal scherp. 'Ja, ik moet het daar zo met Mia over hebben,' zei hij links. 'Als het goed is heeft ze wat dingen op papier gezet voor de Kamervragen. Een korte inleiding en wat aanwijzingen voor de juiste antwoorden. Maar dit moet dus nog even onder de pet blijven, want dat kunnen we er nu niet bij hebben. Weet je zeker dat het klopt? Shit.'

'Ja, daar was ik weer,' zei hij rechts. 'We moeten het daar vanmiddag over hebben, ik wil niet die hele verdomde missie in gevaar brengen. *Highly classified*, ik begrijp het. Uiteraard. Als jij nou op jouw departement wat slimme jongens optrommelt en die meeneemt, bepalen we vanmiddag een strategie. Is dat akkoord? Akkoord. Zie je straks.'

Hij slaakte een diepe zucht en legde zijn mobieltjes op zijn bureau. 'Koffie,' riep hij, 'ik moet koffie!' Hij maakte een paar kniebuigingen en overwoog wat push-ups te doen, toen er op de deur werd geklopt.

'Binnen!' Mia opende de deur.

'Mia!' Het klonk alsof een lang verloren gewaande dochter terugkeerde bij haar vader.

'Goedemorgen, baas,' zei Mia. 'Goed geslapen?'

'Te kort. Jij ziet er weer uit alsof je drie weken in een hersteloord hebt doorgebracht. Hoe doe je dat toch?'

'Pleisteren en metselen,' zei Mia.

'Twee koffie,' riep de premier, terwijl hij de knop van de intercom indrukte. 'Twee. En twee broodjes kaas.' Hij keek naar Mia. 'Jij ook een broodje kaas?' Ze schudde van nee. 'Eén broodje kaas. En doe er maar een broodje ham bij. Ja, dank.'

Mia was op de stoel voor het bureau van de premier gaan zitten en zelf nam hij plaats aan de andere kant. 'Ik kan er nog niet veel over zeggen,' zei de premier, 'want het is highly classified. *Highly highly classified. We are in deep shit* in Pantsjagan. Ik had net de commandant ter plekke aan de telefoon en die vertelde me een paar dingen waar ik helemaal niet blij van werd. Gisteravond een paar hints gekregen, en die werden vanochtend bevestigd. Vanmiddag na de Kamervragen heb ik overleg met de minister van Defensie en een paar van die geüniformeerde jongens om te zien hoe we hieruit gaan komen. Ik zou de kwestie het liefst meteen in een diepe la donderen en haar d'r nooit meer uit halen, maar dat schijnt link te zijn. Godverdegodver, wat een toestand. Een stinkende beerput. Ik zou dat hele Pantsjagan het liefst afspitten en in de oceaan sodemieteren, maar dat kan nu eenmaal niet.'

Mia keek hem alleen maar vragend aan. Er kwam een mevrouw binnen met een dienblad met daarop twee kopjes koffie en twee broodjes.

'Ik begrijp dat ik in raadsels praat,' zei de premier, terwijl hij een hap van zijn broodje nam. 'Maar het is nu eenmaal highly classified. Maar wat ik je wel kan vertellen, is dit: het is een godverredommese kolerezooi. Lekker broodje. Echt niet? Halfje?'

'Ik begrijp dat ik in deze kwestie dus niets voor je kan betekenen,' zei Mia. 'Ik heb een paar dingen meegenomen voor vanmiddag. Een korte tekst voor in de Kamer en een paar formuleringen als antwoord op mogelijke Kamervragen. Maar ik heb daarbij dus nog geen rekening kunnen houden met de situatie zoals die zich nu kennelijk ontwikkelt.' Ze legde een paar A4'tjes op het bureau.

'Dat is ook absoluut de bedoeling niet. Voorlopig koersen we volle kracht vooruit op de door jou ingezette route. Voor vrijheid, volk en vaderland, vat ik die maar even samen.' Hij las wat Mia had opgeschreven. 'Grote klasse. Een minuut stilte, perfect. Mooie prelude op de nationale rouw en zo. En met die formuleringen kom ik er ook wel uit, straks. Nader onderzoek, ontbrekende informatie, volledige openheid voor zover de militaire situatie ter plekke dat toelaat, overleg met coalitiepartners, besef gecompliceerde verhoudingen, steun van de lokale bevolking, extra maatregelen ter bescherming van onze jongens: allemaal uitstekend.'

Hij wapperde zichzelf met de papieren even wat koele lucht toe, want de temperatuur begon alweer op te lopen. 'Het goede nieuws: de koning was zeer te porren voor een staatsbegrafenis, *bless him*. Dat is toch het verschil met zijn moeder, die jongen snapt het belang van uniformen en militaire rituelen. Ik denk dat het geen kwaad kan als we laten doorschemeren dat dit besluit in gezamenlijk overleg met het staatshoofd is genomen en dat we het niet door zijn strot hebben geduwd. Dat geeft het kracht en het voorkomt dat mensen mij in de schoenen gaan schuiven dat ik er een pr-oefening van maak.'

Mia maakte een aantekening.

'Brock in *De Nieuwe Tijd* gelezen? Soms vind ik het jammer dat we de censuur hebben opgeheven. Man begrijpt er niks van. Niet van de internationale verhoudingen, niet van de militaire verhoudingen, niet van het politieke spanningsveld waarin ik moet opereren. Misschien moet ik hem eens op de koffie vragen om het er een keer van man tot man over te hebben. Als hij snapt waar ik mee bezig ben, matigt hij zijn toon misschien een beetje.'

'Hij schijnt elk contact met politici te mijden. Snap ik ook wel. Als je iemand kent word je meteen een stuk milder. Dat wil een columnist niet, en zijn hoofdredacteur al helemaal niet.'

'Jammer. Maar goed, daar wilde ik het helemaal niet met je over hebben. Ik wil je een voorstel doen. Je mag het even in overweging nemen, maar niet weigeren. Weet je dat alvast. Ik bestel nog even twee koffie. Ho, we hebben een beller, telefoon uit Pantsjagan. *Just a moment.*'

'Ja?' Zijn stem was hoger dan gebruikelijk, wat duidde op stress, wist Mia. 'Gepakt, juist. Wie? Oké. Heel mooi. Goed bewaken. Ja. Nee, dat weet ik inmiddels, highly classified. Oké, hou me op de hoogte. Dagdag.' Hij richtte zich weer tot Mia. 'Twee van die jongens die gisteren betrokken waren bij die schietpartij zijn opgepakt. Mag ik eigenlijk niet zeggen, want het is nog topgeheim, maar goed. Dat is in elk geval iets. Kunnen we misschien later nog iets mee. Succesvolle jacht op laffe terroristen, zoiets. Maar dat mag jij bedenken. Waar hadden we het over?'

'Een voorstel,' zei Mia. 'Je had een voorstel.'

'O ja, dat voorstel.' De premier zette even zijn bril af en begon de glazen te poetsen met een doekje dat hij daarvoor altijd op zijn bureau had liggen. Hij gaf er gewichtige boodschappen een speciaal cachet mee. 'Mia,' zei hij nadat hij de bril weer had opgezet, 'ik heb iemand nodig die niet alleen mijn speeches schrijft en meedenkt over de pr-strategie rond mijn beleid, maar iemand die meer doet. Die meedenkt, adviseert en organiseert. Iemand die de boel in de klauwen houdt, die slaat en streelt, een spin in het web, een manus-van-alles, een... een... een *Chief of Staff*! Zo iemand als de president van Amerika ook heeft, een briljante tacticus, een geniale strateeg, een politiek dier, iemand die weet hoe de hazen lopen. Blair, die had er destijds ook eentje. Stuk slimmer dan hijzelf. Dat is wat je moet hebben, hoe heette hij ook weer...'

'Alastair Campbell.'

'Precies, Campbell. Geniale vent. Nederlagen omtoveren in overwinningen, spinnen, die hele kudde persschapen voor je karretje spannen, zulke dingen.'

'Ja?'

'Ja! En toen ik nadacht over wie die functie zou kunnen invullen zoals ik dat graag zou zien, kwam er maar één naam naar boven. Het begint met een m en eindigt op een a. De vraag is of ze wil.'

Mia moest extra haar best doen om haar koele imago in ere te houden. 'Ik moet daarover nadenken,' zei ze. 'En als ik het zou gaan doen, moet ik er dingen voor regelen.'

'Uiteraard. Uiteraard! Ik ben al godsblij dat je niet meteen nee zegt. Natuurlijk kunnen we het over de invulling hebben, over de hoeveelheid tijd die je erin wilt steken. De financiën, daar komen we wel uit, je blijft gewoon op de loonlijst van Algemene Zaken, maar dan natuurlijk in een iets andere schaal. Kolere zeg, zo'n Chief mag toch zeker wel wat kosten. Daar gaan we niet lullig over doen.'

'Als ik het doe,' zei Mia, 'dan doe ik het ook helemaal en volledig. Dan wil ik volledige access en alle info. Dan moet je me je volledige vertrouwen geven en dan krijg je er totale toewijding voor terug.'

'Maar natuurlijk! Als je me voor overmorgen achttienhonderd uur laat weten wat je voorwaarden zijn en of je een en ander in overeenstemming kunt brengen met je privéleven, want ik neem aan dat we het daarover hebben, dan ben ik een gelukkig man. En laat me niet op zoek moeten naar een alternatief, want dat is er niet. Ik wil een schaduw en een extra brein, en dat ben jij.'

'Ik laat het je op tijd weten.' Mia stond op, liet zich vluchtig op de wang kussen en vertrok.

'Fijn dat je er bent Masser,' zei Mia. Ze zat aan de keukentafel en zag er bekaf uit. Jimi was naar school, de televisie stond aan en de tafel was bezaaid met kranten. Hij kuste haar en ging zitten. Ze had Masser gevraagd of hij die middag naar Amsterdam kon komen 'voor iets belangrijks'.

'Lekkere column,' zei ze. 'Hard, maar op zich juist. En ik weet dat je van me houdt.'

'Ik kastijd je uit liefde.'

'Tup was er vanochtend ook erg verguld mee. Hij wilde een keer met je gaan koffiedrinken. Maar ik zei dat je mensenschuw was.'

Ze stond op om voor Masser ook een kop thee in te schenken. 'Of wil je al wijn?' Het was drie uur.

Masser bedankte. 'Ik moet nog tikken.'

'Ik heb een probleem,' zei Mia even later. Ze had in Den Haag geleerd efficiënt te communiceren.

'Jij, of jij en Tup?'

'Ik, maar er is een verband.'

'*Sister!* Zeg het!'

'Goed, Tup. Vanmorgen zegt hij opeens: "Mia, jij moet mijn Chief of Staff worden."'

'Zijn spindoctor, of hoe je het ook noemt.'

'Ja.'

'Zo, schrikken.'

'Nogal. Ik moest even diep ademhalen. Dat is heel wat anders dan speechschrijver. Maar ik denk er sterk over om het te proberen. Maar daarvoor moet er nog wel een probleem worden opgelost.'

'En dat is?'

'Jimi.'

'Hoezo?'

'Dit is fulltime, Masser. En dan bedoel ik létterlijk fulltime, niet veertig uur in de week met vakantiedagen. Dit is dag en nacht. Ik kan dat niet combineren met Jimi. Ik vind het geen prettige gedachte als hij alleen gaat wonen. En ik geloof hijzelf ook niet. Hij is drieëntwintig, maar je weet dat hij iets, hoe zal ik het zeggen, iets onaangepasts heeft. Dus mijn vraag luidt: mag hij bij jou komen wonen? Dat er in elk geval iemand een beetje op hem let.' Haar eigen woorden ontroerden haar, het was alsof ze Jimi ter adoptie aanbood. 'Ik voel me verdomme een slechte moeder. Misschien moet ik er helemaal van afzien.'

Masser zweeg.

Mia veegde een traan weg. 'Oké, het is nogal een vraag, dat besef ik.'

'Wat vindt Jimi ervan?'

'Die ging vanochtend om zeven uur de deur uit naar school, die weet nog van niks. Ik moet eerst van jou weten of je het zou zien zitten.'

'Ik moet daarover nadenken.'

'Begrijp ik. Laat het me voor morgenavond weten. Overmorgen moet Tup weten of ik op zijn aanbod inga.'

'Oké.'

Een uur nadat Masser was thuisgekomen belde hij zijn zus.

Hij had in de trein genoeg tijd gehad om de consequenties van haar verzoek te overwegen. 'Het is wat mij betreft akkoord,' zei hij. 'Laat maar weten of Jimi er ook zo over denkt.'

Aan de keukentafel luisterde Jimi geduldig naar het verhaal van zijn moeder. Ze zei er nadrukkelijk bij dat het helemaal van hem afhing of ze op het aanbod zou ingaan, en dat ze het hem nooit ook maar één seconde kwalijk zou nemen als hij het niet zag zitten. Wat niet helemaal waar was, maar ze wilde niet dat hij zich verplicht voelde akkoord te gaan.

Hij keek haar peinzend aan. Verandering trok hem niet aan. Maar aan de andere kant stelde het vooruitzicht van een ruim zolderappartement in Haarlem, in een huis dat hij kende en bij een man die hij héél goed kende en erg graag mocht, hem gerust.

'Wat vond Masser ervan?'

'Hij moest er even over nadenken, en toen leek het hem leuk.'

'Goed. Wanneer gaat je nieuwe baan in?'

'Morgen. Maar officieel op 1 oktober.'

Mia belde het directe nummer van het Torentje.

'*Holy Moses*, dat is goed nieuws,' zei de premier. 'Ik heb een beller op de andere lijn, *Pantsjagan calling*. Ik kom zo bij je terug, blijf even hangen.'

'Godvernondedju,' zei de premier even later, 'deze job voelt nu al een stuk minder eenzaam, *I kid you not*.' Ze hoorde dat hij het meende. 'Kun je morgen om acht uur hier zijn? Ja? Schitterend.'

Ze zette zich die avond aan een lange mail, waarin ze de premier schreef dat ze de zus van Masser Brock was. Ze wist dat de inlichtingendiensten haar doopceel zouden lichten en dat haar connectie met een van de grote criticasters van haar werkgever niet onopgemerkt zou blijven. Eigenlijk verbaasde het haar dat de familieband tot dusver niet naar buiten was gekomen, er liepen op het Binnenhof genoeg mensen rond die er wel van op de hoogte waren. Mocht het feit dat Masser haar broer was een bezwaar zijn, schreef ze, dan zou ze zich uit het benoemingstraject terugtrekken en uitzien naar een andere baan.

Binnen vijf minuten kwam er een antwoord. 'Dus die klojo is je broer. Haha! Als je me daarmee had verrast zou ik geen knip voor de neus waard zijn geweest. Goed dat je er zelf mee komt en ik er niet naar hoef te vragen. Jullie hebben dezelfde kop en hetzelfde sarcasme. Enfin, *I don't give a damn* en jij kunt er ook niets aan doen. Jij bent gebonden aan absolute geheimhouding en ik kan elke dag in die rare column van hem controleren of je je daaraan hebt gehouden, waar ik van uitga. Ik zie je morgen. Doe dat leuke zomerrokje maar weer eens aan. X.'

De volgende dag keek de premier goedkeurend naar Mia: ze had aan zijn verzoek voldaan. Mia wist dat hij dat zag als de bevestiging van hun verbond, meer nog dan de handtekening die ze onder haar contract zou zetten. Hij onderhield zijn kring van vertrouwelingen met voor buitenstaanders onmerkbare signalen, lichte bevestigingen, een aanraking, een woord of een knik, een grap die alleen door insiders werd begrepen. Hij was een man die intuïtief zijn bondgenoten koos, en had hij dat eenmaal gedaan dan was zijn loyaliteit onverbrekelijk – en dat verwachtte hij andersom ook. Buiten de cirkel begonnen de politiek, de coalities, de tijdelijke verdragen, de zakelijke vriendschappen die duurden zolang ze nuttig waren.

Mia ging zitten in een gemakkelijke stoel die naast het bureau van de nationale leider stond. De premier bestelde twee espresso's.

'Koffie,' zei hij. 'Ik heb de afgelopen nacht geen oog dichtgedaan.'

Mia wist dat hij overdreef. Hij had haar meer dan eens toevertrouwd dat hij altijd als een blok in slaap viel, ook als zijn politieke vijanden tegen hem samenspanden of de media vaststelden dat hij de regie kwijt was en zijn val niet ver weg kon zijn. Hij bleef altijd de Leidse student die, als het erop aankwam, met een paar grappen alles terugrelativeerde tot hanteerbare proporties. Maar daarvoor had hij wel een paar mensen nodig die er net zo over dachten en die, als het erop aankwam, hetzelfde dedain voor rampspoed aan de dag konden leggen. 'Lachend ten onder', luidde zijn lijfspreuk – één van zijn lijfspreuken, want hij had er een paar waaruit hij kon kiezen, al naargelang de omstandigheden. In Mia had hij een zielsverwant gevonden, ook al verschilde hun achtergrond sterk. Maar net als hij beschikte Mia over de gave om kwesties terug te brengen tot hun werkelijke grootte, los van de opwinding van de dag. En net als hij was ook Mia bereid de stellingen te verlaten en de terugtocht te aanvaarden wanneer de druk te groot werd. Maar nooit zonder een gevecht, want daaraan ontleenden beiden een diep genot – al zouden ze dat nooit toegeven.

De premier beschouwde het leven als een spel, en in die gedachte vond hij Mia aan zijn zijde. Als ze een tekst voor hem had geschreven, reageerde hij als een acteur die een op zijn persoon toegesneden monoloog onder ogen krijgt en onmiddellijk weet dat de recensies laaiend enthousiast zullen zijn. Hij wás een acteur, zij het eentje van B-niveau. Mia vond dat eerder aandoenlijk dan irritant, ze dacht dat zijn gestuntel in zekere zin ook de geloofwaardigheid van haar teksten vergrootte, en dat die zo misschien wel beter over het voetlicht kwamen dan wanneer ze perfect zouden zijn voorgedragen. Nederlanders, had ze al heel lang geleden vastgesteld, hielden niet van de gladde, foutloze voordracht. Zodra ze dreigden te worden meegesleept door woorden zetten ze de hakken in het zand. Natuurlijk had ze haar speeches weleens voorgedragen willen horen worden door een groot orator – maar dat was meer omdat het haar interessant leek het werkelijke niveau van wat ze schreef te leren kennen, als een componist die zijn symfonie graag één keer zou willen laten uitvoeren door een toporkest met een wereldberoemde dirigent, in plaats van door de provinciale filharmonie.

De premier ging op het bureau zitten en nam een slokje van zijn espresso. 'Wat zei Jimi?'

'Jimi is een slimme jongen die zijn moeder vrij goed kent. Hij weet dat ik dit graag wil gaan doen. En hij is drieëntwintig, geen acht.'

'Drieëntwintig. Hoe oud was je toen hij werd geboren?'

'Achttien, bijna negentien.'

'Jong. Maar goed, is drieëntwintig niet oud genoeg om alleen te kunnen wonen? Ik ging op mijn negentiende op kamers in Leiden. Dat werd trouwens wel een puinhoop.'

'Hij gaat naar Haarlem, naar zijn oom.'

'Ah! Eindelijk levert die gozer een positieve bijdrage aan mijn welbevinden. Dat zou een keer tijd worden.'

'Vind je dat echt geen bezwaar?'

'Ik kan er toch geen bezwaar tegen hebben dat mijn spindoctor de zus is van mijn kwelgeest? Dat soort ellendige toevalligheden doet zich nu eenmaal voor.' Hij lachte uitbundig om zichzelf. 'De enige die er last mee kan krijgen is je broer.

Straks schrijft hij een keer een mild stukje over me en valt iedereen over hem heen.'

'Die kans lijkt me klein.'

'Ja, mij ook. Maar misschien heeft Jimi een positieve uitwerking op hem. Dat hij het leven wat lichter gaat opnemen. Altijd maar dat gehak.'

'Jimi is minstens zo streng. Enfin, er is dus stront aan de knikker in Pantsjagan. Ouderwetse uitdrukking, stront aan de knikker.'

'Zegt precies wat er aan de hand is. Godsamme zeg, wat een teringbende. Ik wou dat zulke landen niet bestonden.' De premier ging staan, bestelde nog twee espresso's en ging achter zijn bureau zitten. Uit een la haalde hij een bruine enveloppe. Er zat één A4'tje in. Hij begon het te lezen, met opgetrokken wenkbrauwen, alsof hij de tekst nog niet eerder had gezien en niet kon geloven wat hij las. Toen keek hij Mia aan.

'Het is toch niet te geloven. Zo denk je dat je de situatie onder controle hebt, en zo dwarrelt er een *highly confidential* stuk papier op je bureau dat de boel finaal op z'n kop zet. Godallemachtig. Hoe was het ook maar weer, die Engelse prime minister...?'

'*Events dear boy, events.*'

'O ja, Churchill.'

'Macmillan.'

'Bedoel ik.'

'Wat is er aan de hand?'

'Die dode jongens in Pantsjagan. Die nationale helden.'

'Ja?'

'Hier staat,' – hij wapperde met het blaadje – 'hier staat dat het helemaal geen helden waren. Of misschien waren het wel helden, maar ze waren in elk geval ook nog iets anders.'

'Wat waren ze nog meer?'

Hij stond op en begon door de kamer heen en weer te lopen, iets wat hij altijd deed als hij zijn gedachten moest ordenen. 'Die jongens worden dus van de weg geblazen. Of weg, ik weet niet eens of het een weg was, het zal wel een of ander geitenpad zijn geweest. Dat vehikel van ze ligt in elk geval op de kop, er duiken uit het niets een paar van die types op uit het zand, of uit de bosjes, weet ik veel, en die beginnen te schieten. Kansloze zaak. Probeer jij je maar eens te verdedigen als je op je kop ligt. Enfin, klusje geklaard, baarden trekken zich terug. Even later wordt er alarm geslagen op de basis. Er gaat een helikopterpatrouille naar de plek des onheils en die treft een puinhoop aan. Linke soep ook nog, want voor hetzelfde geld komen er nog een paar van die wilden aanzetten. Enfin, ze halen die jongens eruit, inclusief die ene die het overleefd blijkt te hebben. En ze vinden in dat opgeblazen ding nog iets.'

De premier laste een pauze in, hij hield ervan de spanning op te voeren. 'Ik moet nog een koffie hebben. Jij?'

'Nee, dank je. Wat vinden ze?'

'Ze vinden iets wat ze veel liever níét hadden gevonden.'

'Ja?'

'Ze vinden twee metalen kisten. Opengebroken. De ene leeg, de andere niet. Want daar zitten nog twee van die witte, strak ingepakte pakketjes in, *understand what I mean*? Ik begrijp van de commandant ter plekke dat ze even hebben overwogen de boel gewoon in de hens te steken, zodat er geen haan naar had gekraaid. Zien ze van af. Was me heel wat waard geweest als ze het wél hadden gedaan. Maar ze nemen het mee naar de compound. Wat natuurlijk ook de bedoeling was van die gasten, want anders hadden ze die laatste twee pakjes er ook wel even uit gehaald. Die jongens zijn clever. Die weten meer van pr en hoe je bondgenoten tegen elkaar moet uitspelen dan wij met z'n allen.'

Het begon Mia te dagen.

'Ze nemen het spul dus mee naar de basis en daar gaan alle alarmbellen af. Nu hebben ze een probleem. In de eerste plaats moeten ze mij melden dat er vier van onze jongens zijn omgekomen. Ten tweede moeten ze doorgeven dat er heroïne is aangetroffen in een voertuig van de Nederlandse Landmacht. Twee broodjes van een pond, maar dat was dus lang niet alles. Er zat genoeg in om heel Amsterdam een paar weken onbekommerd van te laten spuiten. Mooi ingepakt, klaar voor verzending. Fuck!'

'Jezus.'

'Dat verklaart tevens de nogal rigoureuze wijze van killen. Gewoonlijk blazen die jongens zo'n ding de lucht in en dat is het dan. Maar nu kwamen ze het klusje dus voor alle zekerheid nog even afmaken. Al zijn ze daarbij dus niet heel erg zorgvuldig te werk gegaan.'

'Maar waarom?' Er ontging Mia iets.

'Ze wilden laten zien dat het niet zomaar een aanval op de buitenlandse troepenmacht was, een toevallige bermbom. Dat is tenminste de verklaring van de commandant ter plekke. Het was, en ik geloof echt dat ik het daarmee adequaat omschrijf, een afrekening in het criminele circuit. Er is kennelijk sprake van handel in heroïne, tussen de een of andere warlord en wat ik nog maar even "onze jongens" zal noemen. Handig bedacht van die baarden, want dat verwacht natuurlijk niemand en het vergemakkelijkt de smokkel aanzienlijk. Die ouwe kisten die voortdurend op en neer vliegen tussen Pantsjagan en Eindhoven worden niet gecontroleerd op de aanwezigheid van drugs. Appeltje eitje, iedereen blij. Tot een van de partijen zich niet aan de afspraken houdt of zich een derde meldt die ook wel wat wil verdienen. En die er met een lading *brown sugar* vandoor gaat zonder te betalen.'

'Is dat gebeurd?'

'Zoiets moet het zijn geweest. Die jongen die het heeft overleefd hebben ze dus nog niet kunnen verhoren.'

'Dat verandert alles.'

'Verdomme, dat mag je wel stellen. *Different ball game.* Krijgen we straks een staatsbegrafenis van vier heroïnedealers. En de koning maar salueren. En ik maar jouw volgende tranentrekker voorlezen.'

'Dat kan dus niet.'

'Nee, dat kan niet. Maar wat dan wel? Moeten we naar buiten brengen dat de Koninklijke Landmacht daar zwaar in de illegale handel zit? Dat zet de hele missie op het spel.'

'Was het een incident? Ik bedoel: waren dit vijf individuele gevallen die hun boekje te buiten zijn gegaan, of denken ze dat het vaker gebeurde?'

'Ik ben bang dat het een beerput is. En ik niet alleen, de commandant ter plekke ook. Dat krijg je godverdomme met zo'n beroepsleger. Dat trekt het schuim der natie. Ze hadden nooit de dienstplicht moeten afschaffen.'

'Daar hebben we nu niks aan.'

'Nee, maar ik moest het even kwijt.'

'Heeft een van de coalitiepartners dit weleens meegemaakt?'

'Ga ik checken.'

'Hoeveel mensen zijn er op de hoogte?'

De premier keek zijn spindoctor goedkeurend aan. Concrete vragen, daar hield hij van, want die leidden vaak naar concrete oplossingen. 'De jongens van de patrouille, de commandant ter plekke en een paar officieren. Plus een paar mensen binnen de inlichtingendiensten en jij en ik. Ik heb het kabinet nog niet ingelicht en ook de Commissie Stiekem slaapt nog op twee oren.'

'Er zijn twee mogelijkheden,' zei Mia. 'We brengen het niet

naar buiten, of we brengen het wel naar buiten. En er is, nu ik erover nadenk, nog een derde: we brengen het op een bepaalde manier naar buiten. We kunnen bijvoorbeeld zeggen: het leger is net de samenleving, ook daar komen soms criminele elementen voor, hoe goed we soldaten ook screenen voor we ze aannemen.'

De premier keek haar nadenkend aan. 'In het laatste geval moeten we dus onze verklaring van gisteren herroepen,' zei hij. 'En bovendien bestaat de kans dat journalisten gaan wroeten. Die ruiken onraad en zijn gek op dit soort vieze zaakjes.'

'We kunnen ook kiezen voor volledige transparantie.' Mia wist dat de premier transparantie een van de moderne plagen vond.

'Transparantie, getverdemme. Je bedoelt dat we alles wat we weten op tafel leggen, neem ik aan.'

'Dat kan een hoop problemen schelen. Ze kunnen je in elk geval niet betichten van liegen.'

'Maar we weten zelf ook nog maar weinig. Niet of er sprake was van gestructureerde handel. Niet hoe uitgebreid het smokkelnetwerk in dat geval was. Niet wie er in Nederland bij waren betrokken. Niet hoe lang het al aan de gang was. We weten nog niks. Dus als we transparant zijn, maken we vooral onze eigen knulligheid transparant. Zitten we daarop te wachten?'

'Nee.'

'Resteert nog één mogelijkheid.'

'Het deksel op de beerput. De diepe la. Ik weet niet zeker of dat verstandig is. Het maakt je ongelooflijk kwetsbaar. Als het ooit uitlekt, is je politieke carrière voorbij, ligt het leger aan gruzelementen en lacht het hele buitenland zich slap. De Hollandse heroïnesmokkelbrigade, voor al uw buitenlandse missies.'

'Weet je iets beters? We hebben geen tijd om te wachten tot er meer duidelijkheid is. Die jongens worden morgen of overmorgen naar Welschap gevlogen en we kunnen de begrafenis moeilijk uitstellen wegens politieonderzoek. De koning heeft zijn fucking gala-uniform al naar de stomerij gebracht. Of heeft-ie voor dit soort gelegenheden een rouwpak? Nou ja, whatever. Wat ik maar wil zeggen: we moeten iets besluiten. En niet morgen, maar nu.'

Ik heb meteen een probleem bij de hand waarvoor ik geen oplossing weet, dacht Mia. Ze had natuurlijk al vaker meegemaakt dat zich een gecompliceerde situatie voordeed waarvoor elke aangedragen reactie de verkeerde leek te zijn. Soms dacht ze dat elk besluit in de politiek een keuze was tussen verschillende kwaden. Maar tot dusver was ze een betrokken toeschouwer geweest, die benieuwd keek hoe een probleem zou worden aangepakt en die daar dan vervolgens een passende tekst bij schreef. Nu werd ze geacht zelf met een antwoord te komen. Ze was van waarnemer deelnemer geworden.

'De commandant ter plekke moet het oplossen,' zei ze gedecideerd. 'Dit is een ernstig geval van haperende krijgstucht. De inlichtingendiensten moeten onderzoek verrichten naar de situatie daar en er rapport over uitbrengen. Tot die tijd is het in niemands belang dat er ruchtbaarheid aan deze zaak wordt gegeven. Niet in het belang van ons leger, niet in dat van de inlichtingendiensten, en wat de betrekkingen met onze coalitiegenoten betreft zitten we er ook niet op te wachten. Het is niet in het belang van Nederland dat we nu al openheid betrachten.'

Het viel Mia wel vaker op dat ze zichzelf al pratend kon overtuigen van de juistheid van een bepaald inzicht, terwijl ze, als ze aan de zinnen begon, daar nog lang niet zeker van was. Daarin leek ze op haar broer Masser, die had er zijn faam als columnist aan te danken. Masser en Mia overtuigden eerst zichzelf en ontleenden daaraan de kracht en de argumenten hetzelfde te doen met anderen.

De premier keek haar aan. 'En je vergeet nog iemand: het is niet in mijn belang en ook niet in dat van mijn partij. Ik zou niet weten in wiens belang we wél onmiddellijke openheid van zaken zouden moeten geven. Ook voor de familie van die jongens is het niet prettig. Je begraaft liever een held dan een crimineel. Toch?'

'Jouw belang is in dit geval ondergeschikt aan andere belangen,' zei Mia gedecideerd. Ze wist dat het onzin was, maar het klonk prima. 'Na het onderzoek van de inlichtingendiensten en de maatregelen van de commandant ter plekke is het tijd om openheid van zaken te verschaffen. Nu is er nog te veel onduidelijkheid en is het risico van verkeerde conclusies te groot.'

'Exact,' zei de premier. 'Ik ben blij dat wij in deze zaak helemaal op één lijn zitten. Godsamme zeg, dit is meteen wel een vuurdoop voor, voor... Hoe wil je eigenlijk genoemd worden, in je nieuwe functie?'

'Geen idee. Bedenk maar iets.'

'En je moet natuurlijk een eigen kantoor hebben, zo dicht mogelijk bij het Torentje. Korte lijnen, belangrijk. Heb je assistentie nodig? Een secretaresse?'

'Doe maar een personal trainer van vijfentwintig, zo eentje met van die spierbundels. En een roeimachine. Ik moet fit blijven.'

De premier kwam op haar af, pakte haar bij de schouders en kuste haar op de mond. 'Mia, ik ben zo blij als een kind. Ik had me in deze kwestie geen raad geweten. Die helderheid van jou is goud waard. En over goud gesproken: ik laat een nieuw arbeidscontract opmaken. En nu ga ik de inlichtingendienst bellen en de commandant ter plekke. Die zullen ook opgelucht zijn. Als er in de politiek één ding belangrijk is, dan is het uitstel. Extra tijd vinden is de grootste kunst in dit vak. Uitstel geeft lucht en vaak hebben de dingen zichzelf al opgelost als de extra tijd is verstreken.'

Mia stond op. 'Ik ga nog even naar mijn afdeling,' zei ze. 'Ik hoor het wel als je me nodig hebt.'

De premier knikte, hij stond alweer met de mobiel aan zijn oor. 'Wat doe je vanavond met eten?'

Mia en Jimi zaten aan de keukentafel achter hun ontbijt: volle kwark met blauwe besjes. Mia voelde weemoed: het zou niet meer zo lang duren voor Jimi zou verhuizen naar Haarlem. De zolder van Massers huis moest nog verbouwd worden, en ze wist dat haar broer in zulke dingen niet heel erg daadkrachtig was, maar ergens was het aftellen begonnen – hoeveel gezamenlijke ontbijten nog? Dertig? Vijftig? Ze was met haar zoon vergroeid en zag er huizenhoog tegen op de band te verbreken. Soms, vooral wanneer ze 's nachts in haar bed lag zonder te kunnen slapen, vervloekte ze haar eigen ambities.

Ze vroeg of hij naar de begrafenis van de dode soldaten ging kijken.

'Ja, maar niet de hele dag.'

'Zou die jongen, die Jeroen Weenink, zou die erbij zijn?' Ze wist dat hij was uitgenodigd.

'Denk het niet,' zei Jimi.

'Waarom niet?'

'Omdat hij gisteren pas in Nederland is aangekomen. En omdat hij er geen zin in heeft. Snap ik wel.'

'Hoe weet je dat?'

'Heeft hij gemaild naar een jongen bij mij in de klas. Een oude vriend van 'm.'

Mia stond op, ze moest naar Den Haag. Het was tien dagen

na de aanslag in Pantsjagan en dit was de dag van de staats-begrafenis. Er had zich een ongerust gevoel in haar hoofd ge-nesteld, ze wist niet meteen wat daarvan de oorzaak was. Toen ze in de trein zat en haar laptop aanzette, was het verdwenen. Ze hoorde de mensen om haar heen praten over wat er die dag allemaal stond te gebeuren tussen Eindhoven en Den Haag. Er was werk aan de winkel. Werk, hield ze zichzelf voor, werk, niks anders dan werk. Ze zat in de politiek, en dit was niet het moment voor een moreel zelfonderzoek. Ze moest de premier uit de problemen zien te houden. Hoe, dat deed er niet toe. Moralisten hoorden niet thuis in de politiek, moraal was iets voor de bühne, de suiker in de thee. De mensen wilden mo-raal, dat vonden ze lekker. Maar op de plaatsen waar het beleid werd gemaakt, waar de macht werd verdedigd, was geen plaats voor moraal.

Toen de premier haar tekst had gelezen en haar op beide wan-gen had gekust, zo blij was hij ermee, keek ze hem even uit-drukkingsloos aan – ze voelde geen blijdschap over zijn com-pliment.

'Mooi,' zei ze, en draaide zich om. Heel even voelde ze min-achting. Ze ging niet mee naar de kerkdienst, hoewel hij haar nadrukkelijk uitnodigde. 'Ik blijf liever op de achtergrond. Ik wil niet bekendstaan als de vrouw achter de premier. Dat wordt me nu al iets te vaak geschreven.' Ze zag teleurstelling, maar dat was misschien verbeelding. 'Jij bent de premier, dit is jouw moment en jij houdt straks jouw toespraak. Ik ben nu al benieuwd naar de peilingen van morgen.'

Ze was blij dat ze haar zakelijke toon had hervonden.

Masser keek gebiologeerd naar het tv-scherm. Wat hij zag kwam hem tamelijk absurd voor. Vandaag was het de 'Dag van

Rouw en Heldendom' – de Amerikaanse gewoonte om zelfstandige naamwoorden van een hoofdletter te voorzien om ze extra gewicht te geven was ook tot Nederland doorgedrongen. Mia hield ervan, wist Masser. De uitzending was begonnen op het moment waarop de vier lijkkisten, begeleid door een lid van een militaire kapel die ritmisch op een grote trommel sloeg, vanuit het tijdelijk mortuarium op het vliegveld van Eindhoven werden overgebracht naar de wachtende rouwauto's. Elke kist werd gedragen door zes militairen. Er was een erewacht van officieren die salueerden als een van de kisten voor hen langs werd gedragen.

Masser zocht tussen de aanwezigen naar de premier, maar die was kennelijk al in Den Haag, waar de begrafenisplechtigheid zou plaatsvinden. Na een korte toespraak van de commandant der Strijdkrachten, waarin hij nog eens benadrukte dat de vier jonge helden waren gestorven voor het vaderland en hij hen ten voorbeeld stelde aan de natie, zette de rouwstoet zich onder de tonen van het Wilhelmus in beweging.

Hoewel het een woensdag was, zagen de straten van Eindhoven waar de stoet langskwam zwart van de mensen. De televisiecommentator noemde het 'een indrukwekkend gezicht', en 'een schitterend vertoon van solidariteit van een volk in rouw'. Toen de stoet Eindhoven verliet en in laag tempo de ring op reed, op weg naar de A2 richting Den Bosch, verscheen in de linkerbovenhoek van het scherm een afzonderlijk beeld, vanuit de studio in Hilversum. Aan een tafel zat Mildred van Houten, die zei dat ze gedurende de reis van Eindhoven naar Den Haag 'op deze indrukwekkende rouwdag' verschillende gasten zou verwelkomen die hun licht op de gebeurtenissen zouden laten schijnen. De eerste gast was een Kamerlid dat voor de gelegenheid een stemmig zwart pak had aangetrokken. Masser pakte zijn aantekenboekje erbij; zijn column kon morgen nergens anders over gaan.

'Joost,' vroeg Mildred aan verslaggever Joost van Veen, 'waar zit jij?'

'Ik bevind mij in de rouwstoet, helemaal achteraan natuurlijk,' zei Joost, die duidelijk zijn best moest doen om niet opgetogen te klinken. 'Wij rijden nu al twintig minuten te midden van een zee van mensen. Geëmotioneerde mensen, je ziet soms de tranen in hun ogen. Ze hebben ook een bosje bloemen meegenomen, dat ze bij het passeren naar de rouwwagens werpen. Onze vier helden krijgen alle eer die hun toekomt. Momenteel rijden we op de snelweg, en het eerste viaduct dat we inmiddels zijn gepasseerd stond ook weer bomvol belangstellenden. Ik weet niet hoe ik het precies moet omschrijven, maar het is aangrijpend, het geeft je een gevoel van verbondenheid. Het moet ook voor de familie van de omgekomen jongens een troost zijn om te zien met hoeveel warmte hun geliefden uitgeleide wordt gedaan. Al kan dat natuurlijk nooit het verlies goedmaken, laat dat duidelijk zijn.'

'Dank zover, Joost,' zei Mildred. Ze keerde zich naar het Kamerlid. 'Meneer Van Zijl, welkom in de studio. Wat gaat er door u heen als u de beelden ziet?'

'Indrukwekkend,' zei Van Zijl. 'Het is zonder meer indrukwekkend. Al die mensen langs de kant. Het laat zien hoe dit land de rijen sluit als het erop aankomt. Hoe we dan naast elkaar staan en elkaar steunen. Het is een zwarte dag, een dag van gedeeld verdriet.'

'Gedeelde smart is halve smart,' zei Mildred.

'Zo wil ik het niet zeggen, maar de nabestaanden zullen dit zeker als steun ervaren.'

Masser merkte dat zijn ogen dicht dreigden te vallen – hij had die nacht matig geslapen.

Al die mensen langs de kant, moeten die niet werken?

Misschien hebben ze voor de gelegenheid een snipperdag genomen.

En waarom gooien ze bloemen, speelgoedbeertjes en andere troep van het viaduct naar de rouwstoet? Het lijkt godverdomme wel een schaatswedstrijd.

De mensen willen graag hun betrokkenheid tonen. Dat doen ze door verbinding te zoeken, via het overhandigen van een geliefd object. Je ziet hier oude rituelen in moderne vorm. Vroeger gaven ze hun doden ook dingen mee in het graf. Maar omdat het overhandigen onmogelijk is, gooien ze het van de brug op het dak van de auto's.

Bizar!

'Het is ongelooflijk wat we hier zien,' zei Joost van Veen, alsof hij de gedachten van Masser had doorgekregen. 'Kinderen werpen hun lievelingsdieren naar de stoet. Die wordt ook bedolven onder de bloemen. Het is indrukwekkend, heel indrukwekkend.'

'Ik zie dat de auto's soms even de ruitenwissers aan moeten zetten om bossen bloemen weg te vegen,' zei Mildred.

'Klopt, anders ziet de chauffeur niets meer,' zei Joost. Toen de stoet onder het volgende viaduct door reed, zag Masser dat iemand een geluidsinstallatie had meegenomen. Mildred zag het ook.

'Joost, wat komt er uit die geluidsboxen die we daar zien?'

'Dat kan ik nog niet horen, want wij zijn daar nog niet aangekomen. Wacht, ik draai even het raampje open, ik zie nu wat je bedoelt. Iemand heeft zijn complete muziekinstallatie meegenomen. Het is klassieke muziek, hoor ik. Ik zit niet zo in mijn componisten, maar ik vermoed dat het een requiem is, zo klinkt het tenminste.'

'Dat is dan weer heel toepasselijk,' zei Mildred.

Ik word gek. Dit land is finaal op hol geslagen. Het valt me nog

mee dat zo'n idioot niet 'Waarheen, waarvoor' van Mieke Tel-
kamp heeft opgezet of 'We'll meet again'.

Pas een beetje op, straks, in je column. Cynisme is nu even niet
op zijn plaats.

Of juist wel.

Kamerlid Van Zijl was inmiddels de mogelijke politieke implicaties van de gebeurtenissen aan het uitleggen. 'Deze ramp benadrukt nog eens het belang van onze aanwezigheid in Pantsjagan,' zei hij. 'Zolang dit soort wetteloosheid, dit genadeloze terrorisme, kan voortbestaan, zal er in dat land nooit sprake zijn van vrede en rechtvaardigheid. Eens te meer blijkt dat we de Pantsjagenen niet in de steek mogen laten en onze inspanningen, samen met de coalitiegenoten, misschien zelfs moeten opvoeren.'

'Ik denk dat uw kiezers het daar wel mee eens zullen zijn,' zei Mildred. 'In elk geval vandaag.'

In het Torentje keken de premier en zijn spindoctor naar de beelden – het duurde nog even voor hij zou worden opgehaald om naar de kerk te worden gebracht voor de uitvaartdienst.

'Als ik dit zie denk ik dat we de juiste beslissing hebben genomen,' zei hij. 'Godskolere zeg, moet je kijken wat een massa mensen langs de kant. Er was duidelijk grote behoefte aan collectieve rouwbeleving. Aan samen zijn, elkaar vasthouden in moeilijke tijden. Dit is Nederland op zijn allerbest. Vroeger gingen we bij dit soort gebeurtenissen gezamenlijk naar de kerk, nu verzamelen we ons op viaducten en op vluchtheuvels. Ik noem het vooruitgang.'

Mia reageerde niet meteen. Ze had wel gedacht dat er veel publiek op de been zou zijn, maar wat ze zag overtrof haar verwachtingen. Ze keek met grote ogen naar de beelden. 'Vroeger zag je dit bij sportwedstrijden,' zei ze, 'maar tegenwoordig wanneer er iets ergs is gebeurd. Ik moet er nog eens diep over nadenken wat dit betekent, en of we er iets mee kunnen doen.'

'Zo mag ik het horen. De analytische geest draait op volle toeren.' De premier droeg nog een bruine ribbroek en een blauw overhemd. Zijn pak hing in de hoek van de kamer. Op zijn bureau lag de door Mia geschreven toespraak – 'de preek' noemde hij hem – die hij straks vanaf de kansel zou voorlezen. 'Heel goed ook voor de Nederlandse bloemensector,' zei hij na een blik op het scherm.

Mia was lang bezig geweest met de tekst. Het schrijven had haar meer moeite gekost dan gewoonlijk. Voor het eerst in haar carrière had ze het gevoel dat ze aan het liegen was. Natuurlijk had ze al veel vaker dingen geschreven waarmee ze het persoonlijk niet eens was, maar ditmaal was het anders. Ze kon prima leven met het verwoorden van andermans opvattingen, ze kon verleiden en enthousiasmeren, ook als ze zelf helemaal niet was verleid of enthousiast was. Dat was haar vak. Maar ditmaal wist ze dat wat ze schreef een halve waarheid was, en misschien zelfs minder dan dat. Dat de beelden die ze opriep weinig met de werkelijkheid te maken hadden, dat ze toneel aan het schrijven was. Ze was zich er scherp van bewust dat ze helden creëerde die vermoedelijk helemaal geen recht hadden op de heldenstatus. Ze zat een paar keer minutenlang naar haar scherm te kijken, naar de zinnen die zwolgen in patriottisme en heldenmoed, en ze betreurde dat ze wist wat ze wist – het was veel gemakkelijker geweest als ze had kunnen blijven denken dat de jongens echt een heldendood waren gestorven. Ze voelde zich schuldig tegenover de vaders en moeders van de gesneuvelde soldaten.

Masser zag de premier op de kansel staan. Hij keek de bomvolle kerk rond. De koning en koningin zaten op de eerste rij, de koning in uniform, zijn eega in een jurkje van een Vlaamse couturier – de commentator was de naam kwijt. Er was nog even aan gedacht ook de koning enkele woorden te laten spreken, maar daar was van afgezien. Formeel omdat het protocollair niet juist werd geacht, maar eigenlijk omdat eraan werd getwijfeld of hij de voor de gelegenheid vereiste toon wel zou kunnen vinden. De premier vond het wel genoeg dat hij elke kerst met samengeknepen billen voor de televisie zat als het staatshoofd zijn kersttoespraak hield. En dat was dan nog een onschuldige gelegenheid: nu spande het erom. Hij moest een dramatische gebeurtenis in zijn eigen voordeel ombuigen en als de kranten zich zouden concentreren op de woorden van de koning ging hij misschien de mist in.

Kijk 'm nou staan, die Tup. Triomfantelijk.

Perceptie, Masser. Hij is vast en zeker bloednerveus.

Hij heeft de tekst van onze Mia voor zich liggen en hij weet dat hij daar zo dadelijk mee zal gaan scoren. Hij gaat iedereen de laatste tranen uit de ogen trekken, hij gaat een monumentje voor die arme jongens oprichten en na afloop is hij weer een beetje meer de vader des vaderlands. Precies wat hij wil.

Kijk, hij trekt zijn stropdas recht. Hij wacht nog even om de spanning op te voeren. Hij schraapt zijn keel, het is een geboren dominee, zoals hij zijn handen op de kansel legt.

Luister naar wat hij zegt en trek dan je conclusies.

Mia had een kop thee voor zich staan en keek in het Torentje gespannen naar de premier op de kansel. Ze had zijn tekst voor zich liggen. Klopte de eerste zin wel? Een vlaagje paniek trok door haar heen.

'Nederland is sinds een paar dagen niet meer hetzelfde Nederland,' begon de premier. 'Nederland is een land in rouw. We zijn hier bij elkaar om deze vier jongens de laatste eer te bewijzen. Vier jonge jongens, die nog een heel leven voor zich hadden. Vandaag zijn ze uit Eindhoven naar Den Haag gebracht, hun laatste reis, begeleid door de tranen van tienduizenden landgenoten.'

Masser voelde woede opkomen. Hij boog zich voorover, alsof hij dacht van dichtbij de onoprechtheid van de premier te kunnen betrappen.

Godallemachtig.

Jij bent ook ontroerd.

Mia schaamt zich nergens voor.

Ze is loyaal en het is haar vak. Ze is goed. Zie je die mensen in de kerk? Ze hangen aan zijn lippen.

Mia pakte de afstandsbediening en deed de televisie uit. Ze liep naar de bank en ging erop liggen. Ze viel binnen een minuut in slaap.

Jimi bekeek de beelden op zijn mobiel. Hij overwoog dat zijn moeder hem kwijt wilde om onbekommerd dit soort dingen te kunnen schrijven, zonder dat ze thuis steeds verantwoording moest afleggen. Maar toen hij zich haar gezicht heel scherp voor de geest haalde, verwierp hij die gedachte.

De premier sms'te zijn Chief of Staff. 'Zand erover en nooit meer opgraven,' stond er.

VIII

De lagen van de waarheid

Masser Brock slenterde naar de koffieautomaat in de hoek van de redactieruimte. Hij haalde een Marlboro uit het pakje en stak hem op – er werd hier en daar geprotesteerd tegen roken op de redactie, maar de rokers waren in de meerderheid en het verbond tussen journalisten en tabak was nog onverbrekelijk. Bij de automaat stond een buitenlandredacteur. 'De shit is uitgebroken in Srebrenica,' zei hij tegen Masser. Hij wees naar het beeldscherm met teletekst. 'Er is een Nederlandse soldaat om het leven gekomen. Handgranaat. Arme jongen.'

'En nu?'

'Nu gaan de Serviërs de boel onder de voet lopen.'

'Maar wij zitten daar toch...'

'Ja, nog wel. Maar niet lang meer.'

Masser liep terug met een traytje koffie, zette bij elk van zijn collega's een beker neer en ging zitten. Hij keek het bureau rond. Steven van Maren zat te tikken, Bram Wissink telefoneerde – Masser begreep nooit hoe hij aan zijn nieuws kwam, want Bram was voornamelijk zelf aan het woord als hij 'een bron aftapte', zoals hij het noemde. Het was elf uur, Masser zat nog in de fase waarin het niet duidelijk was welk verhaal hij die dag zou kunnen maken. Hij scrolde door de lijst van het persbureau, op zoek naar een onderwerp waar hij iets mee zou kunnen doen. Hij kwam het liefst zelf met ideeën, zodat hij door zijn chef niet naar het een of andere gat gestuurd zou worden voor een sfeerverhaaltje of een lichte reportage. Daar had hij een pesthekel aan.

Nieuws, dacht hij, is wat afwijkt van het gangbare. Waarbij je je natuurlijk moet afvragen wat gangbaar is. Een dode Nederlandse soldaat is nog niet gangbaar. Daar pakken we morgen groot mee uit. Maar als er meer doden vallen, wat zou kunnen, dan zul je zien dat de berichten daarover steeds korter worden en dat ze op een gegeven moment van de voorpagina verdwijnen. Nieuws past zich aan, zodra het samenvalt met de alledaagse werkelijkheid, bestaat het niet meer. Het moet afwijken.

Hij keek om zich heen. 'Nieuws is een kameleon,' zei Masser. Hij wachtte op een reactie. Bram Wissink tikte op zijn voorhoofd, Masser grijnsde naar hem.

'Brock,' zei chef Steven van Maren terwijl hij gewoon doortikte, 'bespaar me je theorietjes. Ga wat doen. Nieuws is handel. Koopwaar. Wij kopen het in en we verkopen het met een kleine winst door. Als het nieuws niet goed is, kopen onze lezers het niet meer en gaan we failliet. Wij zijn handelaars in bederfelijke waar. Wat de ene dag nog vers nieuws is, ruikt de volgende dag naar schimmel.'

'En zo is het maar net,' zei Bram Wissink. 'Dat heeft onze chef weer even heel duidelijk gezegd. Onze lezers moeten 's ochtends de krant uit de bus halen, de openingskop lezen en denken: Zo! Goh, wat erg! Of: Wat lekker.'

Dus de lezer bepaalt wat nieuws is, dacht Masser. Dat is vreemd, want ik dacht dat wij dat deden, de journalisten. Hij zei het tegen Bram.

'Als jij vandaag iets schrijft wat volgens jou nieuws is en het valt niemand op, dan was het dus toch geen nieuws,' zei Steven van Maren. Hij legde een stuk papier van de telex voor Masser neer. 'Kijk hier eens naar.'

'Dank, chef,' zei hij, en begon de telex te lezen. Op de achtergrond klonken het getik en de telefoonconversaties van de overige aanwezige leden van de redactie Verslaggeverij van De Nieuwe Tijd, Jelmer Bakker (die met een serie verhalen over arbeidsomstandigheden bij de Aziatische toeleveranciers een gerenommeerd fietsmerk had gesloopt), Frits van de Waverij (getrouwd met de zangeres Kitty van Knoppen, die in 1988 maar net deelname aan het Eurovisiesongfestival was misgelopen) en de jonge Bram Wissink dus, die was overgestapt van de sportredactie, waar hij diverse dopingschandalen had onthuld. Bonna Glenewinkel, de beroemdste verslaggever van De Nieuwe Tijd, was de stad in 'voor een lunch met een deep throat'.

Masser werkte nu vier jaar bij De Nieuwe Tijd. Hij was de status van veelbelovend talent voorbij en opgeschoven naar die van gevestigde waarde. Toch had hij nooit het gevoel dat hij bij de journalistieke elite van Nederland behoorde. Hij zag zijn collega's als bekende journalisten, maar zichzelf als een buitenstaander, als iemand die wel werkzaam was in de journalistiek, maar die er nooit helemaal deel van zou uitmaken.

In Masser zat nog altijd het rustige jongetje dat op het dek van de Hindeloopen naar de wereld keek, naar de activiteiten van zijn broertje Jimi, het getimmer van zijn vader en het kunstschilderwerk van zijn moeder; hij was een man van de zijkant, geen deelnemer maar een waarnemer. Hij riep zichzelf – en zijn collega's dus ook – voortdurend ter verantwoording. Hoe selecteerden ze het nieuws? Hoe konden ze een nieuwsfeit zo belichten dat het méér werd dan alleen maar een feit? Waar begon manipulatie van de lezer? Het maakte Masser niet zoveel uit of zijn collega's reageerden op zijn bespiegelingen en inzichten, al was het natuurlijk wel gezelliger als ze dat deden. Hij stelde dingen vooral voor zichzelf aan de orde, om greep te houden op zijn bestaan.

De telex die Steven van Maren hem had gegeven ging over de vondst van vijf kilo cocaïne op Urk, het vissersdorp aan het IJsselmeer. De straatwaarde bedroeg een half miljoen gulden. De tweeëndertigjarige eigenaar van de garagebox waar de drugs waren gevonden zei dat hij van niks wist, de politie had de zaak in onderzoek. Het was al de derde grote cocaïnevondst in het dorp binnen een jaar.

Masser leunde achterover, en dacht na.

Hij had zich aangeleerd elk nieuwsbericht te benaderen volgens wat hij Massers Theorie van de Gelaagde Waarheden noemde. Charles Schuurman Hess II had hem tijdens zijn introductiegesprek op het spoor gezet; Masser had nog niet eerder stilgestaan bij de gelaagdheid van de werkelijkheid en de verschillende waarheden die daarbij hoorden. Zijn Theorie van de Gelaagde Waarheden hield in dat je nieuws kon indelen naar verdiepingsmogelijkheden en dat bij elk niveau een andere waarheid hoorde. Een kaal nieuwsbericht kon bestaan uit niet meer dan één laag en dan was het eenduidig en oninteressant, hooguit geschikt voor een kort moment van opwinding of amusement. Maar er konden zich ook meerdere lagen onder bevinden, het nieuwsbericht kon het topje van een ijsberg zijn. In dat geval vormde het een gelaagd verhaal, waarin je de ene waarheid tegenover de andere kon stellen, of waarin soms de ogenschijnlijke waarheid ondersteboven werd geknikkerd door de waarheid eronder. Aan de hand van zijn theorie bekeek Masser nieuws alsof hij een verhaal analyseerde, hij beschouwde de werkelijkheid als literatuur.

Wat bedoelt de journalist? Welke lagen zitten er onder de door hem beschreven werkelijkheid?

Masser kende de plaats waar de cocaïne was aangetroffen, omdat zijn ex-vriendin Eva ervandaan kwam en hij er met enige regelmaat een weekeinde had doorgebracht. Urk was ooit een eiland geweest in de Zuiderzee. De mensen waren er zwaar gereformeerd, maar ze hadden ook anarchistische trekjes. Ze hielden zich aan Gods woord, maar hadden een broertje dood aan het gebod. De wet, dat was iets van het vasteland – en hoewel het dorp daar nu alweer een jaar of zestig mee was verbonden, heerste er nog altijd een eilandmentaliteit.

Gezagshandhavers en belastinginners, alles dat de wereld buiten het eiland vertegenwoordigde en pogingen deed de vrijheid ervan te beperken, werd gehaat en tegengewerkt. Masser hoorde het de vader van zijn vriendin nog zeggen – in zijn hoofd imiteerde hij zijn accent: 'Wij zijn Urkerlui en wij hebben onze eigen regels. En als die anders zijn dan de regels van het vasteland, dan is dat maar zo. De regels van Urk en de regels van God, meer hebben we niet nodig.' De regels van God werden op zijn Urks uitgelegd.

Als een van de weinige vissersplaatsen aan het IJsselmeer leefde het dorp nog van de vis – en van wat ze er nog meer uit het water visten, zoals witte, waterdichte pakketjes.

Masser maakte een paar aantekeningen. Hij zag de waarheid van het pakketje in de garagebox en die van het karakter van het voormalige eiland. Hij vroeg zich af of er nog een laag was; volgens de Theorie van de Gelaagde Waarheden had je er minstens drie nodig voor een bijzonder verhaal en voor een echt prijswinnend stuk vier.

Masser had in zijn tweede jaar bij *De Nieuwe Tijd* het Gouden Pennetje voor de meest talentvolle jonge journalist gewonnen met een serie artikelen over de Nederlandse filmindustrie. Hij had één film als uitgangspunt genomen (laag 1), de financiering ervan blootgelegd (laag 2), de methode waarmee de Nederlandse overheid probeerde het filmklimaat te stimuleren beschreven – inclusief de dubieuze belastingdeals die daarbij hoorden – (laag 3) en het afsluitende stuk ging over de vraag waarom directe overheidsbemoeienis met de kunst zelden tot iets moois leidde (laag 4).

Bonna was teruggekomen van haar lunch. Ze dankte haar grote faam als journalist vooral aan haar immense netwerk. Masser was ervan overtuigd dat zich in Nederland geen nieuwsfeit kon voordoen zonder dat Bonna ergens een lijntje had. Hij had daarvan in de jaren dat hij naast haar zat al verschillende krasse voorbeelden meegemaakt. Bonna kende heel Den Haag en heel Hilversum – waarmee je al zeker drie kwart van de nieuwsbronnen onder controle had. Daarnaast kende ze *movers and shakers* in de financiële wereld, de handel en in de wetenschap. Ze had de privénummers van de bestuursvoorzitters van alle grote bedrijven, die van twee zussen van de koningin én dat van hun vader – die ze op vrijdag steevast het cryptogram uit de zaterdagkrant faxte, zodat hij bij het oplossen alvast een voorsprong kon nemen op zijn vrindjes. Ze kende via haar vader, een voormalige minister, een onafzienbare stoet oud-politici en ze had in haar gymnasiumjaren en aansluitend aan de Leidse universiteit een massa latere beroemdheden leren kennen – en die banden op de een of andere mysterieuze manier ook altijd onderhouden.

In al haar stukken vond je minstens één inzicht of nieuwtje dat ze alleen maar kon hebben opgedaan bij iemand die écht van de hoed en de rand wist. Ze beschermde haar bronnen als een moederkloek haar jongen, dus je wist nooit precies wie haar had geïnformeerd, maar na lezing van een Glenewinkel was je zicht op de werkelijkheid onvermijdelijk een paar graden verschoven. Als er iemand de Theorie van de Gelaagde Waarheden tot in de vingertoppen toepaste, dan was het Bonna. Masser had haar zijn theorie overigens nooit durven voorleggen, want hij wist al dat haar schrapende lach dan zeker een halfuur over de redactie zou galmen en hij nog minstens een jaar achtervolgd zou worden met haar hoon.

'Masser, nog nieuws?' Ze keek hem spottend aan – ze keek alle mensen tot wie ze het woord richtte spottend aan. Masser schatte haar op een jaar of vijfenveertig. Ze was sympathiek en ongenaakbaar, een open boek en onvoorspelbaar, supervrouwelijk en een frontsoldaat. Hij was een keer met Bonna naar een vermaard restaurant aan het IJ geweest. Daar had ze hem zo finaal onder de tafel gezopen dat hij zich er niet zo heel veel meer van herinnerde. Toch had de avond een band tot gevolg gehad die je vriendschappelijk mocht noemen.

Zo te zien was ze de voorgaande avond ook niet helemaal nuchter naar bed gegaan, want ze droeg de Ray-Ban die ooit nog van haar vader was geweest.

'Dit,' zei Masser, en hij hield het telexbericht over de coke omhoog. 'Coke op Urk.'

'Laat zien,' zei Bonna. 'Ken je dat dorp?'

'Ja, mijn eerste vriendinnetje kwam ervandaan.'

Bonna las het bericht. 'Is een verhaal,' zei ze toen. 'Je moet erheen, Masser. Niet een uurtje op en neer, nee, een week, twee weken. Tot de haringboer "Ha die Masser" tegen je zegt, die mannetjes op het leugenbankje tegen je aan beginnen te praten en het de Urker vrouwen begint op te vallen dat er een lekker ding aan de haven zit. Je moet dan wel gaan oppassen, want daar houden de Urker mannen helemaal niet van. Pension De Kroon moet je hebben.' Ze had kennelijk ook al connecties op Urk.

'Het moet een verhaal worden over hoe cocaïne jongeren kapotmaakt en hoe het een hele samenleving corrumpeert,' zei Bonna, 'en wat je daaraan zou moeten doen.'

'Wat dan?'

'Uit de criminele hoek halen. En waarom dat godverdomme nog altijd niet gebeurt. Waarom we het de drugsbaronnen maar naar de zin blijven maken. Leg dat maar eens goed uit, heb je de Prijs voor de Krantenjournalistiek al bijna binnen.'

Bonna had die als enige Nederlandse journalist al drie keer gewonnen.

Masser probeerde het aantal lagen te tellen en kwam tot zeker zes.

'Een vrindje van me uit Leiden is daar burgemeester,' zei ze. 'Beetje mislukt, maar aardige jongen. Ik geef je zijn telefoonnummer.'

'En begin eerst maar eens met een week,' zei Steven van Maren. 'Daarna kunnen we bekijken of er nog meer in zit. Die types lijken me niet zo toeschietelijk en misschien jonassen ze je na drie dagen wel de haven in met je vreemde vragen. Volgens de politie pakken ze tien procent van de gesmokkelde coke, dus als dat ook voor Urk geldt, gaan de zaken daar prima. Maar dat hangen ze vast niet graag aan de grote klok.'

'Er zijn daar ook mensen die er niet blij mee zijn,' zei Bonna, 'en die misschien wel willen praten.'

'Neem gerookte poon voor me mee,' zei Frits van de Waverij. 'Kitty en ik zijn gek op gerookte poon. Vooral Urker.'

Masser passeerde de brug over het Ketelmeer. In de verte, links, zag hij de contouren van Urk. Hij had een afspraak gemaakt met de burgemeester – die was eerst niet zo toeschietelijk, tot Masser de naam van Bonna had genoemd. 'Oké, Bonna,' zei de man. 'Die kan ik niks weigeren. Kom maar langs op het gemeentehuis. Verdomde coke. Of kom je voor de restaurantrubriek?'

Masser had het gevoel dat er een nieuwe fase in zijn journalistieke loopbaan was begonnen, dat hij iets groots onderhanden had. Hij wist dat journalistieke carrières uiteindelijk, in het in memoriam van de betreurde verslaggever, werden teruggebracht tot een paar stukken die ophef hadden veroorzaakt, iets hadden blootgelegd of een vernieuwing hadden betekend – misschien kon dit zo'n verhaal worden.

Masser parkeerde zijn auto voor het gemeentehuis, liep het gebouw binnen en meldde zich bij de receptioniste. Ze belde en zei dat de burgemeester hem zou komen ophalen. 'Komt u vanwege de coke?' vroeg ze.

'Ja.'

'Dacht ik al. Slecht voor Urk.'

Hij zag de burgemeester van de trap komen, de man kwam met uitgestoken hand op Masser af.

'Masser Brock.'

'Frank van Weerdenburg.'

'Fijn dat u tijd voor mij kon vrijmaken.'

'Natuurlijk! Hoe is het met Bonna?'

'Meer dan uitstekend.'

'Bonna, goed wijf. Geweldig mee gelachen op de sociëteit. Zeldzaam hoor, vrouwen met wie je kunt lachen. Zoop iedereen onder de tafel.' Frank van Weerdenburg had nog altijd de uitstraling van een corpsbal, maar hij leek Masser niet onsympathiek. Hij droeg een lichte broek en een geruit jasje, met daaronder een blauw overhemd. Masser was blij dat hij zijn spijkerjasje en sportschoenen had thuisgelaten, een colbert had aangetrokken en zijn zwarte Van Bommel-brogues, die hij ook nog even had gepoetst.

'Heb je al geluncht?' vroeg de burgemeester. 'Ik nog niet. Mooi moment voor een ouderwetse uitsmijter. Ja? Lopen we even het dorp in.'

'Water,' zei Van Weerdenburg toen ze aan een tafeltje bij het raam waren gaan zitten en Masser een glas water had besteld bij zijn uitsmijter. 'Ik dacht dat journalisten zuipschuiten waren, maar de tijden zijn kennelijk veranderd. Doe mij dan ook maar water, anders steek ik zo drankzuchtig bij je af. Ik wil niet bekendstaan als de zuipende burgemeester van het witte-poedervissersdorp.' Zo was Urk omschreven in een stukje dat die dag in een andere krant had gestaan. Ze keken uit over het IJsselmeer.

'Mooi,' zei Masser, en wees naar buiten.

'Het vredige water,' zei de burgemeester. 'Word ik altijd rustig van. Heb ik wel nodig, deze dagen. Goeiedag zeg. Het lijkt wel of jullie dingen met elkaar afspreken. Eén pakketje: niks, twee pakketjes: bericht. Maar drie pakketjes: met z'n allen naar de burgemeester.'

'Driemaal is scheepsrecht,' zei Masser. 'De derde keer begint het op te vallen.'

'Zoiets. Opeens lopen er camerateams door het dorp, journalisten die iedereen aanspreken. Verslaggevers bellen aan bij willekeurige mensen in de hoop dat die een bruikbare quote leveren. Maar ze kennen Urk niet.'

'Nee.'

'Jij wel?'

'Ik heb hier ooit een vriendinnetje gehad, een jaar of tien geleden. In die tijd ben ik er wel een paar keer geweest.' Masser noemde haar naam, Hoekman – een echte Urker achternaam.

De burgemeester knikte tevreden. 'Hoe heette haar vader?'

'Herman.'

'De oude Herman. Dan weet je vast ook wel dat het geen zin heeft om als wildvreemde door het dorp te banjeren en mensen lastig te vallen. En zeker niet om ze te vragen of ze weleens met cocaïne te maken hebben gehad.'

'Nee, ik wil het voorzichtig aanpakken.'

'Op Urk weet niemand iets,' zei de burgemeester. 'Niemand heeft iets gezien, iedereen doet alsof zijn neus bloedt. In zekere zin vind ik dat een prijzenswaardige instelling. Ze sluiten de rijen. Maar dat maakt het meteen ook ingewikkeld.'

'Wat weet u zelf?'

'Niks. Echt niet. Ik heb vermoedens, maar daar blijft het ook bij. Ik kom van buiten, ik ben iemand van het bevoegd gezag. Ze mogen me, maar ze maken me niks wijzer. Ze weten dat ik ooit weer vertrek. En geloof me, de meeste mensen weten zelf ook niks. Het gaat om een beperkt kringetje, is mijn indruk.'

'En geruchten.'

'Geruchten, ja. Er zingt wat rond, er worden verhalen gefabriceerd, op niks gebaseerde veronderstellingen veranderen in feiten. U weet hoe dat werkt.'

'Ja. Ik wil wegblijven bij de onzin. Ik wil...' Masser vroeg zich af wat hij eigenlijk wilde. 'Ik wil een portret maken van het dorp, tegen de achtergrond van die smokkel.'

'Je bent een ambitieus man. Maar het streven is goed, heel goed.'

'Wat raadt u me aan?'

'Ga hier wat rondlopen. Luister en stel geen vragen. En doe niet alsof je geen journalist bent, want dat hebben ze meteen in de gaten. Ik zal kijken of ik je in contact kan brengen met mensen die je verder kunnen helpen en die zich zorgen maken over het imago van Urk. Want dat gaat er niet op vooruit natuurlijk, op deze manier. Er moet wel iets gebeuren.'

De ober zette de uitsmijters en de spa op tafel. 'Proost,' zei de burgemeester. Masser dacht dat hij in diens woorden iets hoorde dat zijn missie bij voorbaat kansloos verklaarde. 'Ik zou het op prijs stellen als je een eventuele publicatie eerst aan mij wilt voorleggen,' zei Van Weerdenburg. 'Het is een mijnenveld en ik zou graag nog een paar jaar burgemeester van Urk blijven. En ik heb geen behoefte aan bakstenen door mijn raam of een brandende auto voor de deur.'

'Nee, dat lijkt me logisch. Natuurlijk leg ik het aan u voor. Voorlopig is alles wat u zegt off the record.'

'Prima. Al vrees ik dat ik je dus weinig wijzer kan maken. Maar als er iets is wat interessant voor je kan zijn, laat ik het weten. Geef me in elk geval je telefoonnummer.' Masser had van de krant een Nokia meegekregen; hij schreef het nummer op een servetje en overhandigde dat aan de burgemeester.

'Urk,' zei de burgemeester. 'Kijk nou naar dat water. Het ziet er zo sereen uit, maar het heeft dit dorp al een hoop ellende bezorgd. Ook een hoop geld, maar ik weet niet zeker of ellende en geld elkaar in evenwicht houden.'

Masser nam zijn intrek in het hotelletje dat Bonna hem had aangeraden en dat niet ver van de haven lag. Hij nam zich voor zich zo onopvallend mogelijk te gedragen. Hij moest op de een of andere manier het vertrouwen van mensen zien te winnen.

Nadat hij twee dagen door Urk had geslenterd, had hij het woord cocaïne nog niet opgevangen, ook niet in het café waar hij de krant ging lezen en waar een paar jonge jongens aan het biljarten waren. Hij vroeg zich af hoe hij een praatje met ze kon aanknopen.

Zeg jongens, waar kan ik hier cocaïne kopen?

Hij had er spijt van dat hij als student niet vaker was gaan biljarten, dan had hij ze wat speltechnisch advies kunnen geven – de jongens bakten er niet veel van.

'Heb ik iets van je aan?' vroeg de grootste.

'Eh... nee hoor,' antwoordde Masser. Hij dronk het laatste bier op en liep naar de bar om af te rekenen.

's Avonds kreeg hij een telefoontje van de burgemeester.

'Het valt niet mee mensen zover te krijgen dat ze je te woord willen staan,' zei hij. 'Maar ik heb iemand gevonden. Lukas Brouwer is de eigenaar van drie viskotters. Ik heb tegen hem gezegd dat je geen sensatiezoeker bent en dat alles wat hij tegen je zegt off the record is. Heb je een pen? Geef ik je zijn nummer.'

Lukas Brouwer woonde in een weelderige villa, net buiten het dorp. Het is nadrukkelijk de bedoeling dat deze villa rijkdom uitstraalt, dacht Masser. Kennelijk is het niet alleen maar kommer en kwel in de visserij. Op het dak van de villa zag hij een merkwaardige uitbouw, op de oprit naar de garage stond een Mercedes. Op een goudkleurig bord naast de deur stond L. BROUWER, REDER. Toen Masser op de bel drukte, klonken de eerste tonen van *Für Elise*. Er deed een vrouw open van een jaar of vijfenvijftig, opgemaakt en gekleed alsof ze naar een filmpremière moest. Ze keek hem wantrouwig aan.

'U komt voor Lukas,' zei ze. 'Kom binnen.'

Masser stak zijn hand uit en noemde zijn naam.

'Sonja Brouwer,' zei ze zacht. Haar hand was klam.

In de hal hingen drie grote foto's: kennelijk de schepen waarmee Lukas Brouwer zijn geld verdiende, de UK 76, UK 81 en UK 92, op volle zee, de netten voortslepend. Masser keek er even naar.

'U kunt uw jas hier ophangen,' zei de vrouw. Ze wees naar de foto's. 'Dat zijn onze kotters.' Hij liep achter haar aan, de woonkamer binnen. Daar zat Lukas Brouwer, in een imposante, met zwart leer beklede stoel. Masser schatte hem een jaar of tien ouder dan zijn echtgenote. Boven zijn hoofd hing een groot schilderij, waarop behalve golven niets was te zien. Lukas Brouwer ging staan.

'Brouwer,' zei hij en stak een hand uit. Zijn stemgeluid verried zware shag en stormen, een donkere, bassende stem waarmee hij bij windkracht tien en boven draaiende motoren uit ongetwijfeld nog goed hoorbare bevelen kon schreeuwen.

'Brock. Masser Brock.'

'Kom mee,' zei Lukas Brouwer, 'we gaan naar mijn kantoor.' Masser hoorde dat er in de keuken koffie werd gemalen. Er kwam een Surinaamse vrouw binnen met een emmer in haar hand. 'Kan Deborah hier de boel aan kant maken.' Lukas Brouwer raakte even de kont van Deborah aan. De kamer scheen Masser smetteloos toe, maar kennelijk was het nog niet smetteloos genoeg.

Om het kantoor te bereiken, moesten ze een trap op. Brouwer opende een deur, liep naar binnen en keek achterom naar Masser, om diens reactie te zien. Het kantoor was ingericht als de stuurhut van een vistrawler. Of liever: het wás de stuurhut, maar dan zonder het bijbehorende schip en de zee. Voor de schuin geplaatste ramen, die waren voorzien van ruitenwissers, was een lang dashboard vol meters, knoppen, schermen, microfoons en hendels aangebracht. Ook de zij- en achterramen waren die van een grote kotter. Lukas nam plaats op een van de twee krukken, zijn linkerhand rustte op het donkerhouten roer. Hij maakte een uitnodigend gebaar: de andere kruk was voor Masser. Uit zijn ogen sprak trots.

'Dit is een exacte kopie van de stuurhut van de UK 92, ons mooiste en grootste schip,' zei hij. 'Ik vaar zelf niet meer, en daarom heb ik dit laten bouwen.' Hij tikte op een marifoon. 'En hiermee kan ik contact onderhouden met mijn jongens op zee. Ik heb drie zonen, de kapiteins van de schepen die je in de gang hebt gezien.' Hij wachtte op een woord van bewondering van Masser, maar die was nog even sprakeloos.

'En dan dit,' zei Lukas, en hij drukte op een knop. De stuurhut begon zacht te deinen. 'Zo kom ik tot rust,' zei hij. 'En zo verzacht ik de heimwee naar zee. Want de zee, jongen, die laat je nooit meer los.'

'Nee, dat begrijp ik wel,' zei Masser, die bang was dat hij zeeziek zou worden in een villa met uitzicht over de polder.

'Mijn vader viste hier vroeger, hè. Je kijkt uit over de zeebodem. Voorbij jongen, allemaal voorbij. "En aan de hórizon leit Emmelóórd." Ken je dat liedje?'

'Waar eens de golven het land bedolven,' zei Masser – de 'Zuiderzeeballade' was een van de favoriete liedjes van zijn opa. Lukas Brouwer knikte goedkeurend. Ik wou dat die deining ophield, dacht Masser.

Sonja kwam binnen met een dienblad met koffie en gevulde koeken. Ze had zeebenen zeker, de zeegang bracht haar niet uit haar evenwicht.

'Heerlijk Son,' zei Lukas. Hij zette de deining weer uit. 'Anders ligt de koffie straks door de stuurhut, en dat moeten we niet hebben.' Toen Sonja weer was vertrokken, kwam Lukas Brouwer ter zake.

'Dus jij bent journalist en je wilt een verhaal gaan maken over de vondst van cocaïne op Urk,' zei hij. 'Dat is tenminste wat de burgemeester me vertelde. Waarom wil je dat eigenlijk?'

'Ik wil eigenlijk meer een portret van het dorp maken,' zei Masser. 'Tegen de achtergrond van die pakketjes die ze hebben gevonden. Waarom? Omdat het nieuws is. Dit was al de derde keer dit jaar dat er op Urk een flinke hoeveelheid in beslag is genomen. Dat is toch opmerkelijk?'

'Weet je hoeveel cocaïne er per jaar wordt geproduceerd?' Masser had geen idee en begreep niet waar Lukas Brouwer heen wilde.

'Duizend ton,' zei Brouwer. 'Eén miljoen kilo. Een miljard gram.'

'Dat is flink wat,' zei Masser. 'Dat wist ik niet.'

'Dat wist ik toevallig wel. Officiële cijfers van de Verenigde Naties. En de productie groeit. Weet je hoeveel cocaïnegebruikers er zijn op de wereld?' Masser wist het weer niet, en hij vermoedde dat Lukas het wel wist.

'Iets minder dan veertien miljoen. Worden er steeds meer. En de omzet? Enig idee?' Masser schudde ontkennend zijn hoofd, hij begon zich opgelaten te voelen.

'Honderdvijfenzestig miljard Amerikaanse dollars. Conservatieve schatting, het is ongetwijfeld veel meer.' Lukas leunde achterover en keek Masser onderzoekend aan. 'Er is productie en er is vraag,' zei hij op docerende toon. 'Zoveel vraag, dat de prijzen hoog blijven. Met dank aan de illegaliteit natuurlijk, anders kon je het spul hier bij De Spar kopen voor twee knaken per gram. Maar goed, wat ontbreekt er?'

'Hoe bedoelt u?' Masser was van slag. Hij nam een slok koffie om zich een houding te geven.

'Wat er ontbreekt tussen aanbod en vraag.'

'Tsja.'

'Oké, dat zal ik je zeggen. De logistiek. De legale handel. Het vervoer, de distributiekanalen. Dat is er allemaal niet. Officieel niet, tenminste. Want het is er natuurlijk wel. Geloof me, jongen, als iets er niet is, dan komt het er. Als er tenminste behoefte aan is. Ik haal vis uit de zee, mensen eten graag vis, en dus komen er vrachtwagens die mijn vis naar de afslag brengen en daarna naar viswinkels die mijn vis verkopen. Dat is al zo sinds God de wereld schiep. Dat is de mens. Handel. Geld verdienen.'

'Ja,' zei Masser.

'Zo is het met cocaïne ook. Het spul moet wel van de producent naar de consument worden gebracht.'

'Maar het is illegaal,' zei Masser.

Lukas Brouwer begon hard te lachen. 'Natuurlijk is het illegaal. Maar daar hebben producenten en consumenten geen boodschap aan. Zij hebben dat verbod niet uitgevaardigd, zij willen alleen maar in pais en vree een stukje land vol opium-planten bewerken of een lijntje snuiven. Het is illegaal omdat een paar regeringsleiders ooit hebben besloten dat het illegaal is. Of vergis ik me?'

'Nee, dat is zo,' zei Masser.

'Daarom. Wist jij dat er tijdens de Eerste Wereldoorlog in Amsterdam een legale cocaïnefabriek was?' Masser wist het al-weer niet.

'Die leverde coke aan de jongens in de loopgraven,' zei Brouwer. 'Engelse jongens, Amerikaanse jongens, Franse jon-gens, Duitse jongens. Allemaal om de angst te dempen. Daar is lekker aan verdiend en er kraaide geen haan naar. Produceren, vervoeren en consumeren. Daar kwam geen visser aan te pas.' Het was voor de eerste keer dat hij de link legde tussen Urk en coke. 'We snuiven nog steeds om de angst te dempen trou-wens, denk je niet?'

'Dat zou heel goed kunnen,' zei Masser. Kennelijk had Lukas Brouwer behoefte aan deining, want de stuurhut begon weer te schommelen, nu in een iets ander ritme en in een andere richting dan de eerste keer.

'Zojuist was het noordwestenwind,' zei hij, 'maar nu is-ie gedraaid naar zuidwest en wat sterker geworden. Voel je het?' Hij draaide aan het roer. 'We moeten op koers blijven.' Masser dacht dat hij gek werd.

'Wat ik wil zeggen,' zei de reder, 'is dit. Jij bent hier omdat er vijf kilo coke is gevonden in een garage op Urk. Big deal. Het mag niet, dat klopt. Maar het is natuurlijk niet zo vreemd dat het gebeurt. De politie moet zo nu en dan toch laten zien dat ze erbovenop zitten. Intussen zijn we alweer een paar honderd kilo verder die niét zijn gevonden.'

'Nee. Dat zou heel goed kunnen. Een paar honderd kilo?'

'Ja. Waarom zou dat zijn?'

'Te weinig mankracht bij de waterpolitie?' Masser zei maar wat.

'Nee, onzin. Dat is omdat we het eigenlijk prima vinden, zoals het nu gaat. Het kan ons helemaal niks verrotten. We zitten gevangen in onze eigen wetten, dat is het. Een verstandige leider legaliseert morgen alle coke. Zijn we van het probleem af. En zijn die paar Urker vissers die wat bijverdienen met pakketjes hun handel kwijt, maar die vinden wel weer wat anders. Tot die tijd doen we alsof onze neus bloedt. En iedereen pikt intussen een graantje mee.'

Masser wist niet meer wat hij moest zeggen. Het was de waarheid achter de waarheid. Bonna had die ook al geschetst, maar nu kwam ze wat meer gespecificeerd en onderbouwd uit de mond van een ervaringsdeskundige, of in elk geval iemand die wist van de hoed en de rand.

Masser wilde vragen hoe Brouwer de schommelhut had gefinancierd, maar hij zag ervan af. Het antwoord was te gemakkelijk: hard werken. Hij kon weinig tegen het verhaal van de visser inbrengen. Hij voelde dat hij werd overbluft, dat Brouwer precies wist wie hij tegenover zich had: een tamelijk naïef journalistje uit de grote stad. Sonja Brouwer serveerde verse koffie. 'Lust je geen gevulde koek?' vroeg ze.

'Hij is een beetje misselijk van de deining,' zei Lukas. Hij zette de stuurhut weer stil. 'We drinken onze koffie op en dan pakken we de auto en gaan een lekker vissie eten in het dorp. Gezellig. Het leven is niet alleen maar werken, toch, meneer Brock? Je moet er ook van genieten.' Hij wist dat hij glorieus had gewonnen, misschien wel op knock-out.

Masser verzamelde al zijn moed en vroeg: 'Heeft u weleens direct te maken gehad met de smokkel? Ik bedoel: kent u mensen die zich ermee bezighouden? Weten ze hier wie dat zijn? Louter uit nieuwsgierigheid natuurlijk, dit is allemaal off the record.' Hij vond dat hij het in elk geval moest vragen, ook al kende hij het antwoord.

'Nee,' zei Lukas Brouwer lachend. 'Geen idee. Mijn schepen vissen alleen op platvis en kabeljauw. En soms op rode poon. Ken je dat, gerookte rooie poon? Heerlijk! Gaan we zo even proberen.' Masser herinnerde zich dat hij gerookte poon moest meenemen voor Frits van de Waverij.

'Ik wil jou ook nog iets persoonlijks vragen,' zei Lukas. 'Heb jij weleens coke gesnoven?'

'Niet vaak,' zei Masser. 'Een paar lijntjes. Maar het beviel me niet zo.'

Lukas Brouwer zei niks meer.

's Avonds belde de burgemeester. 'Ik begreep van Lukas dat het een leuk gesprek was,' zei hij. 'Hopelijk heb je er iets aan voor je verhaal.' Masser meende leedvermaak te horen.

De volgende dag zwierf hij nog een paar uur langs de haven, kreeg een rondleiding over de visafslag – daar waren ze trots op, de Urkers. Hij at in een restaurant waar je onbeperkt sliptong kon eten voor vijfentwintig gulden. Hij wist niet hoe het verder moest, met zijn verhaal. De burgemeester had tegen hem gezegd dat hij hem verder niet kon helpen. 'Lukas is een uitzondering,' zei hij. 'De rest wil er niks mee te maken hebben.'

Masser wist dat hij het hierbij niet kon laten, dat hij niet zonder verhaal en met hangende pootjes terug kon komen in Amsterdam. Hij dacht aan zijn Theorie van de Gelaagde Waarheden. Misschien kon hij een laag overslaan, of twee zelfs, zodat het toch nog ergens op leek. Hij zou iets kunnen schrijven over legalisering, of misschien was die cocaïnefabriek waar Brouwer het over had gehad iets voor een verhaal. De burgemeester, die had het tussen neus en lippen door over bedreiging gehad, dat kon ook iets zijn. De druk op het openbaar bestuur.

Hij wees al zijn eigen voorstellen af. En toen bedacht hij dat hij op Urk iemand kende die hem zou kunnen helpen.

Masser belde aan bij het huis waar hij in 1987 voor het laatst was geweest. Hij keek op zijn horloge, het was drie uur. Hij wist nog niet wat hij zou gaan zeggen, hij wist niet eens zeker of de ouders van Eva er nog woonden – hij ging ervan uit dat zijzelf het dorp allang had verlaten. Hij had haar leren kennen in Amsterdam en kon zich niet voorstellen dat ze na haar conservatoriumstudie weer was teruggekeerd naar haar geboortedorp. Wat moest ze daar, als contrabassist? Hij wist trouwens ook niet eens of ze wel was afgestudeerd. Hij had haar zeker zes jaar geleden uit het oog verloren. Er was geen naambordje.

De man die opendeed keek hem vragend aan. Masser herkende hem onmiddellijk als Eva's vader. 'Kan ik u ergens mee helpen?' vroeg Herman Hoekman.

'Ik ben Masser,' zei Masser. 'Heel misschien herinnert u zich mij nog. Ik ben een tijd bevriend geweest met uw dochter Eva. Lang geleden, ik ben hier denk ik in 1987 voor het laatst geweest. Of misschien was het zelfs 1986.' De man zei niks. 'Ik studeerde ook in Amsterdam.' Masser herinnerde zich hem niet als een bijzonder zwijgzaam type. Hij wilde beginnen over Parijs, waar hij met Eva een keer heen was gelift voor een concert van Paolo Conte in het Olympia. Maar hij bedacht dat ze dat haar ouders vermoedelijk nooit had verteld.

'We zijn nog een keer samen het IJsselmeer op geweest,' zei hij, 'om de palingfuiken te lichten. Weet u dat misschien nog?'

De man kneep zijn ogen samen. Toen zei hij: 'Masser! Ik

vond dat toen al een merkwaardige naam, en dat is het nog steeds. Masser. Was het geen Bijbelse naam? Eva nam weleens vaker een vriend mee naar huis, maar nu herinner ik me jou. Je was de eerste, denk ik.' Hij stak zijn hand uit. 'Verrassend, dat je opeens weer voor de deur staat. Wil je weer verkering? Te laat, Eva is getrouwd, twee kinderen. Ze is muzikant. Pop en vooral jazz. Ze is nu op tournee met zo'n jongen die van die Amerikaanse country speelt. Helemaal gek van muziek, dat meisje, haar lust en haar leven.' Herman Hoekman was duidelijk heel erg trots op zijn dochter. 'Kom binnen, Masser. Mijn vrouw is overleden, zoals je misschien hebt gehoord, maar ik weet ook hoe je een kop thee moet zetten.'

'Gecondoleerd, meneer Hoekman,' zei hij. 'Nee, dat wist ik niet. Eva en ik hebben al heel lang geen contact meer gehad. Goh, wat erg.'

'Gods wil,' zei Hoekman. Masser liep achter hem aan naar binnen, door de gang en linksaf de kleine huiskamer in. Er was niets veranderd. 'Ik begreep van Eva dat je journalist bent.'

Ze heeft het over me gehad.

'Klopt. Van *De Nieuwe Tijd*.'

'Ga zitten. Zet ik even water op.'

Masser keek om zich heen. Op de schoorsteenmantel stond een portret van Eva's moeder. Aan de wand hingen in zilveren lijstjes twee kinderkopjes. Ernaast zag hij een geborduurde Bijbelspreuk die hij zich nog herinnerde van de vorige keren: 'Ik ben de weg, de waarheid en het leven'.

Herman Hoekman kwam terug met twee theekopjes, een koektrommel. Hij liep naar een kast en hield een cd omhoog. 'Speelt ze op mee. Ik heb al een hele stapel.' Masser vroeg zich af hoe het kon dat de muziekcarrière van Eva Hoekman hem totaal was ontgaan. Hij bekeek de cd en zocht haar naam. 'Eva H.' stond er.

'Dus het gaat goed, met Eva,' zei Masser. 'Dat is mooi om te horen.'

Hoekman wees naar de portretjes. 'Dat zijn de kleinkinderen. Twee mooie meisjes. Ze komen minstens één keer per week hier. Ze is getrouwd met een Amerikaan. Ook muzikant. Walsh, heet ze tegenwoordig.'

'Ik ben een weekje op Urk,' zei Masser. Hij wist dat de bewoners nog altijd naar hun dorp verwezen als een eiland. Hoekman legde een koekje naast zijn thee en sloot de trommel weer zorgvuldig.

'Ik hoef zeker niet te vragen waarom je hier bent,' zei Hoekman. 'Vast niet op vakantie.'

'Nee. U heeft het natuurlijk ook wel gehoord van die cocaïne.'

'Daar heb ik van gehoord, ja.' Er hing meteen wantrouwen in de lucht.

'Ik was op de thee bij Lukas Brouwer.'

'Lukas. Heeft het heel goed gedaan. Ben je in zijn stuurhut geweest?'

'Ja. Ik werd een beetje zeeziek.' Herman Hoekman grijnsde.

Masser besloot dat hij openhartig moest zijn, hij wilde geen spelletjes spelen. 'Ik ben hierheen gestuurd met een moeilijke opdracht,' zei hij. 'Ze willen dat ik een verhaal schrijf over Urk en de cocaïne. Hoe het kan dat het dit jaar al drie keer is voorgekomen dat ze hier een paar kilo coke hebben aangetroffen.'

'En toen dacht jij: laat ik eens bij die ouwe Hoekman langsgaan. Misschien weet hij iets. Wat vertelde Lukas?'

'Was interessant. De burgemeester heeft me ook bijgepraat. Maar ik heb niet genoeg aan twee gesprekken. Ik wil een portret van het dorp maken, en ik dacht... U bent verder de enige die ik hier ken.'

Hoekman keek hem scherp aan.

'Ik dacht: misschien kunt u me een beetje op weg helpen.'

'Ik denk het niet, Masser.'

'Ik bedoel: hoe komt dat... hoe zit dat, met Urk en de cocaïne? Heeft u daar een verklaring voor?'

'Jawel, maar ik wil er niks over zeggen. En mijn verklaring kun je zelf ook wel bedenken. Geld, gemakkelijk geld. Vroeger moest je naar zee om geld te verdienen. Er zijn er hier nog steeds veel die gaan vissen, maar het is niet meer wat het geweest is. En er zijn manieren waarop je veel meer kunt verdienen en waarvoor je niet zo hard hoeft te werken.'

De malaise in de visserij, dacht Masser, vangstquota, dure diesel, de teruglopende visstand. Herman Hoekman kon hem verder helpen. 'Wat zijn het voor jongens...'

'Ik wil liever dat je gaat,' zei Hoekman, nadat hij Masser gedurende een seconde of tien met een bedroefde blik had aangestaard. 'Je kent Urk, Masser. Over twee uur weet het hele dorp dat je hier hebt zitten praten. Er is een journalist geweest bij Herman van Maarten van Siep. Volgende week schrijf je een stuk in jouw krant. Als daar iets in staat wat ze niet bevalt, komt het van mij. Ook als het helemaal niet van mij komt. Wat denk je dat er gebeurt? Het gaat niet over een paar tientjes Masser, het gaat over veel geld. En weet je wat er gebeurt als die handel in gevaar wordt gebracht? Het zijn geen lieverdjes.'

Masser zag de krantenkoppen voor zich: ANGST HEERST OP URK. BEVOLKING VREEST WRAAK COCAÏNESMOKKE-LAARS EN ZWIJGT ALS HET GRAF. HET HOLLANDSE SI-CILIË.

'Ik snap het,' zei hij. 'Het spijt me, meneer Hoekman. Ik had u niet lastig moeten vallen.' Hij dronk snel zijn thee op en ging staan. 'Misschien dat we elkaar nog eens zien. Doet u in elk geval mijn hartelijke groeten aan Eva.'

Hoekman was ook gaan staan en legde een hand op zijn

schouder. 'Ze houden hier niet van pottenkijkers, Masser. Dat weet jij ook wel. Dat iemand van buiten het dorp het destijds aanlegde met het mooiste meisje van Urk beviel ze al niet.'

Masser lachte. 'Dat klopt. Ik kon niet met haar naar een café.' Hij wilde vragen of ze nog altijd mooi was, maar bedacht op tijd dat je dat niet deed, bij de vader.

'Wacht even,' zei Hoekman. Hij liep naar de tafel, pakte een pen en een stukje papier, en schreef er iets op. Het waren twee nummers. 'Het eerste is van Eva, misschien vindt ze het leuk als je haar belt. Dat weet ik wel zeker. En het tweede is van Maarten.' Masser groef in zijn geheugen. Het leek erop dat hij Maarten moest kennen. 'Haar broer,' zei Hoekman.

'Goh, ja. Sorry. Maarten. Haar kleine broertje. Hoe oud is hij nu? Negentien?'

'Hij is eenentwintig. Woont in Nagele, dorpje verderop, niet meer op Urk.'

'Dank, meneer Hoekman.'

'Pas goed op jezelf, Masser.'

Toen Masser de krant belde, kreeg hij Bonna aan de telefoon.

'Masser, ouwe speurneus, heb je al iets?'

'Nee. Tenminste, niks concreets. Ja, dat het met de visserij niet zo goed gaat en dat ze daarom naar andere bronnen van inkomsten kijken. En als je dan vijf kilo coke binnenhaalt en doorverkoopt, hou je daar gauw een jaarinkomen aan over.'

'En de rest.'

'Daarom.'

'Nou, dat is toch een begin?'

'Ze zijn hier als de dood om iets te zeggen. Die jongens zijn geen lieverdjes, zeggen ze. En ze houden niet van pottenkijkers. Ik ben wel bij iemand geweest met een kantoor als een stuurhut. Ik werd er zeeziek.'

'Een deinend kantoor? Heb je gesnoven, Masser?'

'Nee, serieus.'

'Nou, dat is heel goed voor de omlijstende sfeer. Hoe was het met de burgemeester?'

'Mee geluncht. En hij heeft me aan een contact geholpen. Verder niks meer van hem gehoord. Is er ook niet gerust op, denk ik. Ze mijden journalisten hier als de pest. Hij had het over stenen door de ruiten en brandende auto's.'

'Masser, je hebt je verhaal al bijna rond!'

'Ik heb nog niks, Bonna.'

'Weet jij waar die cocaïne vandaan komt?'

'Nee. Colombia, vermoed ik. Daar komt toch alle coke vandaan?'

'Nee, Masser. Die Urker coke komt uit Suriname.'

'Hoe weet jij dat nou weer?'

'Ik heb mijn bronnen en ik heb wat rondgebeld.'

'Heb je nog meer gehoord, van je bronnen?'

'Ja, dat het stinkt.'

'Hoezo?'

'Wees voorzichtig, Masser. Als ik meer weet, hoor je van me.'

Ze hing op. Bonna's laatste woorden echoden na in zijn hoofd. *Wees voorzichtig, Masser.* Ze waarschuwde hem, net als de oude Hoekman.

Masser belde eerst Eva. Hij noemde zijn naam en het was even stil aan de andere kant van de lijn.

'Masser? Masser Brock?'

'Ken je nog meer Massers?'

'Masser! Sorry, ik ben een beetje verrast. Het is alweer een tijdje geleden dat ik iets van je hoorde. Tien jaar?'

'Bijna. Sorry.'

'Je hoeft geen sorry te zeggen. Je hebt ook niks van mij gehoord.'

'Ik ben op Urk. Ik ben bij je vader geweest. Hij gaf me je nummer.'

'Je bent in de coke gedoken.'

'Ja. Hoe is het met je?'

'Goed. Heel goed.'

'Waar woon je tegenwoordig?'

'Utrecht. Lekker centraal, ik ben nogal veel onderweg. Muziek.'

'Dat vertelde je vader. Het gaat goed, hè?'

'Ik heb werk genoeg. Jij ook, volgens mij. Ik lees tenminste elke dag je column. Leuk, elke dag je oude vriendje aan de ontbijttafel.'

Masser zweeg even. Toen zei hij: 'Urk en de coke. Valt niet mee.'

'Wat had je verwacht? Dat ze Masser Brock even alles uit de doeken zouden doen omdat hij tien maanden verkering heeft gehad met Eva Hoekman?'

'Was het tien maanden? Ik dacht langer.'

'Tien maanden. Denk je er nog weleens aan?'

'Natuurlijk.'

'Ik ook. Eerste liefde. Kom je een keer langs?'

'Graag.'

'Heb je een pen?' Ze gaf haar adres. 'Zou ik leuk vinden.'

'Ik ook.'

'En Masser, je moet mijn broer hebben, Maarten. Herinner je je hem nog? Zal ik je zijn nummer geven?'

'Graag! Lief van je.'

'Masser.' Het klonk weemoedig en ook alsof ze hem streelde met haar stem.

'Eva H.,' zei Masser, hij sprak de H uit op z'n Engels.

Ze lachte. 'Weet je hoe ze in New York Hoekman uitspreken?'

Het was alsof het dorp na een paar dagen begon te wennen aan de jongeman die soms een halfuur op een bankje aan de haven zat en aantekeningen maakte in een klein formaat schrijfblok. Soms kwam er zelfs iemand naast hem zitten, met wie hij een paar woorden wisselde. Als hij binnenkwam in een winkel stopten de gesprekken niet meer onmiddellijk, ook niet als ze gingen over het onderwerp waarvoor hij op Urk was. Soms verdacht hij mensen ervan dat ze opzettelijk begonnen te praten als hij in de buurt was. Hij realiseerde zich dat de smokkel iets was van een klein groepje en dat er in het dorp een grote groep burgers was die er niets van moest hebben – en sommige daarvan gebruikten de vreemdeling om dat duidelijk te maken. Indirect meestal, maar soms ook openlijk. Ze noemden nooit hun naam, of alleen op voorwaarde van anonimiteit. Dat beschouwde Masser als een teken van vertrouwen. Als ze visser waren, of voormalig visser, zeiden ze dat erbij; daar waren ze trots op.

Had hij iemand gesproken, dan noteerde hij de woorden zo nauwgezet mogelijk, ook de woorden die ogenschijnlijk weinig betekenis hadden. Hij verzamelde quotes zoals een schelpenvisser schelpen – later zou hij wel zien of er waardevolle exemplaren tussen zaten, en misschien konden de zinnetjes in combinatie met andere hem nieuwe inzichten verschaffen.

Maarten Hoekman, Maarten van Herman van Maarten, woonde een kilometer of tien van Urk, in een rijtjeshuis in Nagele, dat enige faam genoot als 'het modernste dorp van Nederland'. Niet dat het er zo modern was, integendeel, maar er stonden wel louter huizen met platte daken. Het dorp was in de jaren vijftig gebouwd door beroemde architecten als Van Eyck en Rietveld, en de parkjes waren ontworpen door Mien Ruys. Het duurde even voor de voordeur openging nadat Masser had aangebeld, er moesten eerst een paar extra sloten worden geopend.

'Masser!' zei Maarten. 'Masser Brock, godsamme.' Masser herkende het kleine blonde jongetje met wie hij voetbalde in het park voor het huis op Urk. Hij had nog steeds dezelfde vragende blik in zijn ogen, alsof hij voortdurend in afwachting was van belangwekkende mededelingen of opwindende verhalen.

'Maarten. Jongen, je bent geen spat veranderd. Nou ja, je bent wat groter geworden.' Hij ziet er niet al te gezond uit, dacht Masser. Hij is te zwaar en hij drinkt te veel. 'Mag ik binnenkomen?'

In de huiskamer was het kaal. Maarten woonde kennelijk nog niet zo lang in het huis, want er stonden overal onuitgepakte verhuisdozen, en verder een tafel, twee stoelen en een oude televisie.

'Pak een stoel,' zei Maarten.

'Je moet de groeten hebben van je vader en van Eva,' zei Masser, hoewel geen van beiden hem dat had gevraagd.

'Ja,' zei Maarten. Het was niet duidelijk wat hij daarmee bedoelde. 'En leg me nou maar uit wat jou hier brengt. Ik heb wel een vermoeden.'

Toen Masser de afspraak had gemaakt, had hij tegen Maarten gezegd dat hij journalist was, maar niet wat hem naar Urk had gebracht.

'Het is wat je denkt. Ik ben naar Urk gestuurd vanwege die affaire met de coke. Ik dacht dat jij me misschien wat achtergrondinformatie zou kunnen geven. Ik wil een portret van Urk schrijven.' Hij hoopte dat Maarten hem dingen kon vertellen die de gefluisterde zinnen in zijn schrijfblok betekenis en achtergrond konden geven.

Maarten keek hem aan, nu meer onderzoekend dan verwachtingsvol. 'Mijn vader heeft tegen je gezegd dat ik meer weet,' begon hij, 'en mijn zus vast ook. En ze hebben gelijk. Kom, we gaan even naar buiten. Ik lust er wel een biertje bij. Jij?'

Tot Massers verrassing waren ze pas bij het tweede biertje toen Maarten alles op tafel legde, alsof hij erop had gewacht iemand zijn verhaal te kunnen doen. Hij vertelde dat hij visser was geweest op een kotter die de Maria-Wilhelmina heette. Meestal brachten ze hun vis aan wal in Harlingen en reed de bemanning vandaar in een taxi voor het weekend terug naar Urk.

'Maar soms gingen we door de sluis in de Afsluitdijk en voeren we naar Urk. Dat was als er, behalve vis, ook drugs aan boord waren' – hij zei het alsof het de normaalste zaak van de wereld was. 'En nooit een vuiltje aan de lucht, Masser. Sluis door, IJsselmeer op richting Urk, vis uitladen, wachten tot de nacht, coke eruit. Geen idee waar het spul heen ging, alleen dat het altijd in een witte bestelbus werd geladen.'

'Nooit controle?'

'Nooit.'

'Wist iedereen aan boord wat er gebeurde?'

'Natuurlijk. Het werd op volle zee overgeladen, en dat kun je niet doen zonder dat iedereen op het schip ziet wat er aan de hand is. Niemand dacht: hé, een lading pannenkoekenmeel.' Hij nam een slok van zijn biertje, zijn hand trilde. 'Maar we hadden het er nooit over. Met geen woord. Het gebeurde in volstrekte stilte. Het was geen onderwerp, het leek een soort afspraak: het is niet gebeurd. Je voelde: als ik de omerta door-breek, is dat gevaarlijk. Voor de anderen, maar vooral voor mij. Dat hing in de lucht, dat hoefde niemand tegen je te zeggen.'

'Ging het om grote hoeveelheden?'

'Wisselend. Maar niet om pakketjes van vijf kilo. Ik denk dat het om honderd kilo per keer ging, misschien nog wel meer.'

'Kregen jullie een deel van de opbrengst?'

'Je weet hoe het werkt. Elk bemanningslid krijgt een deel van de besomming. Heb je goeie treks gemaakt, dan verdien je geld. Ook een opstapper als ik. Als we weer zo'n lading hadden afgeleverd, kregen we meer dan je op grond van de besomming had kunnen verwachten. Behoorlijk veel meer. Maar dan was het loon wel voor een deel zwart. Nou ja, daar schrikt op Urk ook niemand van.'

'Zwijggeld.'

'Zoiets. Gevarengeld. Loyaliteitsgeld.'

Masser liep naar de bar en kwam terug met twee nieuwe biertjes. 'Vaar je nog steeds?'

'Nee, dan zat ik hier niet.'

'Wat doe je dan?'

'Voorlopig even niks. Steun.'

'Gebeurt dit veel, op Urk?'

'Weet ik niet. Ik denk dat we niet de enigen waren, maar van die andere boten houdt ook iedereen zijn mond.'

'Waarom ben je ermee opgehouden?'

Maarten zweeg, schudde het glas om weer wat schuim op het bier te krijgen. 'Zullen we zeggen: gewetensnood?'

'Dat mag je zeggen. En dan geloof ik je. Maar was het ook zo?'

'Nee.' Maarten stond op om naar het toilet te gaan. Masser zag dat er twee mannen het café binnenkwamen. Ze gingen aan een tafeltje naast het zijne zitten en bestelden pils en een portie bitterballen.

Maarten kwam terug en ging niet meer zitten. 'Kom,' zei hij, 'we gaan naar huis.' Hij leek opeens haast te hebben.

'Masser,' zei Maarten toen ze thuis aan zijn tafel zaten, 'ik vertrouw niemand meer. Het is een smerige bende. Weet je waar die coke vandaan komt?'

'Uit Suriname,' zei Masser.

Maarten knikte. 'Goed van jou. En weet je dan soms ook waarom we nooit werden gepakt? Waarom er nooit een politieboot naast ons kwam varen en het schip werd doorzocht? Nooit één routinecontrole, niks?'

'Nee.'

'Onder ons?'

'Op de rechterhand van je zus.'

Maarten moest lachen. 'Smeerlap.' Hij wreef met zijn handen over zijn gezicht en haalde diep adem, alsof hij moed moest verzamelen. 'Oké, ik was ermee opgehouden, eind vorig jaar. Gezegd: jongens, ik kap ermee, ik ga weer naar school, ik wil dit niet langer. Een week later kwam er iemand langs, ik kende hem niet. Ik woonde nog bij mijn vader, het was een uur of tien in de ochtend. Die man zegt: "Maarten, ik moet je wat vragen." Het was een beetje zoals jij nu ook naar me toe komt. Alleen zag hij er een stuk gemener uit, ik was bang voor hem. Ik zeg: "Oké, vraag maar raak." Hij zegt: "Jij hebt toch gevaren op de Maria-Wilhelmina?" "Ja, klopt." "Dan weet je ook dat er niet altijd alleen maar vis aan boord was," zegt hij. Ik zei niks, want ik zei daar nooit iets over, tegen niemand, maar ik zag wel aan 'm dat hij precies wist hoe de vork in de steel zat. "Ik kom hier als een vriend," zegt hij. "Je kent me niet, maar ik ben je vriend. En ik moet je waarschuwen. Het is belangrijk."'

'Wat was er zo belangrijk?'

'Hij zegt: "Het is belangrijk dat je tegen niemand iets zegt. Ik weet niet wat je van plan bent, maar het is echt heel belangrijk dat je zwijgt over de dingen die je hebt gezien. Anders kunnen er hele nare dingen gebeuren. Met jou of met anderen."'

Masser luisterde met stijgende verbazing. De jongen sprak afstandelijk en zonder dat er emoties van zijn gezicht waren af te lezen, alsof hij een scène uit een maffiafilm navertelde.

'Ik vroeg wat voor nare dingen dan. Hij keek me alleen maar aan, en ik wist wat hij bedoelde. Hij had van die koude vissenogen.'

'Godverdomme.'

'Het verhaal is nog niet af,' zei Maarten. 'Er was bij ons nog een andere jongen aan boord, Klaas Joppe heette die. Hij was een maand eerder dan ik van boord gegaan. Ik weet niet waarom. Twee dagen na dat gesprek met die engerd hoor ik dat Joppe is verongelukt. Rijdt met z'n auto zo'n poldersloot in en verdrinkt. Drank, zeiden ze. Maar weet je, die Klaas dronk helemaal niet. Hij was geheelonthouder. Ik denk de enige op Urk.'

Masser vroeg zich af of Maarten het verhaal had verzonnen, maar hij verwierp die mogelijkheid onmiddellijk, hij zag dat de jongen ontdaan was. 'En wat heb je toen gedaan?'

'Eerst nagedacht, toen ik weer een beetje tot rust was gekomen. En toen ben ik naar de politie gegaan. Ik wist niks beters. Ik ken een jongen die daar werkt, ik dacht: we leven hier in een beschaafd land en niet in Colombia, dit kan niet. En ik heb hem het hele verhaal verteld. Met een omschrijving van die man.'

'Wanneer was dat?'

'Een paar weken later. Om precies te zijn, het was een week voordat ze het eerste pakketje coke vonden. Die jongen luistert naar me, ik kende hem van voetbal. Ik ben klaar, en hij zegt: Maarten, je moet nu even niks doen. Gewoon naar huis gaan en ik laat van me horen. De volgende dag belt hij me. Kom naar het bureau. Ik naar binnen. Zit daar diezelfde man die me een paar weken eerder de stuipen op het lijf heeft gejaagd. Met diezelfde smerige glimlach. Ik zeg: wel godverdomme. Rustig, zegt hij, ik leg het je uit.'

'Wie was het?' Masser keek hem vragend aan. Het is een filmscript, dacht hij. De werkelijkheid is altijd beter dan de film.

'Geen idee. Iets geheims, denk ik. Hij zegt: "Je weet wat ik je heb gevraagd." Ik zeg tegen 'm: "Wat is er met Joppe gebeurd?" "Nooit van gehoord," zegt hij. Maar ik zie dat hij liegt en ik hoor wat hij bedoelt: wat er met Joppe is gebeurd, kan jou ook overkomen.'

Maarten zweeg. Hij stond op en liep naar de keuken. 'Nog een biertje, Masser?'

'Graag.' Het duizelde hem. Eerst had Lukas hem de economie van de coke uitgelegd en nu kwam Maarten met de waarheid onder de waarheid onder de waarheid.

'Voor alle duidelijkheid, Masser,' zei Maarten vanuit de keuken, 'ik heb je dit verhaal nooit verteld. Niemand zal het ooit bevestigen. Maar het is de zuivere waarheid, en die wilde ik je niet onthouden. Omdat je het vriendje van mijn zus bent geweest en omdat ik je altijd een aardige gast vond. Omdat je mij de dubbele schaar hebt geleerd, weet je dat nog? En vooral omdat ik het wel fijn vind om het één keer te vertellen. Ook al is het onverstandig. Als je het toch opschrijft, weten ze me te vinden.'

'Ik stel het op prijs,' zei Masser. 'Je kunt me vertrouwen.' Toen hij in de gang stond en hij ten afscheid zijn hand op de schouder van Maarten had gelegd, stelde hij nog één vraag. 'Die drie pakketjes die ze de afgelopen maanden hebben geconfisqueerd...'

'Ze moeten de politie te vriend houden,' zei Maarten. 'Een hondenbrokje, een suikerklontje voor het paard. Een leuk succesje in de strijd tegen drugs, voor in de krant. Het was geen toeval dat ze het eerste pakketje aantroffen nadat ik bij de politie was geweest. Dat is tenminste mijn verklaring.'

Masser knikte, opende de deur en liep naar zijn auto. 'Pas goed op jezelf, Maarten,' riep hij naar de jongen in de deuropening.

Twee dagen later reed hij via Utrecht naar huis. Hij belde aan, maar Eva was niet thuis en ze nam ook de telefoon niet op. Het was alsof hij had gedroomd. Op de krant vertelde hij dat hij een verhaal kon maken, maar dat het een verhaal zou worden zonder controleerbare bronnen. 'Anders breng ik mensen in gevaar.'

Hij moest zijn Theorie van de Gelaagde Waarheden aanpassen. Soms liet een waarheid zich alleen reconstrueren uit losse stukjes en was het maar de vraag hoe compleet het beeld van de werkelijkheid was dat dan ontstond. Hij had de informatie van Maarten, het gesprek met de reder en hier en daar wat flarden, tussenzinnetjes soms. Hij had het decor en zijn eigen impressies. En niet te vergeten zijn fantasie. Hij had alleen een vaag idee over de werkelijkheid die hij uit die elementen zou creëren.

Hij overhandigde Frits van de Waverij een tas vol gerookte poon. 'De beste van de wereld,' zei hij. 'Uit de rokerij van Lukas Brouwer, zeebonk te land.'

'Overmorgen krijg je het verhaal,' zei hij tegen Steven van Maren.

Toen hij die avond begon te werken en de juiste toon had gevonden, leek het alsof zijn geest al een kant-en-klaar stuk had geproduceerd. Rond een uur of zes in de ochtend ging hij naar bed. Hij voerde Lukas Brouwer op als belangrijkste stem. Hij beschreef Urk als een van de vele plaatsen waar 'de gevolgen van het failliete drugsbeleid aan land komen', waar 'handige scharrelaars gebruikmaken van de geboden kansen'. Hij hintte op de zwijgplicht die er op het eiland heerste en op mogelijke intimidatie. Maar het verhaal van Maarten liet hij rusten. Hij kon niet bewijzen dat wat de jongen had verteld waar was, maar zijn belangrijkste overweging was dat hij hem wilde beschermen. Hij faxte het verhaal naar de burgemeester en naar Lukas Brouwer. De burgemeester belde een kwartier later al terug en zei dat het akkoord was.

'Het is niet het hele verhaal.' Masser wilde niet dat Frank van Weerdenburg hem als een naïef journalistje zag.

'Dat weet ik,' zei de burgemeester. 'Maar je kunt nu eenmaal niet alles opschrijven.'

Van Lukas Brouwer kwam geen reactie. Wel zag Masser in de weken na publicatie van zijn stuk diens stuurhut een paar keer terug op televisie. Een deinende stuurhut in de polder en een zeezieke verslaggever, dat was wat zijn verhaal bijzonder had gemaakt.

IX

Het horlogelab

Masser zat in zijn vaste hoek bij Grand Café Brinkmann en bestelde nog een koffie verkeerd. Hij keek naar buiten, waar een vroege novemberstorm met het laatste waaivuil van de nazomer speelde. Hij had zijn eigen column gelezen (over bonussen) en daarna een scherp portret van zijn zus in een van de andere landelijke kranten, met de inmiddels gangbare omschrijving: 'de machtigste vrouw van Nederland'. Hij wist hoe erg ze dergelijke kwalificaties vond, al waren ze misschien niet eens onwaar. 'Macht corrumpeert,' appte hij, met een hartje erbij. Hij stond op, liep naar de leestafel, pakte *The Guardian* en liep terug.

'Goed Paultje, dat is dan in orde,' zei Masser. 'Maandag, zeven uur. Jezus, vroeg op. Moet ik nog iets aanschaffen? Een drilboor? Nee? Haha!' Met de mobiel aan zijn oor gebaarde hij naar het meisje achter de bar dat hij nog een koffie wenste. Paultje Kok was de voorstopper van het elftal waarin Masser jarenlang een bescheiden rol op het middenveld had gespeeld. Hij was kaal, had tattoos op beide armen en een gouden oorring. Paul Kok was metselaar, timmerman, loodgieter, schilder, stukadoor en elektricien. Hij bezat een witte bestelbus, volgestouwd met gereedschappen en materialen. Op de zijkant stond BOUWBEDRIJF P. KOK, ALLE KLUSSEN VAN VILLA TOT HOK, met daarachter een mobiel telefoonnummer.

De bus had al vaak bij Masser voor de deur gestaan, want Masser belde Paultje regelmatig, als het lijstje met reparaties en andere noodzakelijke klusjes aan zijn huis weer te lang dreigde te worden. Zelf kon hij niks – dat had hij zichzelf tenminste wijsgemaakt, omdat hij zich geen activiteit kon voorstellen waaraan hij een grotere hekel had dan doe-het-zelven. Nu moest Paultje de zolder gaan verbouwen. Hij vroeg of Paultje alleen kwam, of dat hij 'een extra mannetje' meenam.

'Ik kan denk ik wel wat hulp gebruiken.'

'Ik ken nog iemand die veel ervaring heeft met klussen. Is al wat ouder, maar heeft twee rechterhanden.'

'Laat 'm maar komen. Kijk ik het even aan.'

'Prima, zie ik je maandag.'

Masser belde meteen zijn vader.

Jimi was al een aantal malen in Haarlem geweest om de zolder op te meten. 'Jij gaat daar wonen, dus ik wil dat je met ideeën komt voor de verbouwing,' had Masser tegen hem gezegd. 'Je moet je daar thuis voelen.'

De zolder was groot, ongeveer twaalf bij acht meter. Er was een raam met uitzicht op de straat. Hij was niet betimmerd, de dakspanten waren verweerd en de vloer kraakte van ouderdom – Massers huis stamde uit 1762. Het rook er naar stof en schimmel. Masser had hem gedurende de tien jaar die hij inmiddels in het huis woonde gebruikt als opslagruimte, waardoor de zolder was veranderd in een soort persoonlijk museum waarin op volstrekt chaotische wijze zijn verleden was verzameld. Er stonden tientallen dozen met vergeten boeken en verder dingen als een leeg aquarium, schilderijen die hij ooit mooi had gevonden, een trekkerstent, oude voetbalschoenen met de modder er nog aan, een hertengewei, een oude rookstoel, een archiefkast vol krantenknipsels, dozen met spelletjes, een modelracebaan, drie spiegels, een verroeste fondueset en een paar ski's. Masser overzag het slagveld en er kwam een gevoel van wanhoop in hem op. Toen belde hij de kringloop en zei dat ze moesten komen om een volledige zolderinboedel en een paar duizend boeken te komen ophalen.

Weg ermee.

Je verleden, Masser.

Wat het onthouden waard is, onthoud ik.

Toen de zolder leeg was, ging Jimi met een potlood, centimeter en schetsblok aan de slag. Na een uur of drie kwam hij beneden en toonde Masser een plattegrond van de ruimte en een artist's impression van de zolder zoals die er over een tijdje zou uitzien. 'Ik moet natuurlijk nog even goed kijken voor de invulling van de details,' zei hij, terwijl Masser met grote ogen van verbazing naar de tekening keek. 'Het moet loftachtig worden, maar je moet wel blijven zien dat het een mooie oude zolder is.'

Masser zag dat de jongen een keukenblok had ingetekend en een doucheruimte. Hij had de plek voor zijn bed al vastgesteld, er was een groot werkblad, een eettafel met twee stoelen, er waren kasten en de trap was omgeven door boekenplanken. Aan de rechterkant had hij een deel van de zolder gearceerd en er jkw bij geschreven. Recht tegenover het raam, aan de achterkant, zag Masser een beeldscherm dat de halve muur besloeg, met ervoor een enorme loungebank.

Jimi had de zolder in gedachten al omgetoverd tot een eigen wereld, een Jimi Kalman-unit, waar hij geheel zelfstandig en tot in lengte van dagen zou kunnen wonen – Masser vroeg zich af of de plannen om na zijn eindexamen verder te gaan studeren in Zwitserland waren gewijzigd. Jimi had over elke beschikbare meter nagedacht. Het was geen ontwerp voor drie maanden tijdelijke bewoning, het geheel had iets permanents.

Het deed Masser denken aan zijn vader, toen die van de Hindeloopen een cocon voor zijn gezin had gemaakt. Hij zag dezelfde hang naar een eigen, veilig universum.

'Niet schrikken, Masser,' zei Jimi. 'Het is natuurlijk niet gezegd dat alles wat op de tekening staat ook moet gebeuren. Ik heb mijn ideale ruimte bedacht. *No limits*. Ik heb geen idee wat het gaat kosten als je alles precies zo zou doen. En als jij denkt: ho Jimi, dit gaat wel erg ver, dan snap ik dat.'

'Het is mooi,' zei Masser. 'We gaan kijken of het kan.' Hij zag dat Jimi opgetogen was over dat antwoord, maar dat was omdat hij de jongen al bijna drieëntwintig jaar kende, iemand anders zou het niet zijn opgevallen. Hij vroeg wat de bedoeling was van een gearceerd aangegeven deel van de zolder.

'Dat wordt mijn horlogefabriekje. Of meer mijn horlogelab. Er is genoeg ruimte voor apparatuur. Ik moet alleen nog iets bedenken om het stofvrij te maken en te houden. Afzuiging en misschien iets met glas, een soort kooi.'

Op maandag was Karel Brock ruim voor zeven uur aanwezig, Pauls witte bus was nog niet gearriveerd. Karel kwam niet alleen, want Carla Genovesi wilde ook zien hoe haar zoon en kleinzoon gingen samenwonen.

'Was de vakantie leuk?' Masser liet een Nespressocapsule in het koffiezetapparaat glijden.

'Een soort honeymoon,' zei zijn moeder. Ze zag er gelukkig uit. Zijn vader glimlachte alleen maar. 'Kom,' zei hij, 'laat me die zolder eens zien. Hoe heet die klusser van je?' Hij had er zin in.

'Paul. Paultje. Eerst koffie. Het is lang geleden dat ik zo vroeg ben opgestaan.'

Dankzij de fondsen van Jimi's overgrootvader werd de zolderverdieping van Massers huis in hoog tempo omgebouwd tot een comfortabel appartement. Paul Kok en Karel Brock vormden van meet af aan een duo dat niet veel woorden nodig had, dat snel op elkaar was ingespeeld. Karel bedacht oplossingen, Paultje voerde ze uit. 'Die vader van jou is een topgozer,' zei Paultje. 'Ik begrijp niet hoe hij zo'n droogkloot met twee linkerhanden als jij heeft kunnen voortbrengen.'

Het hielp dat Jimi tot in de details wist wat hij wilde en dat perfect kon uittekenen. Binnen drie weken beschikte hij over een ruimte die het ideaal dat hij Masser had getoond dicht benaderde.

Toen Paultje en Karel de laatste muur hadden geschilderd, alle meubelen op hun plaats stonden – een tweepersoonsbed, twee gemakkelijke stoelen, een grote Italiaanse eettafel die volgens André Genovesi nog met zijn grootvader was meegekomen uit Piemonte en een bank voor het immense televisiescherm –, toen het met glas afgesloten horlogelab was voltooid, inclusief een afzuiginstallatie die de ruimte stofvrij moest houden, toen de keuken en doucheruimte waren betegeld, toen de muziekinstallatie was aangesloten en de wifi het perfect deed, toen een groot zelfportret van Jimi's grootmoeder aan de wand was gehangen, sloot Masser op een zondagmiddag vlak voor kerst de opgang van de trap af met rood crêpepapier. Hij had de hele familie opgetrommeld om aanwezig te zijn bij de opening van Studio Kalman, met soep en broodjes na. Jimi liep door het papier heen de trap op en André Genovesi trok een fles champagne open.

Alles klopt hier, dacht Masser. Wat er verder aan de wereld ook niet deugt, hier klopt alles. In de deur van het glazen horlogelab was het logo van Jimi Kalman Watches gegraveerd, dat was ontworpen door Carla. Het bestond uit de in elkaar gestrengelde letters J en K, tegen de achtergrond van een wijzerplaat. Misschien was het niet het allermooiste logo ooit, maar er sprak liefde uit.

Aan tafel, terwijl Masser de borden volschepte, had André Genovesi het met Paultje over Jimi en horloges.

'Tot ik hier aan de slag ging was ik er eigenlijk niet zo mee bezig,' zei Paultje. 'De tijd gaat vanzelf voorbij, niet dan? Ja, zondag, met voetballen, dan wijs ik altijd op mijn horloge. Tegen de scheidsrechter zeggen dat-ie tijd moet bijtellen. Of juist niet. "Scheids, tijd!"'

'Horloges zijn het mooiste wat de mens heeft voortgebracht,' zei André. 'Neem dat nou maar van mij aan. Heb ik het wel over echte horloges natuurlijk. De tijd gevangen in raderen en veertjes: hoe hebben ze het ooit kunnen bedenken? Ik verbaas me er nog elke dag over.'

Toen iedereen zat te eten en Masser een toost had uitgebracht, ging André staan. 'Ik heb nog een cadeautje,' zei hij. Hij haalde een pakje uit de zak van zijn colbert en overhandigde het aan Jimi. Die verwijderde het goudkleurige papier en opende het doosje dat tevoorschijn kwam. Hij zag meteen wat zijn overgrootvader hem had gegeven.

'Mooi klokkie,' zei Paultje.

Dat kon je wel zeggen. Het was de Philippe Patek Calatrava die André sinds 1945 – het geboortejaar van zijn dochter – had gedragen. Toen Jimi het horloge uit het doosje had gehaald, zag hij dat zijn overgrootvader in haarfijne letters iets op de achterkant had laten graveren.

Voor Jimi Kalman, stond er. *Draag dit horloge en geef het door. André Genovesi.*

X

Wie betaalt de doedelzakspeler?

Masser rende het Centraal Station uit in de richting van de halte van lijn 16. Amsterdam maakte hem nerveus, de stad wekte de indruk iets tegen hem te hebben. Hij kwam bij elk bezoek wel iets tegen dat die indruk bevestigde. De trams vormden een onuitputtelijke bron: ze reden meestal weg als Masser de deuren tot op een meter of tien was genaderd. Het was alsof de conducteurs hadden afgesproken dat ze zouden wegrijden wanneer ze Masser Brock in het vizier kregen. Nu rende hij in de hoop het noodlot te verrassen en het lukte hem inderdaad de tram tijdig te bereiken. Die stond daarna nog zeker vijf minuten stil – dat was Amsterdam.

Hij had een lunchafspraak met Charles Schuurman Hess II, 'om het nieuwe jaar op feestelijke wijze in te luiden', zoals CSH op zijn voicemail had ingesproken. CSH II was inmiddels zevenenzestig en hij had het hoofdredacteurschap van *De Nieuwe Tijd* op zijn vijfenzestigste verjaardag overgedaan aan zijn zoon, Joris Schuurman Hess II, de vierde generatie aan het roer van de krant, een wereldwijd unicum – er scheen een Japanse krant te zijn waar drie opeenvolgende generaties de scepter hadden gezwaaid, maar die was onder de derde failliet gegaan.

Joris had na zijn studie in Oxford ervaring opgedaan bij *The Times* – al was zijn naam nooit in de kolommen verschenen en wist niemand precies wat hij bij de krant had uitgevoerd. Zijn vader was onder de oude Joris Schuurman Hess gevormd bij *De Nieuwe Tijd* en ontleende daaraan zijn autoriteit. Hij kende de krant als zijn broekzak toen hij aantrad als hoofdredacteur. Maar de jonge Joris was bij zijn entree een totale onbekende. Hij maakte zich onmiddellijk impopulair door in zijn aller-eerste toespraak herhaaldelijk te verwijzen naar de superiori-teit van Engelse journalistiek in het algemeen en die van *The Times* in het bijzonder – hij wekte sterk de indruk zijn benoe-ming bij *De Nieuwe Tijd* als een degradatie te beschouwen.

De Nieuwe Tijd had in de laatste jaren onder CSH II veel abonnees verloren. Niet dat de krant minder goed was ge-worden – Masser vond dat de kwaliteit juist was toegenomen. Maar net als alle andere kranten had ook DNT last van het in-ternet en de vrije verspreiding van nieuws. 'Wij staan snoep te verkopen tijdens de intocht van Sinterklaas,' zei CSH daarover in zijn afscheidstoespraak, 'terwijl die Pieten het gratis en voor niks staan rond te strooien.'

Er was veel nagedacht over de vraag hoe je met een krant nog geld kon verdienen. Dat was bij *De Nieuwe Tijd* nooit het allereerste doel geweest, het kapitaal van de familie Schuur-man Hess vormde nog altijd een veilige buffer. Maar het was niet gezegd dat dat altijd zo zou blijven – Joris Schuurman Hess schroomde niet dat met enige regelmaat te benadrukken.

Charles Schuurman Hess II onderhield nog contact met een aantal van zijn oude getrouwen. De gesprekken gingen meest-al over de krant, maar CSH kon elk moment van onderwerp veranderen en iets heel anders aan de orde stellen. Hij had nog altijd een speelse, nieuwsgierige geest die alle kanten op waai-de. Dat maakte dat Masser altijd uitkeek naar een afspraak. Charles Schuurman Hess had zoals altijd een tafel gereserveerd bij Bodega Keijzer – daar kon hij vanuit zijn villa in Amsterdam-Zuid lopend naartoe en, wat gezien zijn wijnconsumptie nog belangrijker was, hij kon lopend terug.

'Masser! Godverdomme man, ben je nou aan de botox of hoe zit het? Je ziet er elke keer jonger uit! Of heb je een stagiaire aan de haak geslagen die elke avond je gezichtje insmeert met haar liefdessappen?' Naast CSH lag Heino Graf von Ramstein zu Hohenhausen, kleinzoon van Dolf, zoon van Rex. Masser keek CSH even schaapachtig aan als tijdens hun eerste ontmoeting, twintig jaar geleden, hij werd nog altijd overbluft door diens flux de bouche.

Hij ging zitten – hij zag dat er was gedekt voor drie personen. 'Niks Charles, geen botox en geen liefdessap. Ik kan elke dag mijn ergernissen kwijt in die krant van jullie en ik krop niks op. Dat moet het zijn.' Hij wees naar het derde bord: 'Komt er nog iemand? Of is dat voor Heino?'

'Nog even geduld,' zei CSH. 'Verrassing. Maar vertel! Hoe gaat het met je? Toch alweer een tijdje geleden.'

'Uitstekend. Kan niet beter.'

'Prima. Al een mevrouw Brock in beeld?' Sinds Masser hem lang geleden had verteld dat hij na één poging had besloten nooit meer te gaan samenwonen, informeerde Charles bij elke gelegenheid naar zijn liefdesleven.

'Nee, nog niet langsgekomen. Er woont sinds kort wel iemand bij me in huis, maar dat is mijn kleine neefje.'

CSH schonk Massers glas vol, alsof hij diens tong los wilde maken. 'Voortreffelijke wijn uit Australië. Deed ik vroeger nooit, Australische wijn. Maar ze zijn de Fransen voorbij, dat kan iedereen met meer dan twee smaakpapillen proeven. Snap er niks van, Masser. Een succesvol man als jij, jeugdig en gezond, erudiet, goede baan, gevoelig en intelligent, maar geen vrouw in de buurt. Wat doe je verkeerd?'

'Niks. Ik ben niet geschikt voor langdurige relaties.'

'Bindingsangst! Godverdomme Masser, we hebben het lek boven water. Haha! Eén ding: nooit naar een psycholoog gaan. Psychologen maken je nog gekker dan je al bent. Mijn geliefde echtgenote heeft de deur platgelopen bij die jongens en ze is er niet bepaald beter van geworden. En uiteindelijk willen ze allemaal seks met de patiënt. Rukkers en zweefteven!'

'Zal een keer tijd worden.' CSH wenkte naar iemand in de buurt van de ingang. Even later stond Bonna Glenewinkel bij de tafel – Masser had haar sinds ze afscheid had genomen van de krant, zeker vijf jaar geleden, niet meer gezien. Ze was geen spat veranderd.

'Ga staan, Masser,' zei ze. 'Dan kan ik je omhelzen. Het is te lang geleden dat ik zo'n heerlijk mannenlijf tegen me aan heb gevoeld.' Nadat CSH glunderend dezelfde behandeling had ondergaan, streek Bonna neer. 'Lekker!' Ze wees naar haar lege glas en CSH haastte zich het te vullen, onderwijl gebarend naar de ober voor een nieuwe fles.

'Ik hoorde toevallig van CSH hier dat hij met je had afgesproken,' zei Bonna. 'Dus toen heb ik gezegd: Charles, als je mij niet ook uitnodigt, is het over tussen ons tweeën. Dan kom je mijn bed niet meer in.' Haar schaterlach vulde de ruimte en CSH zat te stralen.

'Grapje, Masser. Ik heb het heus en oprecht geprobeerd, maar het is me nooit gelukt. Dat mens is van roestvrij staal.'

'Gelul,' zei Bonna. 'Dat beest, is dat Dolf?' Ze wees naar de roerloze hond.

'Hein, kleinzoon. Elfde generatie.'

De ober kwam langs met een nieuwe fles en de lunchkaart. CSH en Masser namen altijd hetzelfde, maar het hoorde bij het ritueel om desondanks uitgebreid de tijd te nemen voor het bestuderen van de kaart.

'Dear Bonna,' zei CSH, 'hoe lang is het geleden dat wij elkaar hebben gezien? Drie jaar? Jij lijdt aan hetzelfde euvel als Masser hier: jullie verdommen het om ouder te worden. Wat is het? De liefde? Nee, de liefde kan het niet zijn, want Masser hier vertelt me net dat hij bindingsangst heeft. En liefde zonder binding bestaat niet.'

Masser wilde wat zeggen, maar Bonna was hem voor. 'Het gesprek was dus al lekker op niveau. Het is simpel, jongens. Ik maak me geen seconde druk over ouder worden. Het enige alternatief is de pijp uit, en daar heb ik nog lang geen zin in. Ik ga voor de oesters en daarna de patrijs.' Het was precies wat Masser en csh ook altijd namen.

'Bindingsangst, heb ik ook altijd gehad,' zei Bonna. 'Zijn al mijn relaties op stukgelopen. Een paar maanden, en dan vloog het me aan. Wegwezen. Alleen dacht ik dan bij de volgende toch weer dat het zou lukken. Naïef en optimistisch.'

'Ik had me graag aan je willen binden,' zei csh. 'Maar je hebt me nooit een eerlijke kans gegeven.'

'Nooit op mijn rug voor de baas, was mijn motto,' zei Bonna.

Masser herinnerde zich meteen weer waarom hij als jonge verslaggever altijd geïntimideerd was door Bonna Glenewinkel. Hoewel ze van gegoede komaf was, of misschien wel juist daardoor, schakelde ze moeiteloos tussen het taalgebruik van een ontwikkelde vrouw van de wereld en dat van een Katendrechtse hoerenmadam.

'Goed,' zei Bonna, 'waarom zitten we hier? Charles?' Ze keerde zich naar Masser. 'Ik heb mezelf niet uitgenodigd, Charles zei dat ik beslist moest komen.'

csh schraapte zijn keel en nam een slok wijn. Hij legde beide handen plat op tafel en keek Bonna en Masser beurtelings aan. 'Ik leg het uit, het is een raar verhaal dat me de afgelopen nachten uit de slaap heeft gehouden. Jullie weten dat ik mijn functie als hoofdredacteur altijd naar eer en geweten heb uitgeoefend. Ik heb me altijd onafhankelijk proberen op te stellen, nooit belangen willen dienen, me altijd wantrouwend opgesteld tegen de macht.'

Bonna knikte bevestigend. Er waren in Nederland maar weinig instituties waar CSH niet werd gehaat – wat hijzelf altijd had gezien als een bevestiging van zijn integriteit. 'Dit is een land van meelopers en slapjanussen,' zei Charles, 'en ik heb me daar nooit bij kunnen neerleggen. Ik genoot er ook van als ik weer een woedende minister of bisschop aan de lijn kreeg, dat moet ik eerlijk toegeven. Zo'n man dacht dan dat ik uiteindelijk wel partij voor hem zou kiezen. Baasjes onder elkaar. Of ik maar even mijn ondergeschikten tot de orde wilde roepen. Maar dat heb ik nooit gedaan. Ik heb de leider van de PvdA weleens aan de telefoon gehad. Eiste dat ik Masser op staande voet zou ontslaan, want die had zijn partij weer eens belachelijk gemaakt.'

Masser kende het verhaal niet. 'Wat zei je tegen hem?'

'*Go fuck yourself*, en dat ik jou opdracht zou geven hem minstens één keer per maand tot op het bot af te branden. Wat ik natuurlijk nooit heb gedaan. Enfin, zo leer je je pappenheimers kennen.' De ober zette de oesters op tafel.

'Ga door,' zei Bonna.

'Goed,' zei CSH. 'To the point. Drie weken geleden was ik op een reünie van mijn jaarclub. Je kent dat wel: oude mannen die terugkijken op wat ze bijna allemaal de mooiste jaren van hun leven vinden, zeven jaar zuipen op de soos en sommige nog wel wat langer. We komen elk jaar bij elkaar, dan is het weer ouwe-jongens-krentenbrood en laat die goudgele rakkers maar doorkomen. Even de tijd ervanlangs geven, wij zijn niet oud en wij gaan niet dood en leg hier een lekker wijf op tafel en we geven d'r van jetje.'

'Juist,' zei Bonna. 'Mannen. En toen sprak je iemand en die zei iets tegen je.'

'Jij weet ook alles,' zei CSH met een grijns. 'Maar het klopt. Ik sta met een snoeihete bitterbal in mijn mond lucht weg te blazen en ik word op mijn schouder getikt. Ik draai me om en ik begin als een razende door het kaartsysteem in mijn hoofd te bladeren: ik ken de man, maar ik heb geen idee wie hij is. Was er bij voorgaande gelegenheden niet bij geweest, anders had ik het wel geweten. Hij ziet me nadenken, maar hij laat me nog even bungelen.'

'Je begint aan die ouwemannenkwaal te lijden,' zei Bonna, 'verhalen eindeloos oprekken. Kom op, man!'

'"Charles Schuurman Hess," zegt hij – hij kijkt er een beetje triomfantelijk bij, van: ik ken jou nog wel. Ik heb eindelijk die bitterbal naar binnen gewerkt en de boel met een slok pils afgeblust, maar ik weet nog steeds niet wie hij is, alhoewel het beeld van zijn veertig jaar jongere ik me steeds helderder voor ogen komt – ik krijg er alleen geen onderschrift bij. Het begint een beetje gênant te worden. Dan zegt hij: "Boebie, Boebie de Witt Wijnen."

"Godverdomme," zeg ik. "Boebie van de witte wijnen" – want zo noemden we hem altijd. Of Boebie wit wijven – het was een mooie jongen die goed lag bij de vrouwelijke studenten. Ik zeg: "Sorry dat ik je niet herkende! Ik begin te dementeren."'

Bonna trommelde met haar vingers op tafel, ze had haar oesters al verorberd. Charles ging te veel op in zijn eigen verhaal om haar ongeduld op te merken.

'"Geeft niks," zegt hij, "het is lang geleden." Enfin, we praten wat over vroeger, over wat ik al die tijd heb gedaan, dat ik nog een blauwe maandag in de States heb gestudeerd, en hij zegt dat hij al sinds mensenheugenis geabonneerd is op *De Nieuwe*

Tijd, en over wat hij heeft gedaan, iets hoogs op het ministerie van Binnenlandse Zaken, het werd me niet precies duidelijk wat, vermoedelijk omdat het me geen reet interesseerde. En dan zegt hij opeens: "We moeten eens een keer praten." Ik zeg: "Goed. Hier?" "Nee, niet hier, ergens anders." Bij hem thuis, of als ik daar geen zin in heb weet hij nog wel een ander adresje. "Prima, bij jou thuis." Hij geeft me zijn kaartje, met het adres. "Volgende week woensdag, uitstekend, halfeen sta ik voor je deur." "Maak ik iets lekkers klaar, of beter gezegd mijn vrouw, want ik kook als een inlander." "Goed, leuk, kijk ernaar uit."'

Masser schonk de glazen vol.

'"O ja," zegt-ie vervolgens, "en ik heb ook nog maagkanker. En nu heb ik geen maag meer, maar nog wel kanker. Twee dagen na onze afspraak heb ik een afspraak met de euthanist." Zo zei hij dat, de euthanist. Of hij naar de tandarts moest. Vrijdagmiddag halfdrie is het voorbij en zit het erop, zegt-ie. Bye bye Boebie van de witte wijnen.'

'Je stond op zijn lijstje met nog af te werken gesprekken,' zei Masser. 'Koele kikker. Godallemachtig. Ik zie zijn agenda al voor me. Woensdag 11.30 uur Charles. Vrijdag 14.30 uur de spuit.'

'Jij naar Den Haag,' zei Bonna. 'Naar Boebie de Witt Wijnen, tussen 1973 en 1997 hoofd van de Militaire Inlichtingendienst en een soort opperspion des Koninkrijks. Bijgenaamd "de Hollandse Smiley".'

'Wel godverdomme,' zei CSH. Masser kon een lachje niet onderdrukken, hij zag dat Charles Schuurman Hess er de pest over inhad dat Bonna de climax van zijn verhaal versjteerde. Bonna keek stoïcijns.

'Klopt,' zei de oude hoofdredacteur.

'Ga door,' zei Bonna. 'Ik hoop niet dat het is wat ik denk dat het is.'

'Dat is het wel,' zei Charles. 'Als het tenminste klopt wat ik denk dat jij denkt dat het is.'

'Journalisten van *De Nieuwe Tijd* die voor zijn dienst werkten.'

'Dat, ja.'

'Nee man, dat is niet waar,' riep Masser. 'Shit, ze hadden mensen op de krant. Kut! Echt waar? Jezus, Charles! Maar waarom vertelde hij je dat?'

'Late wraak,' zei CSH. 'Tenminste, dat is wat ik denk. Hij was verliefd op de vrouw met wie ik nu al veertig jaar ben getrouwd, we zaten alle drie in hetzelfde dispuut. Geen schijn van kans natuurlijk, die rukker. Niet bij haar. En nu we allebei voor de hemelpoort staan, en vooral hij dus, wilde hij me toch nog even onder de neus wrijven dat ik niet op alle fronten had gewonnen. Dat hij me op één punt te pakken heeft genomen.'

'Of gewoon grote opruiming voor het sluiten van de tent,' zei Bonna. 'Dat lijkt me waarschijnlijker. Mensen denken om de een of andere reden dat sterven gemakkelijker wordt met een lege geest. Dat ze geen schulden meer hebben uitstaan, in het reine zijn gekomen met alles en iedereen, van zulke dingen.'

'Mij niet gezien,' zei Charles Schuurman Hess. 'En hem ook niet trouwens. Want dan had hij zijn excuses aangeboden of zoiets. Gewezen op de Koude Oorlog en dat hij geen keuze had. Maar dat deed hij dus niet. Twee dagen later was-ie dood, maar nu zat-ie gewoon ouderwets op te scheppen.'

'En nu?' Masser keek hem met grote ogen aan.

'Ik wil dat het tot op de bodem wordt uitgezocht,' zei CSH. 'Ik wil weten wie het waren, ik wil weten wanneer ze actief waren en wat ze hebben gedaan. Ik wil weten of hij bij andere kranten ook mensen had gerekruteerd.'

'Heb je hem dat niet gevraagd?'

'Jawel. Maar hij wilde geen namen noemen en ook niet zeggen of *De Nieuwe Tijd* een speciale behandeling kreeg. Hij liet me zwemmen. Bewust natuurlijk, beetje pesten.'

Bonna nam een slok van haar wijn. 'Wat vertelde hij je wel? Wat zei hij precies?'

'Dat hij me jarenlang in de gaten heeft gehouden. Zo zei hij het, letterlijk. "Ik heb jou jarenlang in de smiezen gehouden, csh, jou en die krant van je." Op zo'n triomfantelijk toontje. Hij zegt: "Elke maand lag er een keurig rapportje op mijn bureau, met alle beslissingen die je had genomen, de dingen die wij hadden ingestoken, de hele rataplan."'

'Niet waar,' zei Masser.

'"Charles," zegt hij, "ik wist soms eerder waarmee de krant de volgende dag zou openen dan jij." Met zo'n vuile smile op z'n kop.'

'Macht,' zei Bonna. 'Controle. Noemde hij concrete voorbeelden?'

csh maakte een wegwerpgebaar. 'Nee. Godverredomme! Ik wist niet wat ik hoorde. Denk je dat je al die jaren een onafhankelijke krant hebt zitten maken, ben je toch gemanipuleerd door een stel van die gluiperige gleufhoeden. Ik had hem een beuk moeten geven. Maar dat doe je dan weer niet, met een man die nog twee dagen heeft te leven.'

'En als hij het allemaal uit zijn duim heeft gezogen?' vroeg Bonna. 'Als hij het nou als zijn laatste opdracht beschouwde zijn oude vrindje Charles Schuurman Hess 11 op stang te jagen, zodat hij met een glimlach om de lippen de laatste adem zou kunnen uitblazen?'

'Dat had hij natuurlijk zelf ook bedacht,' zei csh. 'Dat ik hem zou gaan uitlachen en hem niet serieus zou nemen. Daarom had hij twee maandrapporten meegenomen. Met zorgvuldig weggewitte namen. Daarin las ik mijn eigen woorden terug, ik zweer het je. Hoofdredacteur CSH zus en hoofdredacteur CSH zo. Korte conclusies. De krant neigt naar anarchisme. Hoofdredacteur CSH is een ongeleid projectiel, en daarom zo populair onder de linksliberale elite. Het standpunt van de krant inzake de Palestijnse kwestie gaat dwars in tegen dat van de regering. XXX zal trachten zaken bij te buigen, maar gemakkelijk is dat niet. Zulke citaten. Ik was meteen overtuigd.'

'Heb je die rapporten?'

'Nee. Maar ze zijn er dus wel.'

'Stel dat we erachter komen wat er precies is gebeurd en wie erbij betrokken waren,' zei Bonna, 'wat ga je daar dan mee doen?'

'De krant in! Mits mijn zoon ermee akkoord gaat. Maar dat mag ik toch wel aannemen. Het is wél groot nieuws natuurlijk. Lijkt me een prima primeur. Kop: WIJ ZIJN GENAAID.'

Bonna vroeg wie de scoop voor zijn rekening ging nemen.

'Jij en Masser,' zei CSH. 'Desnoods pak je er een paar van die jonge gasten bij, maar jullie moeten het doen. Jullie waren erbij. Jullie vertrouw ik. Wanneer kwam jij bij de krant, Bonna?'

'1974.'

'Jij, Masser?'

'1991.'

'Precies. Ik herinner me ons eerste gesprek nog. Je zat erbij als een padvinder in een bordeel. Zijn jullie ooit benaderd door die engerds?'

'Nee,' zei Masser. 'Ik niet. Te jong vermoedelijk, niet invloedrijk genoeg.'

'Ik ook niet,' zei Bonna. 'Maar dat kwam waarschijnlijk doordat De Witt Wijnen was benoemd door mijn vader en hij niet de dochter van zijn minister wilde compromitteren.'

CSH keek hen aan. 'En?'

'Ik ben met pensioen,' zei Bonna.

'Ik zit met die column.'

'Uitstekend,' zei CSH. 'Ik had niet anders verwacht. Ik wist wel dat je je kapot verveelde achter de geraniums, Bonna. En dat jij uitkeek naar een paar maanden sabbatical. Die columns zuigen je langzaam maar zeker leeg. Het wordt weer tijd voor het oude handwerk. Goed. We overleggen één keer per week. Ik coördineer de zaken. Financiën lopen via mij, niet via de krant. Er zit geen limiet op de kosten. Als je naar Amerika moet, ga je naar Amerika. Als je naar Moskou wilt om die gast te spreken die alles op straat heeft gegooid, dan ga je naar Moskou. Moet je mensen inpakken met driesterrenrestaurants of dure wijven: doen. Haal een paar slimme archiefonderzoekers binnen. WOB ze de pestpleuris, huur topjongens uit de advocatuur in, zoek naar overlopers en handige internetnerds. Ergens zit iemand die weet hoe het zit.'

'Dat is gul en ruimhartig, Charles, maar ik denk dat we gewoon dicht bij huis moeten zoeken,' zei Bonna. 'Weet Joris ervan?'

'Ga ik binnenkort inlichten. Leg de namen van mensen die je erbij wilt betrekken aan mij voor. Hou me op de hoogte van de vorderingen.'

'Dus jij gaat je er ook mee bemoeien,' zei Bonna.

'Natuurlijk!' Nu begon Charles te glunderen. Zijn verontwaardiging sloeg verbijsterend snel om in enthousiasme. 'Bonna, dit is het beste wat me de afgelopen jaren is overkomen! Die smeerlap had me geen grotere dienst kunnen bewijzen. Ik was al bijna begonnen met het schrijven van mijn memoires, zo slecht was ik eraan toe. En dan dit. Laatste cadeautje van een stervende vriend. Haha!'

Bonna keek hem aan. 'Charles, hoe oud ben je nou?'

'Op weg naar achtenzestig.'

Masser vroeg zich af of hij al akkoord was gegaan met een columnstop van een maand of wat.

'Champagne!' riep csh. 'Het leven is opeens weer leuk. Ik ga nog één keer proberen Bonna in mijn bed te krijgen. Olé!' Hij leek per woord een maand jonger te worden.

Masser bedankte. De sabbatical was nog niet begonnen en hij moest aan de column.

'Volgende week, zelfde tijd, zelfde plek,' zei csh. 'Jullie horen van me zodra ik dingen heb geregeld met jonge Joris. Heb je al een onderwerp, Masser?'

'Nee. Nooit, om deze tijd.'

'Cornelis Altena,' zei Bonna. 'Leeft zijn vrouw nog?'

'Geen idee. Hoezo?'

'Zomaar.'

Masser gaf csh een hand en kuste Bonna. 'Blijf zitten.'

'Blijven we nog even, Bonna?' csh keek haar verleidelijk aan.

'Ik moet ook gaan,' zei Bonna.

'Zonde,' zei Charles Schuurman Hess. 'Hein, opstaan. Moven.'

De stem van Bonna Glenewinkel klonk zakelijk, zoals ze altijd had geklonken wanneer ze op veldtocht was. Masser wist niet precies wat ze had gedaan nadat ze op haar zestigste bij de krant was vertrokken, maar in elk geval had haar geest niet aan scherpte ingeboet, en haar stem had nog altijd hetzelfde dwingende karakter. Je luisterde en daarna deed je wat ze vroeg. Zo'n stem.

'Masser, Bonna hier. Ben je al wakker?'

'Zo'n beetje.'

'Mooi op tijd. Luister. Heb je nog nagedacht over het gesprek met Charles?'

'Zeker.'

'En?'

'Wat, en?'

'Gaan we het doen?'

'Of jij het gaat doen, weet ik natuurlijk niet.' Hij wist het maar al te goed.

'Natuurlijk ga ik het doen. Lijkt me een heerlijke klus. Laten we hopen dat het spoor ons naar warme streken voert, met aangename stranden en dito restaurants. Maar ik vroeg het aan jou.'

Masser had het gevoel dat er al voor hem was beslist en dat Bonna er geen rekening mee hield dat hij niet zou ingaan op het verzoek van CSH II. 'Ik moet het daar eerst nog met Joris over hebben. Ik denk niet dat het zich laat combineren met mijn column.'

'Die is door zijn vader ingelicht, ga daar maar van uit. En er is best iemand te vinden die je column voor een halfjaar kan overnemen. Zo speciaal ben je nou ook weer niet.'

'Nee?'

'Jawel, maar dan moeten de lezertjes het aan de ontbijttafel maar even met een iets minder stukje doen. Zijn ze daarna weer extra blij als je terugkomt. Joris krijgt je kakelvers en helemaal verjongd terug. En als de man van de grote primeur. Je kunt na dit halfjaar niet meer stuk.'

'O.'

'Is dat een ja? Hebben we hier een go?'

'Jezus, Bonna. Je overvalt me om halfacht in de ochtend.'

'Niet zeuren Masser. Ik sta hier bij je om de hoek, ik kom nú naar je toe.'

Hij wilde nog wat zeggen, maar ze had de verbinding al verbroken.

Tien minuten later zat Bonna aan zijn keukentafel.

'Was leuk om weer eens door deze stad te lopen,' zei ze. 'Wist je dat ik hier op school heb gezeten?'

'Nee, dat heb je nooit verteld.'

'Stedelijk Gymnasium. Elke dag op de fiets uit Aerdenhout. Ik geef het je te doen.' Hij zette een caffè latte voor Bonna neer. Ze pakte een boek uit haar tas. 'Ken je dit?' Het was een Engelse pocket, *Flat Earth News*. De schrijver heette Nick Davies.

'Het boek niet,' zei Masser, 'maar hem wel. Journalist van *The Guardian*, toch?'

'Klopt. Ik laat het hier achter en jij gaat het lezen. Vooral het hoofdstuk over de CIA en de media. Dat is erg interessant. Kort samengevat: tijdens de Koude Oorlog was de CIA het grootste westerse persbureau ter wereld. Groter dan Reuters, AP en UPI bij elkaar. De kranten en tijdschriften stonden vol met nieuws dat door de CIA was geleverd. Sommige tijdschriften waren eigendom van de CIA. Ja?'

'Ja?'

'Ja.'

'Nederlandse kranten en tijdschriften ook?'

'Wat denk je? Wij denken in Nederland dat kwalijke zaken zich altijd afspelen buiten onze grenzen. Dat we niet aantrekkelijk zijn voor de grote jongens, als klein kutlandje. Er komen in het boek geen Nederlandse kranten voor. Maar je moet wel erg naïef zijn om te geloven dat de dingen die hierin staan bij ons niet gebeurden. Kijk, bij de BVD zagen ze natuurlijk wat de CIA aan het doen was en bij de CIA was heus wel iemand die keek wat er in de Lage Landen gebeurde. CIA en BVD waren twee handen op één buik, bedgenoten, baas en knecht, hoe je het maar wilt uitdrukken. Dus het antwoord op je vraag is: ja, natuurlijk Nederlandse kranten en tijdschriften ook. Charles heeft dat niet zitten verzinnen.'

'Wat gaan we doen?'

'Morgen om elf uur heb ik een afspraak met Cindy Altena, dochter van Cornelis.'

'Denk je dat hij erbij was betrokken?'

'We doen onderzoek, Masser, en we moeten ergens beginnen. Het is vissen, en hopen dat het dobbertje opeens ondergaat.' Ze legde een briefje voor hem neer, met een adres in Culemborg. 'Op de markt daar is een alleraardigste winkel, Willemien of zoiets, schuin tegenover het oude gemeentehuis, waar ze ook lekkere koffie hebben. Halfelf oké voor jou? En we spreken haar niet over haar vader de potentiële BVD-man. Als je zo begint hebben mensen de neiging om dicht te klappen. Zeker dochters, want die zijn altijd heel loyaal. We spreken haar omdat we bezig zijn met een jubileumboek. *Tachtig jaar De Nieuwe Tijd*. Daar mag haar vader niet in ontbreken, toch? Cornelis Altena, icoon van de krant. Misschien heeft ze papieren en mogen we die wel inkijken. Spannend, Masser! Ik voel me weer vijftig. Nee, veertig.'

'Waarom beginnen we met Cornelis Altena?'

'Die reed in een MG. Ze betaalden goed bij *De Nieuwe Tijd*, maar een nieuwe MG was best duur. Dat weet ik, want ik had er zelf ook een. Maar bij Cornelis zit geen oud geld. Zoon van een Zaanse timmerman. Nou ja, het is maar een gedachte die bij me opkwam, toen Charles erover begon. Cornelis is dood, zijn vrouw is dood, dus als het goed is, staan alle spulletjes bij hun enige dochter op zolder. Als ze die tenminste niet met het oud papier heeft meegegeven.'

De volgende dag kwam Bonna met een grote Albert Heijn-tas de winkel binnen. Masser zat al achter in de koffiehoek. Bonna liep een beetje scheef maar grijnzend naar het tafeltje waaraan Masser had plaatsgenomen. Ze droeg een wijde zwarte trui, een vale maar vast peperdure spijkerbroek en laarzen met hoge hakken: haar oorlogsoutfit, wist Masser. Ze zag er vijftien jaar jonger uit dan tijdens de lunch met CSH.

'Alvast boodschappen gedaan?'

'Nee, ik heb je huiswerk meegenomen.'

'Mijn huiswerk?'

'Ja. Staat je auto dichtbij?'

'Parkeerplaats even verderop. Tweehonderd meter.'

'Mooi, brengen we dit straks eerst even in veiligheid.' Ze wenkte naar de bar, waar een man taartpunten stond te snijden.

'Twee cappuccino's. En heeft u appelgebak? Heerlijk. Ook twee.'

'Voor mij geen appeltaart!' riep Masser naar de man. 'Ik haat appeltaart,' zei hij tegen Bonna. 'Mijn moeder kon alleen maar appeltaart bakken. Net als mijn oma. Ik heb in mijn jeugd een overdosis appeltaart gehad en nu word ik al misselijk als ik het alleen maar zie.'

'O, sorry,' zei Bonna. 'Ik dacht dat iedereen appelgebak lekker vond. Maar goed, huiswerk dus.' Ze legde de tas op tafel en haalde er twee volle ordners uit. 'Hier heb ik er nog zes van, maar dat werd me te zwaar. Bovendien neem ik ook een deel van het werk voor mijn rekening.'

'Wat is het?'

'Ik ben gisteren na mijn bezoek aan jou doorgereden naar *De Nieuwe Tijd*, naar documentatie. Ze waren daar heel blij me weer eens te zien. Sinds ik met pensioen ben gegaan, zaten ze zich daar maar een beetje te vervelen. Iedereen zoekt tegenwoordig alles zelf op, op internet. Die jongens zijn een beetje uit de markt gedrukt. Vroeger waren ze met z'n achten, nu zijn er nog twee.'

'Ik werk nog bij die krant,' zei Masser.

'O ja. Maar goed, wat ik heb gedaan is dit. Ik heb tegen Sytze daar gezegd dat hij voor mij alle stukken moest uitprinten die Cornelis Altena tussen 1958 en 1985 heeft geschreven voor *De Nieuwe Tijd*. Eerst keek hij een beetje raar, maar toen ik tegen hem zei dat hij discreet met mijn verzoek moest omgaan, dat het een geheime missie betrof en dat ik mogelijk nog wel vaker een beroep op hem zou doen, begon hij te glunderen. Vindt iedereen mooi, geheimen.'

'Heb je tegen hem gezegd wat we aan het doen zijn?'

'Nog niet, maar ik denk dat ik dat wel ga doen. Het is een slimme jongen die Cornelis Altena nog heeft meegemaakt. Plus een heleboel anderen.'

'En wat moet ik doen met die verhalen?'

'Die ga jij uit de ordners halen en die ga jij heel goed lezen.' De man zette twee koffie en een schoteltje met appeltaart op tafel. 'Jij gaat die stukken analytisch lezen. Je noteert per verhaal welke boodschap er volgens jou wordt overgebracht. Met welke intentie het is geschreven. En wat je verder opvalt. Als Cornelis Altena op de payroll van de BVD stond, of misschien wel op die van de CIA, dan moest hij ook wat terugdoen. Toch?'

'Misschien gaf hij alleen maar aan die ouwe studiemaat van Charles door wat er werd besproken tijdens de vergaderingen. Daar had hij toch verslagen van gezien?'

'En wat moesten ze daar dan mee? Dat was alleen maar om te bewijzen dat ze hem in de gaten hielden. Kinderachtig gedoe. Maar verder hadden ze daar natuurlijk niks aan. Die lui waren echt bezig zaken de krant in te krijgen. Opinies over de Sovjet-Unie van schrijvers en andere intellectuele figuren, verhalen over de verschrikkingen in de goelag. En dan noem ik alleen maar de voor de hand liggende dingen.'

Ze pakte een boek uit de tas en gaf het aan Masser. *Who Paid the Piper: The* CIA *and the Cultural Cold War,* stond er op de cover. 'Je weet niet wat je leest, Masser. Waarom hebben we het daar op de redactie nooit over gehad? Dat boek is uit 2000. Ze waren godverdomme bezig de hele vrije wereld te hersenspoelen. En daar zijn ze vermoedelijk nog stééds mee bezig. Masser, als ik dat allemaal lees, begin ik aan mezelf te twijfelen. Aan jou en aan iedereen. Misschien moet ik Sytze van documentatie vragen mijn eigen stukken ook bij elkaar te zoeken om ze te checken op beïnvloeding en manipulatie.'

'Ik heb nooit de illusie gehad dat ik in mijn verhalen of columns niet te maken had met manipulatie, met valse informatie, met leugens. En dus heb ik me daar zelf ook schuldig aan gemaakt. Herinner jij je dat ik een keer een reportage heb gemaakt over cocaïnesmokkel op Urk?'

'Goed verhaal was dat. Had je daar geen prijs mee gewonnen?'

'Ja. Maar ik wist veel meer dan erin stond. Alleen kon ik dat allemaal niet opschrijven omdat ik er geen bewijs voor had, omdat mijn bronnen alles zouden ontkennen en omdat ik oude vrienden in de problemen zou brengen. Het was eigenlijk een tamelijk leugenachtig verhaal dat fijn om de hete brij heen danste. Hier en daar kwam het een beetje in de buurt van de waarheid, maar het was vooral gezwets.'

'Masser! Ik ben geschokt! Zeg dat het niet waar is.' Ze grijnsde haar valse Bonna-grijns.

'Het is waar, Bonna.'

'Goed, dan kan ik hier, omdat jij ook zo eerlijk bent, wel toegeven dat ik bij elk verhaal dat ik in al die jaren heb opgeschreven stééds dacht: dit is een vage schets van wat er werkelijk aan de hand is. Een benadering. Erg hè?' Bonna begon te schateren. 'Ik heb mezelf altijd gezien als een soort charlatan, een krabbelaar. Ik deed mijn best, ik probeerde eerlijk en oprecht dingen boven water te halen, maar ik was me er altijd van bewust dat het allemaal marginaal gepruts was, dat ik tegen windmolens vocht. Dat er machten waren die minzaam glimlachend naar mijn geploeter keken. Godverdomme Masser, waar zie je me voor aan? Ik ben nooit naïef geweest. Jij wel, trouwens.'

'En hoe zit het met dit verhaal?'

'Dit gaat over dingen die voorbij zijn. Ik doe dit uit pure nieuwsgierigheid. Oudste journalistieke drijfveer. Er zit niks moreels aan. Ik wil weten wie de boel destijds besodemieterde. Wie er naar mij heeft zitten kijken en heeft gedacht: als ik bij die Bonna een verhaal insteek, krijgt het geloofwaardigheid. Ik wil weten door wie ik ben genaaid.'

'Het is ook wel humor. Een spion aan je bureau.'

'Als we klaar zijn schrijven we er een boek over, vol slapstick. Ik ben blij dat jij ook ziet dat we het eerst tot op de bodem moeten uitzoeken. Daarna komt het boek. En de film. Beetje Monty Python-achtig. Engelse humor is de enige manier om je staande te houden in het leven. Ik kan het weten, want mijn moeder was een Engelse en die nam helemaal niks serieus. Vooral mijn vader niet, de arme man. En ze is op haar achtennegentigste met een grijns op haar gezicht overleden. Zelfs de dood vond ze lachwekkend. De enig juiste houding, vind je niet?'

'We moeten gaan,' zei Masser. Hij wenkte naar de man.

Even later stonden ze bij een hoog gebouw met een metalen torentje erop, een voormalige kapel met hoge glas-in-lood-ramen die was omgebouwd tot een appartementencomplex. Masser toetste het huisnummer in en even later klonk er een vrouwenstem. 'Komt u binnen, vijfde verdieping.' De deur ging open. Masser en Bonna liepen de imposante hal binnen, naar de lift.

Cindy Altena was een vrouw van een jaar of vijftig. Ze had het rode haar van haar vader geërfd en ook diens onderzoekende, licht wantrouwige blik. Masser vroeg zich af of hij haar ooit eerder had gezien. 'Welkom,' zei ze. Ze liepen de ruime hal in. Links was een groot terras, met uitzicht over het stadje. De woonkamer was immens. 'Ga zitten.' Ze wees naar een zwarte Gispen-tafel met zes stoelen eromheen. Masser zag in de verte een rivier stromen.

'De Rijn?'

'De Lek. Eigenlijk de Rijn. Koffie?'

'Nee, dank je,' zei Masser.

'Graag,' zei Bonna. 'Ik zie dat je een Italiaanse espressomachine hebt. Daar komt vast heerlijke koffie uit. Je woont hier trouwens schitterend. Speel je piano?' In het midden van de kamer stond een zwarte vleugel.

'Nee, maar mijn man wel. Ik denk erover om op les te gaan.'

'Altijd doen,' zei Bonna. 'Je bent nog jong genoeg en zo te zien heb je echte pianovingers, lang en slank. Het is zo heerlijk, muziekmaken.'

Cindy knikte instemmend. Masser keek Bonna bewonderend aan.

'Doe toch maar een koffie,' zei Masser, maar Cindy hoorde hem niet, omdat ze koffie stond te malen.

Bonna stond op, liep naar haar toe, legde een hand op haar schouder en zei: 'Masser wil opeens toch graag een koffie. Vreemde man. Trouwens, je vader, die was toch ook behoorlijk muzikaal?'

Cindy Altena legde de fotoalbums op tafel. Masser haalde een aantekenblokje en een pen uit de zak van zijn colbert. 'Vind je het goed als ik een paar aantekeningen maak?'

Cindy vroeg wanneer het jubileumboek uitkwam.

'Als de *De Nieuwe Tijd* tachtig jaar bestaat, in 2016. We hebben nog even.'

Cindy Altena voorzag elke foto waarop haar vader te zien was uitgebreid van commentaar. Het was duidelijk dat ze een sterke band met hem had gehad. Masser maakte ijverig aantekeningen. Na een uur waren ze door de kiekjes heen.

'Prachtig,' zei Bonna. 'Heb je nog meer albums?' Masser wilde haar slaan.

'Nee, dit was het, denk ik,' zei Cindy. 'Zaten er foto's tussen waar jullie wat aan hebben?'

'Absoluut,' zei Masser. 'Bonna doet de fotoselectie voor het boek, dus die gaat er later nog een keer doorheen. Vooral die foto's van Cornelis op de redactie zijn natuurlijk heel interessant. Die ene waarop hij naast Bonna staat, die uit 1978, die moet er zeker groot in. Hoe oud ben je daar, Bon?'

Bonna glimlachte beminnelijk. 'Behalve de fotoselectie schrijf ik ook het historische verhaal van *De Nieuwe Tijd*,' zei ze. 'Masser doet de fotobijschriften en de eindredactie, want daar is hij erg goed in.'

Masser meende spot te zien in Cindy's ogen.

'Maar voor dat verhaal heb ik natuurlijk behoefte aan bronnen,' zei Bonna. 'Gesproken bronnen, geschreven bronnen. Ik heb al heel wat verzameld, maar ik vroeg me af of jouw vader misschien iets van een archief had, of een la propvol papieren. Een verhuisdoos misschien, je kent dat wel, vol paperassen die je eigenlijk het liefst wilt weggooien, iets wat je dan weer niet over je hart kunt verkrijgen. Ik heb zelf thuis nog drie dozen vol staan. De liefdesbrieven van mijn ouders, onder meer. Brr.'

'Wacht even,' zei Cindy. Ze stond op en liep naar de eikenhouten spiltrap die vanuit de kamer naar de bovengelegen verdieping van het penthouse leidde. Bonna en Masser hoorden haar een andere trap op lopen. Kennelijk was er nog een verdieping. Bonna keek Masser met opgetrokken wenkbrauwen aan.

'Ik heb na mijn vaders overlijden veel spullen weggegooid,' zei Cindy nadat ze weer naar beneden was gekomen. 'Maar dit heb ik bewaard.' Ze wees op drie zwarte kartonnen dozen met zilverkleurig beslag die ze had meegenomen. 'Kijk.' Ze wees naar de vignetjes op de korte zijde.

Masser boog zich voorover en las DE NIEUWE TIJD.

Cindy giechelde. 'Raar hè? Het is net alsof ik had verwacht dat jullie zouden komen.'

'Mogen we even kijken?' Bonna had het deksel van de bovenste doos er al afgehaald.

Cindy keek nadrukkelijk op haar horloge. 'Ik moet over tien minuten weg. Ik heb een paard dat moet worden verzorgd.'

Bonna keek haar vragend aan.

'Maar ik vind het geen enkel probleem als jullie die dozen meenemen en later een keer komen terugbrengen. Dan kunnen jullie er in alle rust naar kijken. Ik neem aan dat er geen intieme dingen in zitten.'

'Dat is bijzonder aardig van je,' zei Bonna. 'Echt fantastisch. We gaan er prudent mee om, dat spreekt vanzelf, ook als er wél intieme dingen tussen mochten zitten.'

'Dan moeten we maar eens gaan,' zei Masser. Hij stopte het aantekenboekje in zijn zak.

Bonna ging ook staan. 'Ik heb trouwens nog één vraagje over je vader,' zei ze. 'Gewoon om hem straks een beetje te kunnen typeren. Hoe zou je zijn verhouding met *De Nieuwe Tijd* willen omschrijven? Had hij het vaak over de krant? Voor mijn gevoel was hij ermee getrouwd, maar had jij die indruk ook, als kind? En kwamen er weleens andere redacteuren bij jullie over de vloer?'

Masser zag Cindy twijfelen.

'Hij sprak eigenlijk maar zelden over de krant. Zeker niet tegen mijn moeder, want die moest er niks van hebben. Die vond dat hij veel te vaak weg was. Toen hij overleed, was dat volgens haar de schuld van de krant. Hij was nog maar negenenvijftig, hè. Ze zei dat hij zich voor de krant had doodgewerkt. Ik weet natuurlijk niet of dat zo is, ik was nog jong. Ik vraag me ook af of dat kan, jezelf doodwerken.'

'Lees je *De Nieuwe Tijd*?' Masser had de dozen op elkaar gezet en van de tafel getild.

'Nee, ik kijk meestal op internet voor het nieuws. En naar de televisie. En mijn man leest de krant op zijn werk.'

'Begrijpelijk. Maar natuurlijk ook jammer, voor ons.' Hij stak zijn hand uit ten afscheid.

Maar Bonna was nog niet klaar. 'En kwamen er weleens collega's?' Ze keek Cindy vriendelijk aan.

'Zelden. Mijn vader hield daar geloof ik niet zo van, en mijn moeder al helemaal niet. De hoofdredacteur, ik ben zijn naam vergeten. Die is een keer komen eten, met zijn vrouw, die zag er heel deftig uit. Dat weet ik nog, want mijn moeder was doodzenuwachtig. En ik herinner me twee anderen die wel vaker op bezoek kwamen, twee mannen, altijd samen. Die namen meestal een cadeautje voor me mee. Iets voor in mijn poppenhuis, dat soort dingen. Maar die bleven nooit eten. Ze praatten even en daarna ging mijn vader met ze mee, ik weet niet waarheen. Ik dacht dat het collega's waren, ze zagen er op de een of andere manier uit als journalisten. Maar eigenlijk weet ik dat niet eens zeker.'

'Over welke tijd hebben we het nu?'

'Ik was een jaar of tien, denk ik. Dus dat moet ergens halverwege de jaren zeventig zijn geweest.'

'Weet je toevallig nog hoe ze heetten?'

'De ene heet Draak, de andere weet ik niet. Draak heb ik

onthouden, want dat vond ik een vreemde naam. Het zal zijn achternaam wel zijn geweest, toch?'

Masser werkte zich thuis geduldig door de dozen van Cornelis Altena heen. Het waren losse aantekeningen, lovende brieven van de hoofdredactie, uitgeknipte artikelen, halfvolle schrijf-blokken, zijn eerste loonstrook, een paar foto's, een tekening die zijn dochter had gemaakt toen ze twee was, een oude pers-kaart, een vergeelde Michelinkaart van Bourgondië, een pas-poort met een gat erin, een accreditatie voor een congres in Brussel, toegangskaartjes voor een show van Toon Hermans en Parijse metrokaartjes; maar hij vond niks waarmee ze ver-der konden, geen aanknopingspunten voor dubieuze contac-ten. Logisch, dacht Masser, die waren er waarschijnlijk nooit geweest, en als dat wel zo was, had hij de bewijzen vast wel ver-nietigd en niet in een schoenendoos gedaan. Hij belde Bonna.

'Ik heb de hele kolerezooi doorgespit, maar niks.'

'Heb je goed gekeken?'

'Heel goed.'

'Geen bierviltje met een telefoonnummer?'

'Nee. En ook geen ansichtkaart in geheimschrift.'

'Ik ben niet gek, Masser.'

'Dat weet ik.'

'En mijn intuïtie bedriegt me zelden.'

'Dat weet ik natuurlijk niet.'

'Ik heb twee dingen gevonden.'

'Wat dan?'

'Dat vertel ik je later. We leven in het land met de meeste telefoontaps ter wereld.'

'Bonna!'

'Ik werd al afgeluisterd toen jij je nog lag af te trekken op die blonde van ABBA.'

'Ver voor mijn tijd.'

'God, wat ben je nog jong. Morgen elf uur bij jou? Haarlem bevalt me wel.'

'Goed. Ga ik nu mijn column schrijven.'

'Is dat nou nog niet geregeld?'

'Nee.'

Er had bij *De Nieuwe Tijd* nooit een journalist gewerkt die Draak heette. Het leek Masser niet zo zinvol om energie te besteden aan het antwoord op de vraag wie hij dan wél was, maar Bonna dacht daar anders over. 'Speld in een hooiberg,' zei Masser. 'Misschien heet hij niet eens Draak. Misschien is hij dood. Waar wil je in godsnaam beginnen met zoeken?'

'Weet ik niet. Maar in dit soort kwesties moet je elk spoortje volgen. Negen keer loopt het dood, de tiende keer kom je ergens.'

'Oké. Ik ben altijd al meer columnist dan onderzoeksjournalist geweest. Ik mis geloof ik de echte drive.'

'Een columnist is een luie journalist.'

Bonna belde met oude connecties aan het Binnenhof, met voormalige voorlichters van verschillende ministeries en met inmiddels ook al gepensioneerde collega's van andere kranten. Ze googelde 'Draak' in combinatie met honderden andere woorden die haar bij de man zouden kunnen brengen. Ze nam contact op met Cindy Altena, en vroeg hoe de voornaam van die Draak ook maar weer luidde – 'Misschien kan hij mij nog iets vertellen over de journalistieke aanpak van je vader' – maar ze wist het niet.

'Hij noemde hem altijd Draak. Het is me intussen wel te binnen geschoten hoe die andere heette, die er altijd bij was. Dat was Brood. Hadden jullie nog iets aan de inhoud van de dozen?'

'Zeker! Hele leuke kleine details. Zijn eerste perskaart en zo. We komen ze binnenkort terugbrengen. Trouwens, nog even iets anders. Jouw man werkt toch bij de Luchtmacht?'

'Ja.' Haar stem klonk verbaasd. 'Hoe weet je dat?'

'Mijn broer,' zei Bonna. 'Ik vertelde hem dat ik bij je was geweest en toen zei hij: "Cindy Altena, die ken ik. Tenminste, ik ken haar man, Edward Jan Biljoen." Mijn broer heeft ook bij de Luchtmacht gewerkt, namelijk. Misschien heb je zijn naam ooit gehoord, Joep Glenewinkel. Inmiddels met pensioen, hoor. Ligt de hele dag op zijn rug in Spanje.'

'Nee,' zei Cindy, 'naam zegt me niks. Maar ik ken sowieso weinig collega's van mijn man. Niet eentje eigenlijk.' Het was niet zo raar dat ze de naam van Bonna's broer niet kende, want Bonna had helemaal geen broer, alleen twee zussen.

Ze belde Masser met het nieuwtje.

'Hoe wist je die naam?'

'Het naambordje,' zei Bonna droog. 'En een enveloppe op tafel. En dan maar een beetje googelen.'

'En wat moeten we ermee?'

'Die Edward Jan is geen ouwe piloot van de Luchtmacht, hij werkt voor wat tot 1988 de LUID heette, de Luchtmacht Inlichtingendienst. Daarna werd het MID/KLU. Het is wonderbaarlijk wat je allemaal opsteekt van een beetje surfen.'

'Maar wat moeten we ermee?'

'Edward Jan is de baas van de MID/KLU. Ze noemen hem daar eJay.'

'Vandaar dat ze zich zo'n penthouse kunnen veroorloven.'

'Nou ja, ik dacht: toch interessant. Je zoekt naar eventuele connecties van Cornelis Altena met de inlichtingendiensten en je komt erachter dat zijn schoonzoon de baas is van de Luchtmachtspionnen. Dat is toch sterk? Ik hou erg van dat soort dingen, toeval bestaat niet.'

Ze wachtte even op zijn commentaar, maar Masser zei niks. 'Kom op Masser, geef me een paar bonuspunten.'

'Mooi speurwerk, Bonna. We noteren de naam. Ben je al door de stapel artikelen van Sytze heen?'

'Bezig. Nog niks waarvan je zegt: hebbes.'

'Ik ook niet. Wat waren die twee dingen die je had gevonden?'

'Twee telefoonnummers. Moet ik nog checken.'

Toen Bonna zonder succes alle telefoonnummers in haar boekje had afgewerkt die haar mogelijk bij Draak konden brengen, belde ze Charles Schuurman Hess om hem van de vorderingen van het onderzoek op de hoogte te brengen – of beter gezegd van het uitblijven van vorderingen.

'Charles,' zei ze, 'ik ben godverdomme dagen bezig geweest met een man die Draak heet, maar die in het niets is opgelost.'

'Dick Draak?'

Bonna kon even niks uitbrengen. Toen zei ze: 'Ik weet niet eens of hij Dick heet. Zegt de naam Brood je iets?'

'Zeker. Wout Brood. Vriendje van Dick. Waarom zocht je die?'

'Die kwamen met z'n tweeën regelmatig bij Cornelis Altena.'

'Klopt. Bridgematen. Cornelis was een fanatieke bridger, wist je dat niet? Ik schoof weleens aan. Kansloos hoor, tegen die twee. Na de zoveelste inmaakpartij is Cornelis een andere partner gaan zoeken.'

'Bridgers?'

'Twee mooie klaplopers. Van die gasten die zich op hun vijfendertigste nog steeds gedragen als corpsbal. Buitengewoon geestig, totaal lak aan alles. Geen idee wat ze verder uitvoerden. Geloof dat er niet zo'n noodzaak was, financieel. Oud geld, veel oud geld. Moet je Draaks nummer hebben?'

'Doe maar.' Het klonk vermoeid. CSH las een nummer voor.

'Ik hoop dat het nog klopt,' zei hij. 'Heb hem al een eeuwigheid niet gesproken.'

'Waarom kaartten ze met zo'n prutser als jij?'

'Ze vonden het natuurlijk wel leuk, kaarten met de hoofdredacteur van *De Nieuwe Tijd*. Tenminste, dat denk ik. En zó slecht was ik nou ook weer niet, Bon.'

'Hadden jullie het over de krant, over de politieke koers en zo?'

'Kan ik me niet herinneren, maar het zal ongetwijfeld.'

'Denk nog eens goed na, en vertel het me morgen.'

'Goed. *Same time, same place.* Ik zal Masser er ook nog even aan herinneren. We hebben iets te bespreken.'

'Wat?'

'Morgen.'

Toen Masser Bodega Keijzer binnenliep, waren Bonna en CSH al zo intensief in gesprek dat ze zijn entree niet opmerkten. Het eerste wat hij hoorde toen hij de tafel naderde, was Bonna's stem. Ze vroeg Charles op hoge toon of Joris Schuurman Hess verdomme eigenlijk zijn zoon wel was.

'Masser!' CSH II kwam uit zijn stoel en stak zijn hand uit. Bonna bleef zitten en keek Masser uitdrukkingsloos aan, alsof ze geen idee had wie hij was.

Masser legde zijn hand op haar schouder. 'Heb je al besteld?'

'Nog niet. Ik zit even bij te komen van wat Charles me net vertelt.'

Masser keek naar CSH, die verontschuldigend zijn armen spreidde. Dat deed hij niet zo vaak. 'Ga zitten, Masser.' Hein lag in zijn gebruikelijke pose naast zijn baasje.

'Joris is het niet eens met ons onderzoek,' zei Bonna tegen Masser. Ze had geen zin in formaliteiten. 'Hij is bang dat als wij iets vinden, zich dat tegen *De Nieuwe Tijd* zal keren. Dat de naam van de krant onherstelbaar zal worden beschadigd, ook al is het lang geleden. Dat het allemaal als een boemerang zal werken.'

Masser keek naar CSH.

'Dat is in grote lijnen juist,' zei Charles. 'Bovendien wil hij jou geen halfjaar kwijt, omdat je zijn beste columnist bent. En Bonna is volgens hem een gepensioneerde ouderwetse sensatiezoeker die geen idee meer heeft van de krant anno 2014. En ik ben hoofdredacteur in ruste, met de nadruk op ruste, en mij wordt vriendelijk doch dringend verzocht me er niet mee te bemoeien. Ik zeg het maar even zoals hij het tegen mij zei. Hij vindt dat ik hem een mes in de rug steek. Hoor je niet graag, van je bloedeigen zoon.'

'Krankzinnig,' zei Bonna. 'Dus als je tegenwoordig de waarheid boven water wilt halen, ben je een sensatiezoeker. Ik ben op tijd gestopt.' Ze keek Masser scherp aan.

Masser was verrast door de reactie van Joris Schuurman Hess. Maar hij begreep die ook. Het was vermoedelijk geen toeval dat hij de enige nog actieve journalist aan tafel was. 'We hadden Joris moeten vragen vanmiddag aan te schuiven,' zei hij.

'Waarom?' Masser zag dat Bonna zich inhield.

'Had hij het kunnen uitleggen. En wij ook.'

'Gelul.' Bonna was geïrriteerd over zijn mildheid.

'Kom op met die wijn,' zei ze. 'Ik heb zin om te zuipen, ik voel me opeens heel oud.'

Bonna belde het nummer van Dick Draak. Toen ze haar naam noemde, begon er aan de andere kant iemand keihard te lachen.

'Dé Bonna Glenewinkel?' riep de stem nadat hij was uitgelachen. 'Van *De Nieuwe Tijd*, dat lollige krantje?'

'Ja, die.'

'Sodeju. Dat is heel gers, dat ik jou nou eindelijk eens een keer spreek. Echt heel gers. Godallemachtig zeg. Maar waarom bel je eigenlijk? Dacht dat je allang met pensioen was. Lees je naam nooit meer, in de krant.'

'Ik zou u graag willen spreken over Cornelis Altena.'

'Ach, good old Cornelis. God hebbe zijn ziel. Wat is er aan de hand, is hij uit de doden opgestaan? Haha! Ouwe taaie hoor, die Cornelis. God nou zeg, menig robbertje mee gespeeld, met Cornelis. Geen top, wel heel gezellig.'

'Ik ben met mijn collega Masser Brock bezig een jubileumboek te schrijven over tachtig jaar *De Nieuwe Tijd*. En Cornelis was natuurlijk een prominent verslaggever. Je zou hem een icoon van de krant kunnen noemen.'

'Masser Brock, godverdomme! Het is niet waar! Die linkse lul! Geweldige kerel. Ik lach me helemaal gek om die columns van 'm. Jongen gáát me daar tekeer. Is hij erbij, als we elkaar spreken? Ja? Gers! Waar en hoe laat?'

Draak had grijs haar en droeg een bijpassend pak, dat hij had laten maken in Londen. Dat was tenminste wat Bonna Glenewinkel na afloop van het gesprek tegen Masser zei, dat hij ook eens zoiets moest aanschaffen. 'Je zag het bij zo'n man. Miezerig ventje, maar door dat pak leek het toch nog wat. Kun je nagaan wat het met jou zou doen.'

Ze zaten aan een tafeltje in café Dudok in Den Haag. Het was er rumoerig. Draak maakte een zelfverzekerde indruk, als hij praatte hoorde je de combinatie van Rotterdamse chic en het Leidse corps. Hij had een lichte stotter in zijn stem, maar dat leek hem niet te deren. Hij leek Masser niet onsympathiek. Bonna en hij hadden besloten de afspraak niet af te zeggen, ook al waren ze beiden inmiddels gebeld door Joris Schuurman Hess, die nog eens had herhaald wat zijn vader hun ook al had meegedeeld.

'Dus er komt een jubileumboek over tachtig jaar *De Nieuwe Tijd*,' zei Dick Draak. 'Lijkt me gers. Ga ik zeker aanschaffen. Ik las die krant verdomme al toen ik nog puistjes stond uit te drukken, dus kun je nagaan.'

'Er komt helemaal geen jubileumboek,' zei Bonna. 'Of misschien ook wel, maar Masser en ik hebben er in elk geval niks mee te maken.' Masser keek haar met opgetrokken wenkbrauwen aan.

'O,' zei Draak, 'ik dacht dat je zoiets zei, aan de telefoon.'

'Dat zei ik ook, maar toen dacht ik nog anders over dit project.'

'Aha. Maar waarom zit ik hier dan? Gezellig hoor, met good old Bonna en Masser Brock, de kampioen der columnisten, maar jullie hebben me vast niet uitgenodigd omdat jullie eindelijk weleens kennis wilden maken met Dick Draak.'

'Nee, want tot voor kort had ik nog nooit van Dick Draak gehoord,' zei Bonna bot.

'Daarom.'

'Het gaat om het volgende,' zei Masser, die inmiddels had begrepen dat Bonna van benadering was veranderd. 'Een tijdje geleden kregen we informatie waaruit bleek dat onze krant jarenlang in de gaten is gehouden door de Veiligheidsdienst. Dat ze mannetjes op de redactie hadden zitten die hen op de hoogte hielden. Dat er misschien wel verhalen werden ingestoken. De Koude Oorlog, de Russische dreiging. Het waren andere tijden.'

Dick Draak keek hem verwachtingsvol aan.

'Wij vermoeden dat Cornelis Altena de mol was,' zei Bonna.

'Waarom denk je dat?' Draak trommelde geamuseerd met zijn vingers op tafel.

'Ik heb mijn bronnen.' Ze bluft knap, dacht Masser.

'Jullie hebben de verkeerde,' zei Dick Draak rustig. 'Jullie moeten Wout Brood hebben. Alleen is Wout Brood een maand of zes geleden helaas overleden. Godverdomme, Wout. Veel te jong, nog geen vijfenzeventig.'

'En waarom hadden we hem moeten hebben?' Bonna moest haar best doen niet triomfantelijk naar Masser te kijken.

'Brood zocht ingangen bij de kranten, en niet alleen bij *De Nieuwe Tijd*. Jaren zeventig, jij kent dat nog wel' – hij keek naar Bonna. 'Russen stonden klaar om het land binnen te vallen. Nou ja, ik heb hem een handje geholpen, ouwe vrinden. Was niet zo moeilijk, met bridge als gedeelde passie. Die hoofdredacteur van jullie was er ook een paar keer bij. Goeie pik.'

'En toen is Cornelis gerekruteerd?' Op het moment dat hij het zei wist Masser dat het belachelijk klonk. Hij had te veel John le Carrés gelezen.

'Ik zei dat Brood een ingang zocht, niet dat Cornelis Altena die ingang was. Ik weet dat Brood contact had met meer redacteuren. Bij jullie, bij andere kranten. Bij actualiteitenprogramma's op tv.'

'Weet je namen?'

'Nee, en als ik ze zou weten, zou ik ze niet noemen.'

'Beerput,' zei Masser. 'Godverdomme.'

'Lang geleden,' zei Dick Draak. 'Andere tijden, je zei het zelf al. Er zal vast weleens een stuk in *De Nieuwe Tijd* hebben gestaan dankzij de goedbedoelde inzet van Wout Brood, daar twijfel ik niet aan. Over de kruisraketten en de Russische raketten die op Amsterdam waren gericht, zoiets. Zo ging dat toen, het was normaal. De mensen bij de diensten dachten dat ze daarmee de vrede bevorderden, en wie weet was dat ook wel zo. Je moet dit soort dingen genuanceerd bekijken. Maak je niet druk.'

'Ken je Edward Jan Biljoen?' Bonna was een tijdje stil geweest.

'Vrindje,' zei Dick Draak.

Toen Draak was vertrokken sloeg Bonna met de vlakke hand op tafel, zo hard dat er aan andere tafeltjes blikken hun richting op gingen. 'Ik wíst het!' zei ze.

Masser keek haar zwijgend aan. Het was alsof Draak hem een blik in een andere wereld had gegund, een wereld die hij liever niet had leren kennen. Wat hem het meest verbaasde in Draaks verhaal, was dat het allemaal niet buitengewoon was geweest, dat het geen zaken waren die volstrekt buiten de orde stonden. Het was de normale gang van zaken, er waren een krant, een actualiteitenprogramma, een stukjesschrijver; er was een groepje mensen, keurige mensen vermoedelijk, die elke dag met een lunchtrommeltje onder de snelbinders naar hun werk fietsten, ergens in een Haagse kantoortoren. En voor die mensen was hun werk even normaal geweest – en vermoedelijk was het dat nog steeds – als zijn werk voor hem. Stukken de krant in krijgen, een tevreden blik op de voorpagina van *De Nieuwe Tijd* als daar weer een ingestoken verhaal stond. Met heimelijk genoegen kijken naar het televisiescherm als daar bij *Brandpunt* of *Achter het Nieuws* iemand aanschoof die precies vertelde wat de bedoeling was. Een interview op de radio met de schrijver van een boek. Die mannen – Masser zag mannen voor zich met gleufhoeden en regenjassen, nooit vrouwen – moesten er een groot genoegen aan beleven. Al konden ze vermoedelijk thuis niet vertellen welk succesje ze die dag weer hadden geboekt. De normaliteit, de alledaagsheid die uit de woorden van Draak opklonk, die vond hij schokkend.

'Het was niks bijzonders,' zei Masser. 'Het was business as usual. Helemaal niet wat je zou verwachten, met geheime afspraken in obscure cafeetjes en een geheim briefje in een dode brievenbus. Je zorgt ervoor dat je binnenkomt bij een redactie en dan steek je verhalen in, de verhalen waarvan jij graag wilt dat het volk ze te horen of te lezen krijgt. Niks gefilmd triootje met twee naakte geheim agentes, niks chantage. Ik ben geschokt en teleurgesteld.'

'Natuurlijk gaat het zo,' zei Bonna. 'Nul romantiek. Zakelijk. Ik vraag me af of Cornelis Altena in de gaten had dat hij hun toegang verschafte tot *De Nieuwe Tijd*. Het zou me niet verbazen als die ijdele kwast met z'n primeurs gewoon dacht dat hij een mooie bron had, die hem om de een of andere reden voorzag van exclusief nieuws. Bridgevrienden die hun kaartmaat iets gunden, jongens onder elkaar, de grote wereld teruggebracht tot een vierkante tafel en dan terloops een hint, je moet die en die eens bellen, heb jij je weleens afgevraagd waarom zus en zo – en Cornelis die een stijve kreeg bij het vooruitzicht van zijn naam alweer op de één.'

'Weet je zeker dat ze bij jou nooit iets hebben ingestoken?'

'Ik weet bijna zeker dat ze dat wél hebben gedaan. Die Draak reageerde veel te enthousiast op mijn naam toen ik hem belde. En ook op die van jou trouwens.'

'En nu?'

'Nu ga ik lekker door met spitten. Ik begin het interessant te vinden. Je hebt gelijk. Het waren geen incidenten, het was usance. Dat maakt het verhaal alleen maar groter.'

'Joris wil het niet in de krant hebben.'

'Joris kan mijn rug op. Misschien staat hij zelf op de loonlijst.'

'Maand bezig en je begint nu al paranoïde te worden.'

'Ik ben juist zo nuchter als een kind. En die Joris moet niet denken dat ik hier niks over naar buiten ga brengen nu hij zijn krant daar niet voor beschikbaar stelt.'

'Bonna gaat bloggen.'

'Zoiets. En Masser, luister. Ik wil dat jij je er niet meer mee bemoeit. Ik ben gepensioneerd, mij kan hij niks maken. Ga naar hem toe en zeg dat je er geen brood meer in ziet. Dat het zoeken is naar een speld in een hooiberg en überhaupt alle moeite niet waard. En dat Bonna Glenewinkel spoken ziet. Jij wordt mijn geheim agent op de redactie. Bij dezen ben je gerekruteerd. Gebruik nóóit je redactietelefoon, nóóit je redactiemail. We gaan elkaar ontmoeten op steeds verschillende plekken. Koop een leuk hoedje en een plaksnor.' Ze begon hard te lachen.

'Ik meen het Masser. Je denkt toch niet dat ze zijn opgehouden na de dood van Cornelis? Ze zijn actiever dan ooit. Ze manipuleren ons nu, op dit moment, elke dag. Manipuleren en controleren. Ze maken ons eerst doodsbang en daarna bieden ze bescherming aan. Maar dan moeten we wel accepteren dat ze ons in de gaten houden, elke seconde van de dag. En weet je wat het allerergste is?'

'Nou?'

'Dat we het prima vinden.'

De volgende dag kreeg Masser een mailtje van Bonna. Ze schreef dat ze vertrok naar Amerika en zeker drie maanden zou wegblijven. Wat ze er precies ging doen stond er niet bij.

'Werk en genoegen,' schreef ze.

XI

Vincit omnia veritas

Joris Schuurman Hess kwam harder lopend dan gewoonlijk de redactievloer op. Hij keek speurend om zich heen. Toen hij Masser ontwaarde verlegde hij zijn koers en stevende op hem af. Masser zag hem komen en onderbrak zijn gesprek met Steven van Maren. Met een knikje wees hij op de hoofdredacteur.

Het was niet ongewoon dat JSH II in opgewonden staat naar een van de redactieburelen liep en daar op hoge toon zijn ongenoegen kenbaar maakte over een stuk – of het ontbreken van een stuk. Joris was bijna drie jaar hoofdredacteur. Hij werd amper serieus genomen en gezien als een opportunistische en slappe figuur. Zelfs stagiairs hadden geen ontzag voor hem. Masser vond Joris een omhooggevallen figuur die zijn positie louter dankte aan het feit dat hij een Schuurman Hess was. Hij vond hem verwaand en niet al te intelligent. Bovendien miste Joris in zijn ogen elk journalistiek gevoel. Als schrijver was hij nog minder begaafd dan zijn vader.

'Masser Brock!' riep Joris Schuurman Hess van een meter of vijftien afstand. Aan verschillende bureaus draaiden hoofden zich in de richting van Joris en Masser. Er hing ophef in de lucht, de hoofdredacteur leek ditmaal bovengemiddeld geagiteerd. Toen JSH bij het bureau was gearriveerd maakte hij zich nog wat groter dan zijn één meter vijfennegentig, zette zijn borst op, gaf Masser een zet tegen zijn schouder en zette daarna zijn handen in zijn zij. Hij trachtte agressiviteit uit te stralen, wat hem iets potsierlijks gaf. Zijn hoofd was rood aangelopen.

'Gezien?' riep hij, 'heb je het gezien?' JSH had als roeier deel uitgemaakt van de acht die bij het WK van 1999 vijfde waren geworden en dat was nog altijd goed te zien aan zijn imponerende tors, ook al waren door drankgebruik en overvloedig eten de ideale lijnen flink verlopen.

Masser wachtte even met antwoorden. Joris bleef hem aanstaren en maakte met zijn kin een beweging die betekende dat hij het uitblijven van een reactie niet langer tolereerde. Masser schoot bijna in de lach. 'Wat moet ik hebben gezien?' vroeg hij.

'Ik wil dat je nú naar mijn kamer komt,' schreeuwde Joris, terwijl hij een gebaar maakte in de richting van zijn hoofdkwartier. 'Het is...' Hij maakte zijn zin niet af, draaide zich weer om en liep weg, de blikken van zijn ondergeschikten negerend. Toen hij rechts afsloeg keek hij even over zijn schouder om te zien of Masser al aanstalten maakte hem te volgen. Dat was niet zo.

'Lang geleden dat ik hem zo heb gezien,' zei Caroline Hoekstra, de jonge chef Verslaggeverij. 'Wat heb je vandaag geschreven? Ik ben nog niet aan je column toegekomen.'

'Niks bijzonders. Onschuldig stukje over de gezondheidszorg. Dat kan het niet zijn.' Hij deed zijn zwarte Visconti-vulpen in de binnenzak van zijn colbert, pakte het schrijfblok waarin hij aantekeningen had zitten maken en stopte dat in zijn tas. Toen dronk hij rustig zijn koffiekop leeg, stond op en liep met de tas in zijn rechterhand kalm de redactie over, achtervolgd door nieuwsgierige blikken.

Zonder te kloppen opende hij de deur van de kamer van JSH. Die zat intens naar zijn beeldscherm te staren, alsof er harde porno was te zien. Hij had de kamer van zijn vader bij zijn aantreden een totale make-over gegeven. De chique hoerenkast was veranderd in een strak vormgegeven ruimte waaraan interieurdesigners een kapitaal hadden verdiend. In de hoek van de kamer stond de oude Harley-Davidson WLA Liberator van JSH I te glimmen. Die was er door Charles Schuurman Hess neergezet na zijn vaders dood in 2001, als magistraal symbool van diens levensopvatting. JSH II had de motor eigenlijk willen verkopen, maar hij had daarvan afgezien nadat zijn vader had gezegd dat hij hem in dat geval alle botten zou breken.

Toen hij Masser zag binnenkomen ging Joris staan en wees naar het beeldscherm. 'Dát! Heb je dat gezien?'

Masser liep om het bureau heen. Hij zag meteen de kop die JSH's woede verklaarde en hij wist ook van wie die afkomstig was. '*De Nieuwe Tijd* gemanipuleerd door geheime diensten,' stond er. Bonna Glenewinkel had niet stilgezeten in de maanden dat Masser haar niet had gezien of gesproken. Boven de kop stond een zwarte balk, met daarin de woorden *Vincit omnia veritas*.

Masser keek naar Joris Schuurman Hess, die nog steeds met een beschuldigende vinger naar het scherm stond te wijzen. 'Dat had ik nog niet gezien nee,' zei hij. 'Interessant. Wie schrijft dat?' Hij probeerde zich koeltjes op te stellen, maar voelde de spanning in zijn lijf oplopen.

'Wie denk je? Wie zou daar nou verantwoordelijk voor zijn? Denk eens héél goed na, Brock.'

'Nou?' Hij had geen zin Bonna's naam te noemen.

'Glenewinkel natuurlijk! Die vuile stoephoer, dat uitgelekte blonde paard met haar bleke valse smoel. Díé heeft dat geschreven! En ik neem aan dat jij dat heel goed wist en ik weet ook zeker dat jij wist waar ze mee bezig was! Het zou me zélfs niet verbazen als jij deze tekst nog even op taalfouten hebt gecontroleerd.'

'Staat haar naam erbij?'

'Nee, natuurlijk niet. Op dat ellendige internet zetten ze er nooit een naam bij. Ze kwakken er de grootst mogelijke waanzin op, en niemand die kan controleren waar het vandaan komt. Je staat machteloos. Maar ik ben natuurlijk niet gek.'

'Ik heb tegen je gezegd dat ik zou stoppen met het onderzoek naar de beweringen van je vaders oude makker De Witt Wijnen. Dat heb ik gedaan. Ik was het niet eens met jouw argumenten, maar jij bent de hoofdredacteur.'

Joris Schuurman Hess wilde iets zeggen, opende zijn mond, maar er kwam niks uit. De onbewogen reactie van Masser maakte hem even sprakeloos. Toen zei hij, nu iets rustiger: 'Maar die Bonna heeft zich er dus niks van aangetrokken. Die is gewoon verdergegaan met wroeten. Die heeft een paar geruchten aan elkaar geplakt en die komt nu hiermee op dat kutblog van d'r. Die smijt even wat modder naar haar oude werkgever.' Hij liep zich warm voor een nieuwe woedeaanval.

'In de eerste plaats weet je dus nog niet zeker of het inderdaad Bonna is die dit heeft geschreven,' zei Masser. 'En als ze dat heeft gedaan, wat best zou kunnen, kun je er weinig aan doen. Ze is met pensioen en ze mag schrijven wat ze wil. Dat heeft ze hier geleerd, bij *De Nieuwe Tijd*.'

'Wat weet jij?'

'Niks. Ik heb haar al een week of tien niet meer gesproken.'

'Dat moeten we dan maar aannemen.'

'Nee, dat is zo. Ze zat in de Verenigde Staten.'

'Oké. Maar ze mag niet met smerige verzinsels komen! Ik heb mijn advocaten al gebeld en die zitten erbovenop. Die maken dat mens helemaal kapot. Laster! Een héél vieze poging om *De Nieuwe Tijd* in een kwaad daglicht te plaatsen. We moeten hard terugslaan! Dit is precies waar ik bang voor was toen mijn vader met dat onzalige idee van hem kwam. Hij had gewoon zijn mond moeten houden. De een of andere halfdooie demente bejaarde speldt hem iets op de mouw, gewoon om te jennen. Studentenhumor. Man had nog een akkefietje openstaan. Maar die ouwe neemt het serieus en denkt: leuk, heb ik weer wat te doen. Laat ik Masser en Bonna erop zetten. *Let the good times roll.* En nou klapt dat hele zaakje van niks als een boemerang in onze nek. Ik! Heb! Ervoor! Gewaarschuwd!!'

'Ik wil het eerst lezen,' zei Masser. Hij pakte een stoel en schoof die naast de Eames van Joris. Die liep naar een kast en haalde er een fles whisky en een glas uit. Met een klap zette hij de fles op het bureau en schroefde de dop eraf.

Masser las: 'De redactie van de gerenommeerde krant *De Nieuwe Tijd* is in de jaren zeventig en tachtig van de vorige eeuw gemanipuleerd door de toenmalige BVD. De geheime dienst had contacten op de redactie. Die werden gebruikt om stukken de krant in te krijgen die de publieke opinie moesten beïnvloeden. Het ging daarbij onder meer om de kruisraketten die begin jaren tachtig in Nederland geplaatst zouden worden, en waartegen veel oppositie bestond. *De Nieuwe Tijd* drukte een aantal verhalen af waaruit naar voren kwam dat de kruisraketten een adequaat antwoord op de Russische dreiging vormden. De stukken werden geschreven door verschillende redacteuren. Het is niet zeker dat die allemaal op de hoogte waren van de manipulatie.'

Het stuk verwees naar 'documenten die in het bezit zijn van dit blog', naar 'mondelinge verklaringen van betrokkenen' en 'bronnen binnen de Amerikaanse geheime dienst'. Er werden geen namen genoemd. De auteur kondigde alvast nieuwe onthullingen aan. 'Mogelijk bleef de invloed van de geheime dienst ook na de jaren tachtig en het einde van de Koude Oorlog bestaan,' stond er.

Joris klikte met een glas in zijn hand de televisie aan. Er stond nog geen bericht over DNT op Teletekst. 'Zie je wel, het is niks,' zei hij. 'Het is een zeepbel.' Er klonk voorzichtige opluchting door in zijn stem. Masser zat op zijn mobiel te kijken en zag dat het bericht op *Vincit omnia veritas* al flink werd gedeeld op Facebook. Ook de twitteraars hadden het ontdekt. Er was al een hashtag #DNTgate. Hij draaide het scherm van zijn mobiel uitnodigend naar Joris. 'Die jongens zijn snel en bekreunen zich niet om hoor en wederhoor,' zei hij. 'Zo gaat dat tegenwoordig.'

'Godgloeiende!' riep Joris. Toen ging zijn telefoon. 'Schuurman Hess hier!' Masser hoorde hem 'bizarre leugens en verzinsels' zeggen, en 'de een of andere gefrustreerde wentelteef'. Toen de verbinding was verbroken ging de telefoon onmiddellijk opnieuw. 'Ik neem niet meer op!' riep Joris. 'Ik kan wel aan de gang blijven! Moet ik op waanzin reageren? Nee toch?'

'Het lijkt me wel verstandig,' zei Masser, die weer eens werd bevestigd in zijn kijk op de hoofdredacteur. 'Het lijkt me ook verstandig als je nu een paar jongens vraagt op je kamer te komen. Je adjunct, de chef Verslaggeverij. Die zullen inmiddels wel op de hoogte zijn, en die worden ook gebeld. Het is belangrijk om in dit soort gevallen met één mond te spreken. Maar het allerbelangrijkste is dat we vaststellen wat we hiermee gaan doen. Want zo te lezen komt er nog meer.'

'We moeten duidelijk maken dat dit onzin is!' zei JSH. Zijn mobiel ging weer. Hij keek op zijn schermpje wie het was. 'Nee, liefje,' hoorde Masser hem zeggen, 'het is niks. Zeg maar tegen je vriendinnen dat het een wraakactie is van een gerimpelde heks. Ja. Morgen heeft niemand het er meer over. Ja, echt. Dag, ik moet nu even een paar maatregelen nemen. Ja, daag.'

'Het is al doorgedrongen tot de golfbaan!' riep Joris. 'We moeten iets doen!'

Masser zag dat #DNTgate trending was op Twitter. Hij stond op, zei niks en liep de redactie op. Daar zag hij overal mensen staan praten. Hij liep terug naar Caroline Hoekstra en zei tegen haar dat ze op de kamer van de hoofdredacteur werd verwacht. Daarna vroeg hij nog een paar andere redacteuren van wie hij wist dat ze het hoofd koel zouden houden.

Even later zaten ze rond de vergadertafel in Joris' kamer. De stemming was opgewonden maar bedrukt. Masser gebaarde naar de hoofdredacteur. 'Aan jou het woord,' zei hij. Hij leunde achterover en er trok een bijna onzichtbare glimlach over zijn gezicht. Bonna heeft de boel aangestoken, dacht hij, en nu ben ik bezig de brand te blussen. Dat is een onverwachte wending.

'Jullie hebben inmiddels zeker wel gezien wat er aan de hand is,' zei Joris. 'Iemand, en ik heb wel een vaag vermoeden wie, heeft het nodig gevonden *De Nieuwe Tijd* te belasteren en met valse beschuldigingen te komen. Ik word platgebeld en zelfs op de golfbaan heeft iedereen het erover. We moeten onmiddellijk tot actie overgaan, dit moet de wereld uit en wel meteen.' Alle ogen waren op hem gericht, in afwachting van de maatregelen die de hoofdredacteur zou nemen.

'Ik wil dat er zo snel mogelijk een stuk op de site komt waarin duidelijk wordt gemaakt dat het hier om een belachelijke beschuldiging gaat, die kant noch wal raakt. Er heeft hier nooit een BVD'er één voet op de redactie gezet.'

'Weten we op welke bronnen de beschuldigingen zijn gebaseerd?' vroeg Caroline Hoekstra. 'Dat lijkt me belangrijk om te weten, voor we van alles beginnen te ontkennen. Als de bronnen hard zijn, slaat een ontkenning binnen de kortste keren terug in ons gezicht.'

Masser knikte goedkeurend.

'Dus jij gaat ervan uit dat het mogelijk géén onzin is,' zei Joris.

'Dat kunnen we op dit moment nog niet uitsluiten.'

Joris keek haar aan alsof ze had gezegd dat ze zwanger van hem was.

Nienke van der Hout, een van de jonge talenten op de krant, liet haar buurman, Tom Bols van Verslaggeverij, haar mobiel zien. 'Het staat nu ook op de site van *De Telegraaf*,' zei ze. '*De Nieuwe Tijd* roeptoeter geheime dienst,' las ze voor. 'Die vinden dit wel leuk, geloof ik.'

'Allemachtig!' Joris Schuurman Hess begon tekenen van paniek te vertonen. Hij keek wanhopig naar Masser.

'Er staat ons maar één ding te doen,' zei Masser. 'We moeten volkomen transparant zijn. Er moet zo een verhaal het net op waarin we vaststellen waarvan we worden beschuldigd. Geen platte ontkenning, maar opschrijven wat we weten en vooral wat we níét weten. En Caroline moet meteen Nienke en Wilco Stamsnijder op de zaak zetten.'

Tom Bols stak zijn vinger op.

'Prima, jij ook,' zei Masser, en ging verder. 'Als er één medium met onthullingen komt hierover, dan moeten wij dat zelf zijn. We mogen het niet aan anderen overlaten, dan kunnen we eraan kapotgaan. We moeten de lezers duidelijk maken dat we de onderste steen boven willen halen en onszelf aan een eerlijk en diepgravend onderzoek willen onderwerpen.'

Joris keek hem verbluft aan. 'Dus jij zegt...'

'Er is geen keuze,' zei Masser.

'Dus dan krijgt mijn vader toch zijn zin. En jij ook.'

Iedereen keek Joris vragend aan.

'CSH 11 heeft een tijd geleden informatie gekregen over mogelijke manipulatie van de krant door de geheime dienst,' zei Masser. 'In de jaren zeventig en tachtig.'

'En waarom hebben we daar zelf niks aan gedaan en het aan de een of andere blogger overgelaten om dat naar buiten te brengen?' Caroline Hoekstra staarde naar Joris. Die had zijn handen voor zijn gezicht geslagen en zei niks.

'Omdat we bang waren dat het als een boemerang op ons zou terugslaan,' zei Masser. Het 'we' was een kleine tegemoetkoming aan Joris. Masser begon medelijden met hem te krijgen.

Caroline sloeg op tafel. 'Oké, aan het werk,' zei ze. 'We liggen al achter. Overleg aan mijn bureau.' Iedereen, behalve Masser en Joris, stond op.

'Bel Bonna,' zei Masser tegen Caroline.

Toen de kamer leeg was, keerde Joris zich naar Masser. 'Dit was een opzetje hè,' zei hij treurig. 'Jullie hebben me klemgezet. Jij en die Bonna.'

'Bonna is jarenlang de beste verslaggeefster geweest die hier rondliep. Volkomen loyaal aan de krant en aan jouw vader.'

'Oké, goed. Ik liet me gaan. Dat huppeldepup veritas, wat betekent dat eigenlijk?'

'De waarheid overwint alles. Lijfspreuk van je vader.' Hij stond op.

Joris liet de woorden tot zich doordringen en perste er een zacht *goddammit* uit.

'Ik ga naar huis,' zei Masser. 'Ik ga mijn column schrijven. Gelukkig hoef ik vandaag niet zo lang na te denken over het onderwerp.' Joris keek hem verslagen aan. Hij zette het whiskyglas aan zijn lippen om een slok te nemen, maar het was al leeg.

Terwijl hij wegliep, hoorde Masser de telefoon van JSH overgaan. In de trein probeerde hij Bonna te bellen, maar ze nam niet op. Hij sprak haar voicemail in. Daarna appte hij: 'Bom ontploft.'

Die avond was het nieuws over de 'infiltratie van *De Nieuwe Tijd*', zoals de kwestie meteen was gaan heten, de opening van het achtuurjournaal. Masser zag Joris Schuurman Hess op zijn kantoor. Hij maakte een nerveuze, opgejaagde indruk. De verslaggever vroeg wat er waar was van de beschuldigingen op het blog.

'Dat weten we nog niet,' zei JSH. 'Er zitten een paar van onze beste mensen op om dat uit te zoeken.' Hij sloot niet uit dat er een kern van waarheid in de onthulling zat. 'Maar we moeten eerst meer weten voor ik daar iets met zekerheid over kan zeggen.'

Verstandig, dacht Masser, die bang was geweest dat Joris zou blijven hangen in stugge ontkenningen. Hij hoorde hoe JSH probeerde de zaak in een breder perspectief te trekken, hem los te maken van *De Nieuwe Tijd*. 'We willen ook weten of het, als het allemaal waar is, alleen *De Nieuwe Tijd* betrof, of dat er meer mediaorganisaties op deze schandalige wijze werden gebruikt. Ik kan me eigenlijk niet voorstellen dat áls de geheime dienst actief was binnen de Nederlandse media, alleen *De Nieuwe Tijd* doelwit was.'

Het gerucht dat een voormalige verslaggever van de krant de zaak op internet aan het rollen had gebracht kon hij bevestigen noch ontkennen, en op de vraag of de hoofdredactie van *De Nieuwe Tijd* had gefaald, haalde hij onhandig zijn schouders op. 'Dat is speculeren, en daar willen wij ons op dit moment niet aan overgeven. Ik weet alleen wel dat mijn voorganger als hoofdredacteur, mijn vader dus, de onafhankelijkheid van *De Nieuwe Tijd* altijd hoog in het vaandel heeft gehad. Net als ik. Deze verdachtmaking is zowel bij mij als bij hem heel hard aangekomen.'

Masser vermoedde dat Joris contact had gehad met zijn vader en dat die hem een paar adviezen aan de hand had gedaan over de wijze waarop hij de crisis moest tackelen. Na een paar beelden van de redactievloer van DNT werd het item afgesloten. De nieuwslezer kondigde aan dat het nieuwsprogramma

Nieuwskijk die avond met betrokkenen dieper op de zaak zou ingaan. Meteen daarna ging Massers telefoon. Hij zag dat het Bonna was.

'Column al af?' vroeg ze.

'Bijna. Je hebt het me gemakkelijk gemaakt.'

'Wat schrijf je?'

'Dat we onze kijk op onze eigen werkelijkheid misschien moeten bijstellen, zoiets. Waarom ben je er vandaag mee gekomen?'

'Ik had geen zin er langer mee te wachten. En Charles ook niet. Die was als de dood dat iemand anders er lucht van zou krijgen. Dan was het pas echt ingewikkeld geworden.'

'Alsof het nu niet ingewikkeld is.'

'Maar nu hebben we het initiatief. Dat lijkt me sterker.'

'Heb je nog geprobeerd Joris ervan te overtuigen dat hij het beter gewoon in de krant naar buiten had kunnen brengen?'

'Nee, zinloos, vond Charles.'

'Had je harde informatie?'

'Zeer betrouwbaar. En ik ben nog bezig. Leuk hoor, bloggen. Geen hoofdredacteuren, geen spelletjes, gewoon publiceren wat je weet. Lekker stenen in de vijver gooien.'

'Komt er nog meer?'

'*You bet.* Maar daar ga ik jou nu niet mee lastigvallen.'

'Blijf je anoniem?'

'Zet straks *Nieuwskijk* maar aan.'

'Hoe was het in de v s?'

'*Amazing.*'

'Als je wordt gebeld door een van onze mensen, help ze dan een handje. Nynke, Wilco en Tom zijn ermee bezig.'

'Heb ik al gedaan.'

Masser Brock schreef: 'Gisteren was deze krant zelf het nieuws. In het verleden zijn wij misschien voor het karretje van de geheime dienst gespannen. Als dat zo is – en ik vermoed dát het zo is – *zijn* we gemanipuleerd en *hebben* we daardoor gemanipuleerd, zonder dat we ons daarvan bewust waren. Wij, journalisten en lezers, worden voortdurend gemanipuleerd door het nieuws, maar het is moeilijk vast te stellen wanneer dat het geval is, omdat de manipulatoren erg bedreven zijn in de gekleurde presentatie van feiten. Nieuws wordt ingestoken omdat er belangen mee zijn gemoeid, en ook dat is vaak moeilijk te herkennen. Maar dit is van een andere orde. *De Nieuwe Tijd*, en mogelijk ook andere media, zijn bewust misbruikt om propaganda naar buiten te brengen, om de kijk van de lezers op de werkelijkheid een bepaalde kant op te duwen. Het gezag van de krant, de veronderstelde onafhankelijkheid, is misbruikt.'

Masser twijfelde of hij het moest opschrijven, maar deed het uiteindelijk toch: 'Ik kan niet uitsluiten dat ook ik in die tijd dingen heb opgeschreven die bij nader inzien uit de koker van anderen kwamen, met andere bedoelingen dan ik voor ogen had. Dat is een misselijkmakende gedachte. Objectiviteit, realiseerde ik me vandaag, kan een illusie zijn. Natuurlijk wist ik dat wel, maar tot gisteren weet ik dat aan mijn eigen subjectiviteit, aan onvoldoende feitenkennis of andere oorzaken die alleen mij waren aan te rekenen. Ik heb er nooit bij stilgestaan dat anderen er bewust op uit konden zijn mij een bepaalde kant op te sturen, mij hun boodschap te laten uitventen. Tegen wie dat naïef vindt, zeg ik: u heeft gelijk. Er zijn de afgelopen tijd voldoende zaken naar buiten gekomen waaruit bleek dat er waarheden bestaan waarvan wij lange tijd geen idee hebben gehad. Maar mijn naïviteit kwam voort uit eerlijkheid en geloof in het goede.'

Te pathetisch.

Maar wel waar.

Laat maar staan dan. De lezers weten oprechtheid te waarderen. Het is plechtig, maar dat is hier gepast.

Bonna Glenewinkel zat die avond bij *Nieuwskijk*, naast Charles Schuurman Hess. Ze werd gepresenteerd als de sterverslaggever van *De Nieuwe Tijd* gedurende de periode van de manipulatie, Charles als de hoofdredacteur onder wiens bewind de gebeurtenissen zich hadden voorgedaan. Bonna zei dat ze geschokt was. Op de vraag of zij degene was die het nieuws naar buiten had gebracht antwoordde ze bevestigend. 'Ik kwam hier in Nederland en in de Verenigde Staten informatie op het spoor die het onmogelijk maakte deze kwestie nog langer stil te houden.' Op de vraag of ze het niet moeilijk had gevonden haar eigen krant 'aan de schandpaal' te nagelen, antwoordde ze dat ze daarover lang had nagedacht en dat ze tot de conclusie was gekomen dat ze *De Nieuwe Tijd* een dienst bewees met de onthulling.

De interviewer vroeg waarom ze niet de krant zelf had gebruikt om het openbaar te maken.

'Daarop kan ik geen antwoord geven,' zei ze.

Charles Schuurman Hess nam het woord. 'Dit raakt aan het fundament van de krant,' zei hij. 'Onze geloofwaardigheid staat op het spel. Ik ben blij dat Bonna hier de knuppel in het hoenderhok heeft gegooid. Al had ik liever gezien dat ze dat in *De Nieuwe Tijd* zelf had gedaan, en niet op zo'n kutblog.'

Bonna keek hem glimlachend aan. De interviewer wendde zich tot haar, hij hoopte op een reactie. Maar die bleef uit.

'Om hem moverende redenen heeft de huidige hoofdredacteur van de krant besloten niet met dit nieuws naar buiten te komen,' zei CSH. 'Hij vond het niet hard genoeg, daar komt het op neer. Maar de krant zal nu de onderste steen boven brengen.' Hij kroop weer even in zijn oude rol van strijdlustige hoofdredacteur. 'De klootzakken die dit op hun geweten hebben, gaan voor de bijl. Als we in dit land niet meer kunnen geloven in de onafhankelijkheid van de pers, is het einde zoek.'

De interviewer sloot af met de opmerking dat het laatste woord in deze kwestie ongetwijfeld nog niet was gezegd.

De volgende dag was 'DNT-gate' opening van alle kranten. Uit bijna alle verhalen sprak leedvermaak. De weerzin die bij de concurrenten decennialang was gegroeid, maar die nooit naar buiten gebracht kon worden omdat *De Nieuwe Tijd* nu eenmaal onaantastbaar leek, stroomde nu uit de kolommen. Er werd geschreven dat de krant zich heel lang ver boven alle andere verheven had gevoeld en er werd *De Nieuwe Tijd* arrogantie en elitair gedrag verweten. De diepe zelfvoldaanheid zou tot luiheid, kritiekloosheid en blindheid hebben geleid.

De Nieuwe Tijd zelf pakte uit met acht pagina's over het nieuws. Hoofdredacteur Joris Schuurman Hess bood op de voorpagina zijn excuses aan.

'Hoewel de waarheid altijd ons hoogste streven is geweest, is het buitenstaanders gelukt hun waarheid in onze kolommen uit te venten, met het doel de lezers te manipuleren en hún leugenachtige waarheid te verspreiden. Met behulp van een of meerdere redacteuren. Daarvoor past diepe schaamte.'

De tekst was geschreven door Masser. Het stukje dat Joris zelf had gefabriceerd was zo beneden alle peil geweest dat de dienstdoende eindredacteur Masser had gebeld en had gesmeekt om iets beters. 'Dit is een pure afgang.'

In andere verhalen werd verwezen naar politieke kwesties uit het betreffende tijdperk. Er werden geen namen van verslaggevers genoemd die zich mogelijk hadden laten inhuren door de geheime dienst – de subtiliteit waarmee de beïnvloeding plaatsvond, maakt het op dit moment nog moeilijk om naar schuldigen te wijzen, schreef Wilco Stamsnijder. 'Daarvoor moeten verhalen uit die periode eerst worden geanalyseerd en zullen er gesprekken moeten worden gevoerd met redacteuren uit die tijd, voor zover die nog in leven zijn.'

De krant kondigde aan openheid te zullen eisen van de geheime diensten en deed een beroep op de politiek om daarbij behulpzaam te zijn. Er werden parlementsleden geciteerd die schande spraken van de gebeurtenissen, die volgens hen in een beschaafd land als Nederland niet thuishoorden.

Een woordvoerder van de premier verklaarde dat ook deze volkomen verrast was door de onthullingen en dat hij de handelswijze van de diensten, als de beschuldigingen op waarheid berustten, afkeurde. De vraag of andere kranten en nieuwsmedia ook doelwit waren geweest van de geheime dienst werd wel gesteld, maar niet beantwoord. Net als de vraag of het bij de beïnvloeding in de jaren zeventig en tachtig was gebleven, of dat er ook daarna nog pogingen waren gedaan de krant te gebruiken voor propaganda.

Op internet werd *De Nieuwe Tijd*, als een prominent vertegenwoordiger van 'de dodebomenmedia', met hoon overladen. De krant werd niet neergezet als slachtoffer maar als dader, als een leugenachtig periodiek dat zijn lezers jarenlang willens en wetens voor de gek had gehouden. Dat was precies waarvoor Joris Schuurman Hess zo bang was geweest.

'Het gaat ons jaren kosten om dit weer recht te zetten,' zei hij tegen Masser toen die 's ochtends bij hem binnenliep. 'Als ons dat überhaupt nog gaat lukken.' Er waren, zei hij, al een paar honderd opzeggingen binnengekomen. Joris vroeg wat Masser bedoelde, in zijn column, met de opmerking dat hij zich mogelijk ook aan desinformatie schuldig had gemaakt.

'Dat weet ik niet,' zei Masser. 'Daarvoor moet ik stukken die ik in die tijd heb geschreven nakijken en me proberen te herinneren of iemand me op het spoor heeft gezet. En vooral nagaan op welke informatie ze waren gebaseerd. Maar ik durfde het niet uit te sluiten. Als ze een voet tussen de deur hadden, waarom zouden ze daar dan in de jaren negentig geen gebruik meer van hebben gemaakt? Ik vond dat ik daar eerlijk over moest zijn.'

XII

Artist of Time

Masser had gezien hoe het aquarium van Jimi zich langzaam maar zeker had gevuld. Met grote regelmaat leverde een man met een busje grote of kleine pakketjes af – de meeste waren afkomstig uit Zwitserland. Een horlogemakersbureau van Bergeon ('sinds 1791'), een draaibankje, een snijmachine, doosjes met tientallen minischroevendraaiers en andere minutieuze gereedschappen die Masser nog het meest deden denken aan het instrumentarium van een tandarts. Jimi ontving testapparatuur en werktuigen waarvan Masser in de verste verte geen idee had wat ermee gedaan kon worden. Zijn neef was graag tot uitleg bereid, maar aangezien Masser in elk van zijn zinnen de betekenis van minstens twee technische termen ontging, luisterde hij ernaar als een eenvoudige boer naar de Latijnse mis.

André Genovesi kwam regelmatig langs om de vorderingen in de werkplaats van Jimi Kalman Watches te volgen, en nooit met lege handen. De ene keer had hij ergens een precisie-instrument op de kop getikt dat in Massers ogen nog het meest leek op een maanlander met verschillende poten en andere tentakels, de andere keer haalde hij een houten doos uit zijn tas met zeker tien verschillende hamertjes, kleine aambeelden, radertjes en tandwieltjes. Hij bracht glas en staal mee, veertjes, schroefjes, nippeltjes en ringetjes, die Jimi zorgvuldig opborg in de lades van zijn bureau. Maar meestal haalde André een of meerdere boeken uit zijn tas waarin de geschiedenis van een gerenommeerd horlogemerk werd beschreven, technieken gedetailleerd werden uitgelegd, de historie van de Zwitserse horloge-industrie of het leven van een beroemde horlogemaker was geboekstaafd. Jimi's boekenplank vulde zich rap.

Tussen Jimi en zijn overgrootvader ontsponnen zich gesprekken, die soms puur technisch waren en die gingen over de verschillende methodes die konden worden toegepast bij de horlogeproductie, de grote doorbraken of de vermaledijde teloorgang van het vak door toedoen van die klote-Japanners, zoals André het uitdrukte. Maar de gesprekken konden ook filosofischer van aard zijn en gaan over de waarde van het pure vakmanschap en de menswording die daarmee volgens André samenhing. Als hij erbij was, meende Masser soms dat de twee naar hem keken als naar een niet-ingewijde, een sneue hals die niet besefte dat de mensheid in het horloge – het handgemaakte kwaliteitshorloge welteverstaan – naar ongekende hoogten van vernuft en logica was gestegen. Hij was een stumper die zo nu en dan even op zijn horloge keek om te zien hoe laat het was, zonder enig besef van de geschiedenis, denkkracht, technische virtuositeit, van het eindeloze doorzettingsvermogen en geduld die dat mogelijk hadden gemaakt.

Een week nadat op *De Nieuwe Tijd* het explosief van Bonna was ingeslagen, hoorde hij bij het thuiskomen de klanken van het andante uit de sonate in b-mineur van Scarlatti van boven komen. Hij liep de trap op en zag Jimi in het aquarium met een loep voor zijn rechteroog naar het blad van zijn bureau staren. De jongen hief zijn hoofd en knikte nauwelijks merkbaar naar zijn oom. Hij leek in trance te verkeren, alsof zich voor zijn lens iets wonderbaarlijks afspeelde dat hem volledig in beslag nam. Masser wachtte even, hij wist niet of Jimi gestoord wilde worden en of er bij het openen van de glazen deur geen vederlichte onderdeeltjes van het werkblad zouden worden geblazen. Jimi maakte een gebaar met zijn hand, en Masser liep naar binnen. Hij zag dat er op het werkblad tientallen zorgvuldig naast elkaar geplaatste onderdelen van een horloge lagen. Hij herkende de kast en het glas. Het was de Philippe Patek Calatrava die Jimi van zijn grootvader had gekregen.

'Magistraal,' zei Jimi. Hij keek opgetogen, alsof hij zojuist het geheim van de schepping had doorgrond. Masser keek hem bezorgd aan.

Hij is gek geworden. Hij heeft het meest bijzondere horloge van Nederland gesloopt.

Natuurlijk niet. Hij weet wat hij doet.

Hoe legt hij dit uit aan opa André?

Hij heeft het voor André uit elkaar gehaald.

'Jezus man,' zei hij. 'Hoe krijg je hem nou weer in elkaar? Wat een puzzel. Heb je de bouwtekening, of hoe dat in de horlogebranche ook mag heten?'

Jimi glimlachte. 'Ik wacht tot opa André komt. Benieuwd hoe hij kijkt. En daarna maak ik alles schoon en zet ik hem weer in elkaar.' Het rotsvaste zelfvertrouwen waarmee hij die woorden uitsprak verbaasde Masser. Hij begreep niet hoe de jongen erin was geslaagd op zijn drieëntwintigste al zoveel kennis te verzamelen dat de oneindige complexiteit van het horlogemechaniek hem geen angst meer inboezemde, dat hij het wonder tot in de kleinste onderdelen had gedemonteerd en er kennelijk geen seconde aan twijfelde dat hij alles weer precies op zijn plaats zou krijgen.

Masser voelde lichte jaloezie. Hij zag dat Jimi iets had veroverd wat hijzelf tot dusver tevergeefs had nagejaagd: het genot van de volledige beheersing. Zelf kon hij een tekst in elkaar zetten, maar dat miste het concrete, het praktische van wat hij hier voor zich zag. Hij beheerste iets waarvan hij nooit zeker wist waartoe die beheersing zou leiden. Dit was anders. Er was maar één manier waarop de Calatrava weer in elkaar kon worden gezet en zijn tijdregistratie kon hervatten, elke variatie zou onherroepelijk leiden tot stilstand of onzuiverheid. In zijn columns waren er honderden mogelijkheden in woordkeuze, zinsbouw en het smeden van verbanden. Hij kon nooit precies zeggen of de keuze die hij maakte de beste was. Of liever gezegd: hij wist dat zich tussen de talloze variatiemogelijkheden betere verscholen. Als Jimi het horloge in elkaar had gezet en het liep weer, wist hij dat hij telkens, elke keer wanneer hij een staafje had geplaatst of een radertje had vastgezet, de enig juiste en daarmee de perfecte keuze had gemaakt.

'Geluksvogel,' zei Masser.

Jimi knikte bevestigend.

Toen Jimi en Masser even later in de huiskamer thee zaten te drinken, ging de bel. Het was André Genovesi. Hij had een boek bij zich voor Jimi's boekenplank, over Vacheron Constantin, *Artists of Time*. 'Kwam ik toevallig tegen bij een antiquariaat,' zei hij.

Masser wist dat het helemaal geen toeval was en dat hij uit de hele wereld boeken liet overkomen waarmee hij het vuur bij zijn achterkleinzoon verder opstookte.

'Vacheron Constantin, de top,' zei André. 'Oudste horlogemerk ter wereld. Heb ik nooit in mijn portefeuille kunnen krijgen. Ben wel drie keer naar Genève geweest om ze binnen te halen, maar ze waren al voorzien. Doodzonde.'

Hij is de ideale overgrootvader.

Hij verpest de jongen.

De jongen is niet te verpesten. Zijn passie wordt gevoed.

Hij hoeft er niks voor te doen.

Hij drijft zichzelf. Hij is een jongen met een veer, en zijn overgrootvader windt die zo nu en dan een beetje op, dat is alles.

Jimi bladerde even door het boek maar hij leek zijn gedachten er niet helemaal bij te hebben. 'Ik moet je iets laten zien,' zei hij, terwijl hij het dichtsloeg en naar André keek. 'Boven.' Hij ging zijn overgrootvader voor de trap op, André liep met opmerkelijk gemak voor een honderdeenjarige achter hem aan. Masser volgde. Hij was benieuwd hoe André zou reageren op de demontage van zijn geliefde Calatrava – hij wist dat zijn grootvader even beminnelijk als ontvlambaar en driftig kon zijn.

Toen ze Jimi's lab waren binnengelopen, duurde het even voor André zag wat er aan de hand was. Toen hij zich over het werkblad boog en de uit elkaar gehaalde Calatrava herkende, leek hij niet te weten hoe hij moest reageren. Masser zag dat zijn ogen langs de uitgestalde onderdelen gleden en hoe hij zijn handen op het blad legde, alsof de schok zo groot was dat hij zich moest vastklampen om niet om te vallen. Toen draaide hij zich om naar Jimi, die met vragende ogen stond te wachten op zijn reactie. Hij was er duidelijk ook niet helemaal gerust op dat André zou begrijpen wat hij had gedaan, en vooral waaróm hij het horloge had gedemonteerd. De oude man keek zijn achterkleinzoon een paar seconden zwijgend in de ogen. Jimi keek naar Masser, alsof hij alvast steun zocht voor de woede-uitbarsting die zou komen.

'Godverdomme!' riep André Genovesi toen. 'Godverdomme, Jimi!' De oude man liep naar de jongen toe. Masser maakte zich klaar om in te grijpen. Toen hij zag dat André zijn armen om Jimi heen sloeg, ontspande hij. Hij zag hoe André het gezicht van de jongen naar zich toe trok en hem kuste. Er stonden tranen in zijn ogen.

'Hij heeft godverdomme mijn Patek Philippe uit elkaar gehaald! Hij heeft hem volledig gedemonteerd. Wie zou zoiets durven? Niemand! Patek Philippe himself nog geeneens!' Hij keek triomfantelijk naar Masser, alsof hem iets was overkomen wat hij nooit had durven dromen. 'En het mooie is, hij gaat hem weer in elkaar zetten!' Nu gaf hij zijn achterkleinzoon een high five. 'Haha!'

André Genovesi had hetzelfde gezien als Masser, alleen was het bij hem sterker onderbouwd: hij wíst dat Jimi zijn horloge weer opnieuw zou opbouwen. 'Kun je meteen de veer vervangen,' zei hij.

Jimi knikte. 'Had ik gezien, ja.'

Hij kent André beter dan jij.

Het was geen ingeving, het was puur functioneel. Op dit moment en hier moest het gebeuren. Hij wist dat André kwam, hij was precies op tijd klaar.

Ze hebben iets wat jij mist.

Hoewel de meesterproef eigenlijk pas halverwege was, vond André Genovesi dat Jimi's sterke staaltje gevierd moest worden. Ze zaten met z'n drieën in een Italiaans restaurant, niet ver van Massers huis. André was opgetogen over Jimi's durf en zelfvertrouwen. Hij betreurde heel even het feit dat hij honderdeen was, maar daarna bestelde hij nog een fles roero arneis en troostte zich met de gedachte dat Jimi haast maakte. Hij leek zich ervan bewust dat de tijd die zijn overgrootvader nog restte beperkt was en dat hij hem nog zo veel mogelijk getuige moest laten zijn van zijn vorderingen op weg naar de eerste originele Jimi Kalman Watch.

André was naar huis, Jimi en Masser zaten op de bank voor het grote televisiescherm. Daarop liep een man door het negentiende-eeuwse Londen. Masser, die te veel wijn had gedronken, keek toe.

'Je gaat continu dood,' zei Jimi, terwijl hij de man tegen de muren van de Houses of Parliament omhoog liet klimmen. 'Maar je kunt steeds weer opnieuw beginnen. Je leert van de keren dat je sterft, tot je overleeft. Dat vind ik het leuke van deze game. Je zou willen dat het in het echt ook zo was. Nou ja, misschien is dat ook wel zo.'

'Wie weet.' Masser lachte. Hij volgde de man, die afliep op drie wantrouwig kijkende andere mannen. 'Verandert het eigenlijk jouw kijk op het leven, zo'n game?' vroeg hij. 'Dat de virtuele en de echte wereld door elkaar gaan lopen?' Het was iets wat hijzelf zo had ervaren tijdens het spelen. 'Bij mij gebeurt dat wel, geloof ik.'

'Zeker. Ik loop door een stad, hier in Haarlem bijvoorbeeld, langs de Grote Kerk en ik denk: hier zou ik tegenop kunnen klimmen, want ik kan daar en daar mijn voeten neerzetten en me vastgrijpen aan die steunberen. Dat is natuurlijk een rare gedachte, maar toch kijk ik zo. Zeker als ik een aantal uren achter elkaar aan het spelen ben geweest. Dan heeft mijn geest kennelijk moeite met omschakelen. De laatste keer dat ik met Mia in Parijs was, had ik dat helemaal. Want daar wás ik op heel veel plekken tegen de muren op geklommen.'

'Dat bedoel ik.'

'Eigenlijk is het een film, maar het verschil met een gewone film is dat je er zelf in meespeelt.'

'En dat je invloed hebt op hoe hij afloopt.'

'Dat lijkt misschien zo, maar het is niet waar. Alles is voorbestemd. De controle ligt bij het spel, niet bij de speler. Ze geven je de illusie dat je keuzes hebt, maar het blijft een verhaal dat altijd een bepaalde kant op moet. Je bent ondergeschikt aan wat de spelmakers erin hebben gestopt. Alles wat je doet is bedacht, geschreven door de scenarist.'

Hij is een halve filosoof.

Horlogemakers zijn altijd filosofen. Uiteindelijk draait alles

om de tijd, om het verstrijken van de tijd, om herinneringen en
toekomstverwachtingen. Om het einde van de tijd. Om de dood.

'Zo is het in het echte leven misschien ook wel,' zei Masser.

'Zou kunnen. God is de spelmaker, of de natuurwetten zijn
dat, en jij manoeuvreert daar een beetje in. Tenminste, dat
denk je. Want eigenlijk beslis je helemaal niks zelf. Hij heeft de
route van je leven gewoon op een Excelsheet staan.'

'Geloof je dat?'

'Ik probeer het niet te geloven.'

'Nu kijken we nog naar een scherm,' zei Masser. 'Maar het
zal niet lang meer duren voor we helemaal verdwijnen in die
wereld, voor we door Parijs of Londen of New York lopen, en
we niet meer kunnen zien of het echt is of virtueel. Dat alles
klopt. De geuren, de geluiden. Dat we ons met een chip in ons
brein kunnen verplaatsen in de ruimte en de tijd, gewoon hier
op de bank.'

Jimi knikte.

'Behalve dan dat we in de virtuele wereld geen gewone mensen zijn, maar goden, met macht,' zei Masser.

Jimi knikte weer.

'Wat vind je daarvan?'

'Het maakt niet uit wat ik daarvan vind,' zei Jimi, 'het gaat
toch gebeuren. En omdat het toch gaat gebeuren, ben ik er wel
benieuwd naar.'

'Er komt een moment waarop we niet meer in staat zullen
zijn de gewone en de virtuele wereld uit elkaar te houden.'

'Geeft niet,' zei Jimi. 'Dan wordt het toch weer één wereld.
Wij mensen zijn er trouwens al heel lang in getraind virtuele
werelden als reëel te zien.'

'Hoe bedoel je?'

'Weet je hoeveel kerken er zijn, hier in Haarlem?' Hij begon
hard te lachen. 'Misschien maakt het weinig uit. De werkelijk-

heid is wat je geest als de werkelijkheid ziet. Die gastjes die zichzelf opblazen, in Irak of in Israël, leven in een game die al hun keuzes verdedigbaar maakt. Misschien maken we voortdurend onze eigen games. Misschien is Jimi Kalman Watches een game. Ik moet steeds keuzes maken en het doel is een eigen horlogefabriek. Daarvoor moet ik veel overwinnen, maar uiteindelijk ligt de uitkomst vast.'

'En wat is de uitkomst?'

'Daar moet ik natuurlijk nog achter zien te komen. Maar ik vermoed dat het gaat gebeuren. Alleen heb ik geen *safe files* kunnen ontdekken, dat je even teruggaat naar een bepaald punt en weer opnieuw begint.'

'Hier rechtsaf,' zei Masser. 'Kom je in St. James' Park.' Hij stond op.

'Masser,' zei Jimi, terwijl hij naar het scherm bleef kijken, 'ik voel me hier erg op mijn gemak. Meer dan bij mijn moeder, al klinkt dat misschien niet zo aardig. Dat wilde ik je even zeggen.' Hij lachte onhandig.

Heeft iemand weleens zoiets tegen je gezegd?

Kan het me niet herinneren.

'Al goed, man. Ik ben blij dat het je bevalt. Ik vind het ook heel erg leuk dat je hier woont.'

'En nog iets. Ben je morgen hier?'

'Ja, tot een uur of één.'

'Ik heb om elf uur een afspraak, er komt een oude klasgenoot langs.'

'Prima. Je bent hier je eigen baas. Wie is het?'

'Jeroen Weenink. Je weet wel, de jongen die de aanslag in Pantsjagan heeft overleefd.'

XIII

De jongen uit Pantsjagan

Jeroen Weenink had zwarte krullen en helblauwe ogen. Er speelde voortdurend een onzekere glimlach rond zijn mond en hij knipperde met zijn ogen. Aan de linkerkant van zijn gezicht zat een litteken dat hij zo nu en dan even aanraakte, alsof hij het wilde wegpoetsen. Hij zat wijdbeens aan de eettafel, een beetje voorovergebogen, en staarde naar zijn mobiel. Toen maakte hij zijn ogen los van het schermpje en keek Masser aan. 'Dus u bent journalist,' zei hij.

Masser voelde heel even irritatie, maar besloot dat het een logische opmerking was. De jongen had ongetwijfeld een spreekverbod gekregen in afwachting van de resultaten van het onderzoek naar de gebeurtenissen in Pantsjagan – het rapport liet nog altijd op zich wachten – en kennelijk was hij er niet helemaal zeker van of praten met een journalist, al ging het over koetjes en kalfjes, niet onder het verbod viel.

Jeroen was een jongen van korte, plotselinge opmerkingen, van wat er allemaal moest omgaan in zijn hoofd kwam af en toe een flard naar buiten om heel even de druk van de ketel te halen – zo interpreteerde Masser het tenminste.

'Hier niet,' zei Masser, 'hier ben ik de oom en de huisbaas van Jimi. En nog een paar dingen. Maar geen journalist.'

'Ik dacht dat journalisten altíjd journalist waren.'

'Ik niet. Ik ben meestal columnist, dat is wat anders.'

'Laten we naar boven gaan,' zei Jimi. Masser stond ook op,

hij vond het altijd leuk om de reactie te zien van mensen die voor het eerst in Jimi's loft kwamen.

'Schitterend, Jimi,' zei de jongen, 'echt schitterend. Ik ben jaloers.' Hij keek met glanzende ogen om zich heen.

Jimi wees naar zijn aquarium. 'Het heilige der heiligen, de horlogerie. Met dank aan mijn overgrootvader. Die heeft er stevig in geïnvesteerd.'

'Jezus, Jimi,' zei Jeroen, toen hij de apparatuur en gereedschappen in zich had opgenomen. 'Je kunt hier horloges gaan maken.'

'Dat is ook de bedoeling. Dit is de geboortegrond van JKW, Jimi Kalman Watches.' Hij zei het bijna achteloos, alsof het idee van een eigen horlogemerk voor hem al bijna geen gespreksonderwerp meer was en alleen nog maar een kwestie van tijd. Hij opende een la en haalde er de Calatrava uit die hij van zijn grootvader had gekregen. 'Helemaal uit elkaar gehaald, schoongemaakt en een paar dingetjes vervangen. En daarna weer in elkaar gezet.'

Hij gaf het horloge aan Jeroen. Die keek er met een kennersblik naar. 'Knap werk,' zei hij. 'Echt knap werk. Tof.'

Masser was naar beneden gelopen en keerde terug met een dienblad met koffie en een doos negerzoenen – Jimi had hem verteld dat Jeroen daar verzot op was, hij had hem op school een doos zien leegeten bij wijze van lunch. Hij zette het dienblad op Jimi's eettafel. 'Koffie,' zei hij, 'en onbeperkt negerzoenen eten!' Even later zaten ze met z'n drieën aan tafel.

'Vind je ervan?' vroeg Masser.

'*Awkward*,' zei Jeroen.

Masser keek vragend.

'Cool,' zei Jimi. 'Hij vindt het cool.'

'Het is alsof je droomt,' zei Jeroen. 'Een eigen horlogewerkplaats, daar heb ik nog nooit een seconde over gedacht. Zoiets heb je alleen in je dromen. Maar hij heeft het dus echt.'

Masser zag dat Jimi geamuseerd luisterde. 'Het is ook een droom,' zei hij, 'van mij en van mijn overgrootvader.'

Jeroen Weenink keek Jimi aandachtig aan. 'Mooi, zo'n overgrootvader.' Hij nam nog een negerzoen.

'Hoe is het nu met je?' Het klonk nogal plompverloren, maar Masser vond dat hij niet net kon doen alsof er een willekeurige vriend van Jimi aan tafel zat.

Een jochie.

De enige overlevende van een nationale ramp.

In de media heet hij een oorlogsheld.

'Goed,' zei Jeroen. 'Niet goed natuurlijk. Maar in elk geval beter dan met die andere jongens.' Hij keek Masser met knipperende ogen smekend aan, alsof hij hem verzocht het onderwerp te laten rusten.

'Heb je... heb je nog ergens last van? Het was nogal wat, die...'

'Nachtmerries.' Het klonk alsof hij op een lichte verkoudheid na weer helemaal de oude was. 'Altijd dezelfde. Ik lig tussen een hoop staal en mijn benen zitten klem. Ik kan niet bewegen en zo'n baard grijnst naar me. Hij richt zijn kalasjnikov op mijn voorhoofd en ik weet dat hij gaat schieten. En dan word ik wakker, helemaal in paniek en ik zweet als een otter, alsof ik echt zo uit de bloedhete woestijn kom. Verder heb ik soms een angstaanval. Gewoon overdag, uit het niets komen ze. Alsof ik word aangevallen door een dolle hond.' Hij wreef langs zijn litteken, alsof de hond hem daar te pakken had genomen.

'Ga je naar een psycholoog?'

'Vier keer geweest. En toen wilde ik niet meer.'

'Als je wilt kun je hier vaker komen,' zei Masser. 'Je kunt ook blijven slapen.' Hij had het daar met Jimi al over gehad.

'Graag.'

Jimi pakte nog een negerzoen en gooide hem met een boog-je naar Jeroen.

'Heb je toekomstplannen?' vroeg Masser.

'Horloges,' zei Jeroen.

Masser wilde vragen waarom hij destijds met de opleiding was opgehouden en het leger was in gegaan. Maar wellicht vond de jongen dat geen prettige vraag. Hij had een keuze gemaakt die slecht was uitgevallen en het was misschien indiscreet hem daarmee te confronteren – Masser wilde niet de indruk wekken dat hij vond dat de jongen alle ellende aan zichzelf had te danken.

'Ik moet naar Amsterdam,' zei Masser. 'Toestanden op de krant. Heb je misschien iets over gelezen.'

Jeroen antwoordde niet, zijn gezicht rustte in zijn handen. Hij was elders met zijn gedachten.

Toen Masser laat in de avond terugkwam, zaten Jimi en Jeroen zwijgend aan tafel, alsof ze een plan hadden beraamd en nu rustig wachtten op het moment waarop het kon worden uitgevoerd. De vertrouwdheid tussen de twee jongens verbaasde Masser, want hij had van Jimi begrepen dat hij en Jeroen gedurende hun gezamenlijke jaar op de school nooit hecht bevriend waren geweest. Klasgenoten waren ze, zei Jimi, maar Jeroen had 'een nogal grote bek', en daarom had hij altijd een beetje afstand gehouden. Nu leek het alsof de twee al jaren vriend-schappelijk met elkaar omgingen, alsof er een natuurlijke band tussen hen bestond. Zijn ervaringen in Pantsjagan hadden Je-roen kennelijk veranderd en hem dichter bij Jimi gebracht.

'Meneer Brock,' zei Jeroen, terwijl Masser een enveloppe openscheurde, 'ik wilde u wat vragen.'

Het klonk formeel. Masser legde de rest van de post op tafel. 'Vraag.'

'Ik wilde u wat vragen over die jongens, u weet wel.'

De staatsbegrafenis van de vier slachtoffers van de aanslag in Pantsjagan was inmiddels acht maanden geleden, maar Masser begreep op welke jongens hij doelde.

'Hebt u naar de uitzending gekeken? Hoe ze naar Den Haag werden gebracht? Naar de toespraak van de premier?'

Jimi keek strak naar Masser, hij leek benieuwd naar diens reactie, alsof hij wist wat de jongen wilde gaan zeggen en ook dat zijn oom erdoor zou worden verrast.

'Natuurlijk.'

'Wat vond u ervan?'

'Ik vond het... hoe moet ik het zeggen, ik vond het een beetje over de top. Ik hou niet van dat collectieve gerouw dat tegenwoordig in de mode is. Ik hou meer van ingetogen. Ik vind dat je verdriet beter in stilte kunt verwerken. Al zie ik ook wel dat het voor de nabestaanden een steun kan zijn als het hele land met je meeleeft.'

'Wat vond u van de toespraak van de premier?' Het leek alsof hij zorgvuldig een vragenlijstje in zijn hoofd afwerkte.

Moet ik eerlijk zijn?

Ja, natuurlijk.

'Ik had het gevoel dat die toespraak meer met de premier te maken had dan met de gebeurtenissen. Hij was mooi hoor. Gevoelig, de juiste woorden. En toch dacht ik steeds: jij staat daar voor jezelf, niet voor die jongens en hun familie.'

'Die toespraak was toch geschreven door Jimi's moeder?'

'Klopt. Mijn zus en ik kunnen erg goed met elkaar opschieten, maar op sommige punten verschillen we van mening.'

'Geloofde u wat hij zei?'

'Hoe bedoel je dat?'

211

'Geloofde u dat hij het meende? Van ons heldendom en onze opofferingsgezindheid? Van onze moed?'

'Ja, dat geloofde ik wel.'

Jimi stond op en liep naar de keuken, alsof hij het gesprek niet langer kon aanhoren.

Ik kan moeilijk zeggen dat ik niet in zijn moed geloof.

Behalve wanneer hij dat zelf ook niet doet.

Dan moet hij dat eerst zeggen.

'Het was gelul,' zei de jongen. Zijn stem klonk opeens anders, verwijtend. Hij leek boos. 'En het kan bijna niet anders of de premier moet hebben geweten dat het gelul was. Of ze moeten de waarheid voor hem verborgen hebben gehouden, wat ik me niet kan voorstellen. En ik ben bang dat Jimi's moeder het ook wist.'

Jimi kwam de kamer weer in en keek verontschuldigend naar Masser, alsof hij liever had gehad dat Jeroen het onderwerp had laten rusten maar de jongen daar niet van had kunnen overtuigen.

'Hoe bedoel je, gelul?'

'Gewoon, gelul. Onzin. Bullshit. Leugens.'

'Leg uit.' Jimi haalde nerveus een hand door zijn haar, Masser had hem nog niet eerder zo gezien.

'Ik wil iets zeggen,' zei Jeroen. Zijn stem had iets gejaagds gekregen. 'Iets wat eigenlijk geheim moet blijven. Jimi weet het al.'

'En nu wil je van mij de garantie dat ik daar niks over zal schrijven.'

Jeroen leek niet te horen wat hij zei, maar Jimi knikte bevestigend.

'Direct na de aanslag, toen ik weer een beetje bij mijn positieven was gekomen, ben ik verhoord. Eerst in Pantsjagan en later in Nederland. Een dag of drie, al met al. Ze waren zeker tevreden met wat ik zei, want op een gegeven moment was het klaar. Maar de maanden daarna heb ik vier keer bezoek gehad van mensen van Defensie en van een paar andere figuren. Ik weet niet precies wie ze waren. Ze zeiden eigenlijk steeds hetzelfde. Dat ik met niemand moest praten over de gebeurtenissen in Pantsjagan. Dat was beter voor de jongens die daar nu nog steeds zitten. Ze zouden in gevaar gebracht kunnen worden als ik mijn mond opendeed. En het was voor mij persoonlijk ook beter als ik zou zwijgen, zeiden ze. Ik moest me als soldaat houden aan mijn beroepsgeheim, zoiets. Zo niet, dan kon dat mogelijk consequenties hebben.'

'Wat voor consequenties?'

'Zeiden ze niet. Consequenties. Maar dat kun je wel ongeveer bedenken, wat ze daarmee bedoelden. Ik krijg een uitkering. Ik heb straks een baan nodig.'

'Jullie zijn op een landmijn gereden en vervolgens kwamen er terroristen die jullie aanvielen,' zei Masser. 'Dat is toch het verhaal?'

'Dat is het verhaal. En het is op zich ook niet zo dat het niet klopt. We reden op een bermbom en die klootzakken beginnen te schieten met hun kalasjnikovs. Maar het is niet het hele verhaal.'

'Wil je me het hele verhaal vertellen?'

Jeroen leek even te twijfelen. Hij keek vragend naar Jimi, alsof hij zich opeens afvroeg of hij er verstandig aan deed Masser zijn geheim te vertellen.

'Je kunt Masser vertrouwen,' zei Jimi.

'Oké,' zei Jeroen. 'Het hele verhaal is dat wij drugs vervoerden. Van een andere warlord dan degene bij wie die types hoorden. Een concurrent, zeg maar. Op die manier financieren die baarden de boel. Ze hebben routes in bezit waarop ze tol heffen. Die wij gewoon betalen. En ze handelen in drugs die even later hier te koop zijn. Je zou kunnen zeggen dat wij daar onze eigen vijand financieren. Die drugs in ons pantservoertuig waren bestemd voor Nederland. Ze zijn hier ook wel gekomen, alleen heeft een andere warlord eraan verdiend dan eigenlijk de bedoeling was. Snapt u het?'

Masser dacht dat hij het begreep, tot hier tenminste.

Wat zegt die jongen?

Dat die nationale begrafenis één grote poppenkast was.

Waarom vertelt hij mij dat?

Misschien heeft Jimi wel tegen hem gezegd: dit moet je mijn oom vertellen.

'Het was een ripdeal,' zei Masser. Hij probeerde zo zakelijk mogelijk te klinken.

'Zoiets.'

'Het Nederlandse leger houdt zich in Pantsjagan bezig met vervoer van drugs. Met drugshandel.'

'Niet het leger. Sommige soldaten.'

'Oké, sommige soldaten. Jij ook?'

'Ik wist dat het gebeurde. Ik wist niet dat er drugs in het voertuig zaten die bestemd waren voor de Nederlandse markt.'

'En die anderen?'

'Van twee van die jongens weet ik dat ze erbij betrokken waren. Er wordt veel geluld in de compound, zeker als er wat bier in is gegaan.'

'Op welke schaal gebeurt dit?'

'Groot genoeg om ervoor te zorgen dat sommige jongens rijk uit Pantsjagan terugkomen.'

'Het is niet de bedoeling dat dit naar buiten komt,' zei Jimi. 'Als dat gebeurt, zit Jeroen diep in de shit.'

'Als het daar tenminste bij blijft,' zei de jongen. 'Ze weten meteen waar de informatie vandaan komt, ze zijn daar niet dom. En als het naar buiten komt wordt de machinerie in werking gesteld. Dan ben ik het getraumatiseerde sulletje dat zich iets in zijn hoofd heeft gehaald. Iemand die een complottheorie heeft bedacht, weet je wel. En dan kan ik schreeuwen wat ik wil, maar niemand zal me geloven. De mensen willen zulke dingen niet horen.'

Masser voelde woede opkomen. Hij was deelgenoot gemaakt van iets verschrikkelijks en hij kon er niks mee. De jongen was de enige levende getuige van de aanslag en er zou in Pantsjagan en in Den Haag helemaal niemand te vinden zijn die hem zou bijvallen. Niet binnen het leger en ook niet bij de vijand. Niemand had er belang bij dat de waarheid naar buiten zou komen, en dus bestond die waarheid niet. De kwestie was te groot en de bron te klein, daar kwam het op neer. Masser begreep opeens waarom het onderzoek zoveel tijd in beslag nam. Tijd moest het hele verhaal van de vier dode jongens naar de vergetelheid voeren. Tijd moest ervoor zorgen dat het onderzoeksrapport, als het klaar zou zijn, onmiddellijk naar een diepe la zou verhuizen, zonder dat er een haan naar kraaide en zonder dat wijsneuzen vragen zouden gaan stellen over het wellicht ietwat onvolledige karakter ervan.

In Nederland wist de premier zeer vermoedelijk wat er écht was gebeurd, evenals zijn Chief of Staff, de minister van Defensie, misschien een paar hoge ambtenaren en natuurlijk de jongens van de veiligheidsdienst. Ze zouden allemaal zwijgen als het graf en als *De Nieuwe Tijd* met een verhaal zou komen, zouden ze ontkennen en naar de rechter stappen wegens smaad en laster of schending van het staatsgeheim – of wat voor andere juridische argumenten ze ook maar van stal zouden moeten halen om het deksel op de beerput te houden.

Zelfs Jeroen Weenink zou ontkennen, dacht Masser. Hij herkende de situatie, hij had dit eerder meegemaakt.

'Waarom vertel je me dit?' Hij keek Jeroen aan, en hij wist dat er boosheid in zijn ogen stond te lezen.

'Hij weet het en ik weet het,' zei Jimi. 'En nu jij ook. Het is net als met een zware rugzak. Als je de spullen een beetje verdeelt, wordt hij lichter.'

'Zoiets, ja,' zei Jeroen.

Masser was er niet van overtuigd dat het de jongen alleen maar om verlichting van zijn last ging. Hij wist dat hij tegen een journalist sprak, er waren vast wel neutralere biechtvaders te bedenken geweest.

'Heb je het je ouders verteld?'

'Nee. Die zouden het niet begrijpen. Mijn moeder... kan ik net zo goed meteen *De Telegraaf* bellen.'

'Hoe heb je het volgehouden, al die tijd niks zeggen...'

'Toen ik naar de begrafenis zat te kijken dacht ik dat ik gek werd. Het was... Je zit naar iets te kijken en iedereen is ontroerd, en eigenlijk vindt iedereen het ook prachtig. En jij bent de enige die weet dat het toneel is. Nou ja, bijna de enige. Maar dat mag je niet zeggen. Ik zat maar te kijken en ik dacht: dit is niet echt. Maar het was wel echt. Dat trok ik niet. Ik dacht dat mijn hersenen smolten. Ik dacht: was ik ook maar doodgeschoten, dan had ik dit niet hoeven zien. Het was erger dan alles wat ik in Pantsjagan had meegemaakt.'

Masser liep naar Jeroen toe, boog zich voorover en omhelsde hem. 'Ik snap het,' zei hij. Hij zag dat er tranen over het litteken van de jongen biggelden.

Masser en Jimi brachten Jeroen Weenink naar zijn ouders in Delft – Masser had erop gestaan dat te doen. Op de terugweg zwegen ze. Tot Masser het niet langer voor zich kon houden. 'En Mia, weet die het? Heb je het er met haar over gehad?'

'Nee. Maar natuurlijk weet Mia het. Ze weet alles. Zij weet

het en wij weten het. Alleen weet zij dát nog niet. En dat moet ook zo blijven.'

Hij heeft gelijk. Het is zinloos om het er met haar over te hebben. Het gaat je de relatie met je zus kosten.

Dat is nu misschien ook zo.

Ooit, als jullie oud zijn en het doet er allemaal niet meer toe, kun je het erover hebben.

En tot die tijd dansen we vrolijk om de waarheid heen.

Die avond ging Masser achter zijn laptop zitten om zijn column te tikken. Het duurde even voor hij een onderwerp had gevonden. Hij koos iets onschuldigs over een staatssecretaris die in het nauw was gedreven vanwege problemen bij de spoorwegen. Hij voelde zich smerig, iemand die een farce maakte van de werkelijkheid.

XIV

Geen gelul, gebak van Krul

Masser liep de redactie op. Hij had die ochtend ontbeten met Jimi en Jeroen. Ze hadden het in de dagen na Jeroens verhaal over de gebeurtenissen in Pantsjagan niet meer over de kwestie gehad, maar telkens wanneer hij de jongen zag speelde die door zijn hoofd. Hij wilde iets doen met wat hij wist, ook omdat hij vermoedde dat de jongen dat onbewust van hem verwachtte. Maar hij had geen idee wat hij kon doen. In elk geval had Jeroen gelijk gehad: hij was een journalist, hij had wereldnieuws in zijn kop dat hij niet naar buiten kon brengen, en dat bezorgde hem hoofdpijn.

Hij voelde zich gespannen, in zijn tas zat een bruine enveloppe met een A4'tje erin. Die had hij van Bonna gekregen. Hij wist wat er op het A4'tje stond en hij zag huizenhoog op tegen het moment waarop hij het moest voorlezen. Bonna had hem een executiebevel overhandigd.

Terwijl hij naar zijn bureau wandelde keerden gezichten zijn kant op en zag hij dat er werd gefluisterd. Hij meende beschuldigende blikken te zien, hij voelde ergernis. Sinds het nieuws over de infiltratie naar buiten was gekomen, hing er bij *De Nieuwe Tijd* een atmosfeer van argwaan, woede en angst. De argwaan gold degenen die er mogelijk direct mee te maken hadden gehad, de woede van een aantal redacteuren hem en Bonna Glenewinkel. Hoewel Bonna de zaak aan het rollen had gebracht, ging iedereen ervan uit dat Masser er ook bij was betrokken. De angst gold de toekomst van de krant. In de vijf weken die na de eerste onthulling waren verstreken, hadden een paar duizend lezers hun abonnement opgezegd, was DNT in alle andere media onderwerp van spot en hoon geworden en had zich op internet een ware hetze ontwikkeld. Er werd afgerekend met de krant die decennialang dominant was geweest.

Masser was gebeld door Charles Schuurman Hess. De gebruikelijke nonchalance in diens stem ontbrak, evenals de relativerende toon. Hij zei dat hij vijf keer per dag contact had met zijn zoon. De ene keer was Joris razend, zei Charles, de volgende keer wanhopig. 'Ik weet inmiddels niet meer zeker of ik had moeten doen wat ik heb gedaan. Ik dacht dat het een spannend verhaal was, maar het ontwricht de hele boel. Mijn vrouw noemt me een klootzak die zijn eigen zoon heeft verraden.'

Joris Schuurman Hess leek in vijf weken vijf jaar ouder te zijn geworden. Elk stuk in zijn eigen krant over de zaak bezorgde hem een rimpel extra in zijn voorhoofd, stukken in andere media maakten hem woedend. Hij zei minstens één keer per dag dat het idee om volledige transparantie na te streven een heel slecht idee was geweest. 'We graven ons eigen graf. We bevestigen met elk verhaal dat we ons in de maling hebben laten nemen, en dat vinden de lezers erg. Je zou denken dat ze onze eerlijkheid waarderen, maar zo werkt het niet. Er zijn er steeds meer die vinden dat ze zijn genaaid door hun ochtendkrant.'

Maar omdat hij geen alternatief wist en de beerput nu toch open was, bleven de redacteuren die zich bezighielden met de zaak doorspitten en gingen de publicaties over de manipulatie door. Overigens zonder dat het tot hard nieuws leidde. Het leek alsof *De Nieuwe Tijd* zich had uitgestrekt op de divan van een psychiater en keuvelend met zichzelf inzicht wilde krijgen in wat er in godsnaam was gebeurd. Iedereen wachtte op het moment waarop de kwestie zou wegzakken richting vergetelheid, maar het leek alsof elk verhaal een spoor naar nieuwe mogelijk verdachte publicaties bevatte.

Er liepen procedures om documenten boven water te krijgen met concrete informatie over welke journalisten er bij de manipulatie waren betrokken, maar daar zat niet veel schot in. Openbaarmaking werd door de landsadvocaat tegengehouden met een beroep op het belang van de staat. Kennelijk hadden de papierversnipperaars op het ministerie overuren gedraaid, want op veel verzoeken kwam het antwoord dat de betreffende verslagen en rapporten in het verleden om veiligheidsredenen waren vernietigd. Ook de papieren die Charles Schuurman Hess had mogen inzien en waarmee alles was begonnen, bleken ineens niet meer te bestaan. De familie van Boebie de Witt Wijnen kon, schreef zijn oudste zoon, helaas niet helpen; kennelijk had De Witt Wijnen zijn laatste dagen op aarde besteed aan het vernietigen van zijn archief. Dat was spijtig, maar er was niets aan te doen.

De verdachte verhalen betroffen vooral publicaties over het Oostblok, de plaatsing van kruisraketten en de aanwezigheid van atoomwapens in Nederland. Masser las een verhaal dat Cornelis Altena over de eerste grote protestdemonstratie tegen kruisraketten had geschreven, en hij zag zichzelf weer lopen, met zijn vader, moeder en Mia, op het Museumplein in Amsterdam. Het was 21 november 1981 en hij was veertien. Zijn moeder had een spandoek gemaakt waarop stond dat ze liever een Rus in de keuken had dan een raket in de tuin, iets wat Masser betwijfelde. Bovendien hadden ze geen tuin. Een man uit de woongroep riep 'Raketjes zijn niet netjes' en een andere 'Geen gelul, gebak van Krul'.

Na afloop waren ze naar Bloemendaal gereden, waar opa André hoofdschuddend vaststelde dat zijn dochter en schoonzoon nog steeds naïeve idealisten waren en dat ze niet moesten denken dat de regering nu opeens van plaatsing van de kruisraketten zou afzien. 'Zo werkt het niet,' zei hij. 'Bij het nemen van dit soort besluiten houden ze geen rekening met een paar duizend hippies met spandoeken.' Dat er die dag vierhonderdduizend mensen waren geweest en dat het bij lange na niet allemaal hippies waren, maakte weinig indruk op hem. Hij zei dat het hem niet zou verbazen als de Russen maar wat blij zouden zijn met de demonstratie en dat ze misschien wel hadden meebetaald aan de organisatie ervan. Toen André aan zijn analyse toevoegde dat hij nog niets had vernomen over demonstraties in Moskou tegen de plaatsing van ss20-raketten, stond Carla woedend op en zei tegen Karel dat het tijd was om te gaan.

'Met die man valt niet te praten. Hij blijft een rechtse bal.'

Masser vroeg hoe zijn opa dat allemaal wist, van de Russen.

'Nadenken, jongen,' zei André. 'Logisch nadenken.'

Carla stond al in de deuropening en zei dat hij moest ophouden zijn kleinkinderen te indoctrineren. Toen haar vader vroeg of ze zich daar zelf ook niet schuldig aan maakte, was ze al buiten.

Het probleem van het zelfonderzoek bij *De Nieuwe Tijd* was dat je in veel verhalen mogelijke beïnvloeding kon vermoeden, maar dat het moeilijk was daarvoor bewijs te vinden. Cornelis Altena schreef dezelfde dingen die André destijds ook had opgemerkt – en de horloge-importeur stond heus niet op de loonlijst van de bvd. Maar hij las weer wél de krant – André was inmiddels bijna tachtig jaar geabonneerd op de *De Nieuwe Tijd*. Masser vroeg zich af of zijn grootvader het bewijs vormde van het succes van de stille manipulatie, het gevecht om de opinie van het volk.

'De Russen deden hun best om het linkse deel van de Nederlandse burgerij voor hun karretje te spannen,' zei Masser toen hij met Bonna in Grand Café Brinkmann zat, waar ze hadden afgesproken. 'Dus is het dan zo raar dat de Amerikanen en hun Nederlandse neefjes probeerden de publieke opinie hún kant op te krijgen?'

'Nee,' zei Bonna, 'dat is helemaal niet gek. Als ik destijds opperspion was geweest, en geen journalist, had ik hetzelfde geprobeerd. Maar het gaat er ook niet om of het logisch was wat ze deden. Het gaat erom dat wij, van de vrije, onafhankelijke pers, ons voor dat karretje lieten spannen. Bewust of onbewust, dat staat nog te bezien, maar het gebeurde. Er was een veldslag aan de gang en *De Nieuwe Tijd* was een van de kanonnen, gericht op het oosten. Wij waren zogenaamd onpartijdig, maar in alle stukken die ik onder ogen heb gehad, proef je een sfeer van goed versus kwaad, van de boze Rus die het op ons had gemunt en liefst meteen zou binnenvallen, ware het niet dat de atoomparaplu van de Amerikanen ons beschermde.'

'Maar misschien was dat wel de juiste analyse,' zei Masser. 'Misschien hóéfde de BVD zulke inzichten helemaal niet in te steken en hadden Cornelis Altena en zijn vriendjes het gewoon bij het rechte eind. Of hadden ze in elk geval hun standpunt zelfstandig bepaald, zonder dat ze door de een of andere James Bond en een zak geld op het spoor waren gezet.'

'En dat rapport van Boebie de Witt Wijnen dan? Ze wisten wat er gebeurde binnen de redactie. Dat was toch niet voor niks? Kom op, Masser. Ik merk dat je er genoeg van begint te krijgen. Wat ik me best kan voorstellen, want je hebt nou al een column of acht aan deze kwestie besteed. En jij loopt daar rond op die redactie, dus je ziet wat er gebeurt. Maar doe nou niet alsof er niks aan de hand was, want dat is een vlucht in de naïviteit.'

Masser zuchtte. Hij wist dat Bonna gelijk had, maar de ongrijpbaarheid van de kwestie begon hem op zijn zenuwen te werken. Hij had het gevoel dat ze verzeild waren geraakt in een dichte mist waarin zich ergens een spook uit het verleden ophield – zonder dat er ook maar de geringste kans was het wezen te pakken te krijgen.

'Die hele zoektocht dreigt krankzinnig te worden,' zei hij. 'Ze leggen berichten van drie alinea's onder hun vergrootglas waarin ze de hand van de geheime dienst vermoeden. En wat je zoekt, vind je.'

'Jullie zijn aan de verkeerde kant begonnen,' zei Bonna. 'Als je wilt kun je in het weerbericht ook de hand van de geheime dienst vermoeden. IJskoude lucht uit het oosten, altijd maar uit het oosten.'

'Ze proberen het ook van de andere kant, maar de medewerking is minimaal. Het lijkt alsof ze het in Den Haag ook niet heel erg vinden dat *De Nieuwe Tijd* pijn lijdt en diep door het stof moet.'

Bonna haalde iets uit haar tas en gaf het aan Masser. Het was een kopie van een krantenartikel. De kop luidde ODE AAN DE VRIJHEID BOSTON PHILHARMONIC. 'Uit *De Nieuwe Tijd*. Stuk van Hans Hoed. Heb je hem nog gekend? Gezaghebbend recensent klassieke muziek. Jaar of vijftien geleden overleden.'

Masser begon te lezen. Toen hij klaar was, keek hij Bonna vragend aan.

'Hun tournee werd betaald door de CIA. Dus hoe moet je zulke zinnen lezen? Zat hij ook in het complot?'

'Dat bedoel ik,' zei Masser. 'Het is godverdomme pure paranoia. Straks komen ze ook nog aanzetten met Johan Cruijff. Die ging destijds naar de Washington Diplomats. De Washington Diplomats hè, niet de New York Cosmos. Dus daar zal de CIA wel de hand in hebben gehad.'

Bonna lachte. 'Kom op, Masser. Laten we nog iets bestellen. Denk je dat Joris Schuurman Hess met me zou willen praten? Of schiet hij me meteen dood? Als jij even twee witte wijn haalt, ga ik buiten een sigaret roken. Daarna heb ik nog iets voor je.'

Toen ze terug was, haalde ze een bruine enveloppe uit haar tas en zei: 'De andere kant, dus. Het was even zoeken, maar voilà. Aan jou de eer.'

Joris Schuurman Hess verklaarde dat hij het onderzoeksteam nog een week de tijd zou geven om met concrete bewijzen van manipulatie te komen, en dat hij daarna een punt zou zetten achter wat hij 'de zelfkwelling' noemde.

'We insinueren onszelf de afgrond in,' zei hij. 'De concurrentie zit te schuddebuiken van het lachen. Die krijgen er elke week overgelopen abonnees van *De Nieuwe Tijd* bij. En daarvoor hoeven ze alleen onze eigen verhalen maar te citeren. Straks ben ik de Schuurman Hess die het licht uit mag doen.'

Hij zag er slecht uit, had zijn alcoholconsumptie opgevoerd, was weer gaan roken en kwam niet toe aan een fatsoenlijke maaltijd. Hij weigerde nog langer gevolg te geven aan uitnodigingen van radio- en televisieprogramma's om de situatie bij zijn krant toe te lichten. Masser vond dat een verstandig besluit, want de publieke optredens van Joris Schuurman Hess maakten de toestand er niet beter op. Hij zat als een konijn in de koplampen voor de camera en wekte geen moment de indruk dat hij de zaak onder controle had. De interviewers waanden zich tegenover de hoofdredacteur van *De Nieuwe Tijd* oppermachtige en messcherpe inquisiteurs. Masser kon er niet naar kijken zonder een gevoel van schaamte – het was per slot van rekening zíjn hoofdredacteur.

Er zaten zeven redacteuren rond de tafel van JSH. De stemming was bedrukt. Iedereen wist dat er iets moest gebeuren, maar de meningen over welke kant het op moest verschilden. De onderzoeksjournalisten vonden dat ze nu niet konden stoppen. 'Er lopen nog procedures om overheidsinformatie in handen te krijgen,' zei Caroline Hoekstra. 'Als we die stoppen en dat komt op straat te liggen, staan we in ons hemd. Dan is het net alsof we zijn begonnen met Operatie Doofpot.'

Steven van Maren, sinds een jaar of drie ombudsman, vond dat de krant onmiddellijk moest ophouden met het 'nieren proeven'. 'Misschien nog één groot stuk waarin we uitleggen wat we dénken dat zich heeft voorgedaan, en dan punt. We hebben nu lang genoeg in de vlek zitten wrijven. Met elk verhaal duurt het langer voor we dit achter ons hebben gelaten.'

Joris knikte instemmend. 'En jij, Masser. Wat denk jij?'

Masser keek de kring rond.

Masser, jij bent de belangrijkste columnist. Het uithangbord van een krant in grote nood. Sommige mensen willen doorgaan, andere willen ophouden, onder wie de hoofdredacteur. Het besluit is aan jou. Joris legt het in jouw handen. Je kent hem, hij neemt niet graag beslissingen.

Ik leg het op tafel.

Dan ontploft er een bom.

Er is geloof ik niet zoveel keus.

Jawel. Wat niet weet, dat niet deert.

Ik ben niet de enige die het weet.

Dan moet je ermee naar buiten komen.

Masser zag hoe de aanwezigen verwachtingsvol naar hem keken. Hij schraapte zijn keel. 'Ik heb gisteren een gesprek gehad met iemand die jullie goed kennen,' begon hij. 'Die gaf me een document. In dat document staan dingen die, ehh... hoe zal ik het zeggen... tamelijk schokkend zijn.'

'Van wie kreeg je dat document?' Joris zag hoe nieuwe donkere wolken zich boven zijn krant samenpakten.

'Dat doet er niet toe,' zei Masser.

'En wat staat erin?' Steven van Maren trommelde ongeduldig met zijn vingers op de tafel.

'Eerlijk gezegd twijfel ik eraan of ik dat hier moet zeggen,' zei Masser. 'Het is nogal delicaat.' Hij keek vragend naar Joris.

'Alles wat we hier de afgelopen weken hebben besproken, was delicaat,' zei JSH. 'Ik ga ervan uit dat we kunnen rekenen op de discretie van iedereen die hier aanwezig is. En voor zover ik weet zit er geen afluisterapparatuur in deze kamer.'

Niemand lachte.

'Het betreft informatie over iemand die aan deze tafel zit,' zei Masser. Hij besefte dat hij nu niet meer terug kon.

Je had kunnen zeggen: ik wil eerst met de hoofdredacteur overleggen. Het is heftig. Dat hadden ze goed begrepen.

De man is verlamd.

Jezus tijdens het Laatste Avondmaal. Hij gaat bekendmaken wie de verrader is. Godverdomme. Ik had het Bonna zelf moeten laten opknappen. Ik had moeten zeggen: gooi de rotzooi maar op dat blog van je.

Je dacht aan het belang van de krant. Dat is goed.

Joris Schuurman Hess keek alsof hij vreesde dat Masser op hem doelde. Er vormde zich al een verontschuldigende blik in zijn ogen.

'Misschien moeten wij eerst even onder vier ogen praten,' zei Masser. Hij zag hoe Steven van Maren met zijn vulpen speelde. Hij trok de dop voortdurend omhoog en liet hem weer terugklikken. Hij zag dat Joris Schuurman Hess iets radeloos over zich kreeg.

'Nee,' zei de hoofdredacteur toen. 'Ik wil dat je het hier en nu op tafel legt. Ik ben er klaar mee. Gooi de vuiligheid er maar uit.'

Masser bukte zich en haalde de bruine enveloppe uit zijn tas. Hij was zich ervan bewust dat hij op het punt stond iemands leven te slopen. Hij keek nog eens naar Joris. 'Weet je het zeker?'

'Schiet op,' zei J S H. 'Het lijkt wel zo'n Nederlandse politieserie. Hou me niet langer in spanning.'

Masser schoof de enveloppe zijn kant op. Hij keek naar Steven van Maren, de man onder wie hij zijn loopbaan bij *De Nieuwe Tijd* was begonnen en van wie hij veel had geleerd. Ze waren nooit vrienden geworden, daarvoor was het leeftijdsverschil te groot en daarvoor waren ze beiden te afstandelijk, maar hij had hem altijd graag gemogen.

Hoe oud zou hij zijn?

Hij is hier begonnen in 1978.

Je hebt het nooit gezien.

Bonna wel.

Vrouwen voelen zoiets intuïtief aan.

Echt?

Ze wist waar ze moest zoeken.

Steven van Maren keek naar Masser, terwijl Joris een A4'tje uit de enveloppe viste. Zijn hand trilde. Toen ging Steven van Maren staan. Iedereen keek naar hem, in alle hoofden schoten gevolgtrekkingen heen en weer, behalve in dat van Masser en Steven zelf. Joris legde het witte vel papier nog opgevouwen op tafel en keek met grote ogen van verbazing naar zijn oudste chef, de oogappel van zijn vader. Steven van Maren steunde met een hand op de rand van de tafel.

Je hebt hem de kans gegeven en die gaat hij nu benutten.

Ik heb hem de gifbeker overhandigd.

Hij houdt de eer aan zichzelf. Nou ja, een heel klein beetje dan.

'Ik weet wat er op dat papier staat,' zei Steven. Zijn stem

klonk schril. Hij keek naar Masser. 'Ik weet ook van wie Masser die enveloppe heeft gekregen, al is dat niet echt van belang. Het moest een keer gebeuren.'

'Zeg op, man!' Joris vergat dat hij ook gewoon het papier dat voor hem op tafel lag kon openvouwen om te weten te komen waar Steven op doelde. 'Voor de draad ermee!' Hij haalde een pakje sigaretten uit de zak van zijn colbert.

Steven van Maren keek hem aan. Er stonden tranen in zijn ogen. Hij haalde een hand door zijn dunne haar. 'Op dat papier staat iets, ik weet niet precies wat, maar er staat iets op over mijn liaison met de BVD.' Masser vond het, onder de gespannen omstandigheden, een mooi gekozen woord, liaison. Het had nog iets chics, alsof Steven een legale en moreel volledig toelaatbare adviesfunctie had vervuld bij de geheime dienst, ter voorkoming van de Derde Wereldoorlog.

Er viel een diepe stilte. Joris Schuurman Hess leek te zijn veranderd in een wassen beeld, waarvan de ogen toevallig waren gericht op Steven van Maren. De vier onderzoeksjournalisten keerden hun hoofden beurtelings naar elkaar, om dan weer naar Steven te kijken, in afwachting van nadere mededelingen.

Er speelde een zenuwachtig lachje om Stevens mond. 'Het spijt me,' zei hij. 'Het spijt me oprecht. Ik wist dat dit stuk papier bestond. Ik heb zeker vijfentwintig jaar lang geprobeerd te vergeten dat het bestond, maar ik wist ook dat dit moment zou komen.' Hij keek naar beneden, alsof hij een gat zocht waarin hij kon verdwijnen. Zijn schouders schudden, hij huilde. Daarna draaide Steven een kwartslag en liep wankelend naar de deur. Toen leek hem plotseling nog iets te binnen te schieten. Met de deurklink in zijn hand draaide hij zich om in de richting van de tafel, waar zeven paar ogen hem aanstaarden. 'Ik heb het niet gedaan voor mezelf,' zei hij met een verwrongen gezicht. 'Ik dacht dat ik er goed aan deed.' Toen opende hij de deur en verliet de kamer.

Masser had eenmaal eerder in zijn leven een moment van totale verlamming meegemaakt, een moment dat alleen in loodzware stilte kon stollen en afkoelen tot het enigszins hanteerbaar werd. Dit moment leek erop, al was er niemand gestorven.

Joris Schuurman Hess had zijn sigaret aangestoken en trok eraan alsof hij in hevige zuurstofnood verkeerde. Toen riep hij: 'Bel de politie!'

Die woorden kwamen Masser zo volstrekt absurd voor dat hij een verschrikkelijke lachbui voelde opkomen, die hij maar met moeite kon onderdrukken. Nu richtte de aandacht zich op hem. Het duurde even voor hij zichzelf weer onder controle had. 'Sorry,' zei hij. Hij pakte het papier dat voor Joris op tafel lag en begon voor te lezen.

De Nieuwe Tijd opende de volgende dag met een groot stuk over de mol die zich, vermoedelijk in 1978, op de redactie had genesteld. Het was ondertekend door de vier onderzoeksjournalisten. Misschien hoopten ze zo toch nog een mooie journalistieke prijs in de wacht te slepen, dacht Masser. Hij had die avond eerst zijn column geschreven, hopend dat het voorlopig zijn laatste over de kwestie zou zijn. Daarna belde hij Steven van Maren en kreeg diens vrouw. Hij hoorde aan haar stem dat ze hevig geëmotioneerd was.

'Ik wil Steven graag spreken,' zei Masser.

'Ik geef hem,' zei ze. Masser hoorde dat ze zijn naam riep.

'Hoe is het,' vroeg Masser, die niet wist hoe hij anders moest beginnen.

'Kon beter,' zei Steven.

'Snap ik. Maar je kunt dit soort akkefietjes niet snel genoeg achter je laten. Zo belangrijk is het nou ook weer niet.' De jarenlange training in ironie wierp zijn vruchten af. 'Ik wilde je iets vragen.'

'Vraag.'

'Ik zou je graag interviewen. Ik interview nooit meer iemand, maar nu wil ik je heel graag spreken. Ik wil je interviewen en ik wil dat je alles vertelt. En dan bedoel ik ook echt alles. Schoon schip. Niks achterhouden. De blote gore waarheid. Wat je heeft bewogen, wat je hebt gedaan, wie er nog meer bij waren betrokken.'

'Ik weet niet of ik dat wil.'

'Ik zei dat het een vraag was, maar eigenlijk is het dat niet. Het is een eis. Ik kom morgen bij je langs, om tien uur, en ik neem iemand mee. Je weet vast wel wie. Dan gaan we zitten, we zetten het bandje aan en dan ga jij godverdomme praten. Begrijp je wat ik bedoel, Steven?'

Masser verbaasde zich over zijn eigen toon. Hij kon zich niet herinneren dat hij ooit zo tegen iemand had gesproken. Het moest de woede zijn, het feit dat hijzelf misschien ook was gebruikt, dat Steven van Maren hem óók had genaaid, ook al was de Koude Oorlog voorbij toen hij, Masser, werd aangenomen bij *De Nieuwe Tijd*. En het was de behoefte toegang te krijgen tot de geest van iemand die iets had gedaan wat hij zich in de verste verte niet kon voorstellen. Hij voelde de nieuwsgierigheid die Truman Capote ertoe moest hebben gebracht moordenaars te interviewen en *In Cold Blood* te schrijven.

'Goed,' zei Steven. 'Morgen om tien uur. Maar niet bij mij thuis. Kom maar naar hotel Posthoorn, hier in Monnickendam. Annemarie trekt het niet als jullie hier komen. Ze is kapot.'

Die zaterdag verscheen het interview met Steven van Maren, van de hand van Bonna Glenewinkel en Masser Brock. Het besloeg vier volle pagina's. Steven van Maren had zich aan de opdracht gehouden en alles verteld wat er verteld moest worden. De lezer kreeg inzicht in de gedachtewereld van een man die ervan overtuigd was dat *De Nieuwe Tijd* een rol had te spelen in het gevecht tussen de grootmachten van de wereld, maar ook in de huiskamers van brave Nederlandse burgers, in de geest van miljoenen individuen. Hij was ervan overtuigd dat hij aan de goede kant had gestaan en dat het laf zou zijn geweest zich aan de strijd te onttrekken. Hij wilde er een bijdrage aan leveren, en dat had hij gedaan. Hij had de werkelijkheid zo goed mogelijk naar zijn hand gezet, niet verdraaid – of hoogstens een enkele keer – maar gekleurd. Hij had een paar schoten afgevuurd in de propagandaoorlog, zonder precies te weten of hij iets had geraakt. Hij had verslaggevers gestuurd en de krant subtiel gemanipuleerd. De wereld was er vermoedelijk niet echt door veranderd, de historie had zich waarschijnlijk weinig aangetrokken van de inspanningen van Steven van Maren uit Monnickendam, maar hij had in elk geval een minuscule bijdrage geleverd, een 'kiezelsteentje verlegd in de rivier', zoals hij het uitdrukte. Hij had er spijt van dat hij collega's jarenlang had voorgelogen en hen voor zijn karretje had gespannen, maar hij had geen spijt van de keuze die hij had gemaakt. Hij hield vol dat hij alleen had gewerkt, 'ik heb in elk geval nooit gehoord dat er meer jongens zoals ik waren'.

Het verhaal was de laatste paukenslag van een tragische symfonie. Het leek alsof iedereen opeens genoeg had van de manipulatieverhalen. Andere kranten en radio- en televisiezenders pakten nog één keer uit met de gebeurtenissen bij *De Nieuwe Tijd*, maar ze beseften dat ook op hún redacties ongetwijfeld Steven van Marens hadden rondgelopen, en dat zorgde opeens voor een zekere terughoudendheid. Als *De Nieuwe Tijd* beschikte over harde bewijzen van infiltratie op de eigen redactie, dan was er waarschijnlijk ook wel iets vastgelegd over de aanwezigheid van sjoemelaars bij andere media. Op internet ging het social media-gepeupel nog één keer los, maar ook daar sloeg de verveling al snel toe. Vergeleken met de onthullingen waarmee Wikileaks eerder was gekomen, leek de affaire-Steven van Maren bijna amateuristisch.

Die vormde natuurlijk maar een heel klein deel van iets veel groters, van groteske pogingen van de westerse veiligheidsdiensten om door wijdverspreide manipulatie het communistische gevaar te bestrijden en de vrije wereld te beschermen. Dat kwam wel ter sprake, maar het maakte bij het publiek weinig indruk. Het ging over een voorbije oorlog, en inmiddels eisten nieuwe slagvelden de aandacht op. Het was een verhaal over vroeger, en omdat vroeger inmiddels een woord was geworden waarmee kon worden verwezen naar iets wat zich drie jaar geleden had voorgedaan, stond een affaire uit de jaren zeventig en tachtig van de vorige eeuw ongeveer gelijk met de kruistochten. Er was inmiddels een hele generatie opgegroeid die geen flauw benul had van wat de Koude Oorlog was.

Bonna en Masser zagen door het raam van de gelagkamer hoe Steven van Maren wegfietste. Hij trapte langzaam, als een hoogbejaarde.

'Kijk nou,' zei Bonna. 'Een man, vernietigd door zijn principes.' Er was geen leedvermaak in haar stem, alleen medelijden.

Een week later werd Masser gebeld door Annemarie van Maren. Ze was hysterisch. Hij kon haar eerste woorden niet verstaan, ze werden gesmoord in gehuil, een soort wolfachtig gejank. Toen hoorde hij: 'Hij is voor de trein gesprongen. Er kwamen hier een paar uur geleden twee agenten aan de deur. Hij is dood.'

Er trok een rode gloed voor Massers ogen. Hij moest gaan zitten, omdat hij voelde dat zijn benen het begaven.

'Hij is vanochtend weggegaan, op zijn fiets. Hij moest eruit, zei hij. Hij kuste me, voor het eerst in tijden. Hij hield mijn hoofd even vast. Ik had moeten begrijpen wat hij van plan was. Hij is voor de trein gesprongen, even voor Hoorn. Zijn fiets stond tegen een boom. Hij had hem op slot gezet. Ze wilden dat ik hem kwam identificeren, maar ik durfde niet.' Daarna begon het huilen weer. Tot ze even pauzeerde, alsof ze de woorden die ze nu ging uitspreken nog even moest rangschikken, om ze op hun scherpst te kunnen uitspreken, om er zeker van te zijn dat ze doel zouden treffen. 'Het is jouw schuld, Brock. Jouw schuld en die van Glenewinkel.' Het klonk opeens kalm, koud, berekenend. 'Ik hoop dat jullie hiervoor gestraft zullen worden.'

Toen werd de verbinding verbroken. De gedachte dat de zaak beter bedekt had kunnen blijven, dat helemaal niemand baat had gehad bij de waarheid die boven water was gekomen, drong zich heftig aan Masser op.

Hij belde Bonna.

XV

Vaandelvlucht

Charles Schuurman Hess II onderzocht zijn garnalenkroketje zorgvuldig op de aanwezigheid van garnalen. Bonna Glenewinkel speelde met haar aansteker en Masser staarde in zijn glas witte wijn. Hein de sint-bernard lebberde water uit een bakje dat de ober voor hem had neergezet. 'Eentje,' zei CSH. 'Het is toch godverdomme een schande.' Hij wees met de punt van zijn vork naar een klein garnaaltje. 'Er staat toch duidelijk *garnalen*-kroket op de menukaart. Meervoud. En zo word je overal genaaid, zelfs hier.'

Het was een mooie junidag en een kilometer of twintig noordelijker werd Steven van Maren, of wat er van hem over was, begraven. Zijn weduwe had nadrukkelijk verklaard geen prijs te stellen op de aanwezigheid van collega's of oud-collega's van haar man. Masser had nog overwogen haar een brief te schrijven, maar had daarvan afgezien. Later wellicht, dacht hij. Hij wist dat het er nooit van zou komen.

We zitten erbij als drie bankrovers na een mislukte overval.

Met één slachtoffer.

Dit is jullie eigen rouwbijeenkomst.

De afspraak stond al.

Toeval bestaat niet.

'Arme jongen,' zei Bonna. Ze keek naar Masser. 'Voel je je schuldig?'

'Ik geloof het wel.'

'Onzin,' zei Charles Schuurman Hess. 'Je moet dingen niet door elkaar halen. Die zaak moest worden onderzocht en het is goed dat het boven water is gekomen. Dat die Van Maren vervolgens voor de trein springt, is zijn eigen besluit geweest. Niet de consequentie van dat onderzoek. Daar moet je scherp onderscheid in maken. Godverdomme, en ook nog voor de trein, hoe haalt hij het in zijn kop. Ik vond het altijd zo'n verstandige jongen. Iemand die de zaken goed op een rijtje had.'

'Jij hebt er ook last van, Charles,' zei Bonna. 'Ik hoor het aan je.'

'Klopt,' zei CSH. 'Maar je moet rationeel blijven bij dit soort rampen. Geen lijntjes trekken die er niet zijn. Anders draai je door.'

'Ik weet het niet,' zei Masser. 'Ik zeg steeds tegen mezelf: er is hier maar één man verantwoordelijk voor. Maar dan is er meteen een stem die antwoordt: was dit het waard? Als jullie het nou gewoon hadden laten rusten? Ik zie steeds die twee dochters van hem voor me. Leuke meiden.'

'Hou op, Masser.' CSH keek hem indringend aan. 'Gooi het van je schouders. Die jongen heeft jou ook verraden, hij heeft de hele krant in de maling genomen, met mij erbij. Hij heeft ons godverdomme gewoon voor lul gezet, met z'n rare plannetjes.' Hij wenkte naar de ober. 'Het is ook gewoon een klootzak hè. Een dode klootzak. En een laffe, want hij had de consequenties ook gewoon levend kunnen ondergaan. Iedereen springt maar voor de trein tegenwoordig. Slappelingen.'

Masser merkte dat CSH's woorden hem hielpen. Misschien moest hij ook gewoon woedend worden, in plaats van medelijden en schuld te voelen.

'Met de postume excuses aan Cornelis Altena,' zei Bonna. 'Ik dacht echt even zeker te weten dat hij degene was die zich had laten inpalmen. Is ook gebeurd, trouwens. Alleen wist hij het niet.'

'Jij wist het ook niet,' zei Masser. 'En ik evenmin. Ik had het geluk dat ik te laat bij de krant kwam. Hoe noemde Helmut Kohl dat ook alweer? *Die Gnade der späten Geburt.* Toen ik kwam zat zijn werk er al op. Hij had gewonnen.'

'Goed,' zei Charles Schuurman Hess na een lange stilte, 'volgende probleem.'

Er sloop opluchting Bodega Keijzer binnen. Masser wist niet precies hoe dat kwam. Misschien hernam het beroepsmatige cynisme van de journalist zijn plaats, die verdedigingslinie tegen de ellende van de wereld die dag in dag uit over het scherm trok en waarvan maar een heel klein deel de krant haalde of op een andere manier naar buiten kwam, die zich opstapelde in het brein van de journalist en alleen te hanteren viel door er hard om te lachen en zieke grappen over te maken. Hij herinnerde zich de keren dat hij als jonge journalist geschokt telexen had voorgelezen waarin verslag werd gedaan van bootrampen in India of epidemieën in Afrika, met honderden doden. Er werd met een schouderophalen op gereageerd, of met de opdracht er een kort berichtje van te maken – dat dan meestal de krant niet haalde. Eerst begreep hij dat niet. Later wel. De journalist moest afstand houden tot de wereld, anders werd hij gek.

Toen hij een paar jaar bij *De Nieuwe Tijd* werkte, slachtten in Rwanda de Hutu's een paar honderdduizend Tutsi's af. Er werden grappen gemaakt over de namen van de stammen en na een paar weken zei Steven van Maren dat hij nou wel klaar was met de gedetailleerde beschrijving van de wreedheden, dat het bloed dagelijks van de pagina's droop en dat er klachten binnenkwamen van de abonnees. Die wilden bij het ontbijt niet lezen hoe iemands ledematen met een machete werden afgehakt. Daarna zag Masser hoe de berichtgeving van de verslaggeefster ter plekke dieper de krant in verdween, hoe haar stukken steeds sterker werden ingekort en hoe ze ten slotte werd teruggeroepen, hoewel het geweld nog steeds doorging. Het was voor het eerst dat hij zich realiseerde dat journalisten naar de wereld keken alsof het een toneelstuk was.

'En kom dan nu maar met het volgende probleem,' zei Bonna toen de ober de lunch had gebracht en een nieuwe fles wijn.

CSH schraapte zijn keel, kennelijk was er echt iets aan de hand. 'Ik heb gisteravond met Joris gesproken,' zei hij. 'Niet via de telefoon, zoals gewoonlijk, maar bij hem thuis. Hij was in een niet al te vrolijke bui. De hele affaire heeft hem sterk aangegrepen, mogen we wel zeggen.'

'Logisch,' zei Masser. Joris had zich al een aantal dagen niet meer op de krant laten zien. 'Hij heeft de nachtmerrie van elke hoofdredacteur meegemaakt. Dat gaat je natuurlijk niet in je kouwe kleren zitten.'

'Het is erger,' zei CSH. 'Ik ben geen psychiater, maar volgens mij is hij zwaar depressief. Ik had gehoopt dat hij me een paar plannen zou voorschotelen over hoe we de boel weer op de rails kunnen krijgen, een herstelproces van *De Nieuwe Tijd*, zeg maar. Gewoon, wat een leider moet doen als er een crisis is geweest. Maar hij zat verdomme maar wat te janken op de bank.' Je kon horen dat de scène CSH meer had aangegrepen dan hij wilde toegeven.

'Ik zei: Joris, knal er een fles whisky in, ga flink naar de hoeren, weet ik veel, maar ga hier niet zitten janken alsjeblieft. Al je voorvaderen keren zich om in hun graf, op eentje na, want die leeft nog. Een Schuurman Hess grient niet, die slaat met zijn vuist op tafel en gaat aan het werk. De wereld weer naar zijn hand zetten, rechtbuigen wat krom is. Wees een vent! Dóé iets! Er zijn een paar duizend abonnees weggelopen, zorg dat ze met hangende pootjes terugkomen, dat suffe stelletje moraaltheologen.'

'Fijn, zo'n vader,' zei Bonna.

CSH reageerde niet. 'Ik kwam er niet doorheen. Hij bleef me maar aankijken met die betraande, wanhopige ogen van hem. Ik weet niet waar hij dat slappe van heeft. Het moet haast wel van mijn vrouw zijn, die komt uit een familie van onderwijzers en ambtenaren. Mijn vader had me een klap voor mijn kop gegeven als ik me zo had gedragen, maar dat doe je tegenwoordig niet meer.'

'Hij wil er dus mee ophouden,' zei Bonna.

'Ophouden?' Masser keek CSH verbaasd aan. 'Ik dacht dat dat helemaal niet kon, vanwege de familievoorschriften en die stichting en zo.'

'Klopt,' zei Charles Schuurman Hess. 'Maar dat argument doet niet meer ter zake. Joris heeft me gisteren meegedeeld dat hij opstapt en dat hij dat binnenkort naar buiten zal brengen. Hij zal er wel een mooi verhaal bij verzinnen over zijn verantwoordelijkheid nemen of zoiets, maar het komt erop neer dat hij de krant wil verkopen, ergens in Italië wil gaan wonen en nooit meer iets van zich wil laten horen.'

Masser zag hoe CSH's hand trilde. Zoals hij zich verantwoordelijk voelde voor de dood van Steven van Maren, zo besefte Charles op zijn beurt dat hij degene was die met het in gang zetten van het manipulatieonderzoek de bijl aan de wortel van *De Nieuwe Tijd* had gezet. En die van de onverbrekelijke band tussen die krant en zijn familie een zijden draad had gemaakt. CSH keek hulpeloos de tafel rond.

'Maar kan hij in zijn eentje besluiten de krant te verkopen?' Bonna klonk zakelijk. 'Heb jij daar niks over te zeggen?'

'Juridisch niet,' zei CSH. 'Op het moment dat ik aftrad als directeur-hoofdredacteur is de zeggenschap over de krant overgegaan op Joris. Zoals dat bij mijn vader en mij ook is gegaan. Dat was allemaal vastgelegd door Charles Schuurman Hess de

Grote. Die was als de dood dat het zo'n familiebedrijf zou worden waarin allerlei neefjes met aandelen en Ferrari's het geld opmaken met feestvieren in Saint-Tropez en lekkere wijven.'

'En de eis dat er een Schuurman Hess aan het roer moet staan?' Masser kon niet geloven dat de krant waarvoor hij werkte en die al bijna een kwarteeuw een belangrijk deel van zijn leven uitmaakte binnen afzienbare tijd in handen zou vallen van een andere uitgever. Of, erger, van zo'n hedgefonds dat *De Nieuwe Tijd* zou leegtrekken en daarna doorverkopen aan de hoogstbiedende.

'Dat wordt werk voor advocaten,' zei CSH. 'Formeel bestaat die eis, maar wat niet kan, kan niet. Als Joris er de brui aan geeft, is er geen andere Schuurman Hess beschikbaar en dan wordt alles anders. De oude Charles heeft lang over zijn graf geregeerd, maar nu bijt hij in het stof. Ik had godverdomme nog een zoon moeten maken. Ik vrees dat we hier het einde van een tijdperk meemaken.' Hij nam een slok, er trok een zenuwtrilling over zijn wang.

'Misschien moet je zelf weer aan de bak,' zei Bonna.

CSH maakte een wegwerpgebaar. 'Te oud. Te moe. Te bijna dood. En mijn vrouw vermoordt me. En afgezien daarvan: Joris gaat voor het geld, niet voor de krant.'

'En die stichting, hoe heet-ie, De Goot?'

'Ín De Goot,' zei CSH nadrukkelijk. Hij stond op, tegelijk met Hein de sint-bernard.

Charles vertrok en liet Bonna en Masser in lichte verbijstering achter. Bonna stelde voor een wandeling door het Vondelpark te maken. Ze liepen een tijdje zwijgend naast elkaar. Bonna blies rook naar de hemel, Masser probeerde wat hij zojuist had gehoord op een rijtje te krijgen. Hij overwoog te gaan praten met Joris, misschien kon hij hem op andere gedachten brengen. Maar het beeld dat CSH had geschetst van Joris' gemoedstoestand maakte dat hij niet al te optimistisch was over de kans dat hij daarin zou slagen. Bovendien leek het hem waarschijnlijk dat Joris hem medeverantwoordelijk zou achten voor de situatie waarin hij was beland.

'Begrijp jij Joris? Ik bedoel: snap jij waarom hij er een punt achter wil zetten?' Hij keek Bonna aan.

'Zeker,' zei ze. 'Ik snap heel goed dat er een moment kan komen waarop je denkt: nu ben ik weg. Volgens mij heeft hij nooit van zijn werk gehouden. Hij heeft nooit de bevlogenheid van zijn vader gehad. Hij was er neergezet en het geld was goed. En het verschafte hem aanzien. Maar een echte courantier is hij nooit geweest.'

Masser moest lachen om dat woord, dat hij al een hele tijd niet meer had gehoord. 'Dus je denkt dat het doorgaat, de verkoop?'

'Dat denk ik wel, ja.'

'En dan?'

'Dan is er weer een stukje vaderlandse krantengeschiedenis voorbij. Op zichzelf geen ramp. Zo gaan die dingen, daar moet je niet al te dramatisch over doen. Misschien is dat hele concept, een familie die een krant in eigendom heeft en er ook nog van vader op zoon de hoofdredacteur voor levert, wel achterhaald. Iets uit de twintigste eeuw, misschien wel uit de negentiende. Het heeft bijna tachtig jaar geduurd, dat is al heel lang.'

Masser voelde een diepe droefheid omhoog golven. Hij wees naar een bankje. 'Zullen we daar even gaan zitten? Ik moet je iets voorleggen.'

Masser vroeg of Bonna de naam Jeroen Weenink kende. Dat was niet het geval.

'Jeroen Weenink is de jongen die die aanslag in Pantsjagan heeft overleefd. Vier jongens dood, hij leeft.'

'O, die. Ik was zijn naam vergeten.'

'Hij komt regelmatig bij me thuis. Of bij mijn neef Jimi, moet ik eigenlijk zeggen.' Hij merkte dat Bonna's belangstelling was gewekt.

'En?'

'Hij zat bij Jimi op de vakschool voor horlogemakers. Daarna heeft hij getekend als beroeps en is hij op een gegeven moment naar Pantsjagan vertrokken. En nu is hij weer terug op school.'

'Opmerkelijke switch.'

'Ja, hè.'

'Maar wat doet hij bij Jimi?'

'Jimi is geobsedeerd door horloges. En ik heb het idee dat die Jeroen bij hem in therapie is. Zijn leven is uit de rails gelopen. Misschien geven horloges hem houvast.'

'Verstandig. Fijn, zo'n vriend.'

'Een week of wat geleden heeft hij me iets verteld.'

'Want hij wist dat jij journalist bent.'

'Ja.'

'Wat?'

Masser aarzelde. De jongen had hem iets in vertrouwen verteld en nu stond hij op het punt hem te verraden. Maar hij moest het aan iemand kwijt. Het verhaal van Jeroen hield hem uit zijn slaap, bezorgde hem hoofdpijn, leek een tumor van woorden in zijn brein. En de enige die hij volledig vertrouwde was Bonna. 'Dat hele verhaal van die vier jongens die slachtoffer zijn geworden van islamitische terreur is gelul. Die hele nationale rouwtoestand, die toespraak van de premier, de koning in zijn gala-rouwuniform... Allemaal bullshit. Het was allemaal fake.'

'Zijn die jongens niet dood?'

'Morsdood. Maar ze zijn niet gevallen in de strijd tegen terreur. Die pantserwagen van ze zat boordevol heroïne. Bestemd om met een toestel van de Koninklijke Luchtmacht naar Nederland te worden gebracht en daar de junks te voorzien van prima spul uit Pantsjagan.'

'Wát?'

Bonna gooide haar sigaret weg en haalde meteen een nieuwe uit haar pakje. Masser kon een lichte tevredenheid over haar verbazing niet onderdrukken. 'Precies zoals ik het zeg. Het was gewoon een ripdeal. Concurrerende smokkelbendes. Gedoe over geld, niet nagekomen afspraken, weet ik veel. Zeker twee van die gedode jongens waren actief betrokken bij de handel. En ze waren niet de enigen.'

'En die vriend?'

'Die wist dat het gebeurde, maar niet dat hij bezig was met het vervoer.'

'Masser! Weet je wat je hier in handen hebt? Iets explosiefs. De val van het kabinet, op zijn minst. De koning die volkomen voor schut gaat. Mot met de coalitiegenoten, met de vs. *This is huge!* Wat ben je van plan?'

'Nog niks. Ten eerste heb ik maar één bron. Die me verzekert dat er op de hele wereld niemand te vinden zal zijn die dit gaat bevestigen. En ten tweede is er onder de weinige mensen die vermoedelijk ook weten wat zich daar écht heeft afgespeeld, iemand die ik vrij goed ken.'

'Dan heb je dus twee bronnen.'

Ze ruikt bloed.

Je wilt haar raad.

Maar niet dat ze zich erop stort. Tenminste, nu nog niet.

'Ik moet erop kunnen vertrouwen dat wat ik je vertel tussen ons blijft,' zei Masser.

'Je zus weet het ook,' zei Bonna. 'Ik snap dat dat gevoelig ligt.' Ze begon flink te hoesten.

'Verdomme, Bonna,' zei Masser.

'Zo ingewikkeld is dat niet.'

'Wat moet ik doen? Ik kom er niet uit. Die jongen raakt zwaar in de problemen als dit naar buiten komt. Die wordt kapotgemaakt door Defensie en kan het verder schudden met zijn leven. Zelfs als ik zou kunnen bewijzen dat hij gelijk heeft, zullen ze hem dit nooit vergeven. Dat is één. Ten tweede...'

'Heb je er met Mia over gesproken?'

'Nee. Ik weet niet of ik dat moet doen.'

'Waarom niet?'

'Als ze ontkent, weet ik dat ze liegt. Als ze het verhaal bevestigt, kan ik weinig anders doen dan het publiceren. Wij Brocks hebben een hoge arbeidsmoraal en een geweten. Maar ik ben vooral doodsbang dat het alles tussen ons kapot zou maken. Dat ik word vermorzeld door de lawine die ik zelf heb ontketend.'

'Oké. Snap ik. Maar hoe zit het met haar, qua geweten en zo?'

'Ze is loyaal aan de premier.'

'Ze is zijn consigliere.'

'Noem het zoals je wilt. Maar als ze het bevestigt en ik gooi het op straat, vernietig ik haar carrière. Ze is de moeder van Jimi en ik weet niet wat er tussen ons zal gebeuren als ik uit naam van mijn journalistieke integriteit zijn moeder aan het kruis nagel.'

'Ik zou het wel weten.'

'Wat dan?'

'Ik zou je haten.'

'Nou, dat helpt. Wat zou jij doen, in mijn plaats?'

'Daar zou ik geen seconde over hoeven nadenken.' Masser vreesde het ergste.

243

'Ik zou mijn kop houden,' zei Bonna. 'In elk geval tot ik dit zou kunnen oplossen zonder mijn geliefden te beschadigen, of een jongen die toch al voorgoed is beschadigd. Dat lijkt me wel voldoende.'

Masser sloeg zijn arm om Bonna's schouders en kuste haar op haar wang.

'Dank je wel,' zei hij.

'Maar misschien dat ik er zelf toch eens in duik,' zei Bonna. 'Gewoon, uit interesse. Ik beloof je dat ik niks naar buiten breng zonder dat ik het tegen je zeg.'

'Ik had mijn kop moeten houden. Ik wist het wel. Het is te lekker, hè?'

'Het is lekker. Het is spectaculair. Het is het beste verhaal dat ik in al die jaren heb gehoord. Veel beter dan dat spionage-geneuzel van die Van Maren. Het is een misdaad tegen de journalistiek om dit zomaar te laten lopen. Ik word er geil van, op mijn oude dag.'

'Doe me maar een sigaret,' zei Masser.

Je wist dat ze dit zou antwoorden.

Ik moest het kwijt.

Je moest het idee kwijt dat je er niks mee deed. Nu ligt het op haar bordje. Jij wast straks je handen in onschuld.

Ik had moeten zwijgen.

Dat wilde je niet.

Ze gaat het niet rond krijgen.

Je weet wel beter. Ze heeft alles wat jij niet hebt. Ze is bezeten, ze bijt zich vast.

Ze houdt van sensatie.

Belangrijkste eigenschap van elke journalist.

Als het moet, verraadt ze jullie vriendschap. Nieuws gaat voor alles.

Geloof ik niet.

XVI

Het diner

Masser had de tafel feestelijk gedekt. Hij had het zilveren be-
stek uit de zwarte doos gehaald en in plaats van het IKEA-ser-
vies zijn Gien-borden neergezet, die hij ooit had gekocht in
Frankrijk maar die al jaren ongebruikt in een kast stonden.
Hij had de hele dag in de keuken gestaan om Jimi's favoriete gerechten te bereiden. Hij was geen groot kok, maar door
zich nauwgezet aan de instructies in het kookboek te houden,
slaagde hij er meestal wel in iets op tafel te zetten dat de waar-
dering van de aanwezige gasten kon wegdragen. Meestal kook-
te hij uit Marcella Hazans *De klassieke Italiaanse keuken*. In dat
kookboek gingen de recepten niet vergezeld van foto's, zodat
hij niet teleurgesteld kon worden.

Het was 30 mei, de dag waarop Jimi vierentwintig werd.
Behalve zijn moeder had hij ook zijn overgrootouders, zijn
grootouders en Jeroen Weenink uitgenodigd. Dat maakte het
diner gecompliceerd, want Massers moeder was vegetariër,
Martha Genovesi was allergisch voor gluten, diverse kleur- en
smaakstoffen, broccoli, kaas, komkommer en nog een tiental
andere ingrediënten, Jeroen Weenink had in Pantsjagan een
weerzin tegen rijst opgedaan, en André vond een diner pas
geslaagd als zwaardvis deel uitmaakte van het hoofdgerecht,
bij voorkeur met salmoriglio. Het geheel werd afgesloten met
zelfgemaakt Italiaans sorbetijs. Masser zelf had na een dag
afzien in de keuken vooral zin in een groot bord patat met

mayonaise en een frikandel.

Onder het koken had Masser het met Jimi over de aanwezigheid van Jeroen en Mia. 'Denk je dat hij de toespraak van Tup ter sprake zal brengen?'

'Dat doet hij niet.'

'Hij weet dat je moeder hem heeft geschreven.'

'Ja, maar hij begrijpt ook wel dat ze hier zit als mijn moeder, niet als Tups speechschrijver.'

Jimi had Mia verteld dat de enige overlevende van de aanslag in Pantsjagan ook aan tafel zou zitten, en daar had ze tamelijk neutraal op gereageerd. Het leek haar 'interessant'.

'Heb je het met haar gehad over wat Jeroen ons heeft verteld?' vroeg Masser.

'Nee, natuurlijk niet.'

Er schoot een steek van schuldgevoel door hem heen. Hij was minder discreet geweest.

'Mia is een professional,' zei Jimi.

'Ze gaat ervan uit dat de zaak stevig is dichtgetimmerd,' zei Masser. 'Ze denkt dat straks aan tafel alleen zij en Jeroen op de hoogte zijn.'

'Ik heb het gevoel dat ze die hele toestand met die dode en halfdode jongens achter zich heeft gelaten,' zei Jimi. 'Ze is alweer met andere dingen bezig. Ik vind dat ze verandert.'

'Hoezo?'

'Ze lijkt altijd ver weg. Ze kon altijd al heel zakelijk zijn, maar dat is nu nog erger geworden. Het is alsof een deel van haar brein voortdurend bezig is met andere dingen. Dat werk vreet haar op.'

'Het is ingewikkeld,' zei Masser, en hij wist zelf niet precies waar hij op doelde, op het werk van Mia of op de tafelsetting. Hij gaf Jimi een bolletje knoflook. 'Drie teentjes en dan in plakjes.'

Er hangt straks iets loodzwaars boven de tafel.
Maak er een gezellige avond van.
Zo zwaar dat je het moet kunnen voelen.
Flink doorschenken, maar niet té veel.
Als Mia naar je kijkt weet ze dat je alles weet.
Ik trek mijn pokerface.
Die heb jij niet.
Ik doe de bediening.

André en Martha Genovesi arriveerden als eersten. 'We dachten: we komen wat eerder, dan kunnen we Masser rustig het grote nieuws vertellen,' zei André.

'Ja,' zei Martha, 'zelfs Carla weet het nog niet. Het is vanmiddag pas rondgekomen.' Masser keek zijn grootouders nieuwsgierig aan.

'We gaan verhuizen,' zei André. 'We hebben de villa in Bloemendaal verkocht en een appartement aangeschaft in Amsterdam. Als je ouder wordt moet je zorgen dat je wat dichter bij de mensen zit. En bij de andere leuke dingen, zoals restaurants en theaters. Is toch zo?'

Masser moest lachen. 'Groot gelijk,' zei hij. 'Wanneer is de verhuizing? Ik wil graag nog een keer rondkijken in het huis in Bloemendaal. Checken hoe het met mijn herinneringen gaat. Die liggen daar opgestapeld. Heb je een appartement met garage?'

'Uiteraard,' zei André, 'dat was een harde voorwaarde. Een beveiligde garage. Er staat wél een Bentley in.'

Een halfuur later waren alle gasten er. Terwijl Jimi zijn cadeaus stond uit te pakken, ging Masser rond met champagne. Uit de speakers klonk Miles Davis' 'My Old Flame'. Een van Andrés favoriete verhalen was dat hij in 1945 of 1946 samen met Davis wijn had staan drinken in La Palette, een café in de rue de Seine in Parijs. Masser hoopte dat de muziek nieuwe herinneringen zou opwekken en dat André verhalen zou gaan vertellen.

Karel en Carla waren boven, op Jimi's zolder. Mia zat in een hoek van de kamer, ze was in gesprek met Jeroen. Masser deed zijn best te horen waarover ze het hadden, maar hij had Miles te hard gezet.

Hij weet dat ze heeft gelogen en zij weet dat hij dat weet.

Vreemd gesprek.

Misschien hebben ze het over zijn toekomstplannen.

Mia weet dat hij haar kan vernietigen, dat hij het kabinet kan laten vallen, dat hij de koning voor gek kan zetten.

Kijk, hij lacht ontspannen.

Toen Carla en Karel weer beneden waren, tikte Masser met een mes tegen zijn champagneglas. 'Ik wil iets zeggen over onze jarige horlogemaker,' begon hij. 'Sinds enkele maanden woont hij in dit huis, en ik ben erg blij met deze huurder.' Jimi was naast hem komen staan en keek de aanwezigen verlegen aan. Masser ging verder. 'Hij is een gehoorzame jongen, hij werkt hard en hij gaat op tijd naar bed. Hij komt nooit dronken thuis en tot dusver heb ik ook nog geen meisjes de trap op zien gaan.'

'Boe!' riep André.

'Maar dat komt wel,' zei Masser. 'Jimi, nogmaals van harte, en dat we het hier nog maar een tijdje samen mogen uithouden. En dan ga ik nu naar de keuken voor het voorgerecht. Aan tafel!'

Masser had lang nagedacht over de tafelschikking. Uiteindelijk had hij besloten dat het het veiligst was als hij Jimi tussen zijn vriend en zijn moeder zou neerzetten. André zat aan het ene eind van de tafel, Masser aan het andere. Aan zijn rechterhand zat Mia, aan zijn linker Martha. André had Jeroen aan zijn linkerhand, en zijn dochter aan zijn rechter.

André houdt Jeroen aan de praat en ik Mia. Zo wordt de kans op een gesprek tussen Mia en Jeroen verkleind en daarmee de kans op ongelukken, fatale versprekingen of door de alcohol ingegeven vrijmoedigheid.

Hij wil het er niet over hebben, en Mia al helemaal niet.

Ik zal blij zijn als deze avond voorbij is.

Inderdaad begon André opgewekt te converseren met Jeroen, die duidelijk onder de indruk was van de honderdeenjarige die de plannen van zijn vriend financierde en die was komen voorrijden in een Bentley van ver voor Jeroens geboortejaar – met chauffeur.

'We hadden natuurlijk nooit naar Pantsjagan moeten gaan,' hoorde Masser André met grote stelligheid beweren. 'Je ziet wat ervan komt.' Martha keek verwijtend, maar daar trok André zich niks van aan. 'Wat jij, Jeroen?'

Christus, dat was geen goed idee.

Die ouwe is zo recalcitrant als een puber van zestien.

Hij zag dat Mia luisterde naar het antwoord van de jongen.

'Ik wist wat ik deed toen ik erheen ging. Ik kende de risico's,' zei hij.

Masser schonk zichzelf en Mia bij. 'Hou je het vol?'

'Wat bedoel je?'

'Het politieke leven. Je rol in het centrum van de macht. De luimen van Tup.'

'Het is zwaar. Maar ook verschrikkelijk boeiend. Ik leer elke dag iets nieuws.'

'Hou je een dagboek bij?'

'Hoezo?'

'Kun je later je memoires schrijven. Aan de zijkant van de macht.'

'Doe ik niet.'

'Je kunt toch niet alles opschrijven,' zei Jimi. Hij keek zijn moeder lang aan en Masser dacht dat hij haar uitdaagde.

'Klopt,' zei ze.

Terwijl hij naar de keuken liep om de zwaardvis te gaan bereiden, hoorde hij André Jeroen vertellen over Miles Davis en Juliette Gréco, en hoe hij op een avond in de rue de Seine had staan luisteren naar hun heftige liefdesspel in hotel La Louisiane. Hij hoorde Jeroen lachen. 'Het wordt steeds sterker pap,' zei Carla, die het verhaal uit haar hoofd kende.

'*Once you go black, you never go back,*' zei André, en hij kreeg een lachbui die overging in een grommend gehoest.

Masser legde de moten vis in de hete oven. Plotseling stond Mia achter hem. Ze legde haar handen op zijn schouders.

'Mas, ik moet je iets vragen.'

'Vraag.'

'Heeft die jongen, ik bedoel heeft Jeroen Weenink met jullie gesproken over Pantsjagan? Over wat daar is gebeurd?'

Hij keek haar even zwijgend aan. 'Waarom vraag je dat?'

'Omdat ik het wil weten.'

'Hij heeft verteld over wat daar is gebeurd, ja. Over de aanslag en over wat er daarna gebeurde. Maar dat heeft Jimi je vast en zeker ook al verteld.'

'Ja, maar ik dacht...'

'Je dacht: misschien heeft hij nog iets meer verteld.'

'Ja.'

Weer zweeg hij even. Hij woog zijn volgende zet af, als een schaker. Het besef dat hij iets verzweeg deed hem pijn. Hij wilde niets liever dan haar vertellen wat hij wist, maar dat kon niet. Hij moest de formule uitspreken die haar een gevoel van veiligheid verschafte, voorlopig.

'Verder heeft hij niets verteld. Ik zou niet weten wat hij verder had kúnnen vertellen. Hij lag daar tussen zijn vier dode vrienden, dat vergroot je spraakzaamheid ook niet, denk ik. Het is een goeie jongen. Hij is hier de laatste tijd vaak, blijft regelmatig slapen, boven bij Jimi op de bank. Ik hoop dat hij zijn leven weer kan oppakken en als ik hem daarbij een beetje kan helpen, zou dat mooi zijn.'

Mia zuchtte. 'Masser,' zei ze, 'ik ben blij dat je het niet zegt. Ik weet niet wat je precies weet en ik wil het ook nog even niet weten, maar beloof me één ding.'

'En dat is?'

'Beloof me dat je eerst naar mij toe komt. Ik wil niet verrast worden.'

'Dat beloof ik je.' Hij sloeg een arm om zijn kleine zusje heen. Hij wilde haar beschermen. 'Wat een klotewereld, Mia.' Hij liet haar los en opende de oven. 'Help even,' zei hij.

XVII

Hoofdredacteur

Masser zat tegenover Joris Schuurman Hess. Hij voelde zijn hoofd kloppen, de whisky waarmee hij Jimi's verjaardag had besloten werkte flink na. Mariska Klappe-Wildschut, die in de drieëntwintig jaar dat Masser haar kende niet noemenswaard was veranderd, bracht twee koppen koffie, zwart voor Joris, een cappuccino voor Masser. Masser liet zijn oog rusten op de Harley-Davidson in de hoek, wat hij aangenamer vond dan JSH te moeten aankijken. Joris schraapte zijn keel; hij maakte een nerveuze indruk.

'Ik begrijp dat je mijn vader hebt gesproken.'

'Klopt.'

'Hij heeft je over mijn besluit verteld. Dat had ik liever zelf gedaan, maar de ouwe is nog altijd tuk op primeurs.'

'Je wilt er dus mee ophouden.'

'Daar komt het op neer, kort samengevat.'

'Waarom?'

Joris Schuurman Hess trok een gekweld gezicht. 'Ik kan niet meer. Ik ben gebroken. Ik geloof dat ik een burn-out heb.' Het klonk klagerig en Masser begreep meteen weer waarom hij altijd een hekel had gehad aan dit verwende rijkeluiszoontje. 'Je weet dat het nooit mijn droom is geweest om hoofdredacteur te worden. Ik voelde me de kroonprins die er geen zin in had. Ik vermaakte me prima. Maar ik moest, een soort WA. Ik heb meer tijd besteed aan de vraag hoe ik eronderuit zou kunnen komen dan aan het maken van plannen voor de krant.'

Die hele affaire is voor hem een geschenk uit de hemel.

Slappeling.

Een zorgeloos leventje lonkt, zonder gezeik. Hij moest alleen nog een goede reden hebben. Die heeft hij nu.

Zijn vader had kunnen weten dat het zo zou aflopen.

Misschien wist hij dat ook wel.

'En nu?' Masser probeerde luchtig te klinken.

'Nu ben ik al tijden in paniek. Ik begreep Steven van Maren wel.' Hij klonk als een B-acteur die er niet in slaagt geloofwaardig iemand neer te zetten die in paniek is en zelfmoord overweegt. Hij klonk opgelucht.

'Misschien moet je er even een maand of wat uit. Gewoon ergens op een berg gaan zitten. Beetje wandelen, nadenken. En dan pas een besluit nemen.'

'Nee, ik heb mijn besluit genomen. Ik vertrek. En niet voor even, maar voorgoed. Eerst schaamde ik me dat ik de band tussen *De Nieuwe Tijd* en mijn familie zou gaan verbreken. Nu denk ik: misschien werd het een keer tijd.'

'Wat ga je doen?'

'Geen idee.'

Hij weet het precies. Een villa ergens in het zuiden, hoge muur eromheen, zwembad, Maserati. Genoeg miljoenen op de bank om veertig jaar lang te doen wat je wilt.

Klinkt aantrekkelijk.

Laffe vlucht.

Je begrijpt hem wel, Masser.

'Wat zegt je vrouw?' vroeg hij.

'Niks. Doet er ook niet meer toe. We gaan scheiden. Kost me een lieve duit, maar dat moet dan maar. Godzijdank zijn er geen kinderen.'

'Ik dacht dat jullie met handen en voeten aan *De Nieuwe*

Tijd vastzaten, met die stichting als een zwaard van Damocles boven jullie hoofd.'

'Daar heb ik een paar juristen op gezet. Ons familiekapitaal zit natuurlijk maar voor een klein deel in *De Nieuwe Tijd*. Godzijdank, zeg. Maar we kijken wat we eraan kunnen doen. En anders gaan de aandelen naar In De Goot. Jammer, maar ik ben niet van plan mijn leven nog langer te laten vergallen door een of ander flauw geintje van mijn overgrootvader. Dat is de oorzaak van een hoop ellende geweest, zeker voor mij.' Opeens klonk er daadkracht door in zijn woorden.

Nieuwe vriendin, jaartje of twintig jonger.

Het valt allemaal keurig in elkaar.

Misschien heeft hij het zo gepland.

Te dom en een te slechte acteur.

Masser keek Joris aan, Joris ontweek zijn blik. Hij wist dat Masser hem verachtte. Er verscheen een scheve grijns rond zijn lippen, een grijns die zei dat hij schijt had aan wat Masser dacht. 'Wat zou jij doen, in mijn positie?' Het klonk niet alsof hij erg geïnteresseerd was in het antwoord.

'Ik zou in jouw positie hetzelfde doen. Ik zou ook lekker in mijn hangmat gaan liggen, ergens in Toscane of de Provence. Heb je al een nieuwe vriendin?'

'Dank voor je begrip.'

Hij begrijpt de ironie niet.

Hij denkt: I'm crying all the way to the bank. Laat die loser het maar lekker opknappen, ik ben weg.

'Het is nooit jouw wereld geweest,' zei Masser.

'Nee. *De Nieuwe Tijd* heeft me eigenlijk nooit een bal geïnteresseerd.' Kennelijk had Joris geen zin meer nog langer de schijn op te houden.

'Heb je het nog best lang volgehouden.'

'Lafheid.'

Een laatste restje zelfkennis.

Mariska zette twee nieuwe koppen koffie op tafel. Masser zag de misprijzende blik in haar ogen toen ze naar Joris keek.

'Ik heb jullie nooit begrepen,' zei Joris. 'Die gewichtigheid waarmee jullie het nieuws te lijf gingen. Die arrogante zelfoverschatting waarmee er hier over de wereld wordt gesproken, alsof hier de *Masters of the Universe* werken. Niets stelt het voor. Helemaal niets. En maar interessant doen.'

Masser merkte dat Joris boos begon te worden, dat er iets uit moest wat hij al heel lang had opgekropt. 'Ik begrijp heel goed wat je zegt.'

Joris keek hem lang aan. 'Fake,' zei hij. 'Allemaal fake.' Hij liep weg, vermoedelijk om een sigaret te gaan roken en even alleen te zijn. Toen hij terugkeerde leek het alsof het gesprek niet had plaatsgevonden. Joris ging zitten. Hij tikte met zijn aansteker op de tafel. 'Ik ga straks de redactie toespreken,' zei hij. 'Daar ga ik vertellen wat ik ga doen. Daarna kan ik geen leiding meer geven aan deze krant, want dan ben ik overleden als hoofdredacteur.'

'Dat denk ik ook.'

'Iemand moet me opvolgen, al is het maar tijdelijk, tot de krant in andere handen overgaat.' Masser voelde dat zijn hartslag omhoogging.

Laat hem niet zeggen dat ik dat moet doen.

Je weet best dat hij je daarom heeft uitgenodigd.

Misschien wil hij weten wie ik als een geschikte kandidaat zie. Jou.

Masser belde Mia, nadat hij Bonna niet had kunnen bereiken. Hij moest iemand spreken die hij vertrouwde en van wie hij een wijs advies verwachtte. Of op zijn minst enig medeleven.

Hij was weer thuis. Joris had de journalisten van *De Nieu-*

we Tijd verteld dat hij met onmiddellijke ingang zijn taken als hoofdredacteur neerlegde, omdat het voor hem 'na de stormachtige maanden die achter ons liggen' onmogelijk was die functie nog langer te vervullen. Hij had Joris horen praten over verantwoordelijkheid en falen, had hem horen zeggen dat hij niet degene was die schoon schip kon maken, had hem de voorgenomen verkoop van *De Nieuwe Tijd* horen aankondigen. Het was een koele, om niet te zeggen ijskoude toespraak geweest. Masser vermoedde dat Joris iets had ingenomen.

De reacties waren even afstandelijk. Joris' afscheid betekende in de ogen van een meerderheid van de aanwezigen misschien ook het einde van de zaak die als een scherp mes door de redactie was gegaan, die voor veel pijn had gezorgd en de geesten had gescheiden. Het vooruitzicht van een nieuwe hoofdredacteur en een andere eigenaar had het spannende van het nieuwe, de illusie dat het misschien allemaal anders en beter zou worden. Misschien zou de zaak worden opgeschud, zouden de verhoudingen op de redactie veranderen en zouden zich nieuwe kansen voordoen.

Er waren ook vragen. Over hoe het zat met de aandelen. Hadden zich bij de stichting al potentiële kopers gemeld? Daar kon Joris niks over zeggen en daar ging hij straks ook niet meer over. Hij verzweeg dat hij probeerde In De Goot juridisch op een zijspoor te zetten om de krant vervolgens te kunnen verpatsen aan de hoogste bieder. Joris zei dat het belang van *De Nieuwe Tijd* hem boven alles ging, een harde leugen. Caroline Hoekstra vroeg of Joris al had nagedacht over zijn opvolging. Ja, antwoordde Joris, natuurlijk. Hij beloofde zo snel mogelijk te zullen overleggen met de redactieraad. Iedereen bij *De Nieuwe Tijd* wist dat de redactieraad zou mogen meepraten, maar dat een Schuurman Hess zou beslissen. Joris, of anders wel zijn vader. Joris vermeed nadrukkelijk in

Massers richting te kijken toen hij zei dat hij ernaar streefde een hoofdredacteur aan te stellen vanuit de redactie en dat hij beloofde dat hij *De Nieuwe Tijd* geen buitenstaander op het dak zou sturen.

'Wát?' Mia barstte uit in een hoog gelach. 'Wacht even Masser, ik sta hier tussen allemaal mensen die dit veel te interessant vinden. Ik loop even naar mijn kantoor.'

Masser had er al spijt van dat hij haar had gebeld. 'Ik kan je ook later even terugbellen.' Misschien was Bonna inmiddels beschikbaar.

'Nee, dertig seconden. Ik wil het nu allemaal weten.' Even later hoorde hij hoe er een deur werd geopend en weer gesloten. 'Zo, behalve de geheime dienst luistert er niemand mee. Zeg het nog eens.'

'Hou op over de geheime dienst. Hij wil dat ik hoofdredacteur word van *De Nieuwe Tijd*. Voorlopig, geloof ik. Tot er een nieuwe eigenaar is. Volgens hem ben ik de enige die voldoende steun heeft op de redactie om te worden geaccepteerd.'

'Is dat ook zo?'

'Weet ik niet. Columnisten staan er altijd een beetje buiten. Ik ben Statler, of Waldorf. Ik denk dat er ook wel een paar rondlopen die me de hele crisis van de afgelopen maanden in de schoenen schuiven.'

Mia begon weer te lachen.

'Waarom lach je?'

'Omdat mijn broertje straks de hoofdredacteur van *De Nieuwe Tijd* wordt. Om de een of andere reden vind ik dat heel erg komisch.'

'Ik bel je juist voor advies. Ik heb nog niks toegezegd en eerlijk gezegd twijfel ik hevig. En ik vind er in elk geval niks grappigs aan.'

'Begin daar dan maar eens mee,' zei Mia. 'Dat schept lucht en helderheid. Je moet het niet groter maken dan het is.'

Masser wist even niet wat hij daarop moest antwoorden. Misschien had ze gelijk. 'Oké, in het licht van de eeuwigheid… Maar wat moet ik doen? Ik geloof dat ik er helemaal geen zin in heb.'

'Je hebt er samen met Bonna alles aan gedaan om het zover te laten komen.'

'Nooit met de bedoeling om de plaats van Joris in te nemen. Nooit. Ik ben columnist en dat bevalt me behoorlijk goed.'

'Aan de zijlijn. Beetje schelden op Tup.'

'Ja, dat is leuk.'

'Misschien was dat allemaal voorbereiding en komt nu het moment waarop duidelijk wordt waartoe jij op aarde bent. Hoofdredacteur van *De Nieuwe Tijd*! Haha!'

Masser had zin het gesprek te beëindigen.

'Sorry, Mas,' zei Mia – als ze haar genegenheid wilde tonen, noemde ze hem altijd Mas. 'Ik bedoel het niet vervelend. Ik denk dat je een uitstekende hoofdredacteur zou zijn, maar ik weet niet zeker of je er gelukkig van zou worden. Dat weet je alleen zelf. Maar als je ook maar een klein beetje op mij lijkt, en dat doe je, moet je het serieus overwegen. Ik schrok me een tijdje geleden kapot toen Tup me vroeg om zijn linker- en rechterhand te worden. Mijn eerste reactie was ook: weghollen. Alsjeblieft, spaar me. Maar nu kan ik me niks leukers meer voorstellen. Alhoewel "leuk" niet het goede woord is. Het is spannend, bevredigend, goed voor mijn zelfvertrouwen. Het geeft me het gevoel iemand te zijn. Voor het eerst van mijn leven ben ik weleens trots op mezelf.'

'Dat is niet mijn hoogste doel.'

'Ik neem het serieus als dat nodig is en ik relativeer het om gezond te blijven.'

'Goed. Dank je wel. Ik ga erover nadenken. Ik hoef pas morgen te laten horen of ik het wil doen.' Masser zei het met een nadrukkelijke zucht.

'Dat wordt een fijne nacht, zo te horen.'

'Daar ben ik ook bang voor.'

'En Masser, nog iets, nu ik je toch aan de telefoon heb.'

'Wat?'

'Die Bonna van jou, die is aan het wroeten. Ze heeft kennelijk de smaak te pakken gekregen na die spionageaffaire. Ze benadert mensen over wat er is gebeurd in Pantsjagan. Mensen van wie ik weet dat ze niks weten. Maar van de mensen die misschien wél wat willen vertellen, hoor ik dat natuurlijk niet. Wat is ze aan het doen?'

'Weet ik niet. Ik heb haar al een tijd niet gesproken. Krijg haar niet te pakken. Maar Bonna is een roofdier. Die ruikt dingen op kilometers afstand.'

'Wat ruikt ze dan?' Mia klonk onschuldig als een kind.

'Drugs.' Masser had meteen spijt.

Mia reageerde niet meteen, zweeg even. 'Heeft ze contact met Jeroen?' vroeg ze toen.

'Je moet me niet uithoren, Mia. We moeten het niet ingewikkelder maken dan het al is. Ik ben je broer, niet de journalist van *De Nieuwe Tijd*. Jij bent mijn kleine zusje, niet de Chief of Staff van onze Tup. Laten we proberen dat zo te houden.'

'Je hebt gelijk. Maar je hebt me beloofd dat je me niet zou verrassen.'

'Daar hou ik me aan.'

'Mas?'

'Ja?'

'Ik vertrek over tien dagen voor een weekje naar Mazan. Mocht je tijd hebben, kom dan langs. Ik heb het Jimi net al gevraagd. Hij zag het wel zitten.'

'Ik laat het je snel weten. Eerst even een nachtje panikeren.'
'Ik hou van je, broertje. Maak je niet druk.'

Even later had Masser Bonna aan de lijn. 'Natuurlijk ga jij dat doen,' zei ze. 'Als je het niet doet, ga ik nooit meer met je naar bed.'

'Dat zou onverdraaglijk zijn.'

'Al doe je het maar voor een korte periode. Onvergetelijke ervaring wordt het sowieso. En daar gaat het om in het leven, Masser Brock.'

Hij vroeg wat ze aan het doen was. 'Ik dacht even dat je van de aardbodem was verdwenen.'

'Dat weet jij heel goed, wat ik aan het doen ben. Maar daar kan ik nu niks over zeggen. We leven in een land waar alle telefoongesprekken die ertoe doen worden afgeluisterd.' Ze pauzeerde even. 'Hallo!' riep ze toen, 'hallo, stelletje rukkers! Hier Bonna Glenewinkel! Ik zit naakt in mijn stoel met een foto van de premier van Nederland voor me! Hallo!'

'Hou me een beetje op de hoogte,' zei Masser.

'Dat doe ik wel als je hoofdredacteur bent.'

Na een nacht waarin hij tot zijn eigen verbazing goed had geslapen, belde Masser Joris Schuurman Hess. 'Als jij het er bij de redactie door kunt krijgen, ben ik bereid het te doen,' zei hij. 'Maar alleen als ik genoeg steun heb. Voor een interimperiode, tot die Engelse sprinkhanen een marionet hebben benoemd en het leegzuigen van *De Nieuwe Tijd* kan beginnen.'

'Niet zo voorbarig,' zei Joris. 'Maar ik ben blij dat je beschikbaar bent.'

'En nog iets,' zei Masser. 'Ik heb drie weken nodig om me voor te bereiden. Dus organiseer maar een hoofdredacteurloos tijdperk. Heb je al nagedacht over een vervangende columnist?'

'Jazeker,' zei Joris. 'Ik dacht dat het wel aardig zou zijn om een vrouw te nemen. Iemand met ervaring, en met enige afstand tot de krant. Is overigens een idee van mijn vader. Ze heeft al toegezegd, natuurlijk op voorwaarde dat de nieuwe hoofdredacteur ermee akkoord gaat.'

'Verdomme,' zei Masser. 'Jij dacht: ze hebben de krant op de rand van de afgrond gebracht, nou zorgen ze er ook maar voor dat-ie daar weer vandaan wordt getrokken, zodat ik hem flink duur kan verkopen.'

'Precies,' zei Joris. 'De villa's in Toscane worden steeds prijziger. Hebben we een deal?'

'Deal,' zei Masser.

'Kom straks even langs voor de details. Zoals je salaris.'

XVIII

Een slaperig dorp in de Provence

Juist toen Masser wilde wegrijden, herinnerde Jimi zich dat hij iets was vergeten. Hij kwam terug met de Xbox. Het was zeven uur in de ochtend en met Jeroen op de achterbank reden ze Haarlem uit, op weg naar de Provence. Jimi plugde zijn iPad in de radio en even later zongen ze met z'n drieën mee met Mr. E.: '*It's not all good, and it's not all bad, don't believe everything you read.*' Masser was opgetogen als een kind op schoolreisje, een gevoel dat hij al heel lang niet meer had gekend. Het naderende hoofdredacteurschap verdween uit zijn gedachten nadat ze Dijon waren gepasseerd.

Mazan was een slaperig marktstadje, dertig kilometer ten oosten van Avignon. Masser was er al vaak geweest, zo vaak dat hij zich er thuis voelde en hij niet over de markt kon lopen zonder minstens één keer te worden gegroet. Het dorp lag als een poes op een vensterbank tevreden te sudderen in de loomheid van de Provence, en zodra hij was gearriveerd, daalde die trage gemoedsgesteldheid in Masser neer. Het verbaasde hem telkens weer hoe weinig er sinds zijn vorige bezoek was veranderd, en dat maakte hem gelukkig. Zelfs de bewoners van het dorp leken hun best te doen er altijd hetzelfde uit te zien en de veroudering met succes te weerstaan.

Masser hoorde weleens dat er iemand was overleden, of hij zag een overlijdensbericht op de muur naast de bakker, maar dat betrof altijd mensen die hij niet kende en die er dus eigenlijk nooit waren geweest. Toen hij een keer naar het dorp was gekomen en op het terras van Du Siècle had gehoord dat de eigenaar van de kleine boekhandel in het dorp was gestorven, een man van nog geen zestig die hij regelmatig had gesproken, deed hem dat meer dan hij op grond van de vage band die hij met de winkelier had onderhouden had verwacht. Het leek alsof er een cordon sanitaire was doorbroken, alsof de wrede tijd zich toegang tot het onneembare bolwerk Mazan had verschaft. Toen hij van de dochter van de overledene hoorde dat haar vader een hartaanval had gekregen op een strand in Tunesië, tijdens zijn eerste vakantie in tien jaar, stelde dat hem gerust. De boekhandelaar had de veilige zone verlaten, en zo zag je maar wat er dan kon gebeuren. Masser had nog even overwogen de dochter, die de zaak van haar vader had overgenomen, over het gedicht van Van Eyck te vertellen, 'De tuinman en de dood', *Le gardien et la mort*, maar hij had ervan afgezien. Misschien zou ze het verkeerd begrijpen, zijn Frans was nog altijd vrij matig.

Nadat Mia een paar keer bij Masser op bezoek was geweest, had ook zij besloten dat een vaste verblijfplaats in het buitenland viel te prefereren boven de onzekerheid van onbekende dorpen die er in de folders altijd aanlokkelijker uitzagen dan ze in werkelijkheid waren. En zo was Mazan uitgegroeid tot iets wat ze deelden, waarover ze spraken als iets vertrouwds, een geheim waarvan anderen geen weet hadden en dat hen verbond.

Zodra hij Carpentras was gepasseerd en de laatste kilometers over de D942 naar het dorp aflegde, voelde hij een diepe rust in zich neerdalen. Hij speelde weleens met de gedachte zich ooit in Mazan te vestigen, maar dat zou betekenen dat hij Haarlem zou moeten verlaten, en alle gewoonten die aan die stad geklonken waren, en dat was onmogelijk; Masser was nog altijd het jongetje dat voor eeuwig op de Hindeloopen had willen blijven. Bovendien was hij bang dat bij een permanent verblijf de magie verloren zou gaan en de onrust onvermijdelijk zou meeverhuizen. Hij wilde het paradijs niet besmetten. Hij wist dat de opluchting die hij voelde wanneer hij in Mazan aankwam en de vertraging die zich onmiddellijk van hem meester maakte, ook te maken hadden met de tijdelijkheid van elk verblijf. De geborgenheid die hij voelde zodra hij het dorp binnenkwam, kwam voort uit het verlangen dat zich in de weken voor hij afreisde in zijn hoofd had gevestigd, de illusie van rust en evenwicht. Maar je moest de illusie niet overvragen, wist Masser. Mazan was zijn veilige schuilplaats, maar geen permanente.

Ze reden over de Avenue de l'Europe het dorp binnen en Masser parkeerde zoals altijd zijn auto langs de stoep voor Café du Siècle. Hij ging nooit direct naar het huis dat hij had gehuurd, maar begon elk verblijf met een witte wijn in het café van Michel. Masser groette de twee oude wijnboeren op het terras. Jimi en Jeroen namen plaats aan een tafeltje, Masser liep door naar binnen. Tevreden constateerde hij dat het interieur ongewijzigd was gebleven. De biljarttafel stond er nog, de schilderingen op de muren waren niet ten prooi gevallen aan een moderne witkwast, de donkere lambrisering was niet vervangen, het art-nouveau-glas-in-lood was gehandhaafd en achter de bar stond Michel glazen te spoelen.

'Massèr,' riep hij, toen hij de klant herkende. '*Ça va?*'

'Michel, *mon ami*,' zei Masser, en hij schudde Michels hand. 'Het gaat heel goed, zoals altijd wanneer ik weer in Mazan ben. En in Café du Siècle natuurlijk.'

'Zelfde?' Michel wist hoe hij zijn klanten het gevoel moest

geven dat ze tot zijn intieme vriendenkring behoorden.

'Een witte wijn en twee biertjes.' Masser wees naar buiten, naar Jimi en Jeroen. 'Mijn neef en een vriend. Jimi, zoon van mijn zus. Voor Jeroen is het de eerste keer in Mazan.'

'Wat is er met die jongen?' Het verbaasde Masser dat Michel zag dat er iets was met Jimi's vriend.

'Soldaat geweest in Pantsjagan. Vreselijk drama meegemaakt.'

'Arme kerel. Ik kom er zo aan.' Michel wees naar het terras en pakte een wijnglas en twee bierglazen.

Jeroen las de *La Provence* die iemand op de tafel had laten liggen – of deed alsof –, Jimi toetste iets in op zijn mobiel. 'Ik app Mia even dat we er zijn,' zei hij. Even later, nadat Michel de volle glazen op tafel had gezet, tingelde zijn telefoon. 'Ze komt hierheen. Kunnen we misschien een pizza gaan eten.'

La Pizzeria lag aan de andere kant van het dorp. Bij de Brocks was het restaurant van de beste pizzeria van het dorp uitgegroeid tot de beste van Frankrijk en inmiddels was La Pizzeria voor hen hard op weg de legendarische status van beste pizzeria ter wereld te veroveren. La Pizzeria was ook een van de codes waarmee Masser, Mia en Jimi hun verbondenheid uitdrukten.

'Uitstekend plan,' zei Masser. 'Jeroen, ben je van de pizza's?'

'Zeker.' Jeroen legde de krant neer en haalde een pakje shag uit zijn zak.

'Moet je Mia even laten weten,' zei Masser tegen Jimi, 'kan ze de stoofpot van het vuur halen die ze vast en zeker heeft opstaan, en iets anders aantrekken. Vrouwen gaan nooit in hun gewone kloffie uit eten, dat weet je, ook al is het een pizzeria.'

Jimi knikte geduldig.

'Nog nieuws?' Masser nam een slok van zijn wijn. Jeroen

vouwde de krant open en wees naar een stuk met een foto van soldaten in een woestijn. 'Fransen doen ook aan vredesoperaties,' zei hij. 'En als ik het goed begrijp, is een jongen uit Mazan gewond geraakt.'

Masser scande het stuk en knikte. 'Klopt.' Hij zag dat er heel even een donkere schaduw neerdaalde in Jeroens ogen. Zelf voelde hij iets wat op teleurstelling leek. De wereld moest Mazan met rust laten. Even later werd er getoeterd en stopte er een zwarte Volvo xc90 voor het terras. Jimi stond op en liep naar de auto toe. Masser hoorde Stromae. Jimi boog zich door het raam naar binnen om zijn moeder te kussen. Jeroen vouwde de krant weer op.

'Sorry,' zei Masser met een knikje naar de krant, alsof hij zich ervoor wilde verontschuldigen dat hij de jongen naar een plaats had gebracht waar zijn spoken gewoon toegang hadden.

Jeroen keek hem met opgetrokken wenkbrauwen aan, hij begreep het niet.

'Kutkrant,' zei Masser. Hij voelde woede opkomen, wist zelf niet waar die vandaan kwam.

Mia kwam stralend het terras op, niet met de haastige pas waarmee ze gewoonlijk door Den Haag stormde. Ze droeg hoge hakken onder een spijkerbroek. Haar zijden blouse was ver genoeg geopend om goedkeurende blikken van de twee wijnboeren te trekken. Jimi pakte een stoel, Michel was al naar buiten gekomen en had zijn meest verleidelijke grijns op het gezicht getoverd, die uitdrukte dat hij tot alles bereid was om het Mia naar de zin te maken.

'Elke keer mooier,' zei hij. 'Echt ongelooflijk.'

'Een witte wijn,' zei Mia met een superieure glimlach terwijl ze ging zitten.

Michel keek vragend naar Masser. Die knikte.

'Al gewend aan het idee, hoofdredacteur?' Mia keek haar broer onderzoekend aan. 'Je kijkt een beetje zorgelijk.' Jimi en Jeroen waren naar binnen gegaan.

'Nog niet, eerlijk gezegd. Ik denk gemiddeld drie keer per dag dat ik Joris moet bellen om te zeggen dat ik ervan afzie. Maar dan zeg ik tegen mezelf dat mijn zus me zou uitlachen en doe ik het toch maar niet.'

'Niet bang zijn, Mas.' Ze legde haar hand op zijn arm. 'Je kunt dat. Eigenlijk is het vreemd dat ze je zo lang die column hebben laten schrijven en je niet eerder tot het hoogste ambt bent geroepen.'

'Ik ben een Brock, geen Schuurman Hess. En jij, met Tup?'

'Vraag hem dat straks zelf maar,' zei Mia. Haar ogen keken nieuwsgierig naar haar broer. Toen ze nog jonge kinderen waren, hield ze er al van hem uit zijn evenwicht te brengen met opmerkingen die hij niet zag aankomen. Tevreden constateerde ze dat het haar weer was gelukt: ze zag het korte moment van diep onbegrip en vraagtekens, en onmiddellijk daaropvolgend de verbijstering in Massers ogen die haar altijd de slappe lach bezorgde.

Masser stelde voor naar La Pizzeria te gaan.

'Tup,' zei Mia.

'Laat 'm dan hier komen,' zei Masser. 'Of lust hij geen pizza?'

'Kan niet. Als hij door het dorp loopt staat dat binnen twee minuten op Facebook en is zijn veiligheid in gevaar.'

'Oké, ik begrijp het. Halen we er straks vijf op.'

Tien minuten later parkeerden ze de auto's in de tuin van het huis, dat even buiten het dorp lag, aan het eind van een onverhard pad, omringd door wijngaarden. Masser kende het, hij had het zelf ook al meerdere malen gehuurd. Het was een comfortabele oude *mas* met een zwembad, een tafeltennistafel onder een rieten dak en een poolbiljart in de woonkamer. In de tuin stonden beelden, de eigenaar was een kunstenaar. De twee oude platanen voor de deur zorgden voor een aangename schaduw. Onder de bomen stond een grote eettafel, met acht stoelen eromheen.

Op een daarvan zat de premier van Nederland een boek met een blauwe cover te lezen dat *Ventoux* heette. Op de tafel stond een halfvol glas bier. Hij droeg een korte witte broek van een model dat deed vermoeden dat hij lang geleden had getennist. De premier keek over zijn Ray-Ban Clubmaster heen naar de twee auto's.

Masser knikte naar hem alsof hij een willekeurige andere huurder begroette en liep door. Hij zag hoe Mia, met in haar hand een tas met twee flessen rosé, naar de premier liep en hem op de mond kuste. 'Daar waren we weer,' zei ze. Ze liep naar binnen. Goed dat de kranten dit niet weten, dacht Masser, voor hij besefte dat hij de krant wás. Hij kon alle speculaties over de seksuele geaardheid van de premier in één klap van tafel vegen – 'Premier van Nederland doet het met zus hoofdredacteur'.

Masser zeulde zijn koffer de trap op, gevolgd door Jimi en Jeroen. Op de overloop stond Mia. 'Deze is voor jou' – ze wees naar een slaapkamerdeur – 'en Jimi en Jeroen moeten nog een verdieping hoger.'

Even later keek Masser vanuit het raam van zijn slaapkamer naar de tafel voor het huis, waar de premier nog zat te lezen. Hij overdacht de situatie. Hier was hij, aanstaand hoofdredacteur van de belangrijkste krant van Nederland, in het gezelschap van 's lands belangrijkste politicus. Hij vroeg zich af wat hij gedaan zou hebben als Mia hem van tevoren had geïnformeerd.

Dan was ik niet gegaan.

Waarom niet?

Dat lijkt me duidelijk. Ik kan niet in een informele setting met Tup biertjes gaan zitten drinken. Ik heb die man jarenlang achtervolgd in mijn column. Ik zou elke geloofwaardigheid verliezen als dit naar buiten komt. Dat moet ik straks Jimi en Jeroen op het hart drukken, dat dit geheim moet blijven.

De journalist die aandringt op geheimhouding, dat is weer eens wat nieuws.

Ik ben chantabel. Tup hoeft op zijn vrijdagse persconferentie alleen maar naar buiten te brengen dat hij onlangs nog genoeglijk pizza met me heeft zitten eten en daarna met mijn zus het bed heeft opgezocht.

Dat doet hij niet.

Maar het feit dat het kan is al genoeg.

Mia heeft dit niet voor niets zo geregeld. Die weet dit natuurlijk ook.

Fijne tafel, zo dadelijk. Tup, zijn geheime minnares, de aanstaande hoofdredacteur van De Nieuwe Tijd, *diens neefje én de jongen die beter dan wie ook weet dat die hele toestand met de nationale begrafenis van zijn vier maten één grote poppenkast was.*

Misschien weet Tup niet dat jij dat weet.

Het lijkt wel een slecht toneelstuk. Of een heel goed toneelstuk.

Hij hoorde de deur van Mia's slaapkamer – en die van de premier nam hij aan – opengaan en liep de overloop op.

Ze had aan één blik van haar broer genoeg. 'Sorry, kon niet anders,' zei ze. 'Als jij het had geweten was je niet gekomen. Tup wist wel dat ik jullie had uitgenodigd, hij is per slot van rekening mijn baas. Ik wist dat het voor hem geen probleem zou zijn.'

'Is hier beveiliging?'

'Niet nodig. Jongens zitten in een hotel in Mazan.'

'Wat ben je van plan?'

'Zul je wel zien.'

'Verdomme, Mia.'

'Relax.'

'Als dit naar buiten komt is er een schandaal.'

'Hoef je in elk geval geen hoofdredacteur te worden.'

Masser ging zijn slaapkamer weer in. Hij had besloten een korte broek aan te trekken.

De premier had een strooien hoed opgezet. Toen hij Masser uit het huis zag komen, stond hij op, wachtte tot deze naar hem was gelopen en schudde vervolgens diens hand uitbundig. Hij keek Masser stralend aan.

'Aangenaam,' zei Masser.

'Ik ben blij dat ik u eindelijk eens in levenden lijve mag ontmoeten,' zei de premier. 'Dat meen ik oprechter dan u vermoedelijk zult denken. Ik word natuurlijk elke ochtend wakker met uw woorden en met die strenge blik die mij aankijkt, maar dit is toch *a different ballgame*.'

'Ik begreep van mijn zus dat u nooit een krant leest.'

'Alleen de dingen die ertoe doen.'

'Dank u wel.'

'Ik heb lang nagedacht of ik de uitnodiging van uw zus wel moest accepteren, in de wetenschap dat u hier ook zou komen. Maar toen dacht ik: komaan, daar moet je niet lullig over doen. Ik ben hier als privépersoon en u ook. Het moet toch verdomme niet zo wezen dat het premierschap, of het columnistenschap *for that matter*, gewoon menselijk contact onmogelijk zou maken?'

'Ik weet niet welke rol Mia voor ons in gedachten heeft. Het eerste wat ik dacht toen ik u zag was: hé, de premier. Niet: mijn zus heeft een kennis meegenomen.'

'Maar waar blijf je dan in zo'n klein kutland? Als je dat consequent gaat doortrekken, moet ik als premier alle vormen van contact verbreken. Iedereen is altijd wel iemands neef die mij weer kent van vroeger van een verjaardagsfeestje van z'n broer. Ja toch? Dan moet ik kluizenaar worden. En daar heb ik nog geen zin in, godsamme nee zeg. Dan liever dood. Wat u?'

'Zeg maar jij,' zei Masser.

'Weet je wat het is, Masser? Ik lach me vaak helemaal kapot om die column van je, *I kid you not*. Ik ben regelmatig aan de beurt, maar daar moet je sportief in zijn.'

Mia zette glazen op tafel. 'Nou...' zei ze.

'Oké,' zei de premier, 'ik moet ook weleens slikken. Maar dan lees ik dat en dan zeg ik tegen mezelf: dat is het beroep van die *bastard*. Hij moet jou scherp houden. Dat is zijn rol, daarvoor betalen ze hem een schitterend salaris. En het hoort bij jouw rol, zeg ik dan tegen mezelf, om die linkse hoeken te incasseren.'

'Linkse?'

'Goed, anarcholiberaal, zoals Mia jullie familie altijd omschrijft. Anarcholiberale uppercuts, haha!'

Hoewel hij de premier in zijn column al zeker twintig keer voor opportunist had uitgemaakt, was Masser toch verbaasd over het gemak en de vriendelijkheid waarmee die een van zijn felste critici tegemoet trad. Hij vond hem onmiddellijk aardig. Misschien is het niet eens opportunisme, dacht hij, en is het allemaal welgemeend. Hij deelt de wereld in tweeën. Het openbare toneel met daarachter de echte, menselijke wereld.

'Of je neemt me gewoon niet serieus,' zei Masser. 'Dat je denkt: laat die sukkel toch lekker schrijven. Ik zou het je niet kwalijk nemen, ik denk zelf ook weleens dat ik een hofnar ben.'

'Neenee,' zei de premier. 'Integendeel! Integendeel! En de

hofnar had trouwens een zeer belangrijke functie hè. Die behoedde de vorst voor hoogmoed. En daar heb ik aanleg voor hoor. Vraag maar aan Mia.'

'Kom,' zei Mia, 'dan stel ik je voor aan de andere twee.'

Jeroen en Jimi waren het terras op gelopen. Mia trok de premier aan zijn arm naar Jimi. 'Mijn zoon,' zei ze, 'over wie ik je al zoveel heb verteld.'

'Fantastisch!' riep de premier. 'Jimi, de grote horlogemaker! Mijn klokje loopt de laatste tijd wat achter, misschien kun je er straks even naar kijken. Haha! *Goddamnit*, horlogemaker is tenminste een vák. Heel wat anders dan premier. Die rommelen maar wat aan.' Hij draaide zich om in de richting van Jeroen.

'En dit is Jeroen Weenink,' zei Mia. Masser keek naar haar gezicht en toen naar dat van de premier. Er leek zich op diens voorhoofd een groot vraagteken te vormen, een zorgelijk vraagteken. De premier verloor op slag zijn studentikoze nonchalance. Hij stak zijn hand uit en hield die van Jeroen vast, terwijl hij de jongen lang in de ogen keek.

Hij wist dit niet.

Natuurlijk wel, Mia zou haar baas nooit verrassen en hem in zo'n ongemakkelijke situatie brengen.

Hij is totaal verrast. Jij bent niet de enige die hier vanmiddag voor voldongen feiten wordt geplaatst.

'Jeroen Weenink,' zei de premier. 'Juist. Die naam komt me bekend voor.' Masser meende iets verwijtends te zien in zijn blik. De premier stond opeens oog in oog met de jongen die zijn loopbaan in één klap kon vernietigen, eventueel met behulp van hem, de hoofdredacteur van *De Nieuwe Tijd*.

'Jeroen heeft de aanslag in Pantsjagan overleefd,' zei Mia op ontspannen toon. 'Hij zat voor hij het leger in ging bij Jimi op school. En nu weer.'

'Klopt,' zei Jeroen. De premier hield nog steeds zijn hand vast, alsof het linke soep was die los te laten. 'Ik ben van plan horlogemaker te worden. Misschien samen met Jimi, dat zullen we wel zien.' Hij begon heviger met zijn ogen te knipperen en zijn tong gleed langs zijn lippen. Jimi keek naar zijn vriend alsof er geen twijfel over hoefde te bestaan dat Jimi Kalman Watches een tweekoppige leiding zou krijgen.

En hij dan? Wat denkt hij? Zit hier opeens tegenover de man die hij een maand of wat geleden nog de sterren uit de lucht heeft horen liegen.

Maak je over hem maar geen zorgen. De jongen vindt dit mateloos interessant. Die bekijkt het hele leven als een horlogewerk, net als Jimi. Die gaat hier de radertjes checken.

Ze had hem even moeten voorbereiden.

Je zus is van de overvaltechniek. De enige die alles wist is zij.

Zij weet ook niet wat er gaat gebeuren.

Nee, ze heeft alle ingrediënten bij elkaar gedonderd en kijkt wat eruit komt. Ze is aan het experimenteren.

Maar waarom?

Geen idee.

'Jeroen Weenink,' zei de premier. Hij had eindelijk diens hand losgelaten. 'Je was niet bij de herdenkingsdienst.'

'Nee,' zei Jeroen. Zijn hand zocht een glas, hij trilde. 'Daar had ik niet zoveel behoefte aan. Ik dacht nu voor de televisie ook al steeds: mijn kist had ernaast moeten staan. Dat was in de kerk nog erger geweest.'

'Snap ik,' zei de premier. 'Snap ik helemaal. Potjandorie zeg, dat ik jou hier nou tegenkom. Jezuschristus, Mia had me wel even mogen inseinen.' Het viel Masser op dat het niet boos of verwijtend klonk. Mia ontkurkte de rosé en schonk de glazen in. Daarna keek ze de tafel rond.

'Ik ben jullie iets schuldig,' zei ze, 'misschien moet ik mijn uitnodigingsbeleid even toelichten.' Ze keek naar Masser. 'Ik had jou misschien moeten vertellen dat hij hier ook zou zijn' – ze wees naar de premier. 'Maar ik was bang dat je dan niet zou komen. En ik wilde dat je wél kwam.' Vervolgens richtte ze zich tot Jeroen. 'Ik hoop dat jij me dit niet kwalijk neemt,' zei ze. 'Ik weet wat je denkt, ik weet ook wat je weet. Maar ik vond het belangrijk dat je hier was en dat je de premier zou ontmoeten.'

Ze weet niet dat jij en Jimi ook op de hoogte zijn van de vieze spelletjes.

Natuurlijk weet ze dat wel. Je hebt het tegen haar gezegd. Drugs, zei je. Je zit hier omdat ze het weet.

'Misschien praat ik in geheimtaal, voor Masser en Jimi,' zei Mia. 'Maar, hoe zal ik het zeggen, met de gebeurtenissen in Pantsjagan waarbij Jeroen zijn vier vrienden heeft verloren, zat het anders dan in de media naar buiten is gekomen. Gecompliceerder dan ze door de regering naar buiten zijn gebracht. Jeroen weet dat.'

De jongen knikte.

Wacht. Als je wilt weten waarom ze jullie hier heeft gebracht, en of ze eerlijk is, moet je nog even wachten.

Ze is mijn zus. Ze is altijd eerlijk. Soms met een omweggetje, maar ze loopt nooit door op leugenachtige paden.

Check it out.

'Ik begrijp dat ik nu meer vragen oproep dan ik beantwoord,' zei Mia. 'Maar ik hoop dat dat de komende dagen zal veranderen. Tup moet overmorgen terug naar Nederland.'

'Tup?' De premier keek Mia verbaasd aan.

'Leg ik je later uit,' zei ze. Masser grijnsde. 'Misschien zijn er dan dingen duidelijk geworden,' ging Mia verder. Ze keek naar Masser. 'Mas, ik weet dat je me soms een zweefteef vindt die nog erger is dan ma. Laat ik nog één ding zeggen. Ik sta hier niet als de spindoctor van de premier. Ik sta hier als Mia

Kalman. Ik voelde dat ik iets moest doen, iets ongewoons. Dat ik jullie bij elkaar moest brengen, om dingen helder te krijgen, zeg maar.' Masser zag dat zijn zus emotioneel was. Ze legde een hand op de arm van Jeroen.

'Jeroen, ik weet niet hoe ik het moet zeggen... Ik heb dit niet georganiseerd om dingen een bepaalde kant op te duwen. Jullie zijn mensen, geen politici, geen journalisten, geen oorlogsslachtoffers. Alleen Jimi hier is horlogemaker, dat is nu eenmaal zo... Ik hoop...'

Oké, genoeg. Als je nu niks zegt, ben je zelf niet eerlijk.

'Mia,' onderbrak Masser zijn zus, 'ik begrijp wat je bedoelt. En ik geloof je. Misschien is het handig om te weten dat Jimi en ik van Jeroen hier hebben gehoord wat er in Pantsjagan is gebeurd. Dit is een tafel vol ingewijden.' Hij pakte zijn glas. Masser zag hoe de premier hem met grote ogen aankeek, Mia leek niet verrast.

'Dus je wilt zeggen...'

'Ik moest het aan iemand kwijt,' zei Jeroen.

'*Right!* Dus jij dacht: laat ik het dan meteen maar aan de columnist van *De Nieuwe Tijd* vertellen,' zei de premier. Hij lachte Jeroen vriendelijk toe. 'Godverdomme zeg, wat een toestand. Dit heb ik geloof ik nog niet eerder meegemaakt, zelfs niet in het jongerenkamp van de partij en daar gebeurden toch vreemde dingen. Dat krijg je als je een hippiedochter aanstelt als *close advisor*. Die doen dingen toch anders. Heeft er iemand iets te blowen? Haha! *No kidding*. Denk je ook eens een paar dagen ontspannen door te brengen in de Provence.'

'Overmorgen mag je me ontslaan,' zei Mia.

Masser hief zijn glas. 'Proost. We maken er een paar gezellige dagen van.'

Mia keek hem dankbaar aan.

Even later was de premier geanimeerd in gesprek met Jimi. Masser hoorde hoe zijn neef uitlegde wat *Assassin's Creed* was. 'Verdomd,' zei de premier na een tijdje, 'dat lijkt me geweldig. Zeker voor politici. Kun je het mij leren? Ik kan alleen whatsappjes sturen, hè. Dit lijkt me de perfecte bestrijding van het gevoel van machteloosheid dat me soms bespringt. Gewoon tegen een muur omhoogklimmen en iemand een zwaard tussen de schouderbladen drukken. Godsamme ja, zeg. Eenvoud is je ware, of niet, Masser?'

Masser knikte.

'Morgen leer ik het je,' zei Jimi. 'Masser had het ook snel onder de knie. Jeroen houdt er niet van.'

'Wie heeft er zin in een potje pool?' Masser stond op.

'Ik ga de pizza's halen,' zei Mia.

Masser werd wakker van het geluid van iemand die het water in dook. Hij had zijn raam opengelaten om de schaarse zuchtjes koele nachtwind binnen te laten. Hij keek hoe laat het was en rekende uit dat hij zeven uur had geslapen. Hij herinnerde zich geen dromen, geen vage beelden, hij had in coma gelegen. De Provence had een lome zorgeloosheid in hem gewekt, ook al waren er zaken aan de hand waarvan hij niet wist hoe ze zouden aflopen. Maar hij was er tamelijk stoïcijns onder. Hij ging ervan uit dat Mia wist wat ze deed, en hij was eigenlijk ook wel heel benieuwd naar wat er zou gebeuren. Het mengsel dat zijn zus had gebrouwen was in elk geval te explosief om maar een beetje te blijven sudderen. Ze hadden er tijdens de pizza's niet meer over gesproken, het was alsof iedereen rustig naar de stand op het schaakbord keek en zwijgend nadacht over zijn volgende zet.

Dit is zo'n Scandinavische film waarin ze met z'n allen in een huis in het bos zitten. En dan ligt er opeens een drama op tafel waaruit blijkt dat alles anders is dan ze altijd hebben gedacht. En dat zet dan de onderlinge relaties zwaar onder druk. De mannen draaien door en de vrouwen beginnen wanhopig te huilen. Het is donker en buiten sneeuwt het en het kan zomaar eindigen in moord en doodslag.

Masser pakte zijn zwembroek, trok hem aan, liep de trap af en ging de tuin in, naar het zwembad. Hij zag dat de premier bezig was met onderwaterzwemmen. Toen hij met zijn hand had aangetikt, kwam hij proestend boven. 'Dertig meter,' riep hij toen hij Masser zag. 'Vroeger zwom ik het vijftigmeterbad op en neer. M'n kop knalde bijna uit elkaar, maar ik haalde het altijd, ik leek wel zo'n dolfijn. Fuck, politiek, héél slecht voor de conditie. Net als de journalistiek, *I presume.*'

Masser liet zich in het water vallen.

Even later zaten ze naast elkaar op de rand van het zwembad. Vanuit het huis kwamen nog geen tekenen van leven. Masser wilde de premier voorstellen naar het dorp te gaan en daar brood en kranten te gaan halen, misschien gevolgd door twee espresso's op het terras. Toen herinnerde hij zich dat Mia had gezegd dat de premier om veiligheidsredenen bij het huis moest blijven. En ook voor hemzelf was het onhandig wanneer hij door een Nederlandse toerist zou worden gefotografeerd of gefilmd terwijl hij gezellig met de premier van Nederland zat te keuvelen. Dat zou binnen een minuut op Facebook en Twitter staan.

Masser Brock goes viral.

Sorry, ik wist niet dat het de premier was. Hij kwam me wel bekend voor.

'Ik neem aan dat we niet naar Mazan gaan om brood en kranten te kopen,' zei Masser.

'Alleen als je een pruik, een snor en een diepzwarte zonnebril voor me hebt,' zei de premier. Hij klonk voor het eerst een beetje mismoedig. 'Als er één ding is waarom ik deze baan haat, dan is dit het. Ik kan niet meer over straat zonder twee van die argwanend kijkende jongens met oortjes. Ik probeer mezelf voor te houden dat het allemaal wel meevalt, maar zij zeggen dat de kans dat er ergens iemand plannetjes zit te maken om me af te knallen niet mag worden uitgesloten. Het heeft natuurlijk iets aantrekkelijks, dat begrijp ik ook wel. Het is op zich niet zoveel moeite en je bent meteen beroemd. Maar toch staat het idee me tegen. *Understand what I mean?* De premier zweeg.

'Waarom hebben jullie informatie achtergehouden over wat er is gebeurd in Pantsjagan?' De top van de Mont Ventoux stak kraakhelder af tegen de hemel. Het zou een zuivere dag worden die geen onhelderheid kon verdragen. Tenminste, dat vond Masser. De premier keek hem peinzend aan. Hij leek het niet erg te vinden dat Masser met de deur in huis viel.

'We kregen eerst het nieuws van de dode jongens. We wisten niet dat er zeg maar complicerende factoren waren, dat hoorden we pas later. En toen zat de ene waarheid de andere in de weg, om het zo maar te zeggen. Dat heb je vaker, breek me de bek niet open. Kolere, wat een kutvak is het soms. Je weet hoe dingen zitten, maar als je ze naar waarheid naar buiten zou brengen, hang je. Elke keer als jij een politicus uitmaakt voor leugenaar denk ik: hij heeft gelijk. Maar hij weet niet dat we niet anders kunnen. De leugen is een veel grotere vriend dan de waarheid. Sterker, de waarheid is vaak onze vijand. Het is verdomme zware bullshit, maar het is zo. Minstens één keer per maand komt er een waarheid langs waarvan ik denk: als Masser Brock en zijn lekkere vrindjes dit zouden weten, kon ik wel inpakken met mijn kabinet.'

'Als je er genoeg van hebt, mag je me altijd anoniem tippen,' zei Masser.

'Is de waarheid de grootste vriend van de media?' De premier keek hem onderzoekend aan. Hij leek oprecht geïnteresseerd in Massers antwoord.

'De mol van de BVD op onze redactie. Die waarheid kwam ons heel slecht uit. Als we die hadden kunnen vervangen door een paar halve waarheden, als we die kennis voor de eeuwigheid in een diepe doofpot hadden kunnen stoppen, dan weet ik niet wat we gedaan zouden hebben. De onderste steen boven en dat soort kreten, dat zijn vaak ook maar stoere praatjes.'

De premier wipte met zijn voet de bal uit het water die naar de twee mannen toe was gedobberd.

'Toen ik nog een jonge journalist was, een jaar of twintig geleden, maakte ik een reportage op Urk,' zei Masser. 'Het ging over een cocaïnezaak. Op een gegeven moment had ik de waarheid te pakken. Maar die heb ik nooit in de krant gezet. Ik heb een lang verhaal geschreven waarin ik langs de waarheid scheerde. Iedereen vond het een mooi, sociologisch werk, over een kleine gemeenschap in de moderne tijd. Ik heb er nog een prijs voor gekregen. Het was niet zo dat er leugens in stonden, maar de echte waarheid was het niet. De echte waarheid was dat er drugs waren doorgelaten. Maar ik kon die waarheid niet bewijzen en het is de vraag of ik dat eigenlijk wel wilde. Misschien was ik wel blij. De waarheid is een mes in je rug. Of, in dit geval, in die van een ander. In de leugen kan troost liggen.'

'*You tell me.*'

'De waarheid over de BVD-infiltratie heeft de dood van een man tot gevolg gehad. Ze heeft een familie in het ongeluk gestort. Ik werd gebeld door de weduwe, en telkens wanneer ik terugdenk aan wat ze zei, krijg ik kippenvel.'

'Vreselijk.'

'Wat heeft die waarheid opgeleverd, behalve een hoop ongeluk?'

'De waarheid,' zei de premier.

'Een deel ervan,' zei Masser. 'Maar om ervan af te zijn, nemen we aan dat het de hele waarheid was. Er zijn leukere dingen dan maar in de stront te blijven roeren.'

'Het is jullie taak de waarheid te achterhalen. Toch?'

'En is dat altijd goed, ethisch gezien? Is de waarheid altijd de vertegenwoordiger van het goede en de leugen die van het slechte? We hadden er ook voor kunnen kiezen die man op de hoogte te brengen van wat we hadden gevonden, hem een mooie ontslagregeling aan te bieden en de zaak te laten rusten. Een mooie, roomse oplossing. Soms denk ik dat het ons weinig meer heeft opgeleverd dan een verhoging van de losse verkoop. En een hoop wantrouwen onder de lezers.'

'Wat bedoel je precies?'

'Dat ik het heilige geloof in het openbaar maken van de waarheid heb verloren.'

'Dat is tamelijk opzienbarend, voor een columnist,' zei de premier.

'Ja. En helemaal voor de beoogde nieuwe hoofdredacteur van *De Nieuwe Tijd*.' Die mededeling leek de premier niet te verrassen. Mia moest het hem al verteld hebben.

'Ik heb vannacht liggen nadenken,' zei de premier. 'Over de absurde situatie waarin we nu zijn beland. Het is een heel slecht filmscenario. Echte trash voor een c-film. Maar het is zo.'

'Neem je dat mijn zus kwalijk?'

'Nee, totaal niet. Jouw zus is een van de intelligentste mensen die ik in mijn loopbaan ben tegengekomen. Ik heb haar nog nooit betrapt op een verkeerde keuze. Ook als ik aanvankelijk dacht dat ze toch echt de plank missloeg, bleek ze later gelijk te hebben. Misschien heeft ze er één keer naast gezeten. Maar als je nog in de mist zit, neem je snel een verkeerde afslag.'

'Je bedoelt het besluit om er een nationale begrafenis van te maken, zonder te vertellen dat we hier hadden te maken met ordinaire *drug-trafficking*.' De premier reageerde niet.

'Toch?'

'Ze is bezig de zaak recht te trekken. Tamelijk onconventioneel, maar toch. Ze heeft ongetwijfeld heel lang nagedacht voor ze ons bij elkaar bracht. Al weet ik niet precies wat ze ervan verwacht.'

Ze hebben de hele nacht samen in bed gelegen. Dan heb je het hier toch over?

Mia kan heel goed zwijgen.

Masser vroeg wat de premier van plan was te gaan doen.

'Daar heb ik dus heel lang over liggen piekeren. Naast die rustig snurkende zus van je... die slaapt als een os, *no matter what's happening*. Ongelooflijk.'

'En?'

'Dat zal je verbazen. Maar voor ik dat vertel, wil ik het er eerst over hebben met Mia. En vooral met Jeroen. De manier waarop hij me gisteravond zat aan te kijken ging me door merg en been. Hij zei niks, maar ik vond het erger dan dat de hele oppositie tegen me aan begint te springen in de Tweede Kamer. Dat is een hogere vorm van toneel, dit was de tragiek van het leven.'

Masser keek om naar het huis en zag dat Mia naar buiten was gekomen. 'Ik ga naar het dorp,' riep ze. 'Croissants, baguettes, krantjes en kaasjes.'

'Tup,' zei de premier. 'Rare naam.'

Toen ze een uur later aan het ontbijt zaten hield de premier zeker een kwartier zijn mond. Hij had een krant voor zich liggen maar Masser zag dat hij alleen maar deed alsof hij las, zijn ogen staarden steeds naar hetzelfde punt. Het leek alsof hij niet wist hoe hij moest beginnen. Nu pas viel het Masser op hoe Jeroens ogen zich voortdurend focusten op de premier. De jongen leek te weten wat er in diens hoofd omging en te wachten op wat hij ging zeggen.

Masser prees het ei dat zijn zus had gekookt, Jimi vroeg aan de premier of hij klaar was voor zijn eerste les *Assassin's Creed* en Mia zette een glazen kan versgeperst vruchtensap op tafel. De blauwe hemel boven hun hoofd werd in tweeën gespleten door een witte lijn. Toen keerde de premier zijn hoofd in de richting van Jeroen, die aan het hoofd van de tafel zat.

'*Bloody hell*, Jeroen, dit is niet gemakkelijk,' zei de premier. Zijn hoofd liep een beetje rood aan. 'Maar ik moet het zeggen, ik ben je iets schuldig. Je begrijpt vermoedelijk wel wat ik bedoel. Die hele façade rond de dood van je vier vrienden moet voor jou onverdraaglijk zijn geweest. Of op zijn minst onbegrijpelijk. Ik kan je daar mijn excuses voor aanbieden, maar daar zit je vermoedelijk niet echt op te wachten. Ik kan je ook uitleggen hoe het zover is gekomen, en als je daar prijs op stelt, zal ik dat met alle plezier doen.'

'Het waren geen vrienden,' antwoordde Jeroen. 'Maar voor de rest heeft u gelijk. En ik denk dat ik wel weet hoe jullie hebben besloten het zo op te lossen. Misschien had ik hetzelfde gedaan.'

'De vraag is: wat nu?' De premier schonk zichzelf een glas sap in. 'Masser hier is straks de hoofdredacteur van *De Nieuwe Tijd*. Dus als het hem belieft staat dit morgen allemaal in de krant. In dat geval zal ik me genoodzaakt zien af te treden. Geen prettig vooruitzicht, maar goed, *that's life*. Eigenlijk is het verbazingwekkend dat het niet al veel eerder in de krant heeft gestaan en dat ik hier nog zit als de premier van Nederland.'

'Je weet wat er zou zijn gebeurd,' zei Masser, die in de stem

282

van de premier lichte spot meende te horen. 'Alle betrokkenen zouden hebben ontkend, jijzelf incluis. En de enige levende getuige zou als een idioot aan de kant zijn gezet en wellicht zijn vervolgd vanwege het schenden van staatsgeheimen. Of van beroepsgeheimen, of waar jullie hem ook maar mee hadden kunnen nagelen.'

Mia keek hem bezorgd aan. Ze wist dat haar broer zich doorgaans redelijk kon beheersen, maar dat insinuaties hem buiten zichzelf van woede konden brengen.

'Als het moet is de staat gespecialiseerd in het slopen van individuen,' voegde Masser er voor alle duidelijkheid aan toe. Hij keek de premier doordringend aan.

'Klopt,' zei de premier kalm. 'Ik ben bang dat dat inderdaad zo is en dat het zo zou zijn gegaan.' Hij keek vragend naar Jeroen, alsof hij de jongen verzocht begrip te hebben voor het feit dat hij door de staat kapot zou zijn gemaakt wanneer hijzelf of iemand anders de waarheid over de dood van de vier nationale helden naar buiten zou hebben gebracht.

'Ik ben hier niet naartoe gekomen om een Pact van Mazan te sluiten,' vervolgde de premier. 'Ik heb geen contracten bij me waarin ieder van ons zich verplicht over deze kwestie te zwijgen tot in het graf. Sterker: ik ben bereid de waarheid naar buiten te brengen. Als Masser me nu even het nummer geeft van zijn gewaardeerde vriendin Bonna, dan bel ik haar nú op om opening van zaken te geven. Ze is al stevig aan het speuren, dus ik verheug me op haar reactie wanneer ik alles bevestig wat ze al weet – dat neem ik dan maar even aan, dat ze op de hoogte is. Masser?'

'Ze is op de hoogte, klopt.' Jimi keek hem verrast aan. 'En waarom zou je nu opeens met de waarheid naar buiten willen komen? Je kabinet valt, je politieke loopbaan is fini en je staat voor de rest van je leven bekend als de premier die de koning voor lul heeft gezet bij een begrafenis van drugskoeriers. Wil je dat?'

'Natuurlijk wil ik dat niet. Maar ik ben er wel toe bereid. En ik ben ook bereid Jeroen erbuiten te houden, zodat hij verder kan met zijn leven in de horlogebusiness.'

Tup legt het bij jou neer.

Ik ben de keurmeester van de waarheid, ik moet vaststellen wat de prijs is, en of ik bereid ben die te betalen.

Hij gokt erop dat je nee zult zeggen. En dat Jeroen akkoord gaat met zwijgen.

Misschien is vannacht zijn geweten gaan opspelen. Zulke dingen komen voor.

Hij weet dat hij je zus meesleept in zijn val. Mia kent jouw loyaliteit, ze weet dat je haar belangrijker vindt dan de waarheid. Dat je geen man bent die over lijken gaat. Het is een heel goed en slim doordacht plan, om alle gaten te dichten.

Misschien is hij oprecht.

Misschien ben jij naïef.

'Mia,' vroeg Masser. 'Wat denk jij?'

Zijn zus keek hem aan. Nu kwam het. Masser wist dat ze niet zou liegen. En dat, in het hoogstonwaarschijnlijke geval ze dat wel zou proberen, hij haar onmiddellijk zou doorzien. 'Ik ben ervoor de waarheid naar buiten te brengen,' zei ze. Masser wist niet hoe hij die opmerking moest interpreteren.

Welke waarheid?

Die van haar.

Mijn eigen zus.

De Chief of Staff.

Nu keek iedereen naar Jeroen, het leek bijna logisch dat hij het beslissende woord zou spreken. Hij verzette zijn stoel, zodat hij strak tegen de tafel kwam te zitten en hij zijn handen om de zijkant kon slaan, wat hem wel iets van een ervaren redenaar gaf. Hij liet even zijn hoofd zakken, alsof hij moed verzamelde, hij wreef over zijn litteken.

'Jullie zijn gek,' zei hij toen. Het leek alsof een verbeten dubbelganger de plaats had ingenomen van de milde Jeroen. In zijn stem klonk woede, maar ook de hardheid die hij had opgedaan in de woestijn. 'Jullie denken alleen maar aan jezelf, aan je eigen geweten, aan je carrière. Jullie denken dat jullie de waarheid in pacht hebben en dat jullie ermee mogen doen wat jullie willen.'

Hij pauzeerde even, dacht na terwijl hij een slok van zijn koffie nam. 'Ik vind het oké wat de premier heeft gezegd. Misschien meent hij het wel. Maar die jongens zijn dood. Dood, weet je wel. En hun familie denkt dat ze als helden zijn gestorven. Niet als een stelletje criminelen. Dat willen jullie ze afpakken. Terwijl jullie geen idee hebben. Jullie hebben geen flauw benul. Ik heb die gasten ook onder andere omstandigheden meegemaakt. Ze waren niet alleen maar bezig met lucratieve dealtjes. Ze hebben daar ook gevochten. Voor het vaderland en al die bullshit. Met die heroïne waren ze niet de enigen. Er profiteerden mensen mee die nooit in van die godverdomde stalen doodskisten langs de bermbommen reden. Het is een waarheid van niks die jullie naar buiten willen brengen. Jullie willen alleen maar dat iedereen denkt dat nu alles weer koek en ei is, in dat kutland. Dat de boel is gezuiverd en de boeven zijn gestraft. Wie dat gelooft is een sukkel.'

Hij sloeg op de tafel en keek de anderen een voor een aan. Masser zag woede en haat in zijn knipperende ogen; pas bij Jimi werd zijn blik zachter. 'Ik wil dat jullie de familie van die jongens met rust laten. Ik wil dat jullie mij met rust laten. Ik heb met Jimi hier wel wat beters te doen dan naar praatprogramma's te gaan en te moeten uitleggen wat ik heb meegemaakt. En ook verdacht te worden gemaakt. Want dat ik het heb overleefd, wil niet zeggen dat ik onschuldig ben.' Hij zweeg, stond op en liep in de richting van de keukendeur. Terwijl hij die opende, draaide hij zich om. 'Ik lach om die waarheid van jullie,' zei hij. Het klonk alsof hij er binnen inderdaad heel hard om zou gaan lachen. Zo hard dat er geen spaan van heel zou blijven.

Er viel een diepe stilte aan de ontbijttafel. Jimi stond op en liep achter Jeroen aan het huis in. De premier wreef over zijn wangen. Mia had tranen in haar ogen.

Masser wist wat hem te doen stond. Hij ging eerst Bonna bellen om haar te bezweren dat ze de kwestie van de Pantsjagan-doden moest laten rusten. En daarna zou hij een afspraak maken met Joris Schuurman Hess om te zeggen dat hij ervan afzag het hoofdredacteurschap van *De Nieuwe Tijd* op zich te nemen.

Hij was het volledig met Jeroen eens, en dat maakte hem totaal ongeschikt.

XIX

Scoop

Hoofdredacteur Masser Brock staarde naar de kop van *De Nieuwe Tijd* alsof er een dood dier naast zijn koffie lag. Zijn handen trilden toen hij de beker oppakte. Hij sloot zijn ogen, alsof hij hoopte dat er iets anders zou staan wanneer hij ze weer opende. Hij liep met een vinger langs de letters, telde ze, alsof hij de woorden die ze vormden uit elkaar wilde trekken en zo van hun betekenis kon ontdoen. Hij keek naar de foto van een opgeblazen pantserwagen. Er waren geen mensen te zien, de foto moest zijn genomen nadat de vijf slachtoffers uit het voertuig waren gehaald. Hij keek naar de kop.

HELDEN WAREN DRUGSSMOKKELAARS.

Masser had zijn telefoon uitgezet. Hij had inmiddels drie uitnodigingen voor talkshows gekregen en hij wist dat er meer zouden volgen. Er belden voortdurend journalisten die op zoek waren naar de achtergronden van de primeur van *De Nieuwe Tijd* en die wilden weten hoe de hoofdredacteur ertegenaan keek. Het was lang geleden dat een scoop zo was ingeslagen, het nieuws over de infiltratie bij *De Nieuwe Tijd* leek opeens klein bier. Radioprogramma's hadden hun programmering omgegooid en op televisie werd aangekondigd dat de persconferentie van de premier vanaf elf uur live zou worden uitgezonden. Er werd verwacht dat het kabinet zijn ontslag zou indienen.

Op de social media kreeg *De Nieuwe Tijd* na alle hoon die er over de krant was uitgestort eindelijk weer eens lof toegezwaaid. Een twitteraar met tweehonderdduizend volgers schreef: 'De nieuwe hoofdredacteur van DNT sleept zijn krant met de scoop van de eeuw weg voor de rand van de afgrond.'

De naam van de nieuwe hoofdredacteur stond, onder die van Bonna Glenewinkel, boven het spectaculaire openingsverhaal. En boven een spread over twee pagina's waarin de gebeurtenissen in Pantsjagan tot in detail werden beschreven.

Masser pakte de telefoon, zette hem weer aan en belde Bonna.

'Waar ben je?'

'Den Haag. Je vriend gaat hier over een krap halfuur een persconferentie geven.'

'Ik weet al wat hij gaat zeggen.'

'Ik ook, maar ik wil er toch live bij zijn. Het ruikt hier naar wilde dieren. Ik proef wantrouwen onder de collega's. Er zitten een paar oude cynici tussen die nog niet overtuigd zijn. Die gaan lastige vragen stellen. Gehoord?'

'Wat?'

'Washington heeft gereageerd.'

'De president?'

'*The man himself.*'

'Jezus. Niet waar. Wat zei hij?'

'Dat ze de zaak gaan onderzoeken om te zien of er ook Amerikanen bij zijn betrokken. Dit is groot, Masser.'

'Bonna Woodward en Masser Bernstein.' Het klonk cynisch en vermoeid.

'Je hebt zelf geschreven dat we daar zitten onder Amerikaans opperbevel, dus zo vreemd is dat niet. Maar het is natuurlijk wel heel erg lang geleden dat de president van Amerika reageert op nieuws in een Nederlandse krant. Eigenlijk denk ik dat het de allereerste keer is sinds de Watersnoodramp. Hoe gaat het met je?'

'Matig. Ik voel geen euforie, als je dat bedoelt.'

'Nog contact gehad met je zus?'

'Nee.'

'Met Weenink?'

'Ook niet.'

'Waarom belde je eigenlijk?'

'Of je vanmiddag tijd hebt voor een lunch.'

'Om het te vieren?'

'Om het te vieren of om het te betreuren, daar ben ik nog niet helemaal uit. In elk geval om de horloges even gelijk te zetten.'

'Je moet nog wennen aan je nieuwe status. De god van journalistiek Nederland.'

'Een gemankeerde god. Waar moet ik vanavond gaan zitten? Ik kan kiezen uit *7-Live*, *Nieuwskijk* of de talkshow van Cees Krook.'

'Goed, lekker, lunch. Jij kunt nu toch onbeperkt declareren. Nemen we meteen even door waar je moet gaan zitten, wat je vanavond kunt verwachten, en wat je moet antwoorden.'

Ze waren tien dagen terug uit Mazan toen Mia bij hem was langsgekomen.

'Stront,' zei ze, terwijl ze de gang in liep. 'Jimi thuis? Jeroen?' Ze hing haar korte zwarte jas aan de kapstok en keek haar broer aan. Zijn zus leek altijd alles onder controle te hebben, maar nu zag hij paniek in haar ogen. Er was iets op grootse wijze uit de rails gelopen.

'Jimi is boven, Jeroen is bij zijn ouders. Wat is er?' Hij liep naar Mia, kuste haar, legde een hand op haar rug en duwde haar zacht de kamer in. 'Ga zitten. Wit?'

'Wit.' Mia liet zich achterover op de bank vallen en keek haar broer hulpeloos aan. 'Verdomme,' zei ze.

Masser liep naar de koelkast om er de wijn uit te halen. 'Vertel op,' zei hij.

Mia haalde haar handen over haar gezicht. 'Luister. Er is vandaag grote mot uitgebroken over Pantsjagan. Iemand, ik weet niet wie maar ik vermoed een man met een baard op de payroll van de C I A, heeft de Amerikanen ingelicht. Wat op zich logisch is, want daar wordt hij voor betaald. Maar dit is allemaal pure veronderstelling.'

'Wat heeft hij gezegd?'

'Dat weet ik natuurlijk niet. De Amerikanen hebben onze inlichtingendiensten in hun zak, maar omgekeerd weten wij niks van die van hen. Maar wat we wel weten is dat hij in elk geval heeft gezegd dat er in die pantserwagen drugs zaten en dat het geen eenmalig transportje was. En dat de taliban contacten onderhouden met onze militairen. Niet alleen met gewone soldaten, het voetvolk zeg maar, maar ook met figuren hogerop. En dat er veel geld mee is gemoeid.'

'Goeie spion.'

'Heel goeie spion. Al schijn je het daar nooit precies te weten. Jouw spion kan heel goed een dubbelspion zijn, of een driedubbelspion. Vermoedelijk heeft het ook te maken met concurrerende milities en gedoe tussen warlords.'

'Ga door.'

'De Amerikanen hebben meteen contact opgenomen met onze mensen daar. En die hebben hen doorverwezen naar Den Haag, want nu is het opeens een gloeiend hete oliebol die je zo snel mogelijk moet doorgeven, voor je je handen brandt. Dus vanochtend lag hij al keurig op Tups bordje. Overigens naast een croissant met een gebakken eitje eroverheen, zijn favoriete ontbijt.'

'To the point, Mia.'

'Tot hier is het nog te managen. Wij leggen de Amerikanen

uit dat het een incident is, dat we de situatie inmiddels onder controle hebben, dat de verantwoordelijken zijn teruggehaald en discreet worden gestraft blablabla. Zij hebben er ook weinig belang bij dat dit aan de grote klok wordt gehangen. Het ondergraaft ook hún missie. De meeste Amerikanen hebben geen idee waar Pantsjagan ligt, maar ze weten wel dat er miljarden dollars belastinggeld naartoe gaan en dat voor dat geld elke week een paar lijkkisten met Amerikaanse jongens erin terugkomen.'

'Maar...'

'Maar nu heeft *The Washington Post* lont geroken. Die hebben nog wél mensen in Pantsjagan zitten. En die horen dingen, die hebben contacten. En die contacten hebben belangen. Ik weet niet welke belangen, want ik snap niets van die landen. Ellendige baarden en snorren met middeleeuwse opvattingen die hun vrouwen opsluiten in boerka's. Hypocriet volk, gore smeerlappen. Enfin, daar gaat het nu even niet over.'

'Wat weten ze bij de *Post*?'

'Onduidelijk. Maar ze weten dat het meer was dan een laffe aanslag op vijf van onze jonge helden. Dat er drugs in het spel waren. Jij bent journalist toch? Die jongens laten nooit het achterste van hun tong zien als ze nog aan het wroeten zijn.'

'Als ze nog in de onderzoeksfase zitten.'

'Zo kun je het ook noemen. Ze moeten in elk geval nog dingen bevestigd krijgen, dat is wel duidelijk.'

'Gaat ze lukken.'

'Zeker. En daar begint het erg vervelend te worden. Want dan staat er dus in een Amerikaanse krant dat het Nederlandse leger zich behalve met vredesoperaties ook bezighoudt met drugshandel. Dat wij de heroïneproductie van die boeren daar faciliteren en dat die woestijntypes wapens kopen van het geld dat ze mede dankzij ons binnenhalen, waarna ze er Amerikaanse jongens mee in het hoofd schieten. Weet je wat dat betekent?'

'Dat de Amerikanen worden bevestigd in wat ze toch al dachten. Namelijk dat wij een fucking narcostaat zijn.'

'Onder andere. Het punt is dat we niet precies weten wat het betekent. Behalve een geweldige lading negatief nieuws dan. Het ligt volledig buiten onze controle. Ze gaan het opblazen en uitvergroten.'

'Klopt. Doen wij ook. Dat is ons vak. Sorry hoor. En misschien hoeven ze dit helemaal niet uit te vergroten want het is van zichzelf al vrij groot. Wat wil je doen?'

'Ik wil dat wij het initiatief nemen.'

'Hoe bedoel je?'

'Dat we open kaart spelen met een Nederlandse krant en ons verhaal naar buiten brengen.'

'Welke krant?'

'Een krant die wil voorkomen dat hij, na de knetterende primeur in *The Washington Post* of voor mijn part *The New York Times* of op *Vice*, een superscoop in een buitenlands medium in elk geval, het verwijt krijgt dat ze hebben zitten slapen. Dat je voor de echte journalistiek in Amerika moet zijn en dat Hollandse kranten slappe schoothondjes zijn die nooit iets boven water halen en zich concentreren op de Nationale Oliebollentest.'

'Dat doen wij dus niet hè, dat is...'

'Ik schets een beeld van de te verwachten kritiek.'

'Wat wil je?'

'Ik bied de hoofdredacteur van *De Nieuwe Tijd* een dijk van een primeur aan. Dit nieuws gaat naar buiten komen, Masser. Of Jeroen Weenink en de ouders van die vier dode jongens dat nou leuk vinden of niet. Of jij het wilt of niet. Je kunt je afvragen of de nieuwsvoorziening soms op een manipulatiecircus lijkt. Hier heb je mijn antwoord, Masser: ja, dat is zo. *Take it or leave it.*'

Masser luisterde met stijgende verbazing naar zijn zus. Hij kende deze toon niet van haar. Ze wilde hem simpelweg geen keuze laten. Ze was agressief aan het schaken en drukte hem in de verdediging. Hier sprak niet zijn zusje maar de spindoctor van de premier van Nederland die een plan had om haar baas te redden en die bezig was een lijst met noodzakelijke maatregelen af te werken. En hij stond bovenaan.

'Jullie vluchten naar voren.'

'Noem het zoals je wilt.'

'Horen wij het hele verhaal?'

'Je hoort in elk geval veel meer dan jullie nu weten. Details, bewijzen, achtergronden. Of dat het hele verhaal is? Ik weet niet eens of wíj het hele verhaal kennen. Er zijn zoals altijd meerdere personen die een stukje van de waarheid in bezit hebben. Je krijgt van mij telefoonnummers en namen. Je krijgt een uur met Tup. Maar het moet snel. Morgen, overmorgen in de krant.'

Masser keek zijn zus aan.

'En als ik weiger?'

'Dan gaan we naar de concurrentie.'

'We worden gebruikt als damagecontrol. Ik word door mijn eigen zus voor haar karretje gespannen. Godverdomme.'

'Zeker, Masser. Gebruiken en gebruikt worden, daar draait het in het leven om. Het uitruilen van belangen. *De Nieuwe Tijd* kan wel wat positieve publiciteit gebruiken. Jullie je primeur, wij...'

'Jullie wat?'

'Wij nog een paar jaar aan de macht. Je weet wat er gaat gebeuren als het kabinet valt. Dan zitten we hier over een halfjaar met een regering vol tokkies en brievenbuspissers. Nou, prima. Heb ik een goede reden om voorgoed te verkassen naar Mazan. Kom gerust zo vaak langs als je wilt. Maar ik wil het liever nog even uitstellen.'

De deur ging open en Jimi liep de kamer binnen. Hij kuste zijn moeder en hield toen zijn mobiel omhoog. 'Appje van Jeroen. Hij is gebeld door een Amerikaan die vroeg of hij hem kon spreken. Een journalist.'

Ze voeren een duet op, die twee. Eerst komt de een je bedreigen en dan valt de ander in om ook je laatste restje verzet te breken.

Het is een mededeling. Jimi wist niet dat zijn moeder hier was.

Ik moet dit onthouden voor als ik later mijn biografie schrijf. De grootste primeur van De Nieuwe Tijd *kwam niet tot stand door nauwgezet journalistiek onderzoek onder mijn leiding, maar doordat ik op een doordeweekse dag bezoek kreeg van mijn zus, die me een onthulling door de strot duwde. Eentje die ik godverdomme zelf uit de krant wilde houden.*

Ingewikkeld verhaal. Ongeloofwaardig.

De ongeloofwaardigste verhalen zitten wel vaker het dichtst bij de werkelijkheid.

'Oké,' zei Masser. 'Ik ga Bonna bellen. Dit is wat ze in het schaken geloof ik een gedwongen zet noemen. Vraag Jeroen maar of hij hierheen wil komen, Jimi. En laat hem weten dat hij nog geen afspraak moet maken met die Amerikaan.'

Mia stond op. Ze liep op Masser af, en keek hem opeens smekend aan. 'Sorry, Mas,' zei ze. 'Het kan even niet anders.'

Masser trok haar tegen zich aan en kuste haar op haar haren. 'Als we oud zijn lachen we hierom, onder de platanen,' zei hij.

De volgende ochtend zaten Bonna en Masser in het Torentje. De premier stond voor het raam dat uitzicht bood over de Hofvijver. Het was vroeg, nog geen acht uur, ze wachtten op de koffie. Bonna droeg een Jacob Cohen met een colbert erboven. Ze zag er streng, ongenaakbaar en op een bepaalde manier dreigend uit. Die uitstraling werd versterkt door de blik in haar ogen. Die was gericht op de rug van de premier en Masser wist zeker dat hij hem voelde branden. Mia was er niet, tot Massers lichte verbazing. Vermoedelijk was ze alweer bezig de volgende zetten in haar masterplan voor te bereiden.

De premier zette een kop koffie voor Bonna neer, Masser had bedankt. Hij voelde zich gestrest en cafeïne zou dat alleen maar erger maken.

'*Goodmorning campers,*' zei de premier. 'Godsamme zeg, op dit moment zou ik geloof ik het liefst een eend in de Hofvijver zijn, willen jullie dat geloven? Kijk ze lekker drijven. Mazan, weet je nog, Masser? Kort broekje, krantje croissantje en verder geen wolkje aan de hemel. Enfin, we zitten hier en *all hell breaks loose.* Masser, Mia heeft het je uitgelegd en jij hebt vermoedelijk mijn aloude vriendin mevrouw Glenewinkel ingeseind. *Am I right?*'

'Klopt,' zei Bonna. 'Maar ik zou het graag nog eens door jou uitgelegd horen worden. Masser hier is een man van korte zinnen, reuzensprongen en kale feiten. Typische columnist.'

'Oké, luister.'

Toen hij na een kwartiertje klaar was, keek de premier de twee journalisten vragend aan, alsof hij van hen nu de oplossing verwachtte die zou voorkomen dat hij binnen een paar dagen ambteloos burger zou zijn en de geschiedenis zou in gaan als de man die de drugsmissie naar Pantsjagan had bedacht en die het volk én de koning in de maling had genomen met een staatsbegrafenis voor vier drugscriminelen. Masser had geen nieuwe feiten gehoord. Op één detail na, dat hem geruststelde: uit het onderzoek van de geheime dienst was gebleken dat Jeroen Weenink geen deel had uitgemaakt van de ring van drugssmokkelaars op de Nederlandse compound in Pantsjagan. Er waren daar inmiddels arrestaties verricht en de rol van drie verdachte hogere officieren werd nog onderzocht, maar Weenink was niet bij de handel betrokken geweest.

Bonna was opgestaan, zoals ze wel vaker deed als ze ging spreekdenken, zoals ze het noemde. Ze had het tegen Masser weleens de 'verhoormethode' genoemd, langzaam op en neer lopen, pauzes laten vallen, plotseling overstappen naar een ander gespreksthema. Uit de mobiel van de premier klonken de eerste tonen van de Vijfde van Beethoven.

'Mia,' zei de premier, 'even geduld.' Masser luisterde of hij de stem van zijn zus kon verstaan, maar dat was niet het geval. 'Oké,' zei de premier. 'Dat is goed nieuws. Hij staat in elk geval aan onze kant, dat is mooi. Niet dat hij veel anders kan, maar het is wel belangrijk. Met zijn moeder was dat allemaal een stuk ingewikkelder geweest, die was van de principes. Goed, kom jij deze kant op? Prima, dan zie je je broertje nog even. *Let's cling together,* zeg ik altijd maar. Dan onderwerp ik me nu aan het verhoor van mevrouw Glenewinkel, *pray for me.*'

Tup laat bewust doorschemeren dat Mia bij de koning is geweest. En dat de koning meedoet in het plan, wat het plan dan ook mag wezen.

Dat is niet zo moeilijk te raden. Het is de bedoeling dat het nieuws gecontroleerd naar buiten wordt gebracht met zo weinig mogelijk collateral damage.

Elk woord is massage. Elke waarheid is een voorwaardelijke waarheid. Elk feit wordt zorgvuldig op zijn plaats gezet zodat er iets geloofwaardigs ontstaat zonder dat het per se waar is. Er wordt iets geconstrueerd waarmee iedereen akkoord kan gaan.

Zo gaat het al eeuwen, Masser. Alleen is in onze eeuw op de een of andere manier het idee ontstaan dat het zo niet mag.

Dat heet democratische controle, door de volksvertegenwoordigers en door de pers.

Dat heet een mooie illusie. Dat heet lekkere brokjes om de meute stil te houden. En jij gaat er braaf aan meedoen.

Bonna pakte een sigaret uit een pakje. 'Kan hier gerookt worden?'

De premier liep naar een van de ramen en zette het open. 'Nu wel. Doe mij er ook maar eentje. Het is nu nog mijn Torentje, dus als ik hier wil roken, dan rook ik hier. *Go on.*' Hij stak zijn sigaret aan en blies de rook met kleine stootjes het raam uit.

'Wanneer wist jij dat zich in Pantsjagan iets anders had afgespeeld dan wat je aanvankelijk dacht? Ik bedoel: wanneer wist je dat de helden geen helden waren?'

'Dat hoorde ik op de dag na de staatsbegrafenis,' zei de premier.

Masser keek hem uitdrukkingsloos aan. Hij wist bijna zeker dat het niet waar was wat de premier zei. Maar hij wist ook dat dit de eerste pilaar was onder de door zijn zus gecreëerde nieuwe waarheid. Vermoedelijk hoopte de premier dat ze een stilzwijgende afspraak hadden dat die pilaar overeind zou blijven.

'Is dat echt waar? Of komt het jullie goed uit dat dit waar is, hoewel het eigenlijk met de waarheid niks te maken heeft? Dat is namelijk wat ik denk.'

De premier keek haar aan met toegeknepen ogen, alsof hij even heel goed moest kijken wie hem deze absurde vraag stelde. 'Natuurlijk is het waar,' zei hij. Er speelde een glimlach om zijn mond en Masser meende er iets uitdagends in te zien. 'En het komt mij heel goed uit dat het waar is. Godverdomme zeg, stel je voor. Daar mag je me trouwens niet op quoten. Dit is een achtergrondgesprek, dat heeft Mia jullie hopelijk verteld. Maar check het gerust.'

'Bij wie?'

'Bij Mia. Of bij de jongens van de AIVD. Die zullen het bevestigen.'

'Kut,' zei Bonna. 'Lekker onafhankelijke bronnen.' Ze zocht een asbak en toen ze die niet vond, deponeerde ze haar peuk in het dichtstbijzijnde koffiekopje, dat van de premier.

'Hoeveel mensen waren erbij betrokken?'

'Hoe bedoel je?'

'Hoeveel Nederlandse soldaten en officieren er betrokken waren bij de handel.' Ze klonk geïrriteerd.

'Voor zover wij weten een heel klein groepje. Een paar jongens die dachten even hun soldij aan te vullen. Die gasten die zijn doodgeschoten. Misschien één of twee vriendjes hier in Nederland, maar dat wordt nog onderzocht.'

'Masser?' Bonna keek hem vragend aan, ze had hulp nodig. Masser overwoog een pauze voor te stellen, tot Mia terug zou zijn van haar bezoek aan het paleis – lang kon dat niet meer duren, zelfs als ze lopend naar het Torentje zou komen. Maar de premier keek ongeduldig in zijn richting en wachtte op zijn bijdrage.

Je moet nou alles op tafel gooien, Masser. Jij bent de hoofdredacteur van het te corrumperen medium.

Ik weet niet hoe Tup daarop zal reageren.

Ontkennend. Maar je mag het niet boven dit gesprek laten zweven. Het moet voor iedereen duidelijk zijn wat er gebeurt.

Omdat het niet anders kan, misschien. Maar je moet hem wel duidelijk maken wat de posities zijn. Je moet niet met je kloten laten spelen. Jij bent afhankelijk van hem, maar hij is dat ook van jou.

'Bonna heeft gelijk,' zei Masser. 'Het is niet waar. Laten we daar niet moeilijk over doen. Ik weet dat niemand ooit zal bevestigen dat je al voor de dag van nationale rouw precies wist wat zich had afgespeeld in Pantsjagan. En ook niet dat het om iets gestructureerds ging. Dat er ook hogere officieren bij waren betrokken. Daar en hier in Nederland. Je doet alsof we gek zijn. Ik weet dat dit je verdedigingslinie is. Jij staat ons iets op de mouw te spelden en wij laten ons iets op de mouw spelden, omdat we niet anders kunnen. In ruil voor een mooie primeur, ook al is het niet de hele waarheid. Maar geef dat gewoon toe.'

Bonna keek de premier aan alsof ze zich op hem wilde storten. 'Dat bedoel ik,' zei ze. 'Ik ben blij dat mijn hoofdredacteur het zo duidelijk heeft uitgelegd. Ik ben godverdomme geen verslaggeefster van de schoolkrant uit Kutkrabbendijke.'

'Pauze,' zei de premier. 'Ronde voorbij. Ik dacht dat ik jullie zo in bescherming nam. Zodat je in het uiterste geval altijd nog zou kunnen terugvallen op de linie dat de ex-premier jullie keihard heeft staan voorliegen. Maar daar hebben jullie dus geen behoefte aan. Prima, duidelijk. We wachten even op Mia. Nog koffie?' Hij pakte zijn koffiekopje. 'Getverdemme,' zei hij toen hij de peuk zag.

Mia kwam binnen in een mantelpakje dat Masser nog niet eerder had gezien en dat ze kennelijk speciaal had gekocht voor haar bezoek aan de koning. Ze kuste Masser, schudde Bonna de hand en knikte naar de premier. 'Uitstekend dat jullie hier zijn,' zei ze.

'Er is sprake van lichte onenigheid,' zei de premier. 'Ik ben bang dat Masser en Bonna ons ervan verdenken dat we spelletjes spelen. Terwijl wij toch zo transparant...'

Bonna's sarcastische lach galmde door de ruimte.

'Laten we de zaken even kort samenvatten en de voorwaarden op een rijtje zetten,' zei Mia zakelijk. 'Jullie krijgen het nieuws dat vier van onze jongens in Pantsjagan betrokken zijn geweest bij drugssmokkel. Jullie krijgen toegang tot betrokkenen, voor zover nog in leven. We zullen jullie in alles ter wille zijn. In ruil daarvoor willen wij dat het feit dat de premier en een heel kleine kring anderen al voor de dag van nationale rouw op de hoogte waren van de werkelijke omstandigheden buiten de krant blijft. Wij vinden dat ook niet zo belangrijk, eerlijk gezegd. Het is een detail. Gaan jullie niet akkoord, dan zorg ik ervoor dat het nieuws vanochtend nog op het Haagse bureau van *De Telegraaf* ligt. Dat wil zeggen, ons eigen feitenpakket. Enfin, daar heb ik het met Masser al uitgebreid over gehad.'

Bonna keek met opgetrokken wenkbrauwen naar Masser.

Ze denkt dat ik al een deal met Mia heb bekonkeld.

Die zus van jou won al van je met schaken toen ze zes was.

Juist toen Masser de verdenking uit de lucht wilde halen, ging Mia weer verder. 'Ik begrijp niet waar jullie zo moeilijk over doen. Dit soort deals is de normaalste zaak van de wereld.'

'Jeroen heeft ons in Mazan verteld dat die jongens bij hem in dat pantservoertuig niet op eigen houtje werkten,' zei Masser. 'Dat er officieren bij waren betrokken. Dat het om een netwerk ging. Daar was jij bij, en Tup hier ook.'

'Tup?' Bonna keek met een sardonische grijns naar de premier.

'Daar was ik bij,' zei Mia. 'En ik denk dat Jeroen zich vergiste. Het was een incident, een slim plannetje van een paar jongens. Kruimelwerk.'

Masser had zin tegen zijn zus te gaan schreeuwen. Kruimelwerk? Hoeveel kilo zat er godverdomme in die kisten?

'Er zijn geen aanwijzingen dat het om georganiseerde smokkel op grote schaal ging,' zei Mia koud.

'We kunnen ook een interview met Jeroen Weenink gaan maken,' zei Bonna. 'Gaan jullie lekker naar *De Telegraaf*, komen wij met het echte nieuws.' Ze drentelde driftig door de kamer, Masser was bang dat ze iets zou vernielen. 'Misschien wil hij herhalen wat hij jullie in Mazan heeft verteld.'

'Dat kan,' zei Mia. 'Maar in de eerste plaats gaat de jongen daarmee juridische en financiële problemen krijgen die ik niemand zou toewensen. Ten tweede gaat niemand zijn verhaal bevestigen. En ten derde vermoed ik dat hij helemaal geen interview zal willen geven. Volgens mij heeft hij in Mazan duidelijk genoeg laten weten hoe hij over deze kwestie denkt.'

Bonna keek Masser opnieuw vragend aan.

'En ten vierde,' zei de premier, 'is wat ik zojuist zei over de directe betrokkenheid van Jeroen Weenink ook niet geheel conform de waarheid. Er is hard bewijs dat er in die pantserwagen alleen maar jongens zaten die precies wisten wat ze deden en waarom: voor de pecunia, de harde cash, de pegels. De oud-Hollandse handelsgeest, zeg maar. Maar ik denk dat Jeroen Weenink genoeg is gestraft. Hij moet verder met zijn leven. Het is een aardig joch, dat ik niet graag vijf jaar in een cel zou zien zitten.'

'Jullie zijn genadeloos, hè,' zei Masser.

'Wij juist niet,' zei zijn zus. 'Wij proberen te voorkomen dat de genadeloosheid van het nieuws nog meer mensen zal verpletteren. Nodeloos kapot zal maken. Daar staan journalisten nooit bij stil. Of althans veel te weinig.'

'*Exactly,*' zei de premier. 'Dat lijkt me een *damned* juiste zienswijze. Enige bescheidenheid en terughoudendheid zouden de media sieren. Sorry, Masser.'

Ik ben vaak jaloers op mensen met een natuurlijke arrogantie. Mensen die de waarheid als hun wettig eigendom zien, en die ermee omgaan alsof het een gedresseerde zeehond is.

Niemand wil de hele waarheid, de suggestie van de waarheid volstaat. Daar heeft Mia gelijk in. Als we alles zouden weten, woonden er hier zeventien miljoen depressievelingen.

Waarheidsvinding is mijn beroep.

Nieuws is entertainment. Je bent een goochelaar Masser. Zo eentje die na wat magische bewegingen iets uit de hoge hoed tovert waarvan iedereen zegt: hé, de waarheid! Schitterend gedaan, benieuwd wat er nog meer in zit, een konijn of misschien nóg wel een waarheid.

'Even samenvatten,' zei Mia. 'Morgen publiceert *De Nieuwe Tijd* dat bepaalde individuen in het leger heroïne vanuit Pantsjagan naar Nederland hebben proberen te smokkelen. Wij weten niet hoe jullie aan die informatie zijn gekomen, maar ik kan nu alvast bevestigen dat die klopt. Op de onvermijdelijke vraag of dit een eenmalig transport was, antwoorden we dat er gelukkig sterke aanwijzingen zijn dat dit inderdaad zo was. Maar dat we de zaak natuurlijk tot op de bodem zullen uitzoeken en dat in afwachting van de uitkomst van het onderzoek de verantwoordelijke mensen in Pantsjagan zijn geschorst.'

'De uitkomst van dat onderzoek staat vast, denk ik zomaar,' zei Bonna.

'Dat denk ik ook,' antwoordde Mia. 'Maar daar mag je me niet op quoten.'

Masser verbaasde zich over het cynisme van zijn zus. Hij wilde naar haar toe lopen om haar beet te pakken en bij zinnen te brengen. Hij kende haar zo niet. Hij keek naar haar, om te zien of het misschien allemaal ironie was geweest en ze nu met een redelijk voorstel zou komen. Maar ze ontweek zijn blik en beschouwde de zaak kennelijk als afgedaan.

'Hebben we een deal?' De premier had zwijgend toegeluisterd. Hij klonk bijna vrolijk.

Masser overwoog of er nog ergens een uitweg was, of hij iets kon bedenken waarmee hij vanuit de verdediging de aanval weer zou kunnen overnemen. Of hij niet moest zeggen dat het hem allemaal geen reet meer interesseerde en dat hij morgen alles zou publiceren wat hij wist, ook al kostte het hem de kop en was het de allerlaatste waarheid die *De Nieuwe Tijd* naar buiten bracht. Hij dacht aan Jimi, aan Jeroen, aan zijn ouders en aan de oude André. Hij dacht aan zijn zus – en hij besefte dat ze de loyaliteit tussen hen tweeën in de strijd had geworpen, de liefde die hij voor haar voelde, hun gedeelde verleden, de herinneringen; hij zag haar weer staan aan de reling van de Hindeloopen, terwijl ze Jimi riep. Ze wist dat hij dat nooit allemaal zou verraden voor een scoop – dat was haar belangrijkste wapen. Hij wist dat hij haar daarom zou moeten haten, maar dat kon hij niet.

'Bonna?' Hij hoorde dat hij stamelde.

'Jij bent de hoofdredacteur,' zei Bonna. 'Jij beslist.'

Masser knikte naar de premier.

'We gaan,' zei Bonna. 'Ik begin hier mijn laatste restje zelfrespect te verliezen. En we moeten aan het werk. Ik zeg maar zo: beter een half ei dan een lege dop.' Het klonk precies even wrang als ze het bedoelde. 'Sms me die namen en telefoonnummers,' zei ze streng tegen Mia. 'We moeten de doofpot een beetje kunnen opfleuren.'

Masser gaf de premier en zijn zus een snelle hand en draaide zich om. Hij had het gevoel dat hij vluchtte.

'Vanavond bij ons aan tafel: Masser Brock, de nieuwe hoofdredacteur van *De Nieuwe Tijd* én een van de twee journalisten die het Pantsjagan-drugsschandaal naar buiten brachten. Welkom, meneer Brock!' Cees Krook lachte zijn scheve lachje in Massers richting. Masser dankte hem met een glimlach. Naast hem zat de schrijver van een boek over houthakken en tegenover hem een vrouwelijke militair die een jaar had doorgebracht in Pantsjagan.

Masser voelde zich nog even beroerd als toen hij vijftien uur eerder naar de openingskop van zijn krant had zitten staren. Hij was niet naar de redactie gegaan. Hij zou de felicitaties die hij daar ongetwijfeld in ontvangst zou moeten nemen, vanwege de primeur en ook vanwege zijn nieuwe functie, niet hebben kunnen verdragen.

De premier had die ochtend een korte persconferentie gegeven, waarin hij het verhaal in *De Nieuwe Tijd* bevestigde en namens de Nederlandse regering zijn diepe spijt uitsprak over de gebeurtenissen. Hij prees de twee journalisten die 'de waarheid een grote dienst hebben bewezen' en zei het te betreuren dat de vier doden ten onrechte een heldenbegrafenis hadden gekregen. De premier sprak het vermoeden uit dat het ging om een incidenteel geval en dat van structurele drugshandel met criminele elementen hoogstwaarschijnlijk geen sprake was – maar alle nieuwe informatie zou worden meegenomen in het lopende onderzoek naar de kwestie-Pantsjagan. 'Ik wil dat de onderste steen bovenkomt, laat dat duidelijk zijn.'

Er werd een vraag gesteld over het moment waarop de regering wist dat de vier doden zich met een drugstransport hadden beziggehouden ('Sinds vanochtend'), of er binnen het leger niet eerder signalen waren opgevangen over verdachte contacten met bendes ('Helaas niet') en hoe dergelijke contacten in de toekomst zouden worden voorkomen ('Door er nóg meer en directer bovenop te zitten en de screening en monitoring te intensiveren'). De vraag hoe het mogelijk was dat twee journalisten zaken boven water hadden gehaald die bij de regering tot dan niet bekend waren, beantwoordde de premier met een gekwelde blik en een korte pauze. Dat was volgens de premier 'de crux van de zaak'. Ergens hadden mensen die daarbij een belang hadden informatie gelekt, 'informatie waarover wij niet beschikten'. Niet in Pantsjagan, niet in Nederland.

Op de logische vervolgvraag van wie die informatie dan

volgens de premier afkomstig was en hoe die zo snel bevestigd had kunnen worden, verwees hij naar 'mevrouw Glenewinkel en de heer Brock', maar die zouden vermoedelijk weinig behoefte voelen dat met hun collega's te delen, dacht de premier. *De Nieuwe Tijd* had de veiligheidsdienst voldoende inzage verschaft in hun bronnen om de feiten te kunnen controleren, zei hij, zij het zonder bronnen met naam en toenaam te noemen. Uiteraard zou de veiligheidsdienst nu wel 'diepgravend onderzoek' gaan verrichten.

Op de vraag of hij, hoewel hij kennelijk niet op de hoogte was van wat er werkelijk aan de hand was geweest, zich niet tóch verantwoordelijk voelde voor de moeilijke en gênante positie waarin hij de koning had gebracht, antwoordde de premier bevestigend. Daar voelde hij zich '*bloody* verantwoordelijk' voor. Hij zei dat hij de koning daar uitgebreid over had gesproken. Daar mocht hij verder niks over zeggen natuurlijk, maar de koning besefte dat hij, de premier, 'naar beste weten' had gehandeld. Hij was blij met dat vertrouwen.

Iemand stelde een vraag of het toeval was dat de belangrijkste adviseur van de premier en een van de betrokken journalisten broer en zus waren. Dat achtte de premier een 'schandelijke suggestie, die meer zegt over uw integriteit dan over die van mevrouw Mia Kalman en haar broer Masser Brock, die ik beiden zeer hoog heb zitten'. Volgens de premier bestond er tussen Mia en Masser een 'Chinese Muur van discretie betreffende zaken die verband houden met beider beroep'.

De laatste vraag ging over de enige overlevende van de aanslag, Jeroen Weenink. De premier was 'blij dat die vraag hier wordt neergelegd'. Masser, die de persconferentie volgde op zijn laptop, wist bijna zeker dat zijn zus hem had ingestoken. De premier zei dat hij eraan hechtte te verklaren dat Jeroen Weenink 'niet op de hoogte was van het drugstransport'. Hem trof geen enkele blaam, hij was zwaar gestraft voor de fouten van anderen die hem het leven hadden kunnen kosten. De premier hoopte dat de media Weeninks privacy zouden willen respecteren, 'want hij kampt nog altijd met de psychische naweeën van wat hij heeft meegemaakt'.

Tot slot zei de premier dat hij die ochtend contact had gehad met de Amerikaanse president over de kwestie, in een gesprek dat ongeveer dertig minuten had geduurd. Mia had hem op het hart gedrukt de persconferentie daarmee te beëindigen en van de twaalf minuten die het gesprek in werkelijkheid in beslag had genomen een halfuur te maken. Het was een goed gesprek geweest, zei de premier, waarin de president had benadrukt dat de missie in Pantsjagan niet mocht lijden onder criminele activiteiten van enkele individuen. Waarschijnlijk zou de premier binnen afzienbare tijd naar Washington reizen om de kwestie 'en andere zaken van gemeenschappelijk belang' op het Witte Huis te bespreken.

Masser verbaasde zich over het enorme gemak en de overtuiging waarmee de premier hele en halve waarheden aan elkaar reeg. Hij kon een zekere bewondering niet onderdrukken. Ongetwijfeld had de premier zijn antwoorden met Mia voorbereid en geoefend, maar hij bracht ze met een gemak dat deed vermoeden dat hij improviseerde. Na afloop van de persconferentie zei een commentator in de studio dat de premier zich soepel van zijn taak had gekweten en dat hij de meeste twijfel had weggenomen. 'Maar,' zei hij, 'het laatste woord over deze kwestie is nog niet gezegd.' De Tweede Kamer kwam ook nog aan de beurt, en uit het onderzoek zou moeten blijken of het hier echt een incidenteel geval betrof. Dat de Amerikaanse president had gereageerd op de onthulling van *De Nieuwe Tijd* zag hij als een bewijs voor de stelling dat 'er wel degelijk iets aan de hand is geweest in Pantsjagan dat raakt aan de vredesmissie van de bondgenoten'.

Masser besefte dat hij een enorm risico had genomen met de deal die hij en Bonna hadden gesloten. Hij vroeg zich af of er ergens een lek zou kunnen zitten, of er onder de mensen die de werkelijke gang van zaken kenden iemand was die een motief had die naar buiten te brengen. Hij hoopte maar dat ingewijden de kwestie alleen konden openbaren met grote schade voor zichzelf en het dus wel uit hun kop zouden laten. Het legde de stem in zijn hoofd die hem beschuldigde van verraad en corruptie niet het zwijgen op.

Het was de keuze tussen de halve waarheid of helemaal geen waarheid. Ik heb gekozen voor de eerste.

Denk je dat dat je zal redden, mocht het ooit naar buiten komen? Denk je dat De Nieuwe Tijd *zal redden? Je hebt jezelf en de krant chantabel gemaakt, Masser Brock.*

Iedereen die op de hoogte is, is chantabel. Tup, de geheime dienst, wij. Dat houdt de boel gesloten.

Alles kan kapot.

'Het ging vandaag alleen maar over jullie onthulling over drugstransporten in Pantsjagan,' zei Krook, en hij pauzeerde even om de spanning op te bouwen. 'Hoe ís dat, voor een journalist?'

'Ik zal niet ontkennen dat het opwindend is,' zei Masser. 'Primeurs zijn de krenten in de pap. Maar uiteindelijk is het ons daar nooit om begonnen. De primeur mag nooit een doel op zich worden. Wij wilden de waarheid boven tafel krijgen, zo simpel is het.'

'Wanneer dacht u: het ligt allemaal anders dan ons op de dag van nationale rouw en de staatsbegrafenis is voorgespiegeld?'

'Op het moment dat ons informatie bereikte die zorgde voor twijfel.'

'Wanneer was dat?'

'Een aantal maanden na de staatsbegrafenis.'

'Niet ervoor?'

Masser keek Cees Krook even in de ogen. Wist de man meer dan hij in zijn gemaakte nonchalance wilde doen geloven? Hij werd ongerust. 'Nee. Dat kon ook bijna niet, er zat maar een ruime week tussen de gebeurtenissen in Pantsjagan en de begrafenis van die jongens.'

'Kwam de informatie uit Nederland of uit Pantsjagan? Of misschien uit de Verenigde Staten?'

'Ik ben bang dat ik daar geen antwoord op kan geven. Ik moet mijn bronnen beschermen. Het ligt allemaal nogal gevoelig.'

'Kende u een van de overleden jongens?'

Opnieuw probeerde Masser zijn ondervrager te peilen. Wat wilde hij? 'Nee, althans niet tot deze zaak begon te spelen. In onze onderzoeksfase hebben we wel contact gehad met de ouders van twee van de vier jongens.' Dat was waar, al had dat contact weinig meer opgeleverd dan een telefonische scheldkanonnade van de vader van een van de gesneuvelden.

'Maar u kent wel de overlevende, Jeroen Weenink,' zei Cees Krook.

Nu begreep Masser waar hij heen wilde: rechtstreeks naar de bron. Hij besloot dat er geen tijd was voor gedraai, hij moest open spel spelen. Binnen de geldende beperkingen, uiteraard. De redactie van Krook had haar huiswerk beter gedaan dan de aanwezigen bij de persconferentie. 'Dat klopt,' zei Masser. 'Jeroen Weenink zat op de school voor horlogetechniek' – hij besefte dat hij de officiële naam van Jimi en Jeroens school niet kende. 'Mijn neef Jimi is een paar maanden geleden afgestudeerd aan dezelfde opleiding. Jeroen Weenink heeft sinds een aantal maanden zijn studie hervat. Ik heb daar grote bewondering voor, na alles wat hem is overkomen.'

'En uw neef Jimi is weer de zoon van Mia Kalman, de belangrijkste adviseur van de premier van Nederland,' zei Krook. De ironische glimlach rond zijn lippen was verdwenen en zijn woorden klonken aanvallend.

'Dat klopt ook,' zei Masser. 'Ik heb verder geen broers en zussen, althans geen levende, dus Jimi is inderdaad de zoon van mijn zus. U bent goed op de hoogte van de familieverhoudingen.' Hij probeerde met een grapje de spanning te breken, vooral die in zijn eigen hoofd.

'Was Jeroen Weenink uw bron?'

Masser keek even de tafel rond om tijd te winnen. De schrijver van het houthakboek keek hem nieuwsgierig aan. In de ogen van de vrouwelijke militair las hij boosheid. 'Wij hebben uiteraard met Jeroen Weenink gesproken,' zei Masser. 'Hij is de enige overlevende getuige.'

'Maar bent u door Weenink op het spoor gezet? Uw neef woont bij u in huis, en als wij goed zijn ingelicht komt Jeroen Weenink weleens langs.'

'Klopt, ja. Jimi bewoont een studiootje in mijn huis. En Jeroen Weenink is inderdaad weleens bij ons geweest.'

Te verdedigend.

Weleens bij ons geweest. Hij woont daar zo'n beetje.

Maar als ik dat zeg word ik ongeloofwaardig.

Het is waar.

Dat is het, met de waarheid. Ze hangt je op, de waarheid is een beul.

'Was dat al voor u hem sprak over de drugssmokkel?'

'Dat was daarvoor. En trouwens ook weleens daarna. Hij en mijn neef zijn goede vrienden.'

'Ging het aan tafel over Pantsjagan en wat daar was gebeurd?'

'Uiteraard. Het zijn traumatische gebeurtenissen geweest voor die jongen.'

'Had u het weleens over wat er écht was gebeurd?'

'We hadden het over wat er was gebeurd. Dat ze op een bermbom reden en dat er daarna vier of vijf mannen verschenen die de inzittenden van het voertuig afmaakten – althans, dat dachten ze. Want Jeroen overleefde het godzijdank.'

'Maar de info dat het om een drugstransport ging kwam niet van hem?'

'Nee. Zoals u in ons stuk heeft kunnen lezen en zoals de premier heeft bevestigd, was Jeroen Weenink niet op de hoogte van de handel.'

Cees Krook wendde zich tot de militair. 'Mieke Toornstra, u was als verbindingsofficier betrokken bij de missie in Pantsjagan. Hebt u daar ooit iets gehoord, al waren het maar geruchten, over drugshandel met de warlords?'

'Je hoorde weleens wat,' zei de vrouw, 'maar niemand nam die geruchten serieus. Je kon het je gewoon niet voorstellen. En er zijn onder zulke stressvolle omstandigheden altijd geruchten over van alles en nog wat. Dat is logisch.'

'Kende u Jeroen Weenink, toevallig?'

'Nee, er zitten een paar honderd man op zo'n compound, er gaan en vertrekken continu mensen. Die kun je niet allemaal kennen.'

'Dus u gelooft wat *De Nieuwe Tijd* vandaag schrijft, dat het om een incident gaat?'

'Dat weet ik niet,' zei Mieke Toornstra. 'Maar voorlopig moeten we daarvan uitgaan. We zullen het onderzoek moeten afwachten.'

Ze weet het, maar het deksel gaat op de doofpot.
Zeg het dan. Schok de natie, Masser.
Nee.

Cees Krook draaide zijn hoofd weer naar Masser. 'Kunt u zich voorstellen dat het toch een beetje vreemd overkomt: de journalist die een grote zaak onthult waarbij de premier van Nederland is betrokken, terwijl uw zus diens topadviseur is? De neef van de journalist die bevriend is met de enige overlevende van de aanslag waar alles om draait? Snapt u dat mensen zeggen: dat is toch té toevallig, allemaal?'

Hij roert flink in de stront en hoopt dat er iets naar boven komt. Of hij weet iets en komt daar zo dadelijk mee, als laatste vraag. Dat doen wij journalisten altijd.

Hij weet niks, hij zet alleen de familie- en vriendenrelaties even op een rijtje.

Het is erg toevallig, daar heeft hij gelijk in.

'Dat snap ik heel goed,' zei Masser. 'Dat zou ik zelf ook hebben. Maar soms is toeval gewoon toeval. Ik kan het niet helpen dat Jimi bevriend raakte met Jeroen Weenink en ik heb mijn zus ook niet aan een baan in Den Haag geholpen. Dat staat allemaal los van deze onthulling.'

'Wij hebben uw zus gesproken,' zei Cees Krook. 'Volgens haar houden jullie zakelijk en privé strikt gescheiden. De premier had het zelfs over een Chinese Muur. Maar het kan toch bijna niet anders of zij is betrokken geweest bij de gesprekken die u heeft gevoerd met de premier?'

'Mijn zus doet wat ze als adviseur van de premier van Nederland geacht wordt te doen,' zei Masser. 'Daar wou ik het bij laten.'

'Dan gaat u ons vast ook niet vertellen of de geruchten dat er sprake is van een amoureuze verhouding tussen uw zus en de premier van Nederland op waarheid berusten.' Cees Krook had zijn jongensachtige houding vol bravoure weer aangenomen.

'Ik ken die geruchten niet,' zei Masser, en hij wist een grijns op zijn gezicht te toveren. 'Mijn zus heeft een eventuele nieuwe verloofde nog niet aan de familie voorgesteld.'

'Dank u zeer, Masser Brock,' zei Cees Krook. 'We gaan houthakken!'

Masser keek op zijn mobiel, die voor hem op de tafel lag. Er flitste een bericht van Bonna op: hij zag een omhooggestoken duim. Kennelijk had hij de zaak niet compleet verknald. Een seconde later meldde Mia dat er geen woord was gelogen van wat hij had gezegd. Maar Mia mat momenteel de waarheid met andere maatstaven dan hij.

'Waar gehakt wordt, vallen spaanders,' zei de houthakker naast hem.

Iedereen lachte, Masser ook.

Nadat Masser thuis een groot glas whisky voor zichzelf had ingeschonken, belde Charles Schuurman Hess. 'Ik wist wel dat het een geweldig plan was om jou tot hoofdredacteur te benoemen,' bulderde hij in Massers oor. 'Godverdomme, Masser, ik weet niet hoe je het voor elkaar hebt gekregen, maar we zijn in één klap terug aan het front. Gefeliciteerd kerel!'

'Ik vertel het je allemaal nog wel een keer,' zei Masser.

'Prima, prima. Bel ik nu die ouwe rotmeid van een Bonna nog even.'

Maskerade

Het duurde even voor Masser was gewend aan de gedachte dat hij zijn krant internationaal aanzien had verschaft met een verhaal waarin een belangrijk deel van de waarheid onder de pet was gebleven. *De Nieuwe Tijd* werd overal ter wereld geciteerd en hij werd geïnterviewd door N B C.

Alleen *The Washington Post* kon nog voor problemen zorgen. Masser Brock, en hij niet alleen, wachtte de publicatie van het stuk waarover Mia en de premier hadden gesproken angstvallig af. Mia hield hem op de hoogte van wat ze hoorde van haar Amerikaanse contacten – maar of de *Post* iets boven water had gehaald dat duidelijk zou maken dat het verhaal in *De Nieuwe Tijd* niet helemaal volledig was, bleef nog even afwachten. Het contact tussen hem en zijn zus bleef koel.

In Massers hoofdredactionele kamer verklaarde Bonna Glenewinkel, inmiddels columniste op pagina twee van de krant, met een cynische trek om haar mond dat Masser geen seconde bang hoefde te zijn voor onheilsnieuws uit de v s. Ze zat schrijlings op de Harley-Davidson, als een amazone te paard.

'Reken maar dat het is dichtgetimmerd,' zei ze. 'Heel Pantsjagan is één grote doofpot. Niemand, ook in Washington niet, heeft behoefte aan de vaststelling dat de fijne westerse normen en waarden die we daar met veel geweld verspreiden drugshandel op grote schaal niet in de weg hebben gestaan. Dat is slecht voor de moraal en ook voor de steun van de publieke opinie. Ze gaan dit niet rondkrijgen, alle deuren zijn gesloten. Ze hebben ons nieuws overgenomen en daar blijft het bij.'

'Ik hoop dat je gelijk hebt. Al zou het tegelijkertijd ook heel erg zijn. Het zijn ingewikkelde tijden.'

'Kom op Masser, het is juist heel simpel. Dat gelul over het brengen van democratie en vrijheid is flauwekul. We zitten daar voor de olie, dat weet jij ook wel. Volgens mij heb je dat in je column vaak genoeg opgeschreven. In de tijd dat je je nog ongenuanceerde meningen kon veroorloven en nog niet medeverantwoordelijk was voor manipulatie. Die hele war on terror is gewoon een dekmantel om die lui eronder te houden. Ja toch?'

'Vertel me iets nieuws.'

'Ik zeg je dat dit een gesloten boek is. Regeringen hebben er alle belang bij dit zo klein mogelijk te houden en af te doen als een incident. De tijden dat de journalistiek presidenten ten val kon brengen of tegen de wil van het establishment schokkende schandalen kon onthullen, zijn voorbij. Het is allemaal te goed afgeschermd en de controleurs zijn professioneel ingekapseld.'

'Dat is te zwart, Bonna.'

'Kijk naar jezelf Masser. Kijk naar mij. Je gooit de wilde beesten een stuk vlees toe en ze gedragen zich precies zoals je wilt. Denk je niet dat de premier met groot genoegen de krant heeft gelezen? Die vindt jou een succesvol dompteur.'

'Helemaal niet. Ik weet uit goede bron dat hij hem enorm heeft geknepen. En hij knijpt hem nog steeds. Hij vertrouwt de Amerikanen niet.'

'Precies. Die heeft hij niet onder controle. Zit de twaalf al in de klok?'

'Je kunt ook zeggen dat we het nieuws dat we hadden, hebben afgedwongen. Zonder ons was er helemaal niks naar buiten gekomen.'

'Balsem voor de schuldige ziel. Ik kijk even in je koelkast.'

'Ik maak me er meer zorgen over dat het de lezer steeds minder lijkt te interesseren. De oplage steeg op de dag van de primeur, maar twee dagen later deed Pantsjagan al niks meer. Had iedereen er alweer genoeg van.'

Bonna kwam terug met een fles rosé en twee glazen. Masser schudde zijn hoofd.

'Je wordt er niet gezelliger op, Masser. Weet je wat het is? De mensen zijn kapotgeïnformeerd. Het ene nieuwsitem buitelt over het andere heen. Het zijn snacks, ze smaken allemaal hetzelfde en op een gegeven moment hebben ze er genoeg van.'

'Het lijkt wel alsof de verontwaardiging op is,' zei Masser. 'In elk geval hebben mensen steeds minder behoefte zich op te winden over kwesties ver weg. Zelfs als er Nederlanders bij zijn betrokken.'

Bonna ging weer op de motor zitten.

'Toen wij jong waren,' zei ze, 'dachten we nog dat we daar iets aan konden veranderen. Chili, met Allende, dat heb jij niet meegemaakt. Maar het was alsof die man hier om de hoek woonde en Chili een Waddeneiland was. Iedereen voelde zich persoonlijk betrokken. Nou ja, wij tenminste, de jongeren. Nadat hij was gestorven heb ik een week lang met een voile rondgelopen.'

'Is ook vreemd.'

'Al die linkse jongens vonden het opwindend.'

'Weet je wat nu groot nieuws is? Een Amsterdamse volkszanger met een tumor op zijn stembanden. Wat moeten we doen? Als de mensen alleen nog willen betalen voor een krant die zulk nieuws brengt, wat moeten wij dan doen?'

'Als je daarin meegaat, voer je deze krant linea recta naar de afgrond. Ik weet steeds minder zeker, Masser. Ik ben eigenlijk helemaal de weg kwijt na wat er de afgelopen weken is gebeurd.

Ik vraag me af wat ik al die jaren heb gedaan. Maar één ding weet ik zeker: jij moet je oude Theorie van de Gelaagde Waarheden er weer eens bij pakken. Weet je nog, Massertje? God, wat een leuk kereltje was je toen nog. Maar je had gelijk. Ik zeg het met een traan, maar er zal altijd een markt blijven voor de waarheid. Zelfs voor de halve waarheid. Er zullen altijd mensen blijven die de waarheid willen weten. Een paar, tussen de hele amorfe massa die het allemaal geen reet meer interesseert en die ervan uitgaat dat ze toch worden bedonderd. Voor de paar mensen die er anders over denken moet jij je krant blijven maken. En je moet je niet laten meezuigen in de platte nieuwsproductie want dan ga je kapot. Dat geef ik je op een briefje.'

Ze schonk zichzelf nog een glas in uit de fles, die ze in de zadeltas had neergezet.

Het kabinet had de storm die opstak na de primeur van *De Nieuwe Tijd* overleefd, ook al was vooraf in de media, ook door *De Nieuwe Tijd*, de indruk gewekt dat het heel spannend zou worden. De Kamer was teruggeroepen van het zomerreces en de minister van Defensie trad af na een motie van wantrouwen die door de partij van de premier werd gesteund – hij was het zoenoffer. De premier zelf bleef tamelijk gemakkelijk overeind in een lang debat met de Kamer, waarin hij het ene moment diep door het stof ging en het volgende arrogant ten aanval trok.

Hij had zich natuurlijk afgevraagd of hij verantwoordelijk was voor het feit dat de koning in een tamelijk ongelukkige positie was gebracht en of hij daaruit 'de ernstigste consequentie moest trekken', antwoordde hij op een vraag van de leider van de Democratische Partij. Hij herhaalde dat hij daarover contact had gehad met de koning, omdat hij vond dat hij hem in elk geval zijn welgemeende excuses moest aanbieden. 'Zoals ik deze Kamer vandaag óók mijn excuses aanbied.' Wat zich had voorgedaan, dat moest de Kamer zich goed realiseren, was zonder precedent. Er was sprake geweest van een maskerade, een tragische maar geraffineerde maskerade.

Masser luisterde met verbazing. Hij hoorde zijn zus – 'maskerade' was een van haar favoriete woorden. En ze had natuurlijk gelijk, een maskerade was het zeker, in meerdere opzichten. Hij voelde bewondering voor de manier waarop de premier met een paar precieze bewegingen de ontsteking uit de tijdbom haalde. Er leek in de Kamer weinig behoefte te onderzoeken of de versie van de gebeurtenissen zoals die in *De Nieuwe Tijd* had gestaan, en zoals die door de premier was bevestigd, correct en volledig was. Misschien vonden ze het, net als de krantenlezers, wel een aangename versie, eentje die schokkend genoeg was om te benadrukken dat er nog zoiets als waarheidsvinding bestond, ook als het ging om kwesties van internationaal belang, maar die aan de andere kant weer niet zo ver ging dat het écht verontrustend werd, zo verontrustend dat je niet anders kon dan concluderen dat er echt iets door en door rot was, dat het hele idee van de vredesoperatie waarmee ze bijna allemaal akkoord waren gegaan was gebaseerd op corrupte aannames, op een frauduleus wereldbeeld, op één grote, smerige, stinkende leugen.

Toen Masser Bonna belde en haar zijn theorie voorlegde, antwoordde ze kort. 'Tsjongejonge, de hoofdredacteur van *De Nieuwe Tijd* ziet het licht. Natúúrlijk is dat zo, Masser. Ik hoop dat je jezelf niet uitbundig hebt gefeliciteerd met je eigen brille.'

'Ik ben gewoon niet zo cynisch als jij. Ik heb nog een laatste restje geloof in de goedheid van de mens.'

'Dromer.'

De dag na het debat werd hij gebeld door de premier. 'Masser Brock, hoofdredacteur van de beste krant van Nederland,' begon hij. 'Tup hier. Ik wilde je even spreken, nu het erop lijkt dat de kwestie-Pantsjagan naar genoegen is afgehandeld en het weer business as usual is.' Hij was alweer helemaal zijn eigen, opgeruimde zelf.

'Naar jouw genoegen. Of het ook naar mijn genoegen is, moet ik nog onderzoeken.'

'Wat bedoel je? Zijn de dingen niet verlopen zoals je had gehoopt? Ik neem toch aan dat jullie een lekkere klapper hebben gemaakt in de losse verkoop en als ik al geen abonnee was, zou ik het nu alsnog worden. Ik word gebeld door makkertjes *from all over the world* die me vragen wat dat dan voor krant is, "*The New Times*", en waarom ze er tot voor kort nog nooit van hadden gehoord. En dan zeg ik: dat komt omdat ze pas sinds kort de hoofdredacteur hebben die ze al zeventig jaar verdienden. Haha! Is-ie mooi of niet? Godskolere zeg, wat een toestand.'

'Ja, we hebben goed verkocht.'

'En verder alles onder controle?'

'Hoe bedoel je?'

'Ik bedoel, staan de afspraken *rock solid*?'

'Die staan.'

'Geen *loose cannons*?'

'Heb je met Bonna gesproken?'

'Ja. Die heeft er geloof ik nog steeds een beetje moeite mee dat het is gegaan zoals het is gegaan.'

'Klopt. Je kunt beter zeggen dat ze er nog steeds doodziek van is.'

'We moeten pragmatisch zijn, Masser. Dat ben je toch met me eens? Natuurlijk zou het mooi zijn als de wereld wat minder ingewikkeld in elkaar zat. Maar zo ligt het niet. Dat weet jij, dat weet ik, dat weet iedereen die een beetje nadenkt. Het is wheelen en dealen met de dingen die je hebt. Anders wordt het chaos. Dat moet Bonna toch ook begrijpen. *She's not stupid.*'

'Dat begrijpt ze, misschien nog wel beter dan jij en ik. Dat heeft ze van huis uit meegekregen. Maar tussen begrijpen en accepteren zit bij haar een bredere kloof dan bij jou en mij.'

'Snap ik. Snap ik helemaal. Pleit op een bepaalde manier ook voor haar. Meen ik. Ik hou van integere en rechtlijnige mensen, zijn er niet zoveel van, moet je zuinig op zijn. Maar wat nou zo jammer is: je komt er geen stap verder mee. Straks in de hemel werkt het zo, maar hier nog niet. Geloof jij in de hemel, Masser? *Just a question.*'

'Nee, daar ben ik niet mee opgevoed.'

'Mia vertelde me over jullie jeugd. Godsiemijne zeg, op zo'n boot. Heel anders dan een villa in Wassenaar, dat kan ik je verzekeren. En dan zo'n drama. Heftig, heel heftig. Enfin, ik moet hangen, werk aan de winkel. Het land moet worden geregeerd. Dus dat komt in orde, met Bonnaatje? Die komt niet opeens met een interview met Jeroen Weenink, ik noem maar iets?'

'Bonna schendt geen afspraken.'

'Mooi, heel mooi. Topper. Nou arrivederci en tot in de gloria. Mia zegt dat ze binnenkort een etentje gaat organiseren. Hopelijk zie ik je daar.'

'Oké. Doe Mia de groeten, als je haar spreekt.'

'Mia! Groeten van je big brother!'

XXI

Eva

'Je moet niet denken dat wij 's ochtends de wereld bij je thuis-
bezorgen,' zei Masser. 'Het zijn hapjes en brokjes. Een puzzel
van vijfduizend stukjes waarvan er 4750 ontbreken. Dat weet
ik sinds ik twintig jaar geleden op Urk was. Daarvoor was ik
nog idealistisch en hoopvol, daarna een stuk minder.'

Hij was bij Bonna thuis, in haar appartement met uitzicht
op het IJ. Ze was al een paar dagen geveld door griep en hij had
een pan kippensoep voor haar meegenomen, gemaakt door
zijn moeder. 'Joodse penicilline,' zei Masser. 'Helpt altijd. Zegt
mijn moeder tenminste.' Het was alsof ze twintig jaar waren
teruggegaan in de tijd en weer op de redactie waren, waar Steven van Maren zat te tikken, Frits van de Waverij zei dat Masser poon moest meenemen en Masser zijn theorieën over de
journalistiek uiteenzette.

'Zijn prijswinnende verhaal uit Urk,' zei Bonna. 'Kuifje
Brock op jacht naar de Waarheid. Tsjonge, dat heeft destijds
wel indruk op je gemaakt, ik hoor je er nog regelmatig over.'

'Ik zal erover ophouden.'

'Heerlijke soep! Wat lief van je moeder!'

Masser keek hoe Bonna de soep oplepelde. 'Het ene moment
zie je de waarheid,' zei hij, 'het volgende is ze op miraculeuze
wijze verdwenen en is er niemand meer te vinden die zich haar
kan herinneren, alsof het een spookverschijning was.'

'En dat was op Urk?'

'Het leek op Pantsjagan. De waarheid als sneeuw voor de zon.'

'Leg uit. Nog één keertje dan. Misschien heb ik destijds niet goed naar je geluisterd.'

Nu deed ze dat wel.

De volgende dag was Bonna beter en reed ze in haar Porsche met honderdzestig per uur door de polder, op weg naar Urk. Masser had haar namen gegeven, adressen en telefoonnummers. Hij had het oude nummer van Eva Hoekman gebeld, maar er nam niemand op.

'Mijn zelfrespect zal nooit meer worden wat het is geweest,' had Bonna gezegd, 'maar ik wil het toch proberen. Zo'n doorlaatzaak is nog altijd nieuws. Jammer dat mijn vriend de burgemeester inmiddels is overleden.'

'Voorzichtig,' zei Masser. 'Ze houden daar niet van pottenkijkers. Ik zei al: het was net Pantsjagan.' Hij zag dat er op Bonna's gezicht een grijns verscheen die hij al een tijd niet meer had gezien.

'Als ze me met een stuk beton aan mijn voeten in de haven gooien is mijn laatste gedachte voor jou. En jij mag mijn Porsche hebben.'

Masser zat op de bank op de zolderloft van Jimi. Hij liep gedachteloos door het victoriaanse Londen – hij had *Assassin's Creed Syndicate* uitgespeeld, maar keerde zo nu en dan terug, uit een merkwaardig gevoel van heimwee. Het leek vreemd dat de wereld die hij zo goed had leren kennen zich niet verder zou ontwikkelen, dat alles bij hetzelfde zou blijven. Hij zou opnieuw kunnen beginnen en variaties aanbrengen in de manier waarop hij het spel zou spelen, maar de uitkomst was altijd dezelfde.

Jimi was bij zijn moeder, Jeroen Weenink was al een tijd niet meer in Haarlem geweest. De laatste keer dat Masser hem had gezien, leek die jongen zich nog minder op zijn gemak te voelen dan gewoonlijk. Volgens Jimi moest hij wennen aan de aangepaste versie van de werkelijkheid. Jimi zelf leek zich meer dan ooit te concentreren op zijn horloges, de wereld waarin niets hoefde te worden gemanipuleerd. Masser en hij hadden nog één keer gesproken over wat er was voorgevallen. Jimi had Masser tijdens het avondeten gevraagd of hij zich een leugenaar voelde.

'Ik voel me een soort gamer,' had Masser geantwoord. 'Iemand die de werkelijkheid naar zijn hand zet. Ik heb haar gekneed, zodat ze er wat appetijtelijker uitzag en wat minder pijn deed. Als dat liegen is, ben ik een leugenaar.'

Of dat mocht, als journalist, vroeg Jimi.

'Nee,' zei Masser. 'Dat mag natuurlijk niet. Dat is het allerslechtste wat je als journalist kunt doen.'

Jimi leek tevreden met dat antwoord. Masser vroeg hem wat hij zou hebben gedaan.

'Ik zou ontslag hebben genomen en hebben gezwegen,' zei hij. 'Maar ik neem je niet kwalijk dat jij dat niet hebt gedaan.'

Masser zag dat zijn telefoon, die naast hem op de bank lag, oplichtte: het was Bonna. Hij had de telefoon nog niet eens aan zijn oor toen hij haar al hoorde praten – ze klonk opgewonden.

'... geen prettig nieuws voor je, Masser. Luister. Ik heb hier nu vier dagen rondgelopen en ik ben al jouw bronnen afgegaan. Dat kostte even tijd, want ze heten hier allemaal hetzelfde en daarom hebben ze bijnamen. Vaak weten de mensen niet eens hoe iemand écht heet. Dan is het Jan van Piet van Klaas. Maar ik heb ze uiteindelijk allemaal getraceerd. Althans, hun verhaal, want met henzelf was dat nogal ingewikkeld. Masser, geen van jouw bronnen leeft nog.'

'Wát?'

'Wat ik zeg. Ze zijn allemaal overleden, niet één uitgezonderd. Een paar waren natuurlijk al wat ouder toen jij ze sprak. Zoals de vader van je oude vriendinnetje. En zoals die reder met zijn bewegende stuurhut en zijn vrouw. Maar de broer van je vriendinnetje is ook dood. Negen dode bronnen. Dat is toch sterk.'

'Ik kan het eigenlijk niet geloven,' zei Masser. 'Weet je het zeker?'

'Ik heb hier met minstens dertig mensen gesproken, Masser. Ik heb foto's van de grafzerken. Hele dag over het kerkhof gezworven, in de regen. Soms is journalistiek een beroep waar je niet vrolijk van wordt. Maar ik neem aan dat ze op Urk ook pas je naam in een steen beitelen nadat je bent overleden.'

'Ben je toevallig iemand tegengekomen die wist hoe het met Eva Hoekman is?'

'Nee. Niemand.'

'Kan ik me niet voorstellen. Als je een beetje rondvraagt... Eva Walsh of Eva Hoekman, de muzikante Eva H. Iedereen kent daar iedereen.'

'Maar zij was ook geen bron, toch?' Bonna zei het op de toon die Masser goed van haar kende en die het midden hield tussen geamuseerde uitdaging en gemeende provocatie.

'Wat wil je daarmee suggereren? Dat mijn bronnenlijst eigenlijk een soort dodenlijst was?'

'Ik suggereer niks, Masser. Ik constateer. Zin om morgen hier te eten? Ik heb een heel goed adresje aan de haven.'

Ze verwacht dat ik niet kom, dacht Masser, en daarom kom ik wel. Haar overvaltactiek irriteerde hem, net als wat ze had gesuggereerd, namelijk dat er een verband bestond tussen zijn verhaal en de doden. Hij wilde controleren wat er aan de hand was op Urk. Hij dacht aan Eva. 'Is goed. Waar is het? En hoe laat spreken we af?' Hij hoorde hard gelach aan de andere kant.

'Ik wíst het, Masser! Er zit nog leven in. Restaurant De Kust, aan de haven. Kan niet missen. En anders loop je je neus maar achterna. Zal ik een kamer voor je reserveren bij mij in het pension?'

'Nee, ik ga terug. Moet wel. Hoofdredacteur en zo.'

'Hè, jammer. Ik zie je morgen. Ga ik nu naar een afspraak.'

'Dus er leeft nog iemand.'

'Ja. Morgen meer.'

Masser googelde op Eva H. en vond haar website, maar contactgegevens ontbraken. Hij vond haar op Facebook, ze had de naam van haar ex aangehouden, Walsh. Hij bekeek foto's van haar optredens en stuurde haar een vriendschapsverzoek. Dat werd binnen een minuut geaccepteerd, alsof ze erop had zitten wachten. Even later stuurde ze hem een boodschap. 'Mas! Wat leuk! Stem uit het verleden. Ik hoop dat het goed met je gaat. Met mij wel (naar omstandigheden, vrouw alleen ;-)). Groet (en kus), Eva.'

Masser vroeg zich af wat de omstandigheden waren die maakten dat het niet écht goed ging met Eva. Hij stuurde een bericht terug, waarin hij een korte update gaf van zijn bestaan sinds het laatste korte contact, twintig jaar geleden. Aan het eind schreef hij dat hij de volgende dag op Urk moest zijn. Haar antwoord luidde zoals hij hoopte: 'Dan móét je langskomen Masser. Ik woon hier sinds een jaar of tien weer. In een huis met een eigen opnamestudio.'

Er stond een adres onder en een mobiel nummer. 'Oké,' schreef hij, 'leuk! Elf uur ben ik bij je voor een bakkie.' Even overwoog hij haar te bellen, maar dat was misschien net iets te opdringerig. Te gretig ook, nadat hij twintig jaar lang niks van zich had laten horen – en er jaren voorbij waren gegaan waarin hij niet één keer aan haar had gedacht. Hij sloot *Assassin's Creed*, stond op en liep de trap af.

Die doden, dat kan natuurlijk heel goed. De meeste van mijn gesprekspartners waren de veertig voorbij. Harde werkers op Urk, die slijten snel. En zware shag roken, die visserijmannen.

Maar alle negen, Masser.

Moet nog gecheckt worden.

Bonna zegt zulke dingen niet als ze er niet zeker van is. De negen bronnen voor je verhaal zijn dood.

Vreemd dat het Bonna niet is gelukt Eva Hoekman te traceren. Ze wist van haar bestaan.

Het verhaal roept je terug. Zo werken de dingen soms.

Zweverig gelul.

Gaat er nooit meer uit.

Godverdomme, Maarten.

Masser reed om een uur of tien Urk binnen. Hij had zijn verhaal nog eens nauwkeurig teruggelezen. Hij had bij elk brokje informatie de bron genoteerd, voor zover hij zich die herinnerde. Het stuk dankte zijn kracht vooral aan de informatie van Maarten Hoekman. Maar er stond nergens een directe of verhulde aanwijzing waarmee je Maarten in verband had kunnen brengen met de verwijzingen naar cokesmokkel in het stuk. Dat gold ook voor de reder Lukas Brouwer – Masser had zijn bronnen goed in bescherming genomen. Hij was twintig minuten te vroeg en parkeerde zijn auto in het centrum van het dorp. Hij stapte uit en liep naar het monument voor de op zee omgekomen vissers.

Ik had Bonna moeten vragen wanneer Maarten Hoekman is

gestorven. En of er iets op zijn steen stond waaruit je de doodsoor-
zaak zou kunnen afleiden.

Dat hoor je zo.

Had ik me kunnen voorbereiden.

Moord.

Dan had ik dat toch moeten weten? Dat zou ik op de een of
andere manier toch hebben gehoord?

Vermomde moord.

Hij zocht naar de naam Hoekman in het zwarte marmer en
kwam hem een paar keer tegen. Hij keek zwijgend uit over het
IJsselmeer. Daarna liep hij in de richting van het huis van Eva.

Ze woonde in een voormalige school in het hart van het dorp.
Masser was niet eens écht verbaasd toen hij Bonna's zwarte
Porsche voor de deur zag staan. Hij keek naar binnen en vanuit een stoel in de hoek van de kamer zwaaide Bonna hem
vriendelijk toe. Ze zat naast een contrabas.

Hij had Eva een seconde of tien sprakeloos aangekeken nadat ze de deur had geopend. Het document 'Eva' in zijn hoofd
moest worden geüpdatet. Het beeld van bijna dertig jaar geleden, een meisje van achttien met een ernstige uitdrukking op
haar mooie gezicht, werd vervangen door een nieuw, dat van
een vrouw van rond de vijfenveertig die zichtbaar lichter in
het leven stond dan haar jonge alter ego.

'Eva,' zei hij, 'wat ben ik ongelooflijk blij je weer te zien.'
Het klonk gelukkig zoals hij het bedoelde: oprecht. Het voelde
normaal toen hij haar op haar wangen kuste, alsof ze elkaar
een week eerder nog hadden ontmoet.

'Masser,' zei ze, haar ogen strak gericht op die van hem. Hij
zag dat ze ontroerd was. 'Masser.' Ze leek de naam te proeven.
Hij lachte onhandig. 'Hang je jas op. Kom binnen, Masser!'

Hij nam plaats op de ouderwetse bank die hij meende te herkennen uit het huis van Eva's ouders. 'Dus toen je me gisteren belde wist je al dat je vandaag hier zou zitten,' zei hij tegen Bonna.

Ze knikte als een stout meisje.

'Niet te vinden, zei je.'

Ze knikte weer. 'Grapje. Ik dacht: toch even kijken of er nog iets van een journalist in die man zit. Als je had gefaald had ik je hierheen gebracht.'

'O,' zei Masser.

Eva ging naast hem op de bank zitten. Ze is nog altijd mooi, dacht hij. Heel erg mooi, mooier dan ik me herinnerde.

'Masser Brock, mijn oude vriendje,' zei Eva. 'Mijn allereerste liefde, vriendje klinkt zo flauw.' Ze lachte samenzweerderig naar Bonna.

Eva gaf Masser een rondleiding door het huis, die eindigde in haar studio. Bonna bleef in de kamer.

'Waarom ben je teruggegaan?' vroeg Masser.

'In Utrecht kon ik zo'n ruimte niet betalen. En als je hier bent geboren, blijft het altijd aan je trekken. Bovendien ben ik toch minstens de helft van het jaar op tournee.'

Masser keek haar aan. 'Ik snap het,' zei hij. 'Ik stond net uit te kijken over het IJsselmeer. Rustgevend.' Hij wilde haar aanraken, maar deed het niet. Toen ze weer terugliepen naar de kamer, legde ze even haar arm om hem heen.

'Fijn, Masser,' zei ze.

'Kom op,' zei Bonna. 'Ik heb een lunch gereserveerd in De Kust. Hier hoort vis bij.'

'Maarten is gestorven op 31 december 1999,' zei Eva. 'Ik zag hem niet zo heel vaak, hooguit één keer per maand. Ik had het druk. Hij was al een tijd niet meer de vrolijke jongen die hij ooit was geweest. Dat is toch zo, Masser? Maarten was een blij jochie.'

Masser knikte. Hij zocht naar een goed voorbeeld, maar Eva ging alweer verder met haar verhaal.

'Ik had niet het gevoel dat hij depressief was. Nou ja, we zijn op Urk natuurlijk goed in het verbergen van gevoelens. Iedereen hier is stoer. Maarten zat toen al een paar jaar in dat huis in Nagele. Je bent daar nog geweest, toch? Mijn vader fietste soms naar hem toe, want Maarten wilde niet meer naar Urk komen. Wanneer je hem vroeg waarom niet, zei hij dat hij bang was. Maar hij heeft nooit willen vertellen waarvoor. Hij had niks achtergelaten, geen brief of zo. De buurman kwam de volgende dag om hem een gelukkig nieuwjaar te wensen. Liep achterom het huis binnen, en daar...'

Ze moest even stoppen.

'Daar lag hij. Op zijn bank. Er stond nog een halfvol glas bier. Ik had hem even na twaalven gebeld, maar hij nam niet op. Maar dat heb je wel vaker, op dat moment. Ik dacht: ik bel hem morgen.'

'Arme Maarten,' zei Masser.

'Toen jij voor je stuk over die coke op Urk was, ben ik denk ik door wel tien mensen gebeld: "Je ouwe vrijer is weer op Urk. Is het weer aan?"' Ze zei het in het dialect van het oude eiland, en Masser moest lachen.

'Op Urk gebeurt niets ongemerkt en als de oude vrijer van Eva van Herman van Maarten weer is gesignaleerd weet iedereen dat binnen een paar uur. Ook ik, terwijl ik op dat moment allang het dorp uit was. Als ik vroeg wat Masser kwam doen, praatten ze er een beetje omheen. Iedereen wist natuurlijk waarom hij er was, maar niemand zei het. Het was een verboden woord, "coke". En als het dorp negatief in het nieuws komt, is de buitenwereld de vijand en gaan de luiken dicht.'

'Ik heb je nog gebeld, de dag waarop ik terugging naar Amsterdam,' zei Masser. 'Maar je nam niet op. Ik heb zelfs nog voor je deur gestaan, niemand thuis.'

Ze keek hem met een verontschuldigende blik aan. 'Ik was er wel. Maar ik had de avond daarvoor een telefoontje gehad. Van iemand die zich niet voorstelde. Hij zei dat hij wist dat ik contact met je had gehad. En dat er nu door mij dingen in de krant zouden komen die voor bepaalde mensen ernstige consequenties konden hebben. Aan het eind zei hij: "We weten waar je woont en we weten ook op welke school je kinderen zitten." Daar schrok ik enorm van. En toen zei hij: "En die broer van je heeft ook geluld. Jullie deugen niet." Daarna hing hij op. Ik wist trouwens meteen wie het was. Dat is dan weer het voordeel van een dorp waar iedereen iedereen kent. Hier kun je mensen niet anoniem bedreigen.'

'Wie...' vroeg Masser.

'Vertel ik je zo.'

'Waarom heb je de politie niet gebeld?' vroeg Bonna. 'Dat was toch gewoon bedreiging?'

'Dat doen we niet, op Urk, de politie bellen. En wat voor bewijs had ik?'

'Begrijpelijk dat je geen contact meer wilde,' zei Masser.

'Als ze over je kinderen beginnen...'

'Heeft Bonna je verteld over de bronnen voor het verhaal?'

'Ja.'

'Eva heeft me geholpen om erachter te komen wat er was gebeurd met de mensen die jij had gesproken,' zei Bonna. 'Van de meesten wist ze het trouwens gewoon.'

'En?'

'Ze zijn overleden tussen 1998 en 2009,' zei Eva. 'Twee ervan kregen kanker. Lukas Brouwer is omgekomen bij een verkeersongeluk, samen met zijn vrouw. Volgens mij waren er geen verdachte omstandigheden, hij is uit de bocht gevlogen. Drank. Mijn vader was de laatste die overleed, zes jaar geleden. Hij was achtenzeventig. Eén van je bronnen was negenentachtig toen hij stierf. Eén jongen is op zee overboord geslagen, in de storm van 2001. Je zult er nooit achter komen of dat een echt ongeluk was. Blijven over mijn broer en Meindert, de zoon van Lukas Brouwer.'

'Die Meindert heb ik nooit gesproken,' zei Masser. 'Die stond niet op mijn lijstje.'

'Weet ik, even geduld. Meindert, dat is een afschuwelijk verhaal. Hij is in 1997 of 1998 geëmigreerd naar Spanje. Niemand begreep er iets van, want Urkers emigreren niet, en als ze wel emigreren gaan ze naar gebieden met rijke visgronden, naar Chili of West-Afrika. Maar Brouwer ging naar de zuidkust van Spanje, ik ben de naam van de stad vergeten. Hij kwam nog weleens op Urk en daar vertelde hij tegen iedereen die het wilde horen dat het hem erg voor de wind ging. Hij is nog een keer bij Maarten langsgeweest om te vragen of die geen zin had naar Spanje te komen. Hij kon nog wel een stevige Urker gebruiken in zijn bedrijf, zei hij. Misschien dacht hij dat Maarten hem kon chanteren, of misschien wilde hij hem wat dichter in zijn buurt hebben. Ze wisten dingen van elkaar die beter niet naar buiten konden komen. Maar Maarten had geen trek, die had wel zo'n vermoeden wat voor bedrijf het was. Een maand na dat gesprek komt uit Spanje het bericht dat Meindert Brouwer is vermoord. Russische maffia, Turkse maffia, gewone maffia, Albanese maffia – je hoorde alles langskomen. Ze hadden hem eerst toegetakeld met een Black & Decker. De vrouw van Meindert en zijn drie kinderen kwamen met de kist met Meindert erin terug op Urk. Hij kreeg een mooie kerkdienst, is begraven en er is nooit meer met één woord over gesproken. Zijn vrouw woont in het oude huis van haar schoonouders. Het krankzinnige huis met die bewegende stuurhut.'

'Ik wist het wel,' zei Masser. 'Ik wist het toen ik bij die Lukas zeeziek zat te worden. Die man deugde niet, hij speelde met me. Het was kat en muis.'

'De man die me destijds belde met die dreigementen was Meindert Brouwer,' zei Eva. 'Dat hoorde ik meteen, ik heb nog bij hem in de klas gezeten. Als het allemaal niet zo triest was, zou je er de slappe lach van krijgen. De Urker cokemaffia in de bocht. Maar ik vond het eerlijk gezegd niet erg dat hij dood was.'

'Dat snap ik. Zijn de daders ooit gepakt?'

'Nee. Natuurlijk niet. Maar het zal de concurrentie zijn geweest. Of hij was afspraken niet nagekomen. Zoals het gaat in die wereld: ze sturen geen deurwaarder op je af, maar een paar mannen met automatische wapens en martelwerktuig.'

'En Maarten? Is er nooit iets duidelijk geworden, in de jaren na zijn overlijden? Over waarom hij er een eind aan heeft gemaakt?'

'Angst,' zei Eva. 'Maar dat heb ik niet gehoord, dat heb ik zelf bedacht. Dat je zo bang bent dat je nog maar één uitweg ziet. Die toevallig leidt naar hetzelfde als dat waar je zo bang voor bent. Vreemd, vind je niet? Misschien zijn we banger voor de dreiging van de dood dan voor de dood zelf.'

Masser haalde diep adem. Daarna staarde hij lang naar de belletjes in zijn spa. Hij keek Eva met tranen in zijn ogen aan. 'Denk je dat ik hem heb vermoord, met dat vervloekte verhaal?'

'Dat weten we niet,' zei Bonna. 'Er zit ruim vier jaar tussen jouw stuk en zijn dood. Misschien is er in die periode iets gebeurd. Maar ik ben bang dat je met de twijfel zult moeten leren leven.'

Masser keek haar kwaad aan. Hij begreep niet dat ze zo koel

en analytisch kon blijven. Maar ze had gelijk. 'Klaas Joppe,' zei hij tegen Eva. 'Ken je die naam?'

'Natuurlijk,' zei Eva. 'Zat een tijdje bij Maarten op de kotter. Is meen ik verongelukt. Ook alweer lang geleden.'

'Is daar ooit meer over bekend geworden, over dat ongeluk? Heb je daar weleens verhalen over gehoord?'

'Verhalen?'

'Dat er misschien iets vreemds aan de hand was.'

'Nee.'

'Moet je me straks vertellen, Masser,' zei Bonna streng.

Bonna schreef een reconstructie van de zaak-Urk, waarin ook het doorlaten van de drugs werd beschreven. Ze had zelfs een politieagent opgespoord die erbij betrokken was geweest. Misschien wel de man die Maarten de stuipen op het lijf had gejaagd, dacht Masser. Ze had in de politiearchieven gezocht naar de dood van Klaas Joppe. In het proces-verbaal stond dat er geen alcohol was aangetroffen in het bloed van het slachtoffer. Over de oorzaak van het ongeluk tastte men in het duister. Bonna schreef dat een verband tussen de smokkel en Joppes dood niet kon worden bewezen. Maar ze citeerde wel de woorden van Maarten Hoekman over de verdachte omstandigheden waaronder Klaas Joppe was verongelukt – Masser kon ze zich nog letterlijk herinneren.

Bonna's verhaal zorgde voor minder ophef dan hij had verwacht. Maar het was lang geleden, afrekeningen in het drugsmilieu haalden soms de krant niet eens meer en mensen hadden andere dingen aan hun hoofd. De meeste lezers hadden het verhaal vermoedelijk met een schouderophalen afgedaan.

Bonna belde Masser. 'Ik heb Eva nog even aan de lijn gehad. Nazorg, Masser. Erg belangrijk. Geloof dat het bij jou daar destijds een beetje aan mankeerde. Maar oké, je was nog jong en je had haast. Er is op Urk opmerkelijk rustig op het stuk gereageerd, zei ze. Of niemand leest daar *De Nieuwe Tijd*, dat kan natuurlijk ook. Maar daarvoor bel ik je niet. Die Eva, Masser, is een topwijf. Wist je dat eigenlijk wel, destijds?'

'Tuurlijk,' zei Masser.

'Ik bedoel dus: een echt topwijf,' zei Bonna. 'Een nuchter, slim en hartstikke aardig mens. Zo kom je ze nog maar zelden tegen. Hoor je die muziek?'

'Ja.'

'Jazz, met Eva H. op contrabas. Heb ik opgezocht op Spotify.'

'O. Moet ik straks ook even doen.'

'Vrouwelijke muzikanten zijn altijd leuk, wist je dat niet?'

'Eh... daar heb ik nog niet over nagedacht.'

'Is zo. En zag jij dan ook hoe die Eva naar jou keek toen je binnen kwam vallen en naar haar stond te staren alsof ze een geestverschijning was?'

'Daar let ik nooit zo op.'

'Nee. Maar ik wel. Ze keek als door de bliksem getroffen, zoals dat zo fraai heet.'

'O. Ik was zelf ook even van slag. Ik had haar meer dan vijfentwintig jaar niet gezien.'

'Masser, geen bullshit. Je moet haar bellen en een afspraak maken. Dat is geen advies, dat is een bevel. De achttienjarige Masser had het verdomme beter in de gaten dan die van zesenveertig, of hoe oud ben je eigenlijk.'

'Klopt.'

De volgende dag belde Masser Eva en maakten ze een afspraak.

XXII

Speech

Masser miste de dagelijkse routine van het columnschrijven, hij miste zijn rondje langs Het Spaarne en de haringtent in de buurt van de krant haalde het niet bij die in Haarlem, maar er was gewenning en er waren nieuwe gewoonten. Op 1 oktober – de geboortedag van de krant – moest hij de voltallige redactie toespreken voor wat ze bij *De Nieuwe Tijd* al sinds de tijd van JSH 1 'de troonrede' noemden. Daarvoor riep hij de hulp van Mia in.

Ze hadden na de Pantsjagan-onthulling twee weken geen contact gehad – Masser kon zich niet herinneren dat hij Mia ooit eerder zo lang niet had gesproken. Toen vond Jimi het genoeg. Hij belde zijn moeder en zei dat ze moest langskomen. Masser trof haar aan in de kamer toen hij thuiskwam van de krant. Jimi had zich teruggetrokken in zijn loft. Mia stond op, liep naar Masser toe en omhelsde hem.

Toen Masser haar een paar weken later wanhopig had gebeld met de boodschap dat hij een speech moest houden maar dat hij geen letter op papier kreeg, was Mia eerst keihard gaan lachen. Dat hielp al een beetje om de paniek in Massers hoofd enigszins tot bedaren te brengen.

'En nu?' vroeg Mia, toen ze was uitgelachen.

'Nu moet jij me redden. Ik ben iets wat ik helemaal niet wil zijn, maar het is niet anders. En nu moet ik een toespraak houden, de troonrede. En daar moet iets van visie in. De hele redactie in het auditorium, de jaarlijkse preek van de hoofdredacteur. Met een visie. Het probleem is alleen: die héb ik niet. Wat zei Tup daar ooit ook maar weer over? Dat visie een olifant was die in de weg staat, of zoiets.'

'Daar had jij toen nog een lekkere column over. "Visieloos" stond erboven.'

'Ik ben een columnist, geen hoofdredacteur. Als columnist had ik visies zat, maar in mijn nieuwe rol kijk ik in een gapend gat. Ik weet me geen raad. Ik heb Bonna en CSH ook al gebeld. Ik moet input hebben.'

'Ik weet niks van kranten.'

'Maar je weet hoe je een toespraak in elkaar steekt. En je bent me nog wat schuldig.' Hij hoorde een diepe zucht en daarna de beginnende giechel die bij Mia vaak uitliep op de slappe lach.

'Oké. Morgenavond acht uur ben ik bij je.'

En zo kwam het dat Masser zijn verhaal begon met een beschrijving van zijn neef Jimi van vierentwintig, die hij nog nooit de krant had zien lezen. Hij zag dat er mensen knikten, het was een bekend verhaal. Daarna stapte hij over naar de premier. 'Achtenveertig jaar oud, leest ook nooit een krant. Ik citeer hem letterlijk: "Nergens voor nodig." Hij ontvangt elke dag van zijn medewerkers een samenvatting van het nieuws en daar heeft hij genoeg aan. En hij is niet uniek in Den Haag.'

De papieren krant, zei Masser, wordt gemarginaliseerd. 'Omdat de kiezers er niet meer door worden beïnvloed en geïnformeerd, neemt ook bij politici de behoefte aan een krant af.' Hij zei dat de twee groepen nu op andere manieren met elkaar communiceerden. En zoals het was tussen kiezers en politici, was het ook tussen producenten en consumenten, tussen sport en sportliefhebbers, tussen kunst en cultuurminnaars. 'Wij zijn bezig onze bemiddelende rol te verliezen, we worden uit de communicatiekanalen verdrongen en daardoor zijn we in een langzaam en pijnlijk sterfproces beland.'

'Eerst de rampspoed uitgebreid schetsen,' had Mia gezegd. 'Doe ik in mijn speeches voor Tup ook. Eerst het zuur, dan het zoet.'

'Zeventien procent van onze lezers is ouder dan tachtig,' zei Masser. 'Ik ken zelfs een lezer van honderdeen, namelijk mijn opa.' Hij keek de zaal rond.

Ik kan nu ook zeggen dat ik ermee kap.

Dat je drie maanden je stinkende best hebt gedaan en dat nu iemand anders aan de beurt is.

Dat ik me heb vergist, dat ik geen idee heb welke kant het op moet.

Dat die scoop ook een scoop van niks was.

Hij glimlachte. 'Dit betekent niet dat *De Nieuwe Tijd* verloren is,' ging hij verder. Hierop schetste hij zijn beeld van de krant van de toekomst, een beeld dat hij overigens grotendeels had ontleend aan een intern rapport van *The New York Times* dat hij via een Amerikaanse vriend van Bonna te pakken had gekregen. Hij had het over de hoogopgeleide burger van 2040 – 'Dan zijn sommigen van jullie nog niet eens met pensioen!' – en de manieren waarop die zich op de hoogte zou stellen van de actuele ontwikkelingen – 'Niet met de krant op de keukentafel!'

Na nog wat omwegen en uitweidingen kwam hij bij zijn slotakkoord. '*De Nieuwe Tijd* moet een krant worden die op alle moderne communicatiepodia aanwezig is en die daar de burger inzicht verschaft in het nieuws, die bijdraagt aan zijn opinievorming, die zorgt voor entertainment en ontspanning, die verdergaat dan de waan van de dag – veel verder.' Die zinnen waren, licht aangepast, van Charles Schuurman Hess. Die had ze opgeduikeld uit een toespraak van vijftien jaar geleden en naar Masser gemaild.

Hij kreeg de woorden maar met moeite uit zijn mond, hij hoorde zichzelf de clichés uitspreken alsof het grote wijsheden waren en was verbaasd dat niemand 'Onzin!' riep.

's Avonds zat hij terneergeslagen thuis. Ik heb mezelf het zwarte gat in gespeecht, dacht hij. Geen idee hoe ik dat allemaal moet waarmaken.

Hij fleurde een beetje op toen Eva belde en zei dat ze de volgende dag in Amsterdam moest zijn voor een optreden. 'Misschien kunnen we iets doen, samen.'

'Kom naar Haarlem,' zei Masser.

'Goed.'

'Blijf slapen.'

'Goed.'

'Waar is het optreden?'

'Bimhuis.'

'Kom ik.'

Een echte Urker conversatie, dacht Masser. Geen woord te veel.

Bij *De Nieuwe Tijd* voltrok zich ondanks de scepsis van de nieuwe hoofdredacteur een snelle transformatie. Masser zag het met verbazing aan, hij had de stellige indruk dat het allemaal buiten hem om ging.

De tweede keer dat Eva naar Haarlem was gekomen, aten ze samen in een klassiek ingericht restaurant in het centrum. 'Ik heb met mijn aantreden leegte gecreëerd,' zei Masser. 'Ik had geen idee wat ik moest doen en dat was precies wat *De Nieuwe Tijd* nodig had. Alles ontstaat uit leegte, uit ruimte, uit niets. Uit de vrijheid die komt met onwetendheid.'

'Dit ook?' Ze maakte een beweging met haar hand, van zichzelf naar hem en weer terug.

'Er zijn uitzonderingen,' zei Masser.

Toen hij het er bij zijn zus thuis over had met de premier keek die hem triomfantelijk aan. 'Eindelijk heb je het in de gaten,' zei hij. 'Laisser faire.'

Hoewel hij nu dagelijks op de krant was, merkte Masser dat de afstand tussen hem en de redactie groter werd. Hij weet dat aan de nieuwe hiërarchie en aan zijn leeftijd – hij herinnerde zich hoe hij CSH II had gezien toen hij als vierentwintigjarige diens kamer was binnengegaan, en hij was nu ouder dan Charles destijds. Maar er was nog iets dat hem van de krant verwijderde: zijn eigen twijfel. Het was alsof de dood van Steven van Maren, het gekonkel in de kwestie-Pantsjagan en de tot leven gewekte spoken van Urk kwaadaardige cellen in zijn hoofd hadden geactiveerd die zich deelden en deelden en uitgroeiden tot een zwarte pijn. Soms liet hij ijsblokjes uit de Amerikaanse koelkast in zijn kamer rollen en hield ze tegen zijn voorhoofd om de steken te verzachten. Hij liep peinzend over de redactie, zonder mensen te zien, alsof hij zocht naar het gevoel van de jonge Masser, naar een antwoord op de vraag waarom hij hier was. Steeds vaker vroeg hij zich af waarom hij het had laten gebeuren. Schuldgevoel, dacht hij. Plichtsbesef. Misschien was hij ijdeler dan hij wilde toegeven. Maar hij was bang dat hij voor het echte antwoord dieper in zichzelf zou moeten afdalen, zo diep dat de angst hem al bij voorbaat om het hart sloeg.

Kijk hem staan, tussen zijn mensen, de succesvolle hoofdredacteur van De Nieuwe Tijd. *Niemand weet wie hij werkelijk is, alleen hijzelf.*

Jij weet het ook niet.

Hij heeft zich opgeofferd voor de zonden van zijn krant. Hij is de Jezus van de journalistiek. Halleluja.

XXIII

Heino Graf von Ramstein zu Hohenhausen

Masser wachtte op het moment waarop Charles Schuurman Hess hem zou meedelen dat hij *De Nieuwe Tijd* niet meer kon redden uit de klauwen van In De Goot. Maar dat moment was nog altijd niet gekomen; hij had de halsstarrigheid van de oude CSH II onderschat. Charles bleef hardnekkig zoeken naar een alternatief waarmee hij zijn grootvader te slim af kon zijn en zijn krant in handen van de familie kon houden. Dat was voor hem een erezaak geworden, ook omdat hij zich schuldig voelde: hij was de Schuurman Hess die een opvolger op de wereld had gezet die er de brui aan had gegeven.

'Ik zou jou kunnen adopteren als mijn zoon,' zei hij op een dag tegen Masser. 'Hoe lijkt je dat? Masser Schuurman Hess, klinkt goed. Heel wat chiquer dan Brock, zeg nou zelf.'

'Dat gaat me te ver,' zei Masser. 'Ik wil op mijn zevenenveertigste niet meer worden geadopteerd. Ook niet leuk voor mijn ouders.'

De strikte voorwaarden van de oude havenbaron hingen als een betonblok om Charles' nek en dreigden hem naar de diepte te sleuren. De tijd begon te dringen: op 1 januari 2015, zes maanden na het officiële vertrek van Joris Schuurman Hess, zou het vonnis worden voltrokken en zouden de aandelen DNT overgaan naar de Stichting In De Goot, vanwaaruit ze heel snel zouden worden verkocht aan een investeringsfonds of andere partij, verwachtte CSH. Begin december nodigde hij

Masser en Bonna uit voor een etentje in Roberto's Restaurant, in het Hilton. 'Keijzer is te casual voor wat ik jullie ga meedelen,' mailde hij. 'Het is geen lunchnieuws.'

Masser en Bonna zaten al aan tafel toen CSH binnenkwam, met Heino Graf von Ramstein zu Hohenhausen aan de lijn. Hij praatte even met de eigenaar van de zaak, die bezwaar leek te maken tegen de aanwezigheid van de immense sint-bernard. 'Ik heb voor vier gereserveerd,' hoorde Masser Charles zeggen, 'en ik zag nergens dat het bij jou verboden is dat de vierde gast een hond is die wat beschaving betreft een groot deel van jouw dubieuze clientèle van patsers en proleten achter zich laat.'

De ober maakte een wanhopig gebaar en dacht aan de riante fooien die Charles Schuurman Hess gewend was te geven. 'Mooi zo,' zei CSH. 'Ik had niet anders verwacht.' Daarop ging Charles zitten en gebood hij Hein naast hem plaats te nemen. Bonna knikte goedkeurend.

CSH leek iets van zijn oude opgewektheid te hebben hervonden. 'Jullie krijgen de hartelijke groeten van Joris,' zei hij. 'Het bevalt hem voortreffelijk in Toscane. Hij brengt zijn dagen door met het proeven van lokale wijnen, de genoegens van de Italiaanse keuken en het neuken van zijn nieuwe vriendin. Tussendoor luistert hij naar opera's van Verdi. Enfin, die vogel is gevlogen. Mijn eigen schuld. Ik heb hem nog gevraagd of er binnenkort een jonge Schuurman Hess valt te verwachten, maar daarop antwoordde hij ontkennend. Dat zou hem maar afhouden van de dingen waar het echt om gaat, zei hij. Egoïst. Geen enkel hart voor de zaak, maar dat wisten we al.'

'Leg ons even uit hoe de situatie ervoor staat,' zei Bonna. 'Masser hier zal het wel weten, maar ik ben een buitenstaander.'

CSH zuchtte. 'Ik ben als het ware in gevecht met mijn grootvader. Die heeft eisen gesteld en die zijn juridisch zo dichtgetimmerd dat ik binnen afzienbare tijd geen keuze meer heb. Ik heb gekeken of ik zelf formeel weer de leiding op me kan nemen, tot zich dankzij goddelijk ingrijpen een oplossing aandient. Mijn advocaat heeft tegen schandalig uurtarief de stichtingsvoorwaarden bestudeerd. Hij is tot de conclusie gekomen dat die optie onmogelijk is. Mijn grootvader dacht in generaties. Bij de koninklijke familie kunnen ze in noodgevallen nog een soort regent benoemen, tot de kroonprinses achttien is geworden en aan de bak kan. De oude schurk heeft dat onmogelijk gemaakt, geen idee waarom. Ik vermoed om te pesten.'

'Dus? Ben je zelf nog in staat nieuw nageslacht voort te brengen?' Bonna grijnsde.

'Ik wel, maar mijn echtgenote niet meer. En ze wil niet scheiden, zodat ik me kan vergrijpen aan een dertigjarige met een kinderwens. Dat moet ik respecteren.'

'Dus?'

'Dat ga ik jullie nu vertellen.' Hij wees naar Hein.

'Wat is er met Heino?'

'Daar ligt de nieuwe directeur-eigenaar van *De Nieuwe Tijd*.' Charles zei het op verontschuldigende toon.

Masser had net een slok van zijn barbaresco genomen en een deel daarvan kwam nu via zijn neus op tafel terecht. Bonna keek Charles verbijsterd aan. Ze was nooit bang geweest voor onconventionele inzichten en pragmatische oplossingen, maar dit kwam ook voor haar onverwacht. Charles wachtte ogenschijnlijk rustig af tot zijn tafelgenoten zich enigszins hadden hersteld.

'Het is een goede grap,' zei CSH, 'maar het is ook serieus. Ik heb gisteren de eerste kaper op de kust doorverwezen naar de nieuwe eigenaar en hem veel succes gewenst bij de onderhandelingen.'

Masser was weer een beetje bij zijn positieven gekomen. 'En wat zei je advocaat toen je met dit plan kwam aanzetten?'

'Die is, andermaal na raadpleging van talloze documenten en tegen een uurprijs waarvan je hier een hele week kunt lunchen én dineren, tot de conclusie gekomen dat niets zich tegen de tijdelijke overdracht van het eigendom van *De Nieuwe Tijd* aan Heino Graf von Ramstein zu Hohenhausen verzet, mits ik de hond tot mijn wettelijke erfgenaam benoem, wat inmiddels is geregeld. Uiteraard heb ik Joris op de hoogte gesteld. Die ging na veel mitsen en maren akkoord, op voorwaarde dat hij weer de erfgenaam van Heino zou worden. Tijdelijk, uiteraard.' Charles keek triomfantelijk, alsof hij applaus verwachtte. 'Ik heb hiermee mijn grootvader en naamgenoot geklopt, daar komt het op neer. Daar ben ik verdomme zo trots op als een pauw. Ik heb een verdedigingslinie tegen vijandelijke overnames opgeworpen waar nog niemand aan had gedacht.' Hij wierp een liefdevolle blik op Heino, die lodderig voor zich uit staarde. 'Wat jij, Hein?'

'Ik moet nog een glas wijn hebben,' zei Bonna.

'Maar Heino...' Masser voelde een hevige lachbui aankomen.

'Caligula benoemde zijn paard tot senator,' zei CSH. 'Dat was pas écht raar. Ik heb in de loop der jaren meermaals berichten zien langskomen van oude maar steenrijke Amerikaanse weduwes die hun kapitaal nalieten aan de poes of aan zo'n lelijk kutlikkertje. Dus zo absurd is het nou ook weer niet. In elk geval voldoe ik hiermee aan alle voorwaarden in de statuten van Stichting In De Goot. Ik was er zelf eerlijk gezegd ook door verrast. Maar zo zie je maar weer dat je buiten de kaders moet durven denken.' Zijn ogen verzochten om enig begrip. 'Ik vind het natuurlijk óók niet normaal dat die hond hier opeens een krantenmagnaat is geworden.'

Masser had zijn gezicht in zijn handen gelegd en begon te snikken van het lachen.

'Het is natuurlijk tijdelijk,' zei CSH onverstoorbaar. 'Kan ook niet anders, want Hein is ook alweer negen en sint-bernards worden niet heel oud. Ik moet tijd winnen, de jakhalzen staan in mijn nek te hijgen. Zeker nu het weer crescendo gaat met de krant, met dank aan Masser hier. Of ondanks Masser, weet ik veel. Ik kan elk moment besluiten Hein wegens incompetent beleid van zijn taken te ontheffen, waarna de aandelen weer mijn kant op komen. Maar dat lost niks op, dan treden onmiddellijk de tijdslimieten weer in werking die me binnen korte tijd alsnog *De Nieuwe Tijd* zouden kosten. Maar voorlopig zit ik goed.'

'Dus ik heb nu maandelijks overleg met Hein over de te volgen koers,' wist Masser nog net uit te brengen, voor de slappe lach hem weer in zijn macht kreeg.

'Zoiets,' zei CSH. 'Daar heb ik het met mijn advocaat nog niet over gehad. Misschien moet je Hein in dezen meer zien als een rechtspersoon dan als een... een hond. Verdomme, ik had verwacht dat jullie me de hemel in zouden prijzen vanwege dit geniale plan. Maar de een heeft de slappe lach en de ander kijkt me aan alsof ik mijn lul op tafel heb gelegd en kunstjes laat doen. Ober!'

De tactische manoeuvre van Charles Schuurman Hess haalde binnen de kortste keren de nationale en internationale media. Directeur-eigenaar Heino de sint-bernard zorgde ervoor dat het eigenzinnige imago van *De Nieuwe Tijd* werd versterkt. Het volstrekt absurde is kennelijk een aanbeveling geworden, dacht Masser. Wat vroeger een reden was geweest om de krant onmiddellijk op te zeggen, lokt nu nieuwsgierigen. Masser legde in de kolommen van *De Nieuwe Tijd* tot in detail uit waarom Charles Schuurman Hess voor de extreme oplossing had gekozen: om *De Nieuwe Tijd* ('úw *De Nieuwe Tijd*') niet in handen te laten vallen van 'het investeringstuig in de Londense City' dat de krant zou leegtrekken en daarna bij het grofvuil zou zetten. Die uitleg viel in goede aarde. Heino Graf von Ramstein zu Hohenhausen werd uitgenodigd in de talkshow van Cees Krook, waar hij éénmaal blafte, juist toen Krook had vastgesteld dat je de hond kon zien als een symbool in de strijd tegen het 'sprinkhanenkapitalisme dat bezig is alles van waarde kapot te maken'.

Een jong meisje op de opmaakredactie had T-shirts laten maken waarop Heino stond afgebeeld, met daaronder de tekst HIER WAAKT HEIN en het logo van *De Nieuwe Tijd*. Er viel amper tegen de vraag op te drukken, het leek erop dat iedereen die genoeg had van graaiers en zelfverrijkers, van de hele hebberige tijdgeest, in Heino de gedroomde bondgenoot zag.

'Misschien moeten we Heino een plek aanbieden in het kabinet,' zei de premier in een reactie.

XXIV

De cartoon

Aan een wand van de kamer van de hoofdredacteur hing een grote tekening waarop de belangrijkste cartoonist van de krant, Beau Lafaille, Masser Brocks Theorie van de Gelaagde Waarheden had verbeeld. Die had hij gekregen bij zijn afscheid als columnist. Op de tekening zag je een doorsnede van een hersenpan – aan het bijbehorende gezicht zag je dat het de hersenen van Masser Brock moesten voorstellen. De hersendelen waren gelaagd opgebouwd en volgeschreven in een klein kriebelhandschrift. Die kriebels verwezen naar verschillende kwesties waarmee Masser zich in de loop der jaren had beziggehouden. In elke volgende laag veranderde er iets in de teksten, werden aannames in de bovenliggende ring ontkracht en vervangen door andere. Meer naar het midden werden de affaires alleen nog maar aangegeven in kernwoorden met een vraagteken en uiteindelijk belandde je in wat Lafaille vermoedelijk had bedoeld als Massers krokodillenbrein, een klein gebiedje in het midden van zijn hoofd. Masser stond regelmatig naar de tekening te kijken. Telkens bekroop hem het gevoel dat Lafaille de werkelijkheid van de waarheden haarfijn en tamelijk ontluisterend had betrapt. Uiteindelijk eindigde het in zijn krokodillenbrein allemaal met een groot vraagteken.

Soms ging Masser op de Harley van JSH I zitten en staarde hij naar de tekening. En elke keer groeide zijn twijfel. Hij vroeg zich af of het niet de verbeelding van een naïeve gedachte was, of het niet het journalistieke wereldbeeld was van een idealistische jongeling die geen idee had hoe de werkelijkheid echt in elkaar zat. De werkelijkheid is een piramide, dacht hij. Onder elke waarheid zit niet een andere, nee, er zitten er twee. En daaronder zitten er vier. Et cetera. Tot het allemaal zo gecompliceerd wordt dat niemand er meer een touw aan kan vastknopen. Hoe dieper je graaft, hoe onoverzichtelijker het wordt. Maar wie is daarin geïnteresseerd? Er is geen waarheid, er zijn oneindig veel waarheden. Dé waarheid is een afspraak, een geloofsartikel om de boel nog enigszins overzichtelijk te houden en de mensen gerust te kunnen stellen. En om kranten te verkopen.

Hij overwoog ook een motor te kopen.

Eénmaal trof Charles Schuurman Hess hem aan, zittend op de Harley. csh was de enige die zonder kloppen de kamer van de hoofdredacteur binnenkwam. Hij had Heino bij zich.

'Hoera, het uur van mijn ontslag is gekomen,' riep Masser.

'Nog niet,' zei csh. 'Of had jij daar andere opvattingen over, Heino?' De hond keek hem trouwhartig aan, richtte zijn blik op Masser en liet een kort blafje horen. 'Je krijgt een bonus,' zei csh.

Masser wees naar de tekening van Beau Lafaille. 'Wist jij dat die is gebaseerd op wat jij ooit tegen me hebt gezegd, tijdens ons allereerste gesprek in deze kamer? Over de waarheid onder de waarheid?'

'Dat zei ik tegen alle nieuwkomers,' zei Charles Schuurman Hess. 'Ik wist ook wel dat het niet geheel conform de werkelijkheid was, maar als ik het dan weer vol vuur aan iemand had uitgelegd, geloofde ik er zelf ook weer een tijdje in.'

Masser stapte van de motor. 'Godverdomme, Charles,' zei hij.

Toen hij na een kleine anderhalf jaar hoofdredacteurschap werd uitgenodigd in de talkshow van Cees Krook, wist hij dat het tijd werd om op te stappen, omdat hij anders óf gek zou worden, óf in zijn eigen mythe zou gaan geloven en erin zou blijven hangen. Krook las losjes een tekst voor van de autocue. Hij stelde Masser Brock voor als de man 'die bezig is van het respectabele maar enigszins ingedutte instituut *De Nieuwe Tijd* een swingend mediabedrijf te maken dat bijna onontkoombaar overal aanwezig is waar het naar nieuws en trends ruikt. Overigens moet hij elke week verantwoording afleggen aan een sint-bernardshond.' Daarna wendde hij zich tot Masser.

'Ik neem aan dat Heino Graf von Ramstein zu Hohenhausen buitengewoon tevreden is.' In beeld verscheen een foto van de hond.

'Ja, enorm,' zei Masser. Hij had geen zin alweer over de hond te beginnen. Even overwoog hij al zijn twijfels open en bloot op tafel te leggen, een kort college over de waarheid te geven en ten overstaan van een miljoen kijkers zijn ontslag aan te bieden.

'Klopt het,' vroeg Krook, 'dat zelfs *The New York Times* bij jullie langs is geweest om te zien hoe hier in Nederland een nieuw soort krant wordt ontwikkeld? Een nieuwe informatiebron? Zeg maar de volgende stap in de multimediale informatieverspreiding?'

'Dat klopt,' zei Masser. 'Maar ik moet bekennen dat wij zelf ook in New York zijn geweest om te zien hoe zíj het doen. En bij *The Guardian*. Beter goed gejat dan slecht bedacht, zeg ik altijd maar.'

Daar moest Cees Krook hartelijk om lachen, want zo dacht hij er zelf ook over.

'Goed optreden,' zei Mia toen ze hem belde. Masser zat nog in de auto op weg naar huis. 'Je bent een geboren acteur, Mas. Hoe bescheidener je doet, des te meer de mensen beginnen te geloven dat je een wonderdokter bent. Tup hier wil je graag in zijn volgende kabinet.'

'Net als Heino. Zeg maar tegen Tup dat hij niet zoveel moet zuipen.' Op de achtergrond hoorde hij gelach. 'Ik ga morgenavond naar Charles Schuurman Hess om te zeggen dat hij iemand anders moet gaan zoeken,' zei Masser.

'Hij kapt ermee,' hoorde hij Mia tegen de premier zeggen.

'Hij is gek, die *ol' chap*.'

'Tup zegt dat je gek bent.'

'Ik meen het.'

'Kom morgenmiddag naar Den Haag, gaan we gezellig lunchen.'

'Volgens mij ben je niet gelukkig,' stond er in een appje van Eva Hoekman – ze had de naam Walsh geskipt, met instemming van haar kinderen. Het verbaasde Masser niet dat ze dwars door zijn pose heen prikte.

Ze kent de echte Masser Brock nog. Een vroege versie die nog tamelijk dicht bij het origineel stond.

Wat ga je haar antwoorden?

Dat ze gelijk heeft.

Vraag meteen wanneer ze weer komt.

Toen hij thuiskwam zag hij dat het licht in Jimi's loft nog brandde. Hij liep de trap op, Jimi zat met Jeroen op de bank. Ze waren die dag met de oude André naar een werf ergens in Groningen geweest, voor wat Jimi die ochtend 'een belangrijke missie' had genoemd.

'Missie geslaagd?' vroeg Masser.

'Ja,' antwoordde Jimi. 'Deal is rond. Er moet nog wel wat aan gebeuren, want het is een soort wrak, maar dat is juist leuk.' Jeroen wenkte hem, hij had zijn camera in de hand. Masser bekeek de foto's van wat ooit een mooi schip moest zijn geweest. Het tweede wrak in de geschiedenis van de familie Brock, dacht hij. Wij houden van wrakken.

XXV

De Argentijnse connectie

Masser Brock belde aan bij het herenhuis in Amsterdam-Zuid waar Charles Schuurman Hess al een jaar of vijftig woonde. Hij was er nog nooit eerder geweest, al zijn contacten met de oude krantenmagnaat hadden zich afgespeeld op de redactie of in horecagelegenheden. Maar nu had hij Charles gevraagd of hij bij hem thuis kon worden ontvangen.

'Ik denk dat we een beetje discreet moeten optreden,' zei hij. 'Bij Bodega Keijzer zit tegenwoordig de roddelpers te loeren wie er met wie spreekt, en op de krant is het al helemaal onmogelijk dat we elkaar vertrouwelijk ontmoeten.'

'Helemaal goed,' antwoordde Charles. 'Toevallig heb ik voor jou ook nieuws, dat overigens nog even onder ons moet blijven. Ging goed, bij die rare Krook.'

In de huiskamer van Charles Schuurman Hess hingen twee Breitners, en ook verder sprak uit de inrichting grote welvaart. Charles hoorde Masser geduldig aan, terwijl zijn echtgenote regelmatig langskwam om de glazen bij te vullen. 'Ik begrijp het en ik kan niet genoeg benadrukken hoe oneindig dankbaar ik je ben voor wat je de afgelopen tijd hebt gedaan. Dat zeg ik natuurlijk mede namens de graaf hier.'

'En kom jij dan nu maar met je nieuws,' zei Masser.

De man die tegenover hem zat had bekende trekken, maar hij had ook iets mediterraans dat hem onderscheidde van de andere leden van de familie Schuurman Hess. Zijn lengte, Masser schatte hem op een meter negentig, paste weer niet bij zijn zuidelijke uitstraling. Hij was het soort man dat vrouwenblikken naar zich toe zoog, en dat was ook zo toen hij over de redactie naar de kamer van hoofdredacteur Brock was gelopen.

Zijn donkere ogen, die dicht bij elkaar stonden, namen Masser nieuwsgierig op. Zijn zwarte haar glansde, misschien gebruikten ze in Argentinië nog van die ouderwetse pommade, dacht Masser. Hij droeg een pak dat ongetwijfeld veel geld had gekost maar dat je toch als 'casual chic' zou kunnen omschrijven. Hij straalde onafhankelijkheid uit en het zelfvertrouwen van iemand die gewend is dat de wereld zich naar hem voegt, in plaats van andersom. Hij had lange, slanke vingers, zag Masser toen hij de koffie naar zijn mond bracht. De man sprak Engels met een Spaans accent. Zo nu en dan gooide hij er een Nederlands woord doorheen.

Jaime Joris Schuurman Hess was vierendertig en de kleinzoon van Anton Schuurman Hess, de oudste zoon van Charles Schuurman Hess I. Na de verkoop van de handelsmaatschappij die zijn vader had opgebouwd, had Anton zich bij de Argentijnse elite gevoegd en zich snel losgemaakt van zijn Nederlandse roots. Hij had drie zonen gekregen, van wie de oudste, Lionel, een gerenommeerde polospeler was geworden. Uit Lionels huwelijk met de dochter van een generaal uit de kring van dictator Videla was een zoon geboren, wiens tweede voornaam een relict was uit lang vervlogen tijden en waarvan hij zelf de herkomst niet eens kende.

De Hollandse en Argentijnse families Schuurman Hess waren uit elkaar gegroeid als de takken van een hoge eik. Het contact tussen Anton en zijn broer Joris was hoogst sporadisch, hun kinderen hadden de neven aan de overkant van de Atlantische Oceaan volledig uit het oog verloren. Jaime Joris

Schuurman Hess realiseerde zich pas dat er ver van Buenos Aires ook Schuurman Hessen leefden toen hij een bericht las over een Hollandse krant die eigendom was van een sint-bernard die Heino heette en wiens baas luisterde naar de naam Charles Schuurman Hess.

Genen weten misschien meer dan de geest: Jaime Schuurman Hess was adjunct-hoofdredacteur van de krant *Clarín*, waarvan zijn vader een van de aandeelhouders was. Toen hij het bericht over de merkwaardige Hollanders las, besloot hij contact te zoeken met de man die de wereld het krankzinnige idee had geschonken, csh ii.

Masser voelde onmiddellijk sympathie voor de Argentijn. De rust die hij uitstraalde, gecombineerd met de Rotterdamse nuchterheid die hij in hem meende te herkennen en de natuurlijke wijze waarop hij zich gedroeg, zorgden ervoor dat hij meteen voelde hoe deze geschiedenis zich zou ontrollen, hoe iets dat leek te zijn voorbestemd realiteit zou worden.

Hij stond met Jaime voor de tekening van Beau Lafaille en legde uit wat die voorstelde.

'*That question mark says it all*,' zei Jaime. 'Ik begrijp wat het wil zeggen en het heeft gelijk. Of moet ik zeggen: jij hebt gelijk?'

'Dat is een vraag op zich,' zei Masser. Hij had geen zin uit te leggen dat hij de tekening inmiddels zag als een mooi vormgegeven leugen. Daar moest Jaime Joris zelf maar achter komen. Ze wachtten op de komst van Charles Schuurman Hess – en op Heino natuurlijk.

'Goed verhaal,' zei Jaime. 'Ik bedoel dat verhaal over de hond. Ik wist niet wat ik las. Maar uiteindelijk sta ik daardoor nu wel in jouw kamer.'

'Ik dacht dat hij gek was geworden. Maar het bleek een geniale zet. Het bezorgde ons een weird imago dat tegenwoordig wordt gezien als origineel, als onafhankelijk. Mensen willen daar deel van uitmaken.' Hij draaide zich om: Charles Schuurman Hess kwam de kamer binnen.

'*Uncle Charles*,' zei Jaime. Hij liep op CSH af en omhelsde hem. Daarna gaf hij Hein een aai over zijn kop. '*Nice to meet you*,' zei hij.

'Er staat een taxi buiten,' zei CSH. 'Ik stel voor dat we naar Dauphine gaan. Jaime moet weten waar je hier lekkere garnalenkroketjes kunt eten en vooral waar je gezien moet worden. Het zijn nieuwe tijden, Keijzer is passé.'

Achter in de taxi legde Masser zijn arm op Charles' schouder. 'Ik ben jou dankbaar,' zei hij. 'En Jaime ook. Die jongen redt me. Maar hij moet er wel voor emigreren.' Masser boog zich voorover, Jaime zat voorin. Hij vroeg of Jaime een gezin had.

'Ja. Mijn vrouw kijkt ernaar uit naar het land van koningin Máxima te komen. Misschien kunnen ze elkaar een keer ontmoeten. En mijn twee zoons vinden het spannend.'

'Ik hoop dat je hem de komende maanden nog wilt bijstaan,' zei CSH. 'Als een soort superadjunct of zoiets. Hij moet Nederlands leren en vooral Nederland leren kennen. Een krant is een krant, maar een Argentijnse krant is toch iets anders. En *De Nieuwe Tijd* is helemaal speciaal. En intussen hoop ik dat je je rentree als columnist wilt maken. Dat is het enige wat ik het afgelopen jaar in de krant heb gemist. Wissel je af met Bonna.'

Masser knikte. 'Geef me even een paar dagen om daarover na te denken.'

Heino Graf von Ramstein zu Hohenhausen blafte terwijl de taxi parkeerde voor Dauphine.

'Hij is ook opgelucht,' zei Masser. 'Het was toch een hele verantwoordelijkheid.'

'Garnalenkroketjes,' zei Jaime Joris Schuurman Hess – hij proefde het woord zorgvuldig.

XXVI

MartiniLeaks

Jaime Joris Schuurman Hess, Tom Bols en Nienke van der Hout stonden voor de deur van Massers huis. Bols en Van der Hout hadden naam gemaakt met de verhalen over de infiltratie bij *De Nieuwe Tijd* en ze waren daarna door Masser vrijgemaakt voor grote onderzoeksverhalen. Ze hadden binnen een jaar de CEO van een groot bedrijf tot aftreden gedwongen vanwege fiscale malversaties, vriendjespolitiek van een commissaris van de Koning aan het licht gebracht – die was ook niet meer in functie – en een aantal gevallen van matchfixing in het voetbal onthuld.

Terwijl Jaime Joris nog eens op de bel drukte, keek Tom Bols nerveus om zich heen, alsof hij bang was te worden gevolgd. 'Hij is thuis,' zei JJSH, '*I gave him a call.*' Hij bediende zich nog bij voorkeur van het Engels, hoewel hij snel vorderingen maakte met het Nederlands, vooral dankzij de twee uur die hij elke dag doorbracht met zijn persoonlijke lerares Bonna Glenewinkel. 'Kom op, Brock,' zei hij.

Toen hoorden ze iemand van de trap af lopen en ging de deur open. Masser stond voor hen, slechts gekleed in een handdoek die hij om zijn lendenen had geslagen. 'Jullie zijn te vroeg,' zei Masser, 'ik stond nog onder de douche.' Nienke van der Hout keek gegeneerd naar Masser en wees naar de zwarte Porsche die aan de andere kant van de straat stond geparkeerd.

'JayJay houdt niet van langzaam rijden,' zei ze verontschuldigend. 'We zijn in een uur en een kwartier van Groningen naar hier gereden.' Op de redactie werd volop geroddeld over de relatie tussen Jaime en Nienke.

Even later zaten ze in de huiskamer. Masser had een spijkerbroek en een T-shirt aangetrokken en kwam op blote voeten de kamer in met vier mokken koffie op een dienblad. 'Je woont hier amusant,' zei Jaime Joris, die nog niet eerder bij Masser thuis was geweest. Het klonk alsof hij zijn eerste adjudant en columnist eerder in een luxueus penthouse had verwacht dan op de bovenverdieping van een herenhuis.

'Als jullie willen laat ik jullie straks het horlogelab op zolder zien,' zei Masser. Jaime Joris knikte, alsof hij het heel normaal vond dat zich op Nederlandse zolders horlogefabriekjes bevonden.

'Maar eerst ter zake.' Dat was een van zijn vaste uitdrukkingen. Het leek een code waarmee hij zich de Nederlandse neiging tot efficiency eigen probeerde te maken. Hij riep tijdens vergaderingen om de haverklap 'ter zake', als de discussie dreigde uit te waaieren naar dingen die hij niet ter zake vond, maar ook als hij even niet begreep waar het over ging. Dan was 'ter zake' een verzoek om toelichting of uitleg.

'Nienke, *tell him*.'

Nienke zette haar koffie neer en schraapte haar keel. 'Ik begin bij het begin,' zei ze en pauzeerde, alsof ze voor zichzelf even moest recapituleren waar het verhaal eigenlijk begon. 'Goed, wij krijgen dus een mail, Tom en ik. Begin november. Een korte mail was het, van iemand die zich Frits noemde. Geen achternaam.' Ze tikte op haar mobiel. '"Beste Nienke en Tom,"' las ze voor, '"ik heb data waar jullie misschien iets aan hebben. Zijn jullie geïnteresseerd?" Ik mail terug: "Beste Frits, natuurlijk zijn wij geïnteresseerd. Stuur maar toe." Dat was het begin.'

'En,' vroeg Masser, 'wat stuurde hij?'

'Niks. Hij zei dat het nogal veel data waren. En dat hij het geen prettig idee vond die per mail door te sturen. Toen begon ik pas echt geïnteresseerd te raken. Ik vroeg of we elkaar konden ontmoeten, zodat hij de data op een andere manier kon overhandigen. Maar dat kon ook niet, dat was te link. Hij had een ander plan. Hij schreef dat ik naar Groningen moest komen. Alleen. Kennelijk woont hij daar. Ik moest het hem laten weten als ik was aangekomen, dan zou hij nieuwe instructies geven.'

'Fantastisch,' zei Jaime Joris, die trots naar zijn oogappel keek. 'Onze eigen Deep Throat.' *All the President's Men* was zijn favoriete film.

'Moest je zeker naar een parkeergarage komen,' zei Masser ironisch.

Tot zijn verbazing knikte Nienke bevestigend. 'Hoe weet je dat?' Masser wuifde met zijn hand dat ze door moest gaan. 'Ik mail hem dat ik er ben. Hij stuurt het adres van een parkeergarage, Q-park Rademarkt. Hij schrijft: "Mail me als je er bent." Ik rij de garage in, parkeer mijn auto, loop naar buiten en mail dat ik er ben. Hij mailt terug: "Op de onderste verdieping staat een grijze Citroën C4. Voor de voorruit ligt *De Nieuwe Tijd* van vandaag." Ik loop naar beneden en na even zoeken vind ik die auto.'

Jaime Joris zat handenwrijvend te luisteren. Het was alsof hij eindelijk wist waarom hij ooit journalist was geworden en waarom hij had besloten naar het regenachtige land aan de overzijde van de oceaan te emigreren.

'Ik mail Frits,' ging Nienke verder. 'Het duurt lang voor hij antwoordt. Ik dacht even dat ik in een of ander tv-programma was beland waarin ze journalisten voor gek zetten. Maar na tien minuten komt er weer een mail. "Voel aan de onderkant van de auto, onder het linkerportier. Daar zit met tape iets bevestigd." Ik doe dat, en inderdaad: daar zit iets. Ik maak het los en bekijk het: een in krantenpapier gewikkeld pakketje. Ik haal het krantenpapier eraf: het is zo'n externe harde schijf. Ik mail: "En nu?" Maar hij antwoordt niet meer. Ik loop naar de betaalautomaat, betaal, loop terug naar mijn auto en rij terug naar Amsterdam. Ik had mijn laptop niet bij me.'

'Heb je overwogen te blijven, zodat je misschien had kunnen zien wie die auto kwam ophalen?' Masser vond dat hij kritisch moest blijven.

'Nee. Ik wilde die man of wie het ook maar is laten zien dat hij me kon vertrouwen. En ik wilde zo snel mogelijk weten wat er op die schijf stond.'

'En?'

'Die schijf was leeg. Er stond één zinnetje op. "Zo gaan we het doen."'

Jaime Joris barstte in lachen uit. '*Great, huh*, Masser? Hij moet Nienke hebben geobserveerd. Dat is natuurlijk sowieso heel leuk om te doen.'

Nienke bloosde, nam een slok van haar koffie en hervatte haar verhaal. 'Drie dagen later komt er weer een mailtje. Er staat alleen maar: "Groningen." Dit keer neem ik Tom mee, want er stond niet dat ik weer alleen moest komen. Andere parkeergarage, andere auto, een rode Renault Mégane. Onder het linkerportier zit weer een pakketje. Tom sluit de harde schijf nog in de garage aan op zijn laptop. En nu staat er wel wat op. Die hele schijf staat helemaal vol met documenten.'

'Wat voor documenten?'

'Dat was niet meteen duidelijk. Maar toen opende Tom een document waarop "Classified" stond, plus nog wat meer dingen.' Ze stopte even, haalde adem en zei: 'Die hele harde schijf stond vol gegevens van de A I V D, de M I V D en hoe die geheime diensten van ons ook maar mogen heten.'

'Godsamme,' zei Masser. Jaime Joris keek hem triomfantelijk aan, alsof hij de schijf zelf uit de kluis van de geheime dienst had ontvreemd.

'Een kleine duizend gieg aan data,' zei Tom. Masser wist niet meteen wat hij zich daarbij moest voorstellen, maar het was ongetwijfeld heel veel.

'Ter zake,' zei Jaime Joris Schuurman Hess.

'Dat zijn een paar miljoen A4'tjes,' zei Tom.

Na die eerste overdracht waren Tom en Nienke nog vier keer terug geweest, en telkens hadden ze een harde schijf vol gegevens mee naar Amsterdam genomen.

'Waarom hebben jullie me daarover niks verteld?' Masser begon zich ongemakkelijk te voelen, al wist hij nog niet precies waarom.

'Instructies van Frits,' zei Tom. 'Hij wilde eerst alle data die hij in bezit had aan ons overhandigen voor we anderen op de krant mochten inseinen. Gisteren mailde hij dat de laatste schijf op ons wachtte. Toen ben ik naar Jaime gegaan en heb hem alles verteld. Vandaag is Jaime met ons naar Groningen gereden.'

'En heb ik jou gebeld,' zei Jaime. 'Ik wilde het eerst met mijn eigen ogen zien. Ik vond het ongelooflijk. Steeds een andere parkeergarage, andere auto, steeds *De Nieuwe Tijd* van die dag. Het was net een film.'

'Heb je de kentekens genoteerd?' vroeg Masser.

'Die zaten er natuurlijk niet op,' zei Tom.

'Ik haal nieuwe koffie,' zei Masser.

Ik moet opwinding voelen, maar ik voel niks.

Het is groot, Masser.

Ik word lauw.

'Phishing,' zei Nienke van der Hout. 'Wat we gaan doen heet phishing. Vissen. Alle data bij elkaar op een grote krachtige computer, en dan maar namen inkloppen. En kijken of je wat vangt.'

'Computer kostte twintigduizend euro,' zei Jaime Joris. 'Phishing kan niet met een laptop. Die crasht. Je hebt iets groots nodig. En onze laptops zijn verbonden met het internet. Wil je ook niet. *Am I right*, Nien?' Het klonk tamelijk intiem.

'Klopt,' zei Nienke, 'want dan dringen die jongens van de geheime dienst ons computertje binnen en wissen ze alles. Bij wijze van spreken. Er wordt gehackt bij het leven in die wereld.'

Tom had kennelijk in de gaten dat Masser nog tot de digitale oermensen behoorde. 'Wat we nu hebben binnengekregen is het equivalent van tweehonderdvijftig miljoen bedrukte A4'tjes,' zei hij. 'Dubbelzijdig bedrukt. En daar gaan we dus in vissen.'

Masser keek hem wezenloos aan. Hij kon zich niks voorstellen bij tweehonderdvijftig miljoen dubbelzijdig bedrukte A4'tjes. Hij begreep ook niet dat de Nederlandse geheime dienst zoveel geheimen had dat je er tweehonderdvijftig miljoen A4'tjes mee kon bedrukken. 'Het zijn wel staatsgeheimen,' zei hij. 'Dat neem ik tenminste aan. Is er al overleg gepleegd met de juristen van de krant? Ik bedoel: kun je zomaar staatsgeheimen op straat gooien? Of krijg je dan de landsadvocaat achter je aan of het Openbaar Ministerie en zit de hoofdredacteur hier binnen de kortste keren achter de tralies?'

'Ter zake,' zei Jaime Joris. Hij had duidelijk nog niet stilgestaan bij de mogelijkheid dat zijn krant met iets bezig was wat in zijn nieuwe vaderland misschien niet door de beugel kon.

'Je hebt gezien wat er met Snowden is gebeurd,' zei Masser.

'Als die jongen niet naar Moskou was gevlucht, had hij voor de rest van zijn leven vastgezeten op Alcatraz.'

'Is geen gevangenis meer, Alcatraz,' zei Tom Bols. 'Is een toeristenfuik. Maar het klopt wat je zegt, alhoewel ook weer niet helemaal. Als ze te weten komen wie ons die gegevens heeft toegespeeld, dan is de betreffende persoon zwaar de pineut. Daarom willen we ook niet weten wie het is. Het is nu vrije nieuwsgaring. We kunnen niet zomaar alles openbaar maken, want dan brengen we misschien mensen in gevaar. We vissen en we checken de gevonden informatie. Hoor en wederhoor. En als we het bevestigd krijgen maken we er een spectaculair verhaal van. Et cetera.'

'Wat verwacht je te vinden?' Masser zag de teleurstelling in de ogen van Tom en Nienke. Hij klonk te sceptisch.

'Geen idee. Geheime operaties, afluisterpraktijken, contacten met de CIA en MI5, dat soort dingen. Liefjes van mensen op hoge posities, belastingfraude, coke snuivende politici. Maar ongetwijfeld ook kwesties waarvan we nu nog geen idee hebben. Omdat ze zo geheim zijn dat zelfs het vermoeden dat ze zich hebben voorgedaan nooit is gerezen.'

'Ik bedoel: gaan jullie uit van bestaande casussen, van dingen die zich in het verleden hebben voorgedaan, van bekende affaires, of is het gewoon op goed geluk een naam intikken en dan maar kijken?'

'Precies, dat is essentieel,' zei Jaime Joris. 'En daarom wil ik jou erbij hebben, Masser. Jij moet ze op het rechte spoor houden en afschermen. Net als die man van Woodward en Bernstein, *what's his name.*'

'Bradlee,' zei Masser.

'Misschien wil je morgen mee naar onze advocaten,' zei Tom.

Masser knikte, maar het was een afwezig knikje. Hij voelde

een diepe weerzin. Hij kon die niet verklaren, maar hij nam toe met elke zin die Jaime Joris, Tom en Nienke uitspraken.

'Kom,' zei hij, 'dan laat ik jullie de zolder zien. Het domein van de binnenkort wereldberoemde producent van exclusieve handgemaakte horloges, Jimi Kalman. Hij is druk bezig met de André Genovesi 103, echt een klokje voor jou, Jaime. Met de maanstanden.' Jaime Joris knikte geïnteresseerd. Masser voelde zich moedeloos en vroeg zich af waarom de data van Tom en Nienke hem koud lieten.

De pretentie dat je een miljoen uitgetikte gesprekken kunt lezen en dan denkt dat je daarmee iets meer weet over de werkelijkheid.

Dat is toch zo? Die gesprekken waren anders verborgen gebleven.

Een zeeman gaat vissen. Hij vangt een tonijn. Wat zegt dat over de zee?

Dat er tonijn in zit.

Dat wist hij al.

Maar nu weet hij het zeker, en ook hoeveel het er zijn.

Eén gesprek met iemand die jarenlang bij de geheime dienst heeft gewerkt maakt volgens mij meer duidelijk dan tweehonderdvijftig miljoen A4'tjes. Niet over de feitelijke waarheid, maar wel over de werkelijkheid. Over de wereld waarin die informatie is verzameld.

Het is de nieuwe journalistiek, Masser. Je laat algoritmes los op de duizenden miljarden cijfertjes die samen de werkelijkheid vormen, en daar komt dan iets uit.

Wat dan?

Een scoop!

Een scoop?

Ja, een nieuwe combinatie van al die getallen die een nieuw licht werpt op de werkelijkheid. Dat is toch interessant?

Dat is eng.

Misschien zijn big data de nieuwe journalistiek. Misschien maken ze alles transparant.

Misschien zijn ze de perfectionering van de manipulatie van de massa.

Pessimisme, Masser.

Realisme.

En wie zegt me dat we met al die gegevens van de geheime diensten niet voor de tweede keer voor hun karretje worden gespannen? Waar komt dit vandaan? En waarom?

Masser belde Eva. Hij vroeg of ze ooit in de Provence was geweest. Dat was niet zo, haar ex-man wilde altijd naar Amerika.

Waarom hij het vroeg.

'Zomaar.'

Of ze een beetje tegen hitte kon.

'Best wel, mits schaars gekleed.'

XXVII

Vloggers

Masser Brock had Jaime Joris duidelijk gemaakt dat hij geen Ben Bradlee was. Hij verklaarde dat hij de Argentijn in alles wilde helpen om zo snel mogelijk als zelfstandig hoofdredacteur van *De Nieuwe Tijd* te kunnen functioneren, maar dat hij het niet zag zitten Tom Bols en Nienke van der Hout te begeleiden.

'Ik ben columnist,' zei hij. 'Ik ben anderhalf jaar iets geweest wat ik niet was, en dat lijkt me wel genoeg.' Jaime Joris begreep hem en zei dat hij een andere oudere redacteur zou gaan zoeken om Bols en Van der Hout te coachen bij hun viswerk. Er waren daaruit nog geen primeurs voortgekomen, want de geweldige hoeveelheid informatie aan concrete verhalen koppelen bleek veel moeilijker dan ze vooraf hadden gehoopt.

Masser moest weer wennen aan zijn oude rol. Hij wandelde elke dag weer door Haarlem, een gewoonte die hij ernstig had gemist, en dacht na over onderwerpen. Maar hij merkte dat hij veel meer dan voorheen werd afgeleid, dat het hem moeite kostte een onderwerp te bedenken en, wanneer hij er een had uitgekozen, er een mening over te vormen.

Hij, de columnist van de papieren krant, bewoog zich in een landschap dat hij zelf had helpen creëren – althans, dat hij vrijelijk had laten ontstaan. Maar hij voelde zich er niet thuis. De internetsite van *De Nieuwe Tijd* was binnen een jaar uitgegroeid tot de meest bezochte nieuwssite van Nederland. Vooral het opiniegedeelte was populair, veel debatten over grote en kleine zaken begonnen op DNT.*nl* en werden daar ook uitgevochten. De onderwerpen leken er niet toe te doen, als je maar voor of tegen kon zijn. Alle verslaggevers van de krant twitterden zich een ongeluk en op Facebook was DNT snel een van de grote blogs. Masser zag tot zijn verbazing opeens DNT-vloggers voorbijkomen en op het YouTube-kanaal van de krant verschenen filmpjes over onderwerpen die ook in de papieren krant waren behandeld, maar dan kort en eenvoudig samengevat voor een ongeduldig publiek. Er waren inmiddels honderden podcasts van *De Nieuwe Tijd* en plannen om een volwaardig televisiekanaal op internet te beginnen waren vergevorderd. En dat waren dan nog de vernieuwingen die hij kon volgen en min of meer begreep.

Hij las een stuk over 'de nieuwe journalistiek', waarin de spoedige dood van de oude werd aangekondigd. In de nieuwe journalistiek zouden kranten overbodig zijn geworden, alleen een enkele grijsaard zonder mobiel zou nog bereid zijn geld te betalen voor het allang achterhaalde nieuws in zijn papieren krant. In bejaardentehuizen zouden ze nog naar het journaal kijken, maar gewone mensen hadden straks wel wat beters te doen. In de nieuwe journalistiek zouden de mensen elkaars journalist zijn geworden, las hij. Ze zouden voortdurend deel uitmaken van elkaars werkelijkheden en er hun commentaren en meningen op loslaten. Columnisten zouden naast klompenmakers en mandenvlechters spoedig tot de beoefenaars van vergeten beroepen horen. Eigenlijk was de nieuwe journalistiek er al, alleen hadden sommige mensen het nog niet in de gaten – de losers die nog trouw hun abonnementsgeld betaalden en om acht uur op de bank voor de televisie gingen zitten. En dit was nog maar het begin, schreef de auteur van het stuk. Masser vroeg zich af wat er dan nog meer zou gaan gebeuren:

hij kon er zich geen voorstelling van maken. In elk geval stelde hij zich er een wereld bij voor waarvan hij liever geen deel wilde uitmaken, een kakofonie van nieuws en meningen waarbij vergeleken de huidige wereld een oase van rust was. Het kan niet anders of we worden collectief krankzinnig, dacht hij.

Het was trouwens, stelde hij vast, een wonder dat het stuk hem gewoon op papier onder ogen was gekomen.

'Het liefst,' zei hij op een avond tegen zijn vader Karel, 'zou ik een oersaaie krant maken, met louter nieuws, nieuwsanalyse en nieuwsachtergronden. Zonder twitterende redacteuren en blogs en zonder columnisten. Ik denk dat daar binnenkort weer een markt voor zal zijn. Droge info. Geen meningen. Opinies zijn de dunne stront van de journalistiek.'

Karel vond het een opmerkelijke opinie voor een columnist en verwees naar de krant van Massers geboortedag.

'Nul columnisten, geen enkele mening,' zei hij. 'Prettig.' Hij zei dat hij zeker abonnee zou worden van de *Nieuwe Saaie Krant*, maar dat hij en Masser vermoedelijk de enige twee zouden zijn. 'Het is de nieuwe wereld,' zei Karel.

'Er is straks geen nieuws meer,' zei Masser. 'En er zijn geen opinies meer. Alles loopt door elkaar heen, alles wordt amusement. Ze noemen het "infotainment" om het nog ergens op te laten lijken, maar het is gewoon amusement. Zelfs als ze iemand de keel afsnijden in een of andere woestijn, is het amusement. Goed voor de kijkcijfers, goed voor de clicks.'

Bonna, csh en Masser zaten bij Bodega Keijzer. De ober zette de patrijs op tafel. 'Zo is het met alles,' zei csh 11, nadat Masser had uitgelegd dat hij gedurende zijn hoofdredacteurschap vooral met verbazing had toegekeken. 'Wij denken dat we aan het roer staan, maar uiteindelijk zijn het tijd en omstandigheden die ons sturen. De dingen gaan onherroepelijk een bepaalde kant op en het komt er vooral op aan niet te veel in de weg te lopen. Wat jij, Hein?'

Heino Graf von Ramstein zu Hohenhausen, 's werelds enige voormalige krantenmagnaat op vier poten, lag tegen een pilaar lui voor zich uit te kijken. 'Hein deed ook geen flikker, en toch was zijn bewind heel succesvol.'

'Ik had nog nooit van vloggers gehoord,' zei Masser.

'Ik dacht dat het iets met seks was,' zei CSH.

'Ik kom binnenkort met mijn eerste podcast.'

Masser en CSH keken Bonna verbaasd aan.

'Ouwe lullen,' zei ze.

'Ik wil jullie iets voorleggen,' zei Masser op ernstige toon.

Charles en Bonna keken hem geschrokken aan, alsof ze verwachtten dat hij hun ging meedelen dat hij aan een dodelijke ziekte leed en nog hooguit drie weken had te leven. CSH begon meteen te gebaren om een nieuwe fles wijn. Die zouden ze vast nodig hebben.

Masser zei: 'Ik heb er genoeg van.'

Bonna keek opeens een stuk minder ernstig en er speelde een grijns rond haar lippen. Ook Charles keek eerder opgelucht dan verrast. Hij wachtte tot de ober de flessen had verwisseld en vroeg toen waar Masser precies genoeg van had. 'Niet van de wijn toch?'

'Heb je *news fatigue*?' Bonna keek spottend.

'Wat? Klinkt ernstig,' zei Charles.

'News fatigue,' zei Bonna. 'Dat je doodmoe wordt van het nieuws. Dat je er heel erg zenuwachtig van wordt en dat je er niks meer mee te maken wilt hebben en agressief wordt als iemand naar het journaal wil kijken. Hebben steeds meer mensen last van, hoorde ik. Heel slecht voor de krant. Masser?'

'Ik weet niet meer wat het nieuws is. Is dat een aparte ziekte?'

'Dat vroeg je je al af toen je nog over de redactie rondliep in je korte broek,' zei Bonna. 'Gezeik over de aard van het nieuws en zo. Echt zo'n twijfelaartje. Hele theorieën ophangen, terwijl wij bezig waren met primeurs scoren.'

'Nooit iets van gemerkt,' zei CSH. 'Nieuws is nieuws. Dat weet jij heel goed. Je bent niet zo lang hoofdredacteur geweest, helaas, maar lang genoeg om precies te kunnen zeggen wat nieuws is. En anders voel je even hoe je kloten erbij hangen, en dan weet je het. Of je steekt die neus van je in de wind en je ruikt het. Há, lekker, *the smell of news in the morning!*'

Masser keek hem aan, Charles vrolijkte hem altijd op. 'Klopt. Maar ik bedoel het anders. Het gaat mij om de aard van nieuws. Het karakter, de geest, het wezen. Ik vraag me steeds vaker af of wij van de media de wereld wel beter maken, met onze jacht op nieuws. Of wij niet eerst de monsters scheppen, voor we er reportages over gaan maken, ze gaan interviewen, daarna weer met de grond gelijkmaken en op zoek gaan naar het volgende monster.'

'De rol van de media!' zei Bonna. 'Een heel actueel onderwerp, Masser! Daar moet je een stuk over schrijven op de opiniepagina!'

Masser probeerde haar zo vuil mogelijk aan te kijken.

Bonna lachte. 'Massertje, zo is het altijd geweest.'

'Ik heb lang gedacht dat nieuws werkelijkheden beschrijft,' zei Masser, 'maar dat is heel vaak niet zo. Het schépt werkelijkheden. Ik merkte dat voor het eerst in Berlijn, in 1989. We hadden op televisie die beelden gezien van die mensen die over de Muur probeerden te klimmen. Ik erheen, met een vriend, we wilden erbij zijn. We kwamen daar met de beelden van de televisie en de stukken in de krant in ons hoofd. En toen we er waren, hadden we binnen tien minuten in de gaten dat die niet klopten. Ze waren niet per se onjuist of leugenachtig of manipulatief of weet ik veel, maar ze klópten niet. Er was daar iets anders aan de hand dan ons was voorgespiegeld. Snap je? Er hing iets in de lucht wat je in het nieuws nergens was tegengekomen. Alsof ze het niet hadden gezien, of niet onder woorden hadden weten te brengen.'

'Ik kan je wel even filosofisch bijpraten over de werkelijkheid, de complexe werkelijkheid, de waarneming van de werkelijkheid en de weergave van de werkelijkheid,' zei Bonna, 'maar dan haakt Charles af. Maar ik geef je op een briefje dat wat jullie toen in Berlijn zelf dachten waar te nemen, óók weinig had te maken met de échte werkelijkheid. Dat was de romantische blik van twee jongetjes – of was je met een meisje? Perceptie, Masser. Heb je er nog iets over geschreven, in die *Haarlemsche Courant* van je?'

'Nee.'

'Jammer. Anders had je je eigen falen kunnen teruglezen.'

'Dat heb ik daarna vaak genoeg gedaan.'

'Ik kan Masser wel volgen,' zei Charles, nadat hij de glazen had bijgevuld. 'Ik kan hem héél goed volgen, ik ben heus niet zo dom als Bonna schijnt te denken. Het verschil met vroeger is dat we toen het nieuws meldden. Gewoon, serieus, de feiten. Dat was tenminste de pretentie. De verpakking van het nieuws kon ons geen reet schelen. Dat doen we nu heel anders, niemand wil dat meer. We verzorgen nu het totaalpakket. Nieuws, achtergronden van het nieuws, mening over het nieuws, consequenties van het nieuws. En daarnaast een hoop bullshit, dat ben ik met Masser eens. Maar de mensen wíllen bullshit.'

'Mijn vader zat vroeger ook schaterend de krant te lezen, hoor,' zei Bonna. 'Ging gezellig onder de lamp zitten, stak een sigaar op en zat lekker te smullen van alle ellende die voorbijkwam. Moet je nou weer eens horen, zei hij dan. Wat een onzin, verslaggever heeft geen idee.'

'Die was politicus,' zei Masser. 'Die zijn net zo cynisch als journalisten.'

Bonna wees met haar wijsvinger naar Masser. 'Daar heb jij een punt.'

'Vroeger had je de cynische journalist, de cynische politicus en de brave krantenlezer die heilig geloofde wat er in de krant stond,' zei Masser. 'Maar nu is de krantenlezer ook cynisch geworden. Of de mediaconsument, heet dat tegenwoordig. En daar hebben we maar één antwoord op kunnen vinden. We zijn het leuker gaan verpakken, we zeggen: neem het niet zo serieus joh, het is maar nieuws. Het nieuws is inwisselbaar geworden, een consumentenproduct dat goed moet smaken. Amusement, net als het debat over het nieuws. Het cynisme heeft op alle fronten gewonnen. Daar heb ik moeite mee.' Hij voelde hoe diepe woede en weerzin naar boven kwamen nu hij ze de vrije teugel had gegeven.

'Flinke tijd ertussenuit,' zei Charles. 'Even helemaal weg. Een flinke wip maken. Goeie fles whisky en dan ad fundum.' Het was zijn vaste recept voor familie en vrienden in de problemen.

Bonna legde haar hand op Massers arm.

Masser schudde de wijn in zijn glas. Hij probeerde zijn emoties onder controle te krijgen. 'Nieuws doet er niet meer toe,' zei hij treurig, 'het is handig om de meningenmaffia weer wat munitie te verschaffen. Hebben ze weer wat te schrijven, maar dat is het wel zo'n beetje.'

'*Ze?*' Bonna keek hem aan.

'Hebben *we* weer wat te schrijven. De mening is er tegenwoordig vaak al voor het nieuws. Ik las laatst ergens: nieuws is de hoer van het meningenbordeel.' Hij had het nergens gelezen, hij had het zelf bedacht.

'Dat is ook maar een mening,' zei Bonna vals. 'Maar je hebt gelijk. Jij kunt het weten, want je hebt het bordeel jarenlang bezocht.'

'Ik hou van jou.' Masser grijnsde.

'De mensen vervelen zich kapot,' zei Charles. 'Het wordt tijd voor een grote crisis, zodat iedereen zich weer moet bezighouden met de dagelijkse voedselvoorziening. Spitten in het volkstuintje. Het is de grote leegte die wordt gevuld met meningen, vooral met meningen die er totaal niet toe doen. Elke domme lul kan een mening bedenken. Als je echt helemaal niks kunt, kun je altijd nog een meninkje bakken. Een drollig meninkje. Maar ons probleem is dat we vinden dat we al die meningen ook nog serieus moeten nemen. Anders luister je niet naar het volk. Nou, ik zeg: fuck het volk.'

'Een goeie oorlog zou ook helpen,' zei Bonna. 'Of bedoel je dat niet, Charles? Of een dictator die mensen met de verkeerde mening opknoopt of ze naar de goelag stuurt.'

Charles deed alsof hij haar cynisme niet hoorde. 'Precies. Dan piepen ze wel anders met hun gratuite kutmeningen. Dan moeten we nog maar eens zien wie er dapper blijft schreeuwen.'

'Nou, je hebt de tijd mee,' zei Bonna. 'Je ziet ze overal weer de kop opsteken, de autocraten. Alleen ben ik daar niet zo blij mee als jij, geloof ik.'

'We zijn in een nieuw tijdperk beland,' zei Masser. Hij voelde dat de wijn hem rustiger maakte. 'Vroeger hadden wij het alleenrecht op de werkelijkheid. Als er nu ergens iets gebeurt, staan er meteen honderd mensen te filmen met hun mobieltjes en kun je het realtime volgen via Facebook of de een of andere app. De werkelijkheid is tegenwoordig in duizendvoud beschikbaar. Je weet niet precies wat je ziet, maar dat doet er niet toe. Je bent erbij en dat is genoeg.'

'Je zult zien dat er na de chaos onherroepelijk een nieuwe orde zal ontstaan,' zei Charles. 'Zo gaat het altijd. Niemand kan leven met duizend werkelijkheden. En dan komen ze weer bij ons. Ik voorspel de serieuze kranten een grote toekomst. En zal ik je nog eens iets vertellen? Op papier! Dat internetgekloot maakt mensen waanzinnig. Verstandige mensen tenminste.'

'Ik ga dat niet meer meemaken,' zei Masser.

'Wat wil je doen, Massie? Het is niet fijn als iemand genoeg heeft van zijn vak,' zei Bonna. 'Als je ermee kapt, doe je maar één ding: je maakt jezelf sprakeloos. Wil je dat? Het circus gaat gewoon door, hoor. Alleen zonder hofnar Masser Brock.'

Masser vertelde over het bezoek van Jaime Joris en de twee onderzoeksjournalisten. 'Ik had natuurlijk razend enthousiast moeten zijn. Ze hadden tweehonderdvijftig miljoen A4'tjes vol informatie van de geheime diensten en daar zijn ze nu in aan het vissen.'

'Vissen?' Charles keek verbaasd.

'Phishing,' zei Masser. 'Zoekwoord intoetsen en maar kijken wat je vangt.'

'Jezus,' zei Bonna. 'Hebben ze Steven van Maren al inge-toetst? Dat hadden wíj moeten hebben! Er schieten me meteen tien zoekwoorden te binnen.'

'Jaime Joris vroeg me Nienke van der Hout en Tom Bols te gaan begeleiden bij het vissen. Ze noemen hem trouwens Jay-Jay.'

'En?' Charles schonk Massers glas nog een keer vol.

'Ik heb nee gezegd. Het staat te ver van me af, een harde schijf met een kwart miljard A4'tjes aan informatie. Dat had ik ook al met WikiLeaks en die andere leaks. Ik ben uit de tijd dat je mensen opbelde en probeerde iets te weten te komen. Maar die tijd is definitief voorbij. Dit is de era van de digitale journalistiek, de tijd van de big data. Prima, maar mijn era is het niet. Ik heb het gevoel dat ik verzuip. De journalist wordt iemand die algoritmes loslaat op honderd miljard getallen, de scoops gaan komen van wiskundenerds. Misschien moet het zo. Misschien zit de waarheid verborgen in verbanden waarvan we nu nog geen idee hebben.'

'Trek je conclusies,' zei Bonna streng.

'Hebben jullie gehoord wat die Trump zei over feiten?' vroeg Masser. '"Feiten zijn ook maar een mening." Dat is waar we zijn aangeland.'

'Proost,' zei Charles Schuurman Hess, en hief zijn glas.

Masser voelde zich Prediker, de vermoeide koning die erachter was gekomen dat alles ijdelheid was en niets dan leegte. Hij kon het gevoel dat hij een waarnemer van absurditeiten was niet onderdrukken, en op avonden waarop hij zijn column tikte leek de diepe afkeer soms tastbaar. De krant bleef steeds vaker ongeopend op zijn eettafel liggen.

XXVIII

De ijsbreker

De ijsbreker lag roerloos in het Amsterdamse Entrepotdok, alsof hij niet op het water dreef maar eruit verrees als het zichtbare deel van een onderwaterkasteel. De boeg was crème-kleurig, met tussen dek en waterlijn een cognacrode stootrand die de elegante vorm van het schip benadrukte. Uit het midden van het vaartuig stak een grote zwarte schoorsteen licht schuin naar achteren. De prachtige mahoniekleurige stuur-hut en de lage opbouw van het vooronder gaven het schip iets voornaams: het mocht dan in 1913 zijn gebouwd om op botte kracht het ijs in de Friese en Groningse wateren te breken, dat stond details die verfijning en schoonheid uitdrukten niet in de weg. Het achterdek was open; een witte overkapping zorg-de ervoor dat je er kon schuilen voor regen of zon. Vanaf de achtersteven hing een Nederlandse vlag doodstil naar beneden – er stond geen zuchtje wind.

André Genovesi keek elke ochtend even uit het raam van zijn riante appartement aan de kade. Niet meteen naar het schip dat recht voor hem lag, nee, hij keek altijd eerst naar rechts, naar de smalle fietsbrug die het Entrepotdok verbond met de Plantage Kerklaan. Dan bewoog hij zijn hoofd lang-zaam naar links, langs de schepen aan de kade, langs het water – hij probeerde zo traag mogelijk alles wat hij zag in zich op te nemen: de watervogels, de plastic tas die in het water dreef, een eenzame roeier, de jonge vrouw in haar bikini op het dak van een woonboot: hij wilde het moment waarop hij zou zien wat hij wilde zien zo lang mogelijk uitstellen. De ene dag duurde het langer dan de andere, maar na een paar minuten toucheerde zijn blik het schip, zacht en liefdevol. Dan zag hij de letters, vormde hij de woorden, fluisterde ze soms even voor zich uit, alsof hij ze voor de allereerste keer las – wat natuurlijk niet gemakkelijk was, aangezien het de twee woorden waren die in zijn ziel stonden geschroeid.

Hij wilde voorkomen dat hij het normaal zou gaan vinden, hij wilde zichzelf dwingen zich elke ochtend die hem nog gegeven was te verbazen, de vreugde op te roepen die het schip met de naam op de boeg hem verschafte – hij wist wat er binnen gebeurde. Te vaak had hij de dingen die hem in zijn leven waren overkomen geaccepteerd met een zekere genoegzaamheid, alsof ze niet uitzonderlijk maar heel gewoon waren en de logische consequenties van zijn eigen handelen.

Voor een deel was dat ook zo: André Genovesi had zichzelf rijk gemaakt met het exclusieve importeurschap van dure horloges. Hij had een dochter gekregen die hem in bepaalde opzichten had teleurgesteld, maar die er ook voor had gezorgd dat hij een nieuwe kant van zichzelf had ontdekt: die van de liefde. Dat was aan de late kant, want hij was toen al geruime tijd getrouwd, maar daar had hij nooit spijt van gehad. Zo ging het nu eenmaal als je bezig was jezelf omhoog te werken. Maar zijn dochter had een nieuwe deur geopend, op een kier weliswaar, die hem uitzicht had verschaft op tot dan onbekende kanten van zijn karakter. Zijn drie kleinkinderen hadden de deur verder geopend. En één van hen had door zijn dood de emotionele Italiaan in André Genovesi eindelijk vrij spel gegeven – zo krachtig dat hij er bijna door van zijn sokken werd geblazen en hij voor de eerste en enige keer in zijn leven had overwogen de hulp van een psychiater in te roepen.

Maar kijk, daar lag de sierlijke ijsbreker, als een verleidelijke vrouw die hem elke ochtend warm begroette, recht voor zijn raam. Het was het schip dat hij had gekocht voor zijn achterkleinzoon.

Een wrak was het toen ze het hadden aangetroffen, ergens op een achterafwerf in het oosten van Groningen. Tijdens de zoektocht naar een geschikt onderkomen voor de horlogefabriek had Jeroen Weenink over het schip gelezen op een site vol binnenvaartschepen – het was de laatste met een stoommachine aangedreven ijsbreker die in Nederland was gebouwd en het was een schip met duizend verhalen. Jimi vond het mooi dat het een ijsbreker was. Wat André aansprak was dat hij en het schip hun geboortejaar deelden. Met z'n drieën waren ze erheen gereden, in Andrés Bentley. Ze hadden de auto nog niet geparkeerd tussen het oud ijzer en de half verroeste oliedrums of ze zagen het schip liggen, een beetje scheef tegen de kade, volkomen verveloos, de naam amper nog leesbaar. Het straalde een grote droefheid uit. De tijd was bezig het schip te slopen en schoot al lekker op.

Ze liepen naar een houten kantoortje en meldden zich bij de werfbaas. Die was op de hoogte van hun komst: er moest een schip worden gebouwd dat niet hoefde te varen, maar waarop wel ruimte moest zijn voor een werkplaats. Hij kreeg wel merkwaardiger verzoeken, het leek alsof steeds meer mensen zich aan het voorbereiden waren op een bestaan op het water nu de zeespiegel maar bleef stijgen. Jeroen wees naar het stervende schip.

'Kunnen we even kijken?'

De werfbaas gebaarde dat ze mee moesten komen. 'Vreemd verhaal, dat schip,' zei hij terwijl ze langzaam naar de kade liepen. André weigerde plaats te nemen in een rolstoel en een rollator zag hij ook als een engel des doods. Die opvattingen gingen ten koste van zijn snelheid, maar daar zat hij niet mee.

'Het is hier jaren geleden een keer afgemeerd,' zei de werfbaas, 'nadat het uit de vaart was genomen en plannen om er een varend bordeel van te maken op niets waren uitgelopen. Godzijdank, zeg ik erbij. Want de Fré Zantingh is genoemd naar mijn overgrootvader en dan wil je niet dat ze op zo'n schip gaan liggen hoeren en snoeren. En daarna is het blijven liggen. Ik kan me al niet eens meer voorstellen dat het er níét ligt. Het ligt daar, als een soort trouwe hond. Je gaat je eraan hechten. Raar is dat.'

'Hoe lang ligt hij daar al?' André richtte zijn wandelstok op het schip. Ze waren er nog een meter of twintig vandaan, en de staat van het schip werd steeds duidelijker. Het was een wonder dat het nog dreef.

'Een jaar of dertig,' zei de werfbaas. 'Hij mag hier rustig overlijden. Maar het is een taaie, hij klampt zich vast aan het leven. De stoommachine is eruit gehaald, die staat nu ergens in een scheepvaartmuseum. Maar voor de restauratie van het schip hadden ze geen geld. En ik ook niet. Nou ja, wat moet je er ook mee?'

André hield even stil. 'Wat zou opknappen kosten?' Hij steunde op de arm van zijn achterkleinzoon, zijn ogen scherp gericht op de werfbaas. 'Er hoeft geen motor in.'

De werfbaas keek hem vragend aan. 'Hoe bedoelt u, opknappen?'

'Ik bedoel dat het schip helemaal in zijn oude staat wordt hersteld. Er moet een werkruimte komen in het ruim, de heren hier weten van welke afmetingen. Misschien is een kleine leefruimte ook handig, voor als de jongens moeten overwerken. Die stuurhut moet worden hersteld in de oude glorie, er moet verf op. Nou ja, ik bedoel: opgeknapt, gerestaureerd, hersteld, tot leven gewekt.'

De werfbaas dacht dat hij voor de gek werd gehouden. 'Voor het geld dat je daarvoor op tafel moet leggen bouw ik een schip dat aan al jullie voorwaarden voldoet. Met gemak.'

Jimi had nog geen woord gesproken. Toen ze bij het schip waren aangekomen, zei hij: 'Wij willen dit schip. Wij willen een schip met een ziel.'

'Ja,' zei Jeroen. 'Een schip met verhalen. Wij willen 's avonds in het ruim zitten en voelen dat daar honderd jaar geleden ook al mensen zaten te praten. Dat heb je niet met een nieuw schip.'

'Heb ik nog nooit gevoeld,' zei de werfbaas. 'Op geen enkel schip. Maar dat zal wel aan mij liggen.'

'En we willen een ijsbreker,' zei André. Hij begon lol te krijgen in de verbaasde blik van de man.

'Zonder motor dus,' zei de werfbaas.

'Ja, we willen een ijsbreker zonder motor,' zei André. 'Er ligt ook zelden meer ijs, trouwens. En als het er ligt, kun je het breken met een roeibootje.' Hij knikte, alsof hij zichzelf van de logica van een ijsbreker wilde overtuigen. 'Wij houden nu eenmaal van ijsbrekers,' zei hij. 'Maar dan wel van ijsbrekers zonder motor.'

Jeroen maakte foto's. Er kwam traag een reiger aangezweefd, die plaatsnam op het achterdek. De werfbaas gebaarde naar zijn kantoor. 'Kom, dan gaan we even wat dingen op papier zetten met een bakkie erbij.'

Het kostte inderdaad een fortuin om de Fré Zantingh weer in zijn oude staat te herstellen. Tijdens hun bezoeken aan de werf dreven ze de werfbaas tot waanzin – maar gaandeweg begon de man plezier te krijgen in de twee jongens, die regelmatig de oude André meenamen. Hij zag waar hun fanatisme, vasthoudendheid en compromisloosheid toe leidden: het voelde alsof hij zijn eigen overgrootvader opwekte uit de dood. De restauratiewerkzaamheden – er was zoveel aan het schip vernieuwd dat je je kon afvragen of er behalve de ziel nog wel iets van het oude schip in het nieuwe was overgegaan – namen tien maanden in beslag. Toen lag er een boot op de werf die vanuit 1913 naar de volgende eeuw leek te zijn gebeamd.

XXIX

Kwade dromen

Masser had zijn vaste wandelrondje onderbroken en stond op de ophaalbrug over Het Spaarne naar het water te kijken – er was niets te zien dan de weerspiegeling van zonnestralen op het wateroppervlak. Boten lagen roerloos langs de kade, er waren nergens watervogels en zelfs de meeuwen hadden zich teruggetrokken. Er stond geen zuchtje wind en Masser had die ochtend op de radio gehoord dat het de warmste julidag zou worden sinds de temperaturen officieel werden bijgehouden.

Hij droeg een zonnebril en de strooien hoed die hij tijdens zijn laatste bezoek aan Mazan had gekocht op de markt. Hij voelde hoe het witte linnen overhemd aan zijn rug plakte. De hitte dempte de geluiden van de schaarse auto's die voorbijreden. Masser stampte even met zijn voet op het hout van de brug, maar hoorde niks. Hij zag de huizen aan weerszijden van het water en hij had het gevoel dat hij naar een filmdecor keek, dat het niet meer dan façades waren. Die gedachte maakte hem bang. Hij nam zijn hoed even af en probeerde zich er wat koele lucht mee toe te waaien. Maar de lucht was zo warm dat afkoeling onmogelijk leek te zijn geworden. Dat bezorgde hem een beklemd gevoel en hij vroeg zich af waarom hij niet gewoon thuis was gebleven.

Hij was dodelijk vermoeid. Eigenlijk wilde hij gaan zitten. Maar hij had de keuze tussen het brugdek en de brugleuning, en dat wilde hij niet. Hij had kunnen doorwandelen naar een van de banken verderop, maar op de een of andere manier kon hij zich daar niet toe zetten. Hij legde zijn borst op de brugleuning en keek recht naar beneden, naar het water. Hij bewoog niet, hij leek een staande gestorvene met een strooien hoed in zijn hand.

Ik moet een onderwerp bedenken.

Je moet niks bedenken, je moet het naar je toe laten komen.

Het is allemaal zo zinloos.

Niet voor jezelf, hooguit voor anderen.

Ook voor mezelf. Op ditzelfde moment is een miljoen mensen bezig met het schrijven van hun mening over elk nieuwsfeit dat zich de afgelopen uren heeft voorgedaan. Wat kan ik daar nog aan toevoegen?

Jouw mening.

Ik wil geen mening meer hebben.

Dat beweer je al een hele tijd.

Hij hoorde muziek, die uit een van de huizen moest komen. Een mannenstem en een gitaar. Masser dacht even dat het een liedje van zijn vader was.

Plotseling stond er iemand naast hem die hij niet had horen aankomen. Het was de voormalige tv-verslaggever die in een van de huizen aan het water woonde. Masser keek op, zonder verder van positie te veranderen. 'Masser!' zei de man hartelijk. 'Tijd niet gezien. Te druk, neem ik aan. Wat sta je ehh... merkwaardig. Is dat een soort meditatieve yogaoefening?'

Masser ging moeizaam rechtop staan, zijn rug deed pijn. 'Moe,' zei hij, 'je kunt je niet voorstellen hoe moe ik me voel. Maar ik wilde niet op de grond gaan zitten en ook niet op het brugdek.'

De man keek hem bezorgd aan. 'Drukke tijd gehad natuurlijk,' zei hij.

'Tijdje hoofdredacteur geweest,' zei Masser. Hij probeerde

het zo achteloos mogelijk te laten klinken, hij wist niet waarom. 'Maar daar ben ik gelukkig van af. Met jou alles goed?'

'Slecht. Vanmiddag naar de dokter.'

Masser vroeg niet naar details. Hoe lang was het geleden dat hij de man hier voor de laatste keer had gezien? Ook op zo'n warme dag. Drie jaar? Vier?

'Ik kom je alleen tegen als het tropisch is,' zei de sportverslaggever, die naar men zei over een fotografisch geheugen beschikte. Waarschijnlijk wist hij de exacte datum nog, plus het tijdstip op vijf minuten nauwkeurig. 'Column al af?'

'Nee, ik heb nog niks.'

'We worden oud, Masser. Jij staat hier nog ouderwets over een onderwerp te denken; dat doet niemand meer. En terwijl jij staat te wikken en te wegen vliegen de meningen over elk denkbaar onderwerp al de wereld over. Nadenken, wikken en wegen: allemaal achterhaalde concepten.'

Masser keek de man verbaasd aan. 'Dat stond ik net zelf ook te denken. Als mijn gedachten ook al via wifi door iedereen zijn op te vangen, kan ik er beter meteen mee kappen.'

'De wereld is gevuld met miljoenen columnisten,' zei de man. 'Dat was vroeger ook zo, maar toen had je er geen last van.'

'Klopt,' zei Masser.

'Boodschapjes doen,' zei de sportverslaggever. 'Vanavond eters.' Hij hield zijn tas omhoog. 'We moeten binnenkort een keer iets gaan drinken. Als ik jou was zou ik daar verderop even op een bankje gaan zitten. In de schaduw. Hier loop je nog een zonnesteek op. *See you.*'

'Goed idee,' zei Masser.

De sportverslaggever veegde met een zakdoek het zweet van zijn voorhoofd, groette Masser nogmaals en begaf zich naar de overkant.

Even later zat Masser op het bankje en viel hij in slaap. Hij zat wijdbeens, met zijn hoofd achterover en zijn mond een stukje open. Hij snurkte, maar daar had niemand last van.

Masser stond bij een bord waarop een driehoek was getekend. Bij de ene punt stond 'waarheid', bij de andere 'werkelijkheid' en bij de derde 'mening'. Hij moest een zaal vol studenten uitleggen hoe de drie punten zich tot elkaar verhielden, maar hij had geen idee. Hij wist niet of de werkelijkheid hetzelfde was als de waarheid, hij wist niet zeker of je de waarheid kon veranderen met een mening – als het een goed onderbouwde mening was misschien wel, dacht hij – en hij wist ook niet of een mening bij de werkelijkheid hoorde of alleen maar een opvatting over de werkelijkheid was. Het maakte hem wanhopig. Er klonk gejoel in de zaal.

'Wij willen antwoorden!' schreeuwde iemand op de voorste rij.

Masser wilde naar hem toe lopen, maar hij werd tegengehouden. 'Er zijn geen antwoorden,' riep hij terug, 'er zijn alleen maar vragen, idioot!'

Toen schreef iemand met een viltstift 'nieuws' naast de driehoek en vroeg waar dat woord geplaatst moest worden ten opzichte van de drie andere. 'Als columnist behoor je dat te weten,' zei hij streng, 'zo niet dan heb je ons al die jaren bedrogen.'

Masser pakte de zwarte stift en schreef 'nieuws' in de driehoek. Hij hoopte dat het goed was, want hij had er geen argumenten voor.

De man die het woord had opgeschreven begon hard te lachen. Een onaangename, honende lach was het. 'Fout!' zei de man. Hij pakte Masser de viltstift af en maakte van de driehoek een grote N, waar hij 'ieuws' achter zette. 'Nieuws is waarheid, werkelijkheid en mening,' blafte hij Masser in zijn gezicht.

Masser werd woedend, maar toen hij de man een schop wilde geven was die opeens verdwenen. Hij hoorde nog wel zijn stem: 'Je hebt ons bedrogen, schoft! Je moet alle uren die wij hebben besteed aan het lezen van jouw column vergoeden! Dat gaat je geld kosten, viezerik. Leugenaar!'

Hij voelde de paniek als een scheermes door zijn lijf snijden. De zaal was leeg, hij draaide zich om en keek naar het bord. 'Masser Brock is het kwaad' stond er met grote letters, 'hij moet kapot!' 'Nee!' schreeuwde hij, 'dat is gelogen!' Maar hij schreeuwde tegen de leegte en tegen zichzelf.

Masser werd wakker. Er was een vrouw naast hem komen zitten. Ze lachte vriendelijk.

'U lag flink te dromen,' zei ze. 'Ik geloof dat het geen leuke droom was.'

'Nee,' zei Masser, 'maar gelukkig zijn dromen bedrog.' Hij excuseerde zich, bukte zich om zijn strooien hoed van de grond te rapen en stond op. 'Prettige middag nog,' zei hij tegen de vrouw. De hitte was iets afgenomen. Onderweg keek hij op zijn mobiel om te zien of er al nieuws was. Hij dacht aan de driehoek, maar hij kon zich niet meer precies herinneren wat de man tegen hem had gezegd. Hij voelde zich ellendig.

Hij schreef zijn column alsof hij droomde dat hij een column schreef. Hij leek niet te hoeven nadenken, het was alsof zijn vingers volgens een strakke choreografie over de toetsen dansten, de woorden daalden als een zachte regen neer op zijn scherm, hij las niet meer door wat hij had geschreven, hij sloot zijn laptop en ging even met zijn hoofd op het metaal liggen. De laatste zinnen luidden: 'Onze werkelijkheid is een verzameling zinloze feiten en gebeurtenissen. Nieuws is de dagelijkse selectie van de spraakmakendste zinloosheden. Het is zinloos meningen te hebben over het zinloze.'

Hij belde Eva, hij wilde haar over zijn droom vertellen, maar ze nam niet op. Hij zag dat er werd gebeld vanaf de krant, maar hij wist wat ze wilden vragen en hij nam niet op. Even later belde Jaime Joris Schuurman Hess drie keer achter elkaar, maar dat zag Masser al niet meer. Hij lag met geopende ogen op de bank; zijn geest leek zijn lichaam te hebben verlaten.

Hij had het gevoel dat hij afdaalde in een diepe put. Als hij omhoogkeek zag hij nog iets van een donkere hemel, maar die werd allengs vager. Hij wist niet zeker of hij afdaalde, of dat het een soort gecontroleerde val was. In elk geval was hij doodsbang. Hij wilde helemaal niet verder naar beneden, maar hij was alle controle kwijt, hij viel, vertraagd maar onvermijdelijk. Hij had het gevoel dat hij voorgoed krankzinnig zou worden wanneer hij de bodem van de put zou bereiken. Hij probeerde er niet aan te denken hoe hij ooit weer omhoog zou moeten klimmen, dat leek onmogelijk en de gedachte dat hij voor eeuwig was gedoemd te blijven waar hij nu was zorgde voor een zwarte paniek die zo hevig was dat het leek alsof de angst zijn schedel zou pletten. Om hem heen was alleen maar leegte, er was niets of niemand. Zijn geest leek elk contact met de werkelijkheid te hebben losgelaten, er wás geen werkelijkheid meer. Hij probeerde zich vast te grijpen, maar er was niets wat hem steun kon verschaffen. Hij wist: als dit nog lang zo doorgaat, is er maar één uitweg, want dit is onverdraaglijk. Hij keek naar zichzelf, maar hij kon zichzelf niet verlossen. Misschien is dit de dood, dacht hij.

Toen hoorde hij een stem die iets tegen hem zei. De stem stelde hem een heel klein beetje gerust, de woorden verzachtten de peilloze eenzaamheid die hem de keel snoerde en de angst dat hij voor eeuwig zou moeten blijven afdalen in de eindeloosheid van zijn eigen ziel. 'Kalm maar, Masser,' zei de stem. 'Kalm, ik ben bij je. Ik ben altijd bij je.' Hij voelde dat zijn overhemd was doorweekt van het zweet, hij was langs gruwelijke afgronden gescheerd vol afzichtelijke monsters die hem dreigden te verscheuren.

Masser wist niet of hij had geslapen. Hij had het gevoel dat hij uit zijn diepste zelf weer als een alpinist naar de oppervlakte klauterde. Wanneer hij dreigde terug te vallen, greep hij zich vast aan de dingen om hem heen, aan de harde werkelijkheid: zijn portefeuille op tafel, het wijnrek in de hoek, het vw-busje in de boekenkast. Na een tijdje voelde hij dat de controle weerkeerde, dat de paniek die op de loer lag zich terugtrok, dat er heel langzaam iets van rust terugkeerde in zijn hoofd. Hij voelde dat er nog tranen over zijn wangen liepen, maar de ergste droefheid was voorbij. Hij was alleen, maar de eenzaamheid probeerde hem niet langer te wurgen. Hij zweefde niet langer door een zwarte ruimte waaruit tijd en plaats waren verdwenen.

Hij wist van wie de stem was – wie hij een stem had gegeven.

XXX

De André Genovesi 103

Het was nog vroeg in september, het schip lag in een zacht zonnetje te glanzen op de helling, de naam was nog afgedekt met twee witte doeken. Op een klein, geïmproviseerd podiumpje stonden de genodigden, onder wie Masser en zijn vriendin Eva, Mia Kalman in het gezelschap van Tup, Karel Brock en Carla Genovesi en de ouders van Jeroen. Die stond vooraan, samen met Jimi Kalman en André en Martha Genovesi.

Jimi gebaarde naar zijn grootouders Karel en Carla dat ze naar voren moesten komen. Hij overhandigde hun een touw. 'En dan gaan we nu de naam van het schip onthullen,' zei hij. 'Tegelijk trekken.'

De witte doeken gleden als landende zwanen naar beneden. Op de boeg kwam de naam 'Jimi Brock' tevoorschijn, erachter stond in kleine letters 'Fré Zantingh' – een verzoek van de werfbaas. Carla sloeg haar armen om Karel heen en aan het schokken van haar schouders kon je zien dat ze huilde. Ze was niet de enige.

'Ze hebben het schip naar mijn broertje genoemd,' fluisterde Masser in het oor van Eva. Hij had ook zin om het ongeremd op een janken te zetten.

André liet een fles champagne tegen de boeg kapotslaan, waarna het schip zijwaarts en statig het kanaal in gleed. Er werd geapplaudisseerd en de werfbaas vulde de glazen.

Een week later lag de schitterend gerestaureerde Jimi Brock tegen de kade in Amsterdam. De voormalige machinekamer en het ruim waren verbonden tot een werkruimte, deels met de apparatuur die Jimi al op de zolder bij Masser had geïnstalleerd, maar voor het merendeel met splinternieuwe machines. Er was een afzuiginstallatie aangebracht die de ruimte stofvrij hield en alles ademde strakke ordening, controle en planmatigheid. Vanuit het werkruim voerde een trap naar de stuurhut en het vooronder, het researchcenter van Jimi Kalman Watches. Daar stonden ook twee bedden, voor als de directeuren na hun werkzaamheden geen zin hadden terug te keren naar Haarlem, of, wat vaker het geval was, zich niet konden losmaken van waar ze mee bezig waren.

Jimi had voor het eerst van zijn leven een heilig voornemen geschrapt: hij was niet naar de Ecole d'Horlogerie in Genève gegaan. Ten eerste omdat hij zich had gerealiseerd dat hij dan eerst Frans moest gaan leren en ten tweede omdat hij zich afvroeg wat de school hem nog te bieden had: erg weinig vermoedelijk.

In zijn horlogelab bij Masser op zolder had Jimi de productie van het eerste horloge van JKW al zo ver voorbereid dat hij op het schip het bouwen ervan meteen ter hand kon nemen. Voorlopig wilde hij vijftien André Genovesi 103's per jaar in elkaar zetten, waaronder vijf met een gouden kast. Hij had het horloge zelf ontworpen; het was een elegant en volledig mechanisch sieraad met een witte wijzerplaat, een aparte aanduiding van minuten en seconden en wat Jimi een 'complication moon' noemde, waarop de maanstand kon worden afgelezen. Op de achterkant van de stalen kast van het horloge stonden de naam André Genovesi en een nummer.

Toen André het eerste exemplaar van het naar hem genoemde horloge in ontvangst nam, was hij eerst een tijdje sprake-loos. Daarna zei hij, met het horloge als een zojuist geboren baby in zijn hand, dat hij nu klaar was om te sterven – wat hem op hevig boegeroep kwam te staan. 'De 104 en de 105 liggen al op de tekentafel,' riep Jimi.

Het was de warmste nazomer sinds mensenheugenis, op het feestelijk aangeklede achterdek van de Jimi Brock leek het op een bruiloft uit *The Godfather*. Onder een wit baldakijn en met een glas champagne in de hand legde Jimi Masser uit wat hij nu ging doen: hij wilde binnen vier jaar een horloge gaan maken met een kalender die doorliep tot het jaar 2499.

Masser keek hem vragend aan: hij zag niet meteen het nut van het idee. 'Dat is de meesterproef,' zei Jimi. 'Je moet ervoor zorgen dat het horloge schrikkeldagen en schrikkeljaren op de juiste wijze verwerkt. Dat is nogal ingewikkeld.' Hij keek alsof hij niet kon wachten de problemen op te lossen, vermoedelijk was hij daar allang mee bezig. 'Als we dat kunnen,' zei hij, 'zit JKW meteen in de mondiale eredivisie van horlogemakers.'

Masser verbaasde zich opnieuw over de rustige toon waar-op zijn neef zijn ambities verwoordde en hij twijfelde er geen seconde aan dat hij die ook zou verwezenlijken. 'Ik wil graag een André Genovesi 103 bestellen,' zei hij. 'Ik ben met exclu-sieve horloges opgegroeid, maar ik heb er nog nooit een zelf gekocht, ik heb alleen een Breitling van bijna veertig jaar oud. Dus het wordt een keer tijd. Is er ook een damesmodel?'

'Onze horloges zijn geschikt voor man en vrouw,' zei Jimi. 'Je krijgt familiekorting.'

Aan het eind van de avond was de eerste jaarproductie van Jimi Kalman Watches verkocht – de premier van Nederland bestelde nummer 7 en nummer 8.

XXXI

Voulez-vous coucher avec moi

Wilco Stamsnijder schreef nog steeds drie keer per week een column, als vervanger van Masser. Eronder had een maand lang 'Masser Brock is ziek' gestaan, tot Masser Jaime Joris had gebeld met het verzoek die toevoeging weg te laten.

'Ben je niet ziek meer, Masser?' vroeg die.

'Weet ik niet. Maar ik knap er in elk geval niet van op drie keer per week dat zinnetje in de krant te zien staan.'

Masser had het nieuwe deel van *Assassin's Creed* aangeschaft, maar thuis merkte hij dat hij geen plezier meer had in het spel, dat hij het stompzinnig vond. Misschien is de echte werkelijkheid te veel een game geworden, dacht hij.

'Je bent een tobber, Masser Brock,' zei de premier. 'Wat jij nodig hebt is een vrouw. En niet eentje die zo nu en dan van Urk naar Haarlem kart, maar eentje die er altijd is.' Mia keek haar vriend gemeen aan, maar die ging gewoon door. 'Ik zat net als jij te wachten op *the right one*. Kom ik eindelijk Mia tegen. Nieuwe man, *I kid you not*.' De premier keek naar Mia om te zien of ze zijn analyse deelde, maar ze gaf geen sjoege. 'Dus vooruit met de geit, Masser. Niet van dat trage, *go for it*.'

'Ik zal erover nadenken, Tup.'

'*Voulez-vous coucher avec moi*,' zong de premier van Nederland, terwijl hij opstond om een nieuwe fles wijn te openen.

'Ik overweeg definitief te stoppen met de column en met alles,' zei Masser. 'Ik loop er nu twee maanden mee rond, ik moet een besluit nemen. Ik kan de krant niet eeuwig laten wachten. En mezelf ook niet.'

'Heb je na die ene keer nog vaker zo'n paniekaanval gehad?' vroeg Mia.

'Godzijdank niet. Maar ik blijf er bang voor. Ik lig 's avonds in bed en speur in mijn hoofd of het beest soms ergens op de loer ligt. Dat moet ik niet doen, want met zulke gedachten lok je het naar je toe.'

'Je moet zulke dingen heel erg serieus nemen,' zei Mia. 'Heb je overwogen naar een psycholoog te gaan?'

'Nee. Ik denk dat die me niks nieuws kan vertellen.'

'Dan moet je doen wat je moet doen.'

'Luisteren, Masser. Vrouwelijke intuïtie,' zei de premier.

Masser zat met Jimi in een lunchcafé in de Czaar Peterstraat. De straat was ingrijpend veranderd sinds Karel er had gewoond en Masser hem regelmatig bezocht. Het was er hip geworden. Masser zag zijn neef niet zo vaak, de jongen maakte werkdagen van achttien uur en overnachtte meestal op de Jimi Brock. Sliep hij in zijn loft, dan arriveerde hij pas wanneer Masser al sliep en was hij de volgende ochtend alweer vertrokken voor zijn oom ontwaakte.

'Gezellig,' zei Masser. 'Ik vind het maar niks hoor, dat lege huis.'

'Kan even niet anders.'

Masser vroeg hoe het liep met de verkoop van de André Genovesi's.

'Waanzinnig.' Jimi had samen met André in het programma van Cees Krook gezeten, om te vertellen over zijn horloges, de diepe band met zijn overgrootvader en ook een beetje over zijn moeder. André had terloops laten vallen dat de premier van Nederland twee horloges in bestelling had, iets wat Jimi nooit zou hebben gedaan – hij vond het indiscreet. Maar het werkte wel en de premier vond het prima. 'De wachttijd is opgelopen tot tweeënhalf jaar,' zei Jimi, 'maar het lijkt wel alsof mensen dat juist extra aantrekkelijk vinden. Als je tienduizend euro voor een horloge neerlegt, wil je het niet meteen ingepakt meekrijgen. Wachttijd hoort bij de prijs. De wachtlijst is een soort erelijst.'

'En die van ons...?'

'U wordt gebeld wanneer ze klaar zijn,' zei Jimi met een hoge, ironische stem. 'Hooguit een paar weekjes nog, we doen wat we kunnen, meneer... eh, hoe was de naam ook maar weer?'

'Ik denk dat mijn hoofdredacteur binnenkort ook even bij je langswipt.'

'Moet ook wachten.'

'Ik ben verschrikkelijk blij voor je, Jimi. Echt verschrikkelijk blij. En ook apetrots. Ouwe André recentelijk nog langsgeweest?' Masser was van plan na de lunch naar zijn grootvader te gaan.

'Haha! Recentelijk? Als hij een dag níét komt ben ik bang dat hij is overleden.'

'Man is onsterfelijk. Jeroen oké?'

'Die zet veertien uur per dag horloges in elkaar. We zijn hard op zoek naar iemand die ons kan helpen. Ken jij toevalllig nog een ervaren Zwitserse horlogemaker?'

'Geloof het niet. Misschien moet ikzelf een cursus gaan volgen.'

'Nieuwe *Assassin's Creed* al aangeschaft?'

'Ja, maar ik vind het niet zo leuk meer. Je hebt toch feedback nodig.'

'Ik heb hem nog niet gekocht. Geen tijd.' Er viel een stilte. Jimi keek zijn oom een tijdje recht in de ogen, alsof hij een psychiater was die probeerde een sprakeloze patiënt te peilen.

'En met jou, hoe is het met jou? Je ziet er moe uit.'

'Ben ik ook. Al een paar maanden. Eigenlijk ben ik alleen maar vermoeider geworden sinds ik ben gestopt met de column.'

'Doe je eraan?' Hij klonk nu als een strenge huisarts.

'Ik pieker.'

'Wordt het niet beter van, meneer Brock.'

Masser stond op en liep een klein trapje op, naar het toilet. Toen hij even later weer was gaan zitten, zei hij: 'Ik overweeg weg te gaan bij de krant.'

'Je bedoelt: weg? Ontslag nemen?'

'Ik heb het gevoel dat ik er niet meer thuishoor.'

'Hoe oud ben je?'

Het verbaasde hem niet dat Jimi dat niet wist. 'Volgend jaar word ik vijftig.'

'Mooie leeftijd om iets nieuws te beginnen. Doen, Masser. Als je het je tenminste financieel kunt veroorloven.'

Dingen waar ik weken over lig te peinzen. En hij doet het in tien seconden.

Jij weet het bij anderen ook altijd beter dan bij jezelf.

Zijn brein werkt als een besliscomputer. Weegt razendsnel mogelijkheden en onmogelijkheden af, rekent dingen door en trekt de conclusie.

'Dat denk ik wel,' zei Masser.

'Prima. Ik maak volgende week een avond vrij om te gaan eten. Mama erbij, leuk. Gaan we het vieren.'

De jongen is veranderd. Hij is het leven binnengestapt.

Zelfvertrouwen. Zelfvertrouwen en hoge verwachtingen.

Hij heeft nog dromen.

Jij moet op zoek naar nieuwe.

'Moet je toch zien hoe dat schip erbij ligt,' zei André, en hij wees naar buiten. 'Elke ochtend na het opstaan kijk ik er een kwartiertje naar. Het is een wonder. En 's avonds ook, als ik weer naar bed ga. Dan brandt daar nog steeds licht. Ze werken hard, die twee jongens.' Hij liet met een triomfantelijke blik het horloge om zijn pols zien, de grote trofee, de bekroning van zijn leven. 'Ja Masser, jongen, het is godverdomme een groot geluk, een heel groot geluk. Weet je, ik maakte me weleens zorgen over de dood. Is normaal, toch? Maar sinds dat schip er ligt is ook de laatste kruimel angst verdwenen.'

Masser keek André aan. Hij voelde een lach opkomen, een lach van ontroering, maar ook van opluchting. Er stond een man van honderddrie naast hem, een vrije geest, die alle ballast van zich had afgeworpen en die zonder in zijn leven ooit een zenmeester te hebben ontmoet was opgestegen naar de ijdele hoogten van het moment.

'Je moet het leven niet in de weg zitten,' zei André even later, nadat Masser hem had verteld wat hij van plan was. 'Je moet je niet verzetten. *Go with the flow.* Laat het op je neerdalen als een zachte regenbui. Heb ik ook gedaan en je ziet waar dat toe heeft geleid.' Hij wees weer naar buiten.

'Masser,' zei Bonna, 'ik begrijp er geloof ik niks van. Maar misschien ben ik geen mens en alleen nog maar een ouwe journaliste met inkt in haar spataderen. Maar je moet doen wat je moet doen, zo is het.'

'Zo is het.'

Daarna belde hij Charles Schuurman Hess, de man die hem ooit had aangenomen bij de krant. Hij zag op tegen het gesprek, maar CSH's reactie was totaal anders dan hij had verwacht.

'Je hebt gelijk, Masser! Ik wist het trouwens al tijdens ons laatste etentje. Ik dacht: die Masser, die neemt binnenkort de kuierlatten. Godverdomme zeg, ik heb vaak genoeg precies hetzelfde gevoel gehad. Die hele teringzooi van het nieuws kwam mij ook regelmatig de strot uit. Dat kon ik natuurlijk niet zeggen, ik had geen keus. Maar jij wel. Laten we snel afspreken en het op een zuipen zetten. Ja, niet dan? Het is allemaal maar relatief hè, binnenkort lig ik onder de groene zoden en jij bent ook over de helft. Al dat overspannen gedoe is onzin.'

'Mijn opa is honderddrie.'

'Reden te meer. Je moet er een superieure tweede helft van maken, verdomme nog aan toe, nou. Is er een vrouw in beeld?'

'Ja.'

'Eindelijk. Heb je het met Jaime Joris al over een flinke zak met geld gehad?'

'Jaime weet nog van niks.'

'Ik zal hem bellen.'

Masser ging achter zijn laptop zitten en schreef een lange mail aan Jaime Joris Schuurman Hess. Toen hij klaar was en op verzenden had gedrukt, voelde hij diepe opluchting. Hij mailde Tom Bols en Nienke van der Hout en sloot af met een lijst met namen die hem willekeurig te binnen waren geschoten, onder het kopje 'Aas': Boebie de Witt Wijnen, Cornelis Altena, Frank van Weerdenburg, Lukas Brouwer, Maarten Hoekman, Klaas Joppe, Dick Draak, Karel Jan Biljoen, Wout Brood, Steven van Maren, Meindert Brouwer. Even overwoog hij Jeroen Weenink er ook bij te zetten, maar daar zag hij van af. Als er op diens naam werd gevist, wilde hij daar in elk geval niet verantwoordelijk voor zijn. Voor de grap sloot hij het rijtje af met 'Masser Brock' en verstuurde de mail.

De volgende dag, nadat hij ook Mia en zijn ouders op de hoogte had gebracht, belde hij Eva.

'Ik ga weg bij de krant.'

'Wist ik.'

'Kun je een weekje weg?'

'Ja.'

'Ben ik over twee uur bij je.'

Masser en Eva liepen door de rue du Cardinal-Lemoine in de richting van de rue Descartes, waar het appartement was dat Masser had gehuurd. Het was begin november, maar Parijs leek zich niets meer aan te trekken van de jaargetijden. Overal zaten mensen op terrasjes, alsof ze wilden laten zien hoe absurd het was dat de winkels al waren gevuld met kerstspullen. Het appartement bevond zich op de eerste verdieping en keek uit op de straat. Een kroeg aan de overkant heette Le bateau ivre – Arthur Rimbaud had ooit ook in de rue Descartes gewoond. De slaapkamer van het appartement bevond zich aan de achterkant en keek uit op een cour – het maakte dat Masser zich veilig voelde, beschermd in de maalstroom van de stad.

Het was voor het eerst dat ze samen in een ruimte waren die hun allebei toebehoorde, en Masser had het gevoel dat ze daarmee een grens overstaken, die naar een diepere intimiteit, de grens naar het gewone, die van twee mensen die bij elkaar horen zonder elkaar daarover vragen te stellen.

Hij lag op het tweepersoonsbed en hoorde hoe Eva zong onder de douche. Even later kwam ze de kamer binnen, naakt. Hij keek zwijgend naar haar en probeerde zich haar lichaam te herinneren zoals dat er had uitgezien toen ze elkaar nog maar net kenden. Ze kwam naast hem liggen.

'Masser, hebben we tijd verloren of hebben we hem teruggewonnen?'

'Ik weet het niet. Misschien waren we hier niet geweest als

we destijds bij elkaar waren gebleven.' Hij streelde haar borsten.

Ze liepen de boulevard Saint-Germain af naar het restaurant waar Masser een tafel had gereserveerd. Het was druk bij Chez René. Masser voelde zich een twintigjarige die voor het eerst met zijn vriendinnetje in Parijs is en zijn best doet de wereldburger uit te hangen. Hij vond zonder een moment van twijfel de weg naar het restaurant, was er naar binnen gelopen alsof hij tot de vaste clientèle behoorde en had zo achteloos mogelijk '*j'ai reservé une table pour deux*' gezegd tegen de ober.

Het was een eetgelegenheid waar het drukke gepraat aan de dicht op elkaar staande tafels voor privacy zorgde. Hij vroeg de ober om een fles pouilly-fumé. 'Mitterrand kwam hier al,' zei hij tegen Eva. 'En Hemingway geloof ik. Maar die is in alle Parijse cafés en restaurants geweest.'

'Heel ander soort restaurant dan waar we destijds hebben gegeten,' zei ze. 'Weet jij nog waar dat was?'

'Niet ver van de Olympia, maar ik zou het niet kunnen terugvinden.'

'Goeie herinnering. Nooit gedacht dat ik later zelf nog eens in dat theater zou optreden.'

'Godallemachtig,' zei Masser. 'Ik zit hier met een beroemdheid en ik weet van niks.'

Toen ze de fles wijn hadden geleegd en een keuze hadden gemaakt, vroeg Eva of hij opgelucht was over zijn besluit zijn baan op te geven.

'Ik geloof het wel. Al weet ik niet hoe ik daar over twee maanden over zal denken. Misschien heb ik dan wel enorme spijt. Ik weet niet hoe belangrijk het voor me was, die column. Als je iets dagelijks doet, jaar in jaar uit, ga je denken dat je heel goed zonder kunt. Maar misschien merk je pas hoe je eraan gehecht bent geweest als het is verdwenen.'

'Had ik ook toen onze verkering uit raakte.'

'Wie maakte er eigenlijk een eind aan? Ik kan me dat niet meer herinneren.'

'Jij. Hoe voelt het nu dan, zonder je dagelijkse stukje?'

'Alsof ik vakantie heb. Maar dat blijft niet zo.'

'Je doet er niet meer toe, Massertje,' zei ze plagerig. 'Je hoort niet meer bij de spraakmakende klasse.'

'Misschien wil ik dat juist wel, er niet meer toe doen.'

'Ik maakte een grapje.'

De ober bracht een nieuwe fles.

Masser keek haar lang aan, zonder iets te zeggen. Hij wilde haar iets vertellen, maar wist niet hoe. Toen zei hij: 'Jimi.'

'Welke Jimi?'

'Dode Jimi.'

'Wat is daarmee?'

'Ik denk dat ik ooit journalist ben geworden vanwege hem. Vanwege zijn dood, bedoel ik.'

'Ik geloof dat je dat even moet uitleggen.'

'Ik vond schrijven leuk, en als journalist mag je schrijven. Maar ik droomde er niet van Carl Bernstein te worden. Weet je nog wie dat was?'

'Masser! Ik ben geen huppelkutje van drieëntwintig.'

'Sorry.'

'Lijkt de levende Jimi op de dode?'

'Nee, totaal niet. Mijn neefje maakt zijn eigen werelden en daar gaat hij helemaal in op. Hij kijkt naar binnen, mijn broertje keek altijd naar buiten. Hij zoog de wereld in zich op en hij wilde weten hoe het allemaal werkte. Hij was nieuwsgierig. Ik herinner me dat hij nog heel jong was toen hij op een dag zei dat hij journalist wilde worden. Het moet kort voor zijn dood zijn geweest. Ik was onder de indruk. Ik had eigenlijk geen idee wat een journalist was, en hij zei zomaar dat hij het wilde worden.'

'Op wie lijk jij het meest?'

'Op mijn neefje. We kunnen allebei heel tevreden zijn als we op de bank zitten en *Assassin's Creed* spelen. Journalisten willen alle werelden een beetje begrijpen, Jimi heeft er genoeg aan één of twee werelden tot in alle details te kennen. De een leeft in de breedte, de ander in de diepte. Je kunt dat niet combineren, en als je dat wel wilt raak je gefrustreerd. Of je wordt zo'n journalist die alles weet van klassieke muziek, en die worden op de krant niet als volwaardig journalist gezien. Meer als vakidioot.'

'En hoe kijken ze naar columnisten?'

'Luxepaarden. Anderen knappen het vuile werk op, de columnist schrijft er een leuk stukje over. En dat maakt ze dan bij de lezers nog populair ook. Een columnist is een spits die een beetje staat af te wachten, dan een intikkertje maakt en met de handen in de lucht naar de dichtstbijzijnde camera holt.'

'Eva,' zei hij, 'er zit me al weken iets dwars.' Tot zijn ergernis voelde hij dat zijn ogen zich vulden met tranen. Emoties die hij jarenlang onder de duim had weten te houden hadden de laatste maanden een weg naar de oppervlakte gevonden.

'Wil je het vertellen?'

'Het is een gedachte die ik niet meer uit mijn hoofd krijg. Ik probeer tegenargumenten te verzinnen, ik zeg tegen mezelf dat ik niet zulke belachelijke dingen moet denken, maar het is hardnekkig. Ik zit naar mezelf te grijnzen en ik blijf het maar herhalen. En ik weet: hij heeft gelijk.'

'Wie is hij?'

'Ik. Of Jimi.' Hij wist dat hij klonk als een verwarde idioot.

'Zeg eerst even wát je dan denkt.'

'Dat ik al die jaren de invaller-Jimi ben geweest.'

'De invaller-Jimi.'

Ze keek hem aan en hij zag geen spoortje spot in haar ogen.

'Ik ben al die jaren met hem blijven praten. Alsof hij mijn coach was. Ik deed iets en hij beoordeelde het. Ik heb met niemand zoveel gepraat als met Jimi.' Hij probeerde de tranen uit zijn ogen te wrijven. Een vrouw aan het tafeltje naast dat van hen maakte lichte hoofdbewegingen naar een man die al die tijd nog geen woord had gesproken. Er zit er hiernaast eentje te janken, leek ze te willen zeggen. Masser voelde zich een sentimentele drinker.

'Waarom?' vroeg Eva.

'Ik moest hem in leven houden.'

'Dat is toch niet zo raar? Ik praat ook nog elke dag met Maarten. Terwijl ik dat hooguit één keer in de week deed toen hij nog leefde. Volgens mij doen heel veel mensen dat. Het helpt, tegen het verlies.'

'Ik vind het geen fijne gedachte. Toen hij verdronk is de jonge Masser ook een beetje verdronken, zoiets. Hij heeft iets van me meegenomen.'

'Wat dan?'

'Wie ik was.'

'Wie was je geworden als hij was blijven leven?'

'Iets anders, ik weet niet precies wat, iets met stilte, met rust. Iets zonder oordelen, dat in elk geval.'

'Ik vroeg niet wat, ik vroeg: wie.'

'Masser Brock.'

'Je bent Masser Brock. Er gebeurt iets vreselijks en je vraagt je af waarom. Niemand weet het antwoord. Dat is onverdraaglijk. Dus dan ga je iets verzinnen. Iets ingewikkelds, maar toch een soort antwoord. Hij is er nog, want ik ben er nog.'

'Wel een langdurig antwoord. Veertig jaar.' Hij lachte door

zijn tranen heen. Aan het andere tafeltje keek de man – hij had nog altijd niets gezegd – hem minachtend aan.

'Zeker. Jimi *featuring* Masser in tienduizend afleveringen. Perfecte rol, knap hoor.'

'Ik ben de dief van mijn eigen leven geweest.'

'Misschien kon het niet anders. Misschien kon Masser Brock niet anders. Er ligt meer vast dan wij denken. Ze hebben ons geleerd dat alles een keuze is, dat is de moderne levensopvatting. Maar het is maar de vraag of dat zo is. Dingen gebeuren en dwingen ons een richting in. Misschien niet de richting die we zouden hebben genomen als we helemaal vrij waren geweest, maar we zijn niet vrij.'

'Als dat zo is, is het verschrikkelijk. Maar het is ook een soort van troost.'

'Wat zou Jimi hebben gedaan als jij was verdronken?'

'Jimi zou nooit de behoefte hebben gevoeld mij te vervangen. Als hij al had geweten wie ik was, toen ik onder het ijs schoot. Het zit in mij, het zat niet in hem. Hij zou nu de sterverslaggever van *De Nieuwe Tijd* zijn geweest, of sinds zijn dertigste de hoofdredacteur.'

'Denk je dat echt?'

'Ja.'

'Met de Jimi in jouw hoofd zou het zo zijn gegaan. Maar met de echte misschien niet. Ik denk dat hij zich rond zijn vijftigste ook zou hebben afgevraagd of hij de juiste keuzes had gemaakt, of dat het leven hem toch dingen had opgedrongen. Hij zou hebben teruggedacht aan zijn broertje. Hij zou een beeld van hem hebben opgeroepen, een beeld dat niet per se klopte met de ware kleine Masser. Hij zou ook hebben gedacht dat die ramp zijn keuzes had beperkt en dat alles anders zou zijn verlopen wanneer dat moment zich niet zou hebben voorgedaan.'

'Denk je?'

'Ja. Want zo denken we allemaal.'

'Jij ook?'

'Ik ook. We denken allemaal dat het beter had gekund, dat we onszelf net één keer te vaak hebben verloochend. Dat we verraad hebben gepleegd aan wie we echt denken te zijn.'

'Kan.'

'Maar Masser, jij zou ook kunnen denken: ik ben een van de populairste columnisten van Nederland geworden. Ik ben hoofdredacteur geweest van de grootste krant van Nederland, ik heb tot dusver eigenlijk een heel leuk en spannend leven gehad en *guess what*, ik zit nu in Parijs bij Chez René en er is geen wolkje aan de lucht. Kijk even wie er tegenover je zit!' Ze lachte.

'Je hebt gelijk,' zei Masser. 'En om je te laten zien dat ik heus wel weet wat voor geluksvogel ik ben, heb ik iets voor je.' Hij bukte zich en haalde twee pakjes uit de tas naast zijn stoel. Hij legde er een voor Eva neer. 'Pak maar uit.'

Hij volgde de bewegingen van haar hand en imiteerde ze, een seconde of twee later, met zijn eigen pakje. Toen ze een kersenhouten doosje met de letters J K W voor zich had liggen, keek Eva Masser aan, op haar wangen was een hoogrode blos verschenen. Hij hield zijn eigen doosje omhoog. 'Tegelijk openen,' zei hij.

Masser deed Eva haar gouden André Genovesi 103 om en daarna deed zij hetzelfde bij hem – hij had gekozen voor een stalen kast. 'Ze lopen op honderdsten van een seconde gelijk. Tenminste, dat beweert Jimi.'

Masser rekende af en ze liepen terug naar het appartement. Het voelde alsof hij de stoeptegels niet raakte. Later, in bed, vroeg ze: 'Wie was je eigenlijk toen we verkering kregen?'

Hij wilde 'Masser' antwoorden, maar dat leek te gemakkelijk. Voor hij een beter antwoord had bedacht, zei ze: 'Ik vind je nu veel leuker. Nóg veel leuker.'

Hij vertelde Eva het favoriete verhaal van zijn grootvader, over Miles Davis en Juliette Gréco. Ze kende het natuurlijk al, elke jazzmuzikant kende het.

De volgende dag gingen ze naar het Petit Palais, naar een tentoonstelling over Oscar Wilde. Masser keek naar de foto's die ooit van Wilde waren gemaakt toen hij op tournee was in de Verenigde Staten. Hij zag een arrogante dertiger die tegen de wereld zei: hé, ik maak mijn eigen keuzes, kijk naar mijn ogen, kijk naar mijn kleding, naar mijn houding. Kijk hoe ik op jullie neerkijk, ik heb lak aan jullie en aan jullie fatsoen. Ik ben Oscar Wilde en ik vorm de wereld, niet andersom, ik bepaal de regels van de kunst, de schoonheid en het leven, ik maak uit wat waar is en wat niet, ik zeg jullie wat waarde heeft en wat waardeloos is, ik ben de vrije meester van het universum.

Hij zei tegen Eva wat hij meende te zien.

'Je moet *Het portret van Dorian Gray* lezen,' zei ze.

's Avonds namen ze de metro naar de nieuwe Philharmonie de Paris, een intimiderend bouwwerk aan de *périphérique*. Ze liepen een hoge trap op, kochten twee zakken chips bij een barretje en gingen daarna de Grande Salle Pierre Boulez in. Masser was overweldigd, de immense zaal zat vol. Een kleine man nam plaats op de bok en begon met zijn dirigeerstok te zwaaien: het was alsof hij het orkest aanzette. Op het programma stonden delen uit *Roméo et Juliette* van Hector Berlioz. Het was niet de muziek die Masser fascineerde, maar de man voor het orkest. Hij telde het aantal musici en kwam tot honderd. Hij controleert alles met dat stokje, dacht hij. Een jaloers makende positie. Alles verloopt zoals hij wil, de musici zijn gebonden aan de partituur, maar vooral aan hem. Maar het is kunst, misschien is het bij hem thuis wel een puinhoop. Daar kan hij de pot op, met zijn dirigeerstokje.

Hij keek naar een man achter in het orkest, die opstond en een klein belletje in zijn hand hield. Hij tikte er drie keer tegenaan en ging weer zitten.

'Goeie bijdrage,' fluisterde Masser tegen Eva. 'Klein maar belangrijk. Goeie kerel, snapt het, zo moet je dat doen. Een belletje laten rinkelen als het nodig is.'

Ze wees in het programmaboekje: nu kwam 'Scène d'amour'. 'Tien contrabassen en niet één vrouw,' zei ze.

's Ochtends vroeg, Eva lag nog te slapen, kocht hij bij een kiosk de internationale editie van *The New York Times*. '*Trump triumphs*,' las hij. Hij wist het al, maar het nieuws drong nu pas goed tot hem door. Daar zijn we dus gekomen, dacht hij. Iemand kan zich naar de machtigste positie liegen die de wereld kent. En wij van de media kunnen er niks aan doen. Sterker, we hebben hem gehólpen met de verspreiding van zijn leugens. Hij liep naar een koffietentje en sloeg de krant open.

Hij heeft het nieuws gekaapt, hij heeft de werkelijkheid gemanipuleerd en voor zijn karretje gespannen.

Hij heeft gewonnen, punt.

De mensen geloven net zo gemakkelijk in leugens als in de waarheid, als dat ze beter uitkomt.

Kranten zijn niet meer bij machte om de leugens te weerleggen, de televisie is medeplichtig en internet is het vehikel van het bedrog. Kranten zijn hun overtuigingskracht kwijt.

Misschien wíllen ze de leugen niet meer weerleggen.

Er zijn geen waarheden meer. Je ontkent gewoon de waarheid en benoemt leugens tot de nieuwe waarheid. Klaar is Kees. De werkelijkheid is kneedbaar geworden.

Altijd zo geweest, pak er eens een geschiedenisboekje bij.

Er komt altijd weer een moment waarop ze als ratten achter de rattenvanger aan lopen.

Zulke denkbeelden heten tegenwoordig 'elitair'.

Ze bedenken een nieuwe waarheid onder het schijten en daarna venten ze die uit. En wie zegt dat het stinkt heeft het contact met het volk verloren.

Dat heet propaganda, Masser. Zo oud als de macht. En machtiger dan de macht, als je het goed aanpakt.

Het volk verveelt zich en snakt naar de kick van de ondergang.

Hij bestelde nog een café au lait.

XXXII

Afgekoppeld

Masser Brock had zich losgemaakt van de wereld. Hij had alle kranten van zijn iPad gegooid, hij had de apps van radiostations die hij regelmatig beluisterde verwijderd, net als alle social media. Zelfs Teletekst, waarmee hij jarenlang zijn dag was begonnen, stond niet meer op zijn scherm. Als hij in de ochtend naar het dorp fietste vermeed hij de kiosk en streek meteen neer op het terras van Café du Siècle – aan een tafeltje zonder krant. Het was december, maar nog warm genoeg in de Provence.

Hij was afgekoppeld, hij maakte louter zintuiglijk contact met de wereld en daar liet hij het bij, op zo nu en dan een telefoontje naar Nederland na. Hij had zich losgescheurd van internet en dat voelde als een opluchting.

Wat heeft dat ons gebracht? Alleen maar ellende. Zonder internet was Trump geen president geworden, zonder internet had IS niet bestaan en waren er geen aanslagen geweest in Parijs en in Brussel. Zonder internet zou niemand het hebben over de verharding van de samenleving. Zonder internet hadden duizenden brave winkeliers gewoon hun geld kunnen blijven verdienen. Zonder internet zouden ze ons een stuk minder gemakkelijk kunnen manipuleren. Zonder internet zouden we zelf weer moeten nadenken.

Veel mensen zijn er blij mee.

Internet is een samenzwering van domheid, hebzucht en haat.

Vooruitgang is altijd wit en zwart.
Vooruitgang maakt ons kapot.

Masser was verbaasd over het bedrag dat er op de rekening bleek te staan die zijn grootvader bij zijn geboorte had geopend. Hij had er jarenlang niet naar omgekeken en het aanzienlijke beginbedrag was een klein fortuin geworden. Zelfs zonder het geld dat hij van Jaime Joris Schuurman Hess had meegekregen, zou hij er gemakkelijk een paar jaar van kunnen leven. Hij wist niet hoe lang hij in Mazan zou blijven – of hij ooit nog zou terugkeren naar het noorden.

Hij was terug in het huis tussen de wijngaarden. Dat was eigenlijk veel te groot voor hem alleen, maar het bracht het gevoel terug dat hij zich herinnerde van de jaren op de Hindeloopen. Hij was er veilig. Door de kleine ramen observeerde hij de buitenwereld en 's avonds, als hij de luiken had gesloten en de deuren op slot had gedaan, verbleef hij in zijn voor niemand te doorbreken cocon. Vanuit zijn ligbad zag hij 's ochtends de top van de Mont Ventoux, een aanblik die hem rustig maakte.

Masser voelde zich een junk die cold turkey afkickte van een jarenlange verslaving. Soms werd hij 's nachts wakker en was zijn eerste impuls om zijn mobiel te pakken en het nieuws te checken. Tot hij zich realiseerde waar hij was: in zijn eigen nieuwsloze wereld. De eerste twee weken voelde hij regelmatig de aandrang om naar DNT.*nl* te gaan en een heel klein shotje – dat beloofde hij zichzelf – te nemen dat de pijn van de nieuwsgierigheid zou verminderen. Hij gaf één keer toe aan het verlangen, en las dat Tup 'een plan' had gepubliceerd – over drie maanden waren de verkiezingen. Hij las het 'plan' en zijn brein begon onmiddellijk te zoeken naar invalshoeken voor een column. Hij voelde boosheid opkomen, irritatie, cynisme – alles wat hij niet meer wilde. Daarna keek hij nooit meer.

Hij voelde hoe het gif langzaam uit zijn systeem verdween en hoe de onrust in zijn hoofd geleidelijk afnam. Hij verbaasde zich daarover en vroeg zich af hoe hij het al die jaren had volgehouden om niet alleen het nieuws op de voet te volgen, maar er ook nog iets van te vinden en erover te schrijven. Hij verbaasde zich over de miljoenen mensen voor wie nieuws een eerste levensbehoefte was geworden, het eerste shot in de ochtend om de geest op scherp te zetten en het lijf in gang te trekken. Het kwam hem zinloos voor, de concentratie op iets dat de volgende dag weer zou zijn verdwenen, op zaken waarop de nieuwsjunk geen enkele invloed kon uitoefenen, die hij alleen maar kon ondergaan en waarover hij tegenover anderen zijn verwondering kon uitspreken en zijn oplossingen aandragen – maar wie luisterde er naar hem?

Nieuws. De dag waarop niemand meer geïnteresseerd is in nieuws en zich louter bezighoudt met de dingen om hem heen, is de dag waarop we terugkeren naar het paradijs. Nieuws is niet meer dat wat we noteren als afwijkend van het gewone; we wijken af van het gewone omdat we weten dat het nieuws zal zijn. Nieuws is de nieuwe legitimatie van krankzinnigheid. Mensen blazen zichzelf op omdat ze weten dat ze daarmee het nieuws zullen halen en omdat het nieuws van hen zal overnemen waartoe ze zelf niet meer in staat zijn: angst zaaien, onrust. Ze snijden iemand zijn strot af en filmen het, omdat ze weten dat er genoeg mensen bereid zullen zijn het online te zetten, omdat het clicks oplevert. Nieuws maken is een politiek doel geworden, een commercieel doel.

Nieuws is de gemakkelijkste en de lucratiefste handel die er bestaat. Je hoeft er niets voor te kunnen om het te maken. Het ís er al. En het is nooit op, er is nooit sprake van schaarste. Het is overal en toch blijft de opbrengst prima. Omdat de vraag zo groot is, omdat iedereen hongert naar nieuws, omdat nieuws, bij voorkeur ellendig nieuws, het eigen bestaan draaglijk maakt. Omdat het de geest wegvoert van het ik, van de angst om de eigen fragiliteit, van de alledaagse sores.

Nieuws schenkt je woorden – waar zou je het anders over moeten hebben? Heb je het nieuws gehoord? Heb je het journaal gezien? Heb je die man gezien in de talkshow die het over het nieuws had? Heb je die vrouw gehoord op de radio die de man in de talkshow die het over het nieuws had helemaal afbrandde?

Nadat hij ongeveer een maand in de Provence had gezeten, merkte Masser dat hij zichzelf steeds minder begon tegen te spreken. De twee stemmen die altijd met elkaar in debat waren gegaan hadden zich verenigd tot één stem, die steeds minder uitgesproken was, die niet meer uit was op overtuiging, overreding, of gelijk hebben. Het leek alsof de tweede stem steeds kalmer werd, zich steeds minder vaak verhief en langzaam wegstierf. Het leek alsof Jimi, zijn broer, eindelijk rust had gevonden.

Masser had het gevoel dat hij bezig was zijn eigen leven terug te veroveren, terug te vinden wie hij ooit was geweest, voor de wereld zich intensief met hém was gaan bezighouden en aan zijn ziel was gaan knagen. Voor hij werd afgeleid en op dwaalsporen was terechtgekomen. Hij vulde zijn dagen met lezen en met niet-lezen. Hij had uit zijn boekenkast alle boeken meegenomen die hij jarenlang had zien staan en waarvan hij al die tijd had gedacht: die ga ik ooit nog een keer lezen. Dat waren er veel meer dan hij had gedacht, hij had in vier klapkratten zeker tweehonderd boeken achter in zijn auto geschoven, een brede selectie van romans, biografieën en wetenschappelijk werk op diverse terreinen. Er zaten boeken tussen die hij ooit had gelezen maar die hij wilde herlezen, als een soort herijking van zichzelf. Wie was hij geweest? Wie was hij geworden? Wie was hij nu?

Las hij niet, dan zat hij aan een houten tafel onder de twee oude platanen op het terras van het huis en keek. Naar de dingen om hem heen, naar de hemel, naar zijn benen, naar het voedsel op zijn bord, de rode kleur van de wijn. Hij keek en hij liet de gedachten die werden opgeroepen door wat hij zag rustig door zijn hoofd walsen, als cognac in het glas van de connaisseur. Hij probeerde niks te vinden van wat hij zag. Hij wilde meningloos leven, alleen registreren, de schoonheid, de geuren, de miljoenen sterren aan de Provençaalse hemel.

Wat moet ik ook vinden van de Melkweg? De Melkweg is er, er zijn nog honderd miljard sterrenstelsels en het maakt niks uit wat ik daarvan vind. De grootste ramp op aarde is minder dan een snik in het heelal. Ik zou van het gazon kunnen vinden dat het gras wat aan de lange kant is, maar aan die mening hangt dan toch tenminste nog een gevolg: ik ga naar de schuur, haal de grasmaaier tevoorschijn en ga het gras maaien. Meningen die zijn gekoppeld aan daden zijn de enig acceptabele. Naar mijn mening heb ik honger en daarom ga ik naar La Pizzeria.

Soms, als hij een gesprek opving op het terras of de luidruchtigheid, de alomtegenwoordigheid en opdringerigheid van het nieuws op andere manieren door zijn pantser braken, voelde hij vlagen onrust terugkeren, en soms zelfs de behoefte om zijn mobiel te pakken en te checken wat er aan de hand was. Hij koesterde de leegte, maar het verlangen haar te vullen was nog niet verdwenen.

Masser had er rekening mee gehouden dat de nieuwshonger zou terugkeren als hij tot rust zou zijn gekomen. Maar dat gebeurde niet, hij voelde zich juist steeds behaaglijker in zijn actualiteitsloze ballingschap. Toen Michel hem vroeg wat hij van 'die *tête de con* van een Trump' vond, antwoordde hij dat hij hem vroeger waarschijnlijk ook een klootzak had gevonden. 'Maar nu vind ik geloof ik niks van die man. Ik vind hem niet interessant.'

'Is ook beter,' zei Michel. 'Je kunt er toch niets aan doen.'

Op een avond, een paar dagen voor kerst, nadat hij vijf weken in zijn eentje had doorgebracht, besloot Masser Eva te bellen. Dat had hij al vaker gedaan, maar dat was om haar stem te horen. Nu wilde hij haar iets vragen, iets belangrijks.

'Eva.'

'Masser.'

'Masser! Wacht even, ik sta een omelet te bakken, ik zet het vuur lager.'

'Ik wil je wat vragen.'

'Vraag.'

'Ik wil je vragen of je zin hebt hierheen te komen. Ik bedoel: of je tijd hebt hierheen te komen.'

'Je overvalt me.'

'Daar hou ik van.'

'Hoe is het met je?'

'Je probeert tijd te winnen.'

'Nee, ik wil weten hoe het met je is.'

'Heel goed. Beter dan in jaren.'

'Herken ik je nog?'

'Misschien ben ik wat relaxter.'

'Ben je nog wel dezelfde Masser Brock, bedoel ik. Of ben je een zonderlinge kluizenaar geworden? Een zenboeddhist?'

'Ik weet niet wat ik ben geworden. Een klein beetje de Masser zoals die ooit bedoeld is geweest, misschien.'

'Masser?'

'Ja?'

'Ik zat op je telefoontje te wachten.'

'Bedankt voor je geduld. Ik had tijd nodig.'

'Morgen oké?'

'Morgen oké. Ik app je het adres van mijn café. Beginnen we daar met een witte wijn. Traditie.'

Michel zette twee glazen witte wijn op tafel. Hij keek naar de vrouw en daarna een fractie van een seconde naar Masser – lang genoeg om hem zijn bewondering te laten zien en zijn instemming betreffende Massers keuze. 'Hij neemt altijd mooie vrouwen mee naar Mazan,' zei hij tegen Eva. Eva's oude Volvo stond half op de stoep. Achterin lag de koffer met de contrabas.

'Hij bedoelt dat ik hier ook regelmatig zit met mijn zus,' zei Masser. Er kwamen drie wat oudere mannen op racefietsen voorbij, ze keken opzij.

Idioten. De laatste mooie vrouw die ze zien voor ze zullen sterven op de Mont Ventoux.

'Ik heb hiernaar uitgekeken,' zei hij.

'Is het anders dan je had gedacht?'

'Nee, het is precies zoals ik het me had voorgesteld. Dat maakt het vreemd. Dat heb ik niet zo vaak. Eigenlijk nooit. Meestal valt het tegen. Of is het in elk geval heel anders.'

'Had je je ook voorgesteld wat je zou zeggen, op dit moment?'

'Ja.'

'Kun je het zeggen, of is het pornografisch?'

'Laten we naar het huis gaan.'

'En dan?'

'Dat je opstond.'

Dat deed ze. Masser legde een tientje op tafel, keek of hij Michel zag en groette hem.

Culemborg/Ferrara, juli 2015 – december 2016

Dankwoord

Dank aan Lennen van Niel, die me alles vertelde over *Assassin's Creed* en wiens intelligente beschouwingen over de game ik vaak letterlijk in de mond van Jimi Kalman kon leggen.

Dank aan Wybe van der Gang, eigenaar van Van der Gang Watches in Dokkum, die me inwijdde in de geheimen van de haute horlogerie en de perpetual calender, en aan zijn vrouw Thea de Jong, die me inzicht verschafte in de geest van de horlogemaker.

Dank aan Aart Hoekman, die kritisch meelas en wiens achternaam ik mocht lenen voor een van de hoofdpersonen in dit boek.

Dank aan Mizzi van der Pluijm, Bertram Mourits, Emile Brugman, Rianne Blaakmeer, Vincent Kolenbrander, Taïs Vezo, Ronald Kerstma, Theo Veenhof en de andere mensen bij Atlas Contact, die van meet af aan veel vertrouwen hadden in dit boek en enthousiast meehielpen het naar de eindstreep te dragen.

Dank aan Roald Triebels, die geduldig met steeds weer nieuwe covers kwam, tot hij Masser Brock te pakken had.

Dank aan mijn agent Marieke Verhoeven, die ervoor zorgde dat ik zorgeloos aan dit boek kon werken.

Dank aan mijn lieve dochter Hannah Wagendorp, die meelas en me steeds op de juiste momenten het goede duwtje in de rug gaf. Ik hoop dat ik dat snel bij háár boek mag terugbetalen.

Dank aan mijn geliefde, Wilma de Rek. Schrijvers hebben zelfvertrouwen nodig, en vaak een bijna zielige hang naar bevestiging – beide gaf ze me. Ze las gedurende elke fase van het schrijven van dit boek mee en kwam met eerlijk commentaar en geweldige suggesties voor het verdere verloop van het verhaal. Ze was erbij toen we de zomer van 2016 schrijvend – zij aan haar boek, ik aan het mijne – doorbrachten, in Mazan, Ferrara, Arles en Caromb. Onvergetelijke weken. Ze ging met me naar Parijs, naar de Philharmonie de Paris, naar de tentoonstelling over Oscar Wilde en naar Chez René. Ze las me met een pen in de hand het hele boek geduldig voor toen het bijna af was.

Zonder haar was dit een heel ander boek geworden – als het er al was gekomen.

Bert Wagendorp